Denise Hunter · Der zweite Bräutigam

Denise Hunter

Der zweite Bräutigam

Aus dem amerikanischen Englisch
von Bianca Behrens

johannis

Bibliografische Information der Deutschen Nationalbibliothek
Die Deutsche Nationalbibliothek verzeichnet diese Publikation in der Deutschen Nationalbibliografie; detaillierte bibliografische Daten sind im Internet über http://dnb.d-nb.de abrufbar.

ISBN 978-3-501-01631-2

Bestell-Nr. 72484

Titel der amerikanischen Originalausgabe: *The Convenient Groom*

Die amerikanische Originalausgabe erschien bei Thomas Nelson, Nashville, TN.
Umschlagbild: © Ursula Klawitter/zefa/Corbis and Getty Images;
Cover design: Brand Navigation, LLC
Gesamtherstellung: St.-Johannis-Druckerei C. Schweickhardt GmbH, Lahr/Schwarzwald
Printed in Germany 17316/2009

www.johannis-verlag.de

Partnersuche gleicht einer Einkaufstour. Im Schaufenster sieht alles super aus. Aber sobald man im Laden ist, verliert manches Kleidungsstück schnell seinen Glanz.

– Auszug aus *Wie ich den richtigen Mann finde* von Dr. Kate

Kapitel Eins

Das rote Lämpchen auf ihrem Handy blinkte warnend, aber bevor Kate Lawrence den Anruf entgegennehmen konnte, wurde sie von Anna abgelenkt. Anna war ihre Brautjungfer und stand heftig winkend am Strand. Gleich darauf hörte sie Annas weiche Stimme über ihr Headset. »Kate, kannst du mal kommen? Es gibt da noch einige Sachen, die wir klären müssen.«

»Komme gleich.« Kate hielt ihr Klemmbrett mit dem Ellenbogen fest, ging die Treppe von Jetty Pavilions Veranda hinunter und dann zum Strand. Der Sand hier an der Küste von Nantucket war weich, ihre hohen Absätze sanken tief ein. In nur sechs Stunden würden an dieser Stelle Reihen mit weißen Stühlen stehen; vierunddreißig Gäste würden die feierliche Vermählung von Kate und Bryan Montgomery in einem wunderschönen, handgeschnitzten Pavillon verfolgen.

Wo war der Pavillon denn überhaupt? Sie blickte auf die Uhr und dann in Richtung Festzelt, wo Arbeiter in weißer Arbeitskleidung geschäftig hin- und herliefen. Von Lucas war keine Spur zu sehen.

Sie ging auf Anna zu, der die Sorgenfalten genauso gut standen wie ihr Hosenanzug der Marke »Anne Klein«. Anna war die beste Empfangsdame, die Kate sich wünschen konnte. Ihr kompetentes Auftreten hatte schon so manches Paar beruhigt, das sie in Kates Büro geführt hatte.

Jetzt flatterten Annas lange, braune Haare wie eine wild gewordene Fahne im Wind und peitschten ihr ins Gesicht, sodass sie diese mit ihrer von Sommersprossen übersäten Hand immer wieder wegstreichen musste. »Soiree's haben gerade angerufen. Ihr Lieferwagen musste kurzfristig in die Werkstatt und die Blumen kommen etwas später, höchstens eine Stunde.«

Kate trug die Verspätung in ihren Zeitplan ein. »Das macht nichts.« Gut, dass sie den Ablauf nicht zu knapp geplant hatte.

»Murray's hat auch angerufen. Außer deinem Vater hat noch keiner der Herren seinen Smoking abgeholt.«

Bryan und sein Trauzeuge hätten um halb zehn bei Murray's sein müssen. Das war vor einer Stunde. »O.k., ich kümmere mich darum. Noch etwas?«

Annas Sorgenfalten vertieften sich und sie blinzelte, als der Wind ihr in die Augen blies. »Der Fahrer ist krank, aber es wird versucht, einen Ersatz zu finden. Und dann haben die Weatherbys angerufen und gefragt, ob sie kurzfristig noch kommen können – sie hatten eigentlich gedacht, dass sie gar nicht in der Stadt sind, aber ihre Pläne haben sich geändert.«

Kate nickt. »Gut, gut. Ruf sie an und sag, dass sie gerne kommen können. Ich werde dem Partyservice Bescheid sagen.«

»Deine Pressesprecherin – Pam? – hat versucht, dich zu erreichen. Hast du die Nachricht auf deinem Handy bekommen? Sie meinte, dass sie Voicemail hat. Na ja, auf jeden Fall sind deine neuen Bücher heute Morgen angekommen. Sie hat das hier für dich abgegeben.« Anna zog unter ihrem Klemmbrett ein gebundenes Buch hervor. »Ta Ta!«

»Mein Buch!« Kate starrte auf das Deckblatt, auf dem in schwungvoller Schrift »Wie ich den richtigen Mann finde!« stand. Darunter war als Cartoon ein Pärchen abgebildet. Der Mann kniete und hielt um die Hand der Dame an, darüber stand in einen bunten Rahmen eingefasst in großen Buchstaben Kates Name. Sie berührte mit den Fingerspitzen den glänzenden Bucheinband, fuhr mit dem Finger die leicht erhobenen Buchstaben nach und genoss den Augenblick in vollen Zügen.

»Pam möchte schnell ein paar Fotos machen, bevor die ersten Gäste ankommen: Du hältst das Buch, so was in der Art. Aber es wäre wahrscheinlich gut, wenn du sie noch mal anrufst.«

Wieder machte sich Kate eine Notiz und griff gleichzeitig schon nach ihrem Handy, um es anzustellen.

»Und wie ist es, kannst du noch mehr gute Nachrichten verkraften?«, fragte Anna. Ihre blauen Augen funkelten und strahlten. Das mussten wirklich sehr gute Nachrichten sein.

»Ich denke schon. Was ist es denn?«

»Die *New York Times* schickt einen Reporter und einen Fotografen vorbei. Sie will eine Titelgeschichte über die Hochzeit und dein neues Buch herausbringen.«

Kate atmete tief die frische Seeluft ein. Ihr Verleger von *Rosewood Press* würde vor Freude sicher Rad schlagen. »Das ist fantastisch! Sicher wollen sie auch ein Interview machen.« Sie überflog schnell ihren Zeitplan und suchte nach einem Zeitfenster für das Interview. Vielleicht nach dem Empfang der Gäste? Ideal wäre das auch nicht, aber sicher würde Bryan dafür Verständnis haben. Die *New York Times.* Diese Zeitung würde die Verkaufszahlen sicher enorm steigern. Vielleicht könnte sie es sogar bis in die Bestseller-Listen schaffen.

»Hier ist die Nummer.« Anna reichte ihr einen gelben Notizzettel. »Dieser Typ von der Regenbogenpresse schleicht hier übrigens schon den ganzen Vormittag herum und versucht herauszufinden, wer der Bräutigam ist. Ich habe ihm gesagt, dass er es wie alle anderen auch erst in sechs Stunden erfahren wird. Die anderen Pressevertreter kommen eine Stunde vor der Zeremonie und Pam hat die Stühle dort drüben für sie reserviert.« Anna zeigte auf den mit einem weißen Band abgegrenzten Bereich hinter den Stuhlreihen.

»Gut. Ich will, dass sie so wenig wie möglich auffallen. Das ist schließlich meine Hochzeit und man heiratet ja nur einmal.«

»Na ja, auf jeden Fall hofft man das«, sagte Anna. »Kann ich sonst noch etwas für dich tun?«

Kate umarmte sie von der Seite. So viel Zuneigung hatte sie ihrer Assistentin bisher noch nie gezeigt. Ihre Finger drückten sich in Annas rundliche Schulter. »Du bist ein Geschenk des Himmels. Ich wüsste nicht, was ich ohne dich tun würde.«

»Oh, jetzt fällt mir ein, was ich vergessen habe. Der Pavillon. Er sollte eigentlich schon längst hier sein. Ich habe versucht, Lucas anzurufen, habe aber nur seinen Anrufbeantworter erreicht. Und seine Handynummer habe ich nicht.«

»Sein Laden ist geschlossen und ein Handy hat er nicht.« Dieser Mann hatte keine Armbanduhr und ein Handy wollte er schon gar nicht mit sich herumtragen. Es wäre sicher besser gewesen, wenn sie eine so wichtige Aufgabe einem anderen übertragen hätte. Kate blickte wieder auf ihre Uhr. »O.k., ich fahre mal rüber und sehe nach.«

Die Fahrt in die Stadt ging schnell und problemlos. In Kates Kopf aber schwirrten hundert Einzelheiten, die noch zu erledigen waren. Musste sie an einem Fußgängerübergang warten, dann nutzte sie die Zeit und machte sich Notizen. Sie schaute auch immer wieder bewundernd auf die Titelseite ihres neuen Buches und rief kurz bei Pam an, um noch einmal über den Reporter der *New York Times* zu sprechen. Die Zeit verging wie im Flug und als sie auflegte, war sie schon vor Lucas' Geschäft angekommen.

Auf dem Schild, das über dem Schaufenster hing, stand »Möbel im Landhausstil«. Und im ersten Stock hing an einem Metallstab ein Holzschild mit dem Namen ihrer eigenen Firma: »Kate Lawrence, Eheberatung«. Sie musste Lucas noch daran erinnern, das Schild zu entfernen. Würde sie das nicht tun, dann würde er es noch ein weiteres Jahr da hängen lassen oder wenigstens noch so lange, bis ein neuer Mieter eingezogen wäre.

Kate stieg aus ihrem Wagen und steckte ihren Schlüssel in das rostige Schlüsselloch der Ladentür. Drinnen im Laden ging sie an der Treppe vorbei, die zu ihrem Büro hinaufführte, und dann weiter durch das im Dunkeln liegende Labyrinth von Möbeln in den hinteren Teil des Hauses, wo sie Lucas zu finden hoffte. Sie stieß mit ihrem Schienbein gegen eine Tischkante. *Autsch!* Das würde sicher einen dicken blauen Fleck geben.

Sie horchte und konnte das schrille Geräusch einer Maschine hören, ein gutes Zeichen. »Lucas?« Sie klopfte laut an die Metalltür. Der Lärm stoppte.

»Komm rein.«

Sie öffnete die Tür. Lucas Wright blickte vom Zementboden des Pavillons zu ihr auf. Dabei fiel ihm eine Strähne seines länglichen Haares über ein Auge. Er schaute sie lange an, drehte sich dann zur

Spindel um und fuhr mit seiner großen Hand prüfend über die geschnitzten Kurven.

»Solltest du jetzt nicht am Strand sein?«, fragte er.

Kate verschränkte ihre Arme. »Genau dasselbe könnte ich dich auch fragen.«

Lucas richtete sich auf und entfernte sich vom Pavillon. Dabei fiel Kate auf, wie geschmeidig seine Bewegungen trotz seiner Größe waren. Sägespäne vom Boden hatten sich auf seine verwaschene Jeans und sein schwarzes T-Shirt geheftet. »Ich bin gerade fertig geworden.«

»Schon vor einer Stunde hättest du am Strand sein sollen. Der Pavillon muss vor der Tonanlage aufgestellt werden, die Floristin muss ihn noch dekorieren und dann gibt es noch eine Reihe anderer Leute, die auch darauf warten, ihre Arbeit machen zu können.«

Er stand nun vor ihr und sah sie auf diese ganz besondere Weise an. Sie meinte dann immer, er könnte direkt in sie hineinsehen. »Heute ist der große Tag, hm?« Er legte seine Werkzeuge auf den Arbeitsbock, klopfte sich den Staub von den Händen und tat das so langsam, als hätte er alle Zeit der Welt.

Kate blickte wieder auf ihre Uhr. »Wäre es möglich, dass du ihn irgendwann heute noch zum Strand bringen könntest?«

Lucas schritt um den Pavillon herum und blickte ihn noch einmal genau an. Dabei stützte er die Hände in seine Hüfte und hielt den Kopf etwas zur Seite geneigt. »Gefällt er dir?«

Zum ersten Mal seit einer Woche schaute sich Kate den Pavillon gründlicher an – oben die weiße Spitze, die handgeschnitzten Spindeln, der sanft gebogene Eingang. Über dem Bogen waren Grüppchen von Margeriten eingeschnitzt. Die klaren Linien waren charakteristisch für Lucas' Arbeit, aber eine solch meisterliche Feinarbeit hatte sie noch nie bei einem seiner Holzmöbel gesehen. Der Pavillon hatte eine

Eleganz, die ihre Erwartungen weit überstieg. Er machte eine wirklich gute Arbeit. Das musste sie ihm lassen.

»Er gefällt mir sehr gut. Ich liebe die Schnitzereien.« Sie seufzte. Ausgerechnet jetzt, da er sie verärgert hatte, machte er so etwas und brachte sie durcheinander. In seiner Nähe fühlte sie sich immer, als würde sie die Treppe hinunterstolpern.

Konzentrier dich gefälligst! »Er muss zum Strand. So schnell wie möglich.«

»Zu Befehl.« Sein Salut ließ aber keine sonderliche Eile erkennen.

Bevor sie ihm eine passende Antwort geben konnte, klingelte und brummte ihr Handy gleichzeitig und sie zog es aus ihrer Caprihose.

»Hallo?«

»Kate?«

»Bryan.« Sie wandte sich um und machte einige Schritte in Richtung Tür. Dort fiel ihr Blick auf einen groben Arbeitstisch. Daneben stand ein Klappstuhl aus Metall, der mit unzähligen rostigen Kratzern übersät war. »Guten Morgen.« Das Lächeln in ihrer Stimme war nicht zu überhören. »Hast du gut geschlafen?« Sie selbst hatte eine unruhige Nacht hinter sich. Bis fast um zwei Uhr morgens hatte sie sich immer wieder von einer Seite auf die andere geworfen. Aber vor solch einem wichtigen Ereignis war das ja auch normal.

Das Schweigen am anderen Ende war es aber nicht. »Bryan?« War die Leitung unterbrochen?

»Ah, Kate, hast du meine Nachricht bekommen?«

Sie hatte das blinkende Licht heute Morgen durchaus bemerkt, hatte aber angenommen, dass es Pam war. Deshalb hatte sie die Nachricht nicht abgehört. Plötzlich wünschte sie, dass sie es getan hätte.

»Nein. Was ist denn los?«

»Sitzt du?«

»Nein, ich sitze nicht. Sag es einfach.« Eine furchtbare Angst kroch ihr langsam den Rücken hinunter.

»Ich bin auf dem Weg nach Boston«, sagte er. »Ich habe dir heute Morgen eine Nachricht hinterlassen. Du hattest sicher dein Handy abgestellt.«

Kate wurde übel. Sie starrte an die Wand vor ihr – eine Werkzeugwand mit unzähligen Löchern, in denen Metallhaken steckten. Überall hingen Werkzeuge und Schnüre. »Was ist passiert?« War vielleicht irgendein Notfall eingetreten?

Aber welcher Notfall könnte unsere Hochzeit verhindern?

»Ich kann dich nicht heiraten, Kate.«

Die Worte fielen und jedes einzelne zerbröselte unter seinem eigenen Gewicht. Die Übelkeit wurde stärker. »Das ist wirklich nicht witzig, Bryan.« Es war ein furchtbarer Scherz. Aber so oft schon waren seine Witze in der Vergangenheit unangemessen gewesen. Seine Pointen waren so schlecht, dass man immer noch auf den eigentlichen Witz wartete, auch wenn der Witz schon zu Ende war.

»Ich habe mich in eine andere Frau verliebt.«

Schmerz. Ihr wurde so schlecht, dass sie das Gefühl hatte, sich übergeben zu müssen. Ihre Beine wurden weich und fingen an zu zittern. Sie umklammerte das kalte Metall des Klappstuhls. »Was?« War das etwa ihre eigene Stimme, so schwach und dünn? Ihr Mund war ausgetrocknet und es war, als wäre keine Luft mehr in ihrer Lunge.

»Es tut mir so leid«, hörte sie Bryan sagen. »Ich weiß, dass die Situation jetzt schrecklich für dich ist und du hast das wirklich nicht verdient. Aber ich kann dich einfach nicht heiraten. Ich habe lange gebraucht, bis ich verstanden habe, was passiert ist. Erst vor Kurzem ist es mir richtig klar geworden. Es geht nicht anders, ich habe es versucht. Ich kann dich einfach nicht heiraten, wenn ich so fühle. Es tut mir wirklich leid, Kate.«

»Was?« Zu einer anderen Antwort war sie im Augenblick nicht fähig.

»Es ist mir klar, dass es für mein Verhalten keine Entschuldigung gibt. Ich hätte schon früher mit dir sprechen müssen, habe es aber nicht getan. Ich dachte immer noch, dass diese Gefühle wieder verschwinden würden. Aber es ist mehr als nur Torschlusspanik.«

»Aber wir sind jetzt zwei Jahre zusammen, Bryan.«

Das war sicher nicht die klügste Antwort, aber ihr fiel einfach nichts anderes ein. Im Schnelldurchlauf zogen Erinnerungen an ihrem inneren Auge vorbei. Der Tag, an dem sie sich in Boston in einer Schlange bei Starbucks kennengelernt hatten. Sie war dort auf einer Konferenz gewesen. Ihre erste Verabredung im Colonial Theater. Das Verliebtsein über die weite Entfernung und die Wochenendbesuche. Die E-Mails, Telefonanrufe, die Verlobung, das Buch. Alle diese Erinnerungen flogen an ihr vorbei und kamen dann zu einem jähen Ende. Hier in Lucas' staubiger Werkstatt. Und im Angesicht des Pavillons, der extra für ihre Vermählung angefertigt worden war.

»Meine Familie habe ich schon angerufen, sie wissen Bescheid. Mir ist klar, dass jetzt viel zu erledigen ist, und ich werde dir helfen, was auch immer du von mir willst. Und dann ist da natürlich noch dein Buch ... Es tut mir so leid.«

Leid? Es tut dir leid? Vor sich sah sie die sorgfältig hingestellten weißen Stühle, das Zelt, das in diesem Moment errichtet wurde, die Fotografen.

Die *New York Times.*

Sie schloss ihre brennenden Augen. Alles musste abgesagt werden.

Und bei diesem Gedanken fühlte sie die Blamage, die zum Schmerz des Verlassenwerdens noch dazukam. Schwer lastete all dies auf ihr und sie zog verzweifelt an ihren Nackenhaaren. *Denk nach, Kate! Jetzt nur nicht schlapp machen.*

»Bryan, hör auf zu reden und denk darüber nach, was du tust. Vielleicht sind es noch die Gefühle über die Scheidung deiner Eltern, die deine Entscheidung beeinflussen wollen. Diese Art von Angst vor einer Hochzeit ist absolut normal und vielleicht –«

»Nein, darum geht es nicht.«

»Wie willst du das so genau wissen?« Sie zwang sich, ihre Stimme sachlicher klingen zu lassen, ihre beruhigende Stimme zu benutzen – die Stimme, die sie auch dann wählte, wenn es zwischen einem ihrer Pärchen zum Streit kommen wollte. »Wir lieben einander. Wir sind wie füreinander geschaffen. Das hast du selbst hundertmal gesagt.«

»Aber etwas fehlt, Kate.«

Sie schwankte wieder und musste sich mit einer Hand am Stuhl festhalten. »Etwas fehlt?« Was sollte das denn sein?

Als sie noch mit dieser Frage kämpfte, auf die es keine Antwort zu geben schien, fühlte sie, wie eine Hand sich auf ihre Schulter legte und sie zum Stuhl führte. Sie setzte sich. Ihr Kopf war so verwirrt wie eine Zuckerwatte-Maschine. Ihr smaragdgrüner Verlobungsring verschwamm vor ihren Augen.

»Was meinst du damit: ›Etwas fehlt‹? Das Einzige, was fehlt, ist der Bräutigam. Bei unserer Hochzeit, die in fünf Stunden beginnt. Fünf Stunden, Bryan.« Jetzt konnte sie fühlen, wie Hysterie in ihr hochkam. Sie holte tief Luft und verschluckte sich fast an dem Sauerstoff, der in ihre Lunge strömte.

»Ich werde dir helfen, wo immer ich kann.«

»Du könntest helfen, indem du zu unserer Hochzeit kommst.«

In Gedanken ging sie die Liste der Leute durch, die sie anrufen müsste. Ihren Vater, die Gäste, ihren Verleger. Sie dachte an das Geld, das *Rosewood Press* für ihre große Strandhochzeit ausgegeben hatte. Sie hatte Freunden und Verwandten aus dem ganzen Land Flugtickets geschenkt, hatte den Fotografen, die Blumen, den Partyservice, die Kleidung bezahlt. Kate hatte eigentlich nur eine ganz schlichte Trauung gewollt, aber die Marketingabteilung hatte ganz andere Ideen, jetzt, da das neue Buch herauskommen sollte. »Eine elegante Hochzeit und ein überraschender Bräutigam zur Neuerscheinung des Buches. Denk nur daran, wie viel Aufsehen das erregen wird, Kate.«

Sie spürte einen Knoten im Hals, der sich seinen Weg zu ihrem Herzen brannte.

»Ich werde dich immer gern haben«, sagte Bryan.

Die Worte klangen unendlich hohl, fielen wie eine leere, weggeworfene Limoflasche auf einen verlassenen Strand.

Genug.

Plötzlich hörte das Adrenalin auf, durch ihre Venen zu pulsieren und ließ sie schwach und zitternd zurück. Sie konnte jetzt nicht mehr mit ihm sprechen. Sie würde nicht am Telefon zusammenbrechen, ihn nicht anbetteln, dass er zu ihr zurückkäme. Das würde sowieso nichts bringen. Sie kannte diesen Ton in Bryans Stimme. Er wusste immer genau, was er wollte. Und was er nicht wollte.

Und er wollte Kate nicht mehr. Das erkannte sie mit der gleichen Klarheit, mit der sie auch wusste, dass der morgige Tag schwieriger zu überstehen sein würde als der heutige.

Sie räusperte sich. »Ich muss jetzt auflegen.«

»Kate, sag mir bitte, was ich tun kann. Meine Familie will auch helfen. Ich möchte irgendetwas machen, um es wieder in Ordnung zu bringen.«

Sie wollte ihm sagen, dass er nichts mehr tun konnte. Was hätte man auch machen können, um ihren Schmerz zu lindern oder den bevorstehenden Zusammenprall ihres Privatlebens mit ihrem Berufsleben zu verhindern? Stattdessen war sie wie taub, klappte das Handy zusammen und starrte vor sich an die Werkzeugwand, bis die Löcher immer mehr verschwammen.

Er ließ sie im Stich. Der Mann, den sie liebte, ließ sie einfach sitzen. So war das Ganze nicht geplant gewesen. Auf jeden Fall nicht von ihr. So umsichtig war sie gewesen, hatte an alles gedacht. Und wofür das Ganze? In ihrer Magengrube tat sich ein gähnendes Loch auf.

Statt der Schlagzeile »Eheberaterin findet den Mann fürs Leben« würde man lesen »Eheberaterin am Altar sitzen gelassen«.

Kate hatte bisher nie von sich gedacht, dass sie besonders stolz wäre, aber die Vorstellung, die nächsten vierundzwanzig Stunden überstehen zu müssen, ließ den Gedanken an Zyanid ganz vernünftig erscheinen. Wie konnte das nur gerade ihr passieren? Sie hatte ein Buch darüber geschrieben, wie man den richtigen Mann findet, und war selbst an den falschen geraten. Und das würde morgen die ganze Welt wissen.

Der Feind heißt »Spontaneität«. Intelligente Beziehungen müssen sorgfältig und mit Bedacht geplant werden.

– Auszug aus *Wie ich den richtigen Mann finde* von Dr. Kate

Kapitel Zwei

Lucas sah zu, wie Kate ihr Handy zuschnappen ließ. Vielleicht hätte er den Raum schon verlassen sollen, als er den Ernst in ihrer Stimme erkannt hatte. Aber das war ihm nicht möglich gewesen. Wie ein Fußgänger, der bestürzt Zeuge eines Verkehrsunfalls wird, hatte er Kate beobachtet, als sie die Nachricht bekam. Sobald ihm klar wurde, was Bryan gesagt hatte, hätte er ihn am liebsten ergriffen und ihn so lange verprügelt, bis er denselben Schmerz wie Kate gefühlt hätte. Aber stattdessen hatte er Kate zum Stuhl geführt und dabei den Wunsch gehabt, sie fest in seine Arme zu nehmen und ihr zu versichern, dass alles gut werden würde.

Aber das war das Letzte, was sie wollte.

Jetzt starrte sie die Wand an und rührte sich nicht. Ihr glänzendes schwarzes Haar war glatt und reichte ihr fast bis auf die schlaff herunterhängenden Schultern. Er hatte sie noch nie so regungslos gesehen. Normalerweise war sie immer rund um die Uhr in Bewegung. Das war es, was ihn von Anfang an fasziniert hatte. Ihre Ruhe erschien ihm jetzt unnatürlich.

Er machte einen Schritt auf sie zu. »Kate?«

Sie musste ihn ganz vergessen haben, denn sie zuckte leicht zusammen und fuhr sich mit der Hand über ihr Gesicht, bevor sie sich halb zu ihm umdrehte. Ihr Haar, das sonst immer ordentlich hinter die

Ohren geklemmt war, fiel ihr wirr ins Gesicht. Sie blickte ihn nicht an, sondern hatte ihre Augen auf seine Knie gerichtet.

»Lucas.« Sie heftete ihren Blick auf den Fußboden, als ob die Farb- und Lackflecken ein abstraktes Gemälde wären, das es zu interpretieren gälte. »Ich gehe mal davon aus, dass du alles mitbekommen hast.«

Ihre Stimme war sehr leise. Aber dann sah er, wie sie sich aufrichtete, sich ganz umdrehte und ihn direkt ansah. Ein verängstigtes, kleines Mädchen im Körper einer Frau. Eine Sekunde lang sah sie auf den Pavillon, der hinter ihm stand.

»Ich ... ich denke, dass ich den Pavillon nicht mehr brauchen werde. Aber ich werde ihn natürlich bezahlen. Er ist wirklich wunderschön.« Beim letzten Wort brach ihre Stimme.

»Darüber mach dir keine Sorgen.«

Er hatte schon erwartet, dass sie zusammenbrechen würde, aber stattdessen stand sie abrupt auf und begann auf und ab zu gehen. Ihre hohen Absätze klackerten dabei laut auf dem Boden. »Ich muss nachdenken«, murmelte sie. »Ich muss nachdenken.« Klack, klack, klack. Drehung. Klack, klack, klack. Drehung.

Lucas war sich nicht sicher, was sie damit meinte. Überlegte sie, wie sie Bryan zurückgewinnen konnte? Oder hatte sie aufgegeben und machte in Gedanken schon eine Liste derjenigen, die sie benachrichtigen musste? Was für ein furchtbarer Schlamassel.

Aber wenn irgendjemand diese Situation meistern konnte, dann war es Kate. Er war Zeuge gewesen, wie sie Ehepaare wieder zusammengeführt hatte, deren Beziehung nur noch an einem seidenen Faden gehangen hatte. Er hatte gesehen, wie sie es geschafft hatte, neben dem Verfassen ihrer Kolumne als Eheberaterin zu arbeiten. Und in ihrer Freizeit hatte sie dann noch ein Buch geschrieben. Kate war eine unglaubliche Frau. Bryan war ein Idiot, wenn ihm das entgangen sein sollte.

Kate hielt unvermittelt an und drückte die Fingerspitzen an ihre Stirn. »Er hat mich verlassen. Ich habe keinen Bräutigam. Die Zeitungen, die Medien, mein Verleger. Meine Karriere. Es ist vorbei.«

Sie trug eine kurze Hose, eine tadellos saubere weiße Bluse und um ihre schmale Taille lag ein schwarzer Gürtel. Sie wirkte zerbrechlich und irgendwie fehl am Platz. Aber Kate sah immer aus, als wäre sie geradewegs vom Bügelbrett gekommen.

»Ich dachte, er liebt mich«, flüsterte sie und ihre Stimme zitterte.

Lucas machte einen Schritt auf sie zu, hielt dann aber an und steckte seine Hände tief in die Hosentaschen. »Es wird alles gut werden.« Das hörte sich nicht sehr überzeugend an, aber das sagte er immer zu seiner kleinen Schwester und Jamie fühlte sich danach meistens ein bisschen besser. Aber Kate war nicht Jamie.

»Nein, es wird nicht alles gut werden.« Sie blickte ihn an. »Er hat mich fünf Stunden vor der Trauung sitzen gelassen. Und von dieser Hochzeit hängt alles ab, persönlich und beruflich. Mein Mann fürs Leben hat mich verlassen. Verstehst du nicht, wie ironisch das ist?«

Vielleicht war er ja nicht die Liebe deines Lebens. Der Satz lag ihm auf der Zungenspitze, aber er konnte sich gerade noch zurückhalten. Kate hielt sich jetzt die Hand vor das Gesicht und Lucas sah, dass ihre Hand zitterte. Er hatte bis jetzt nicht gewusst, dass Kate überhaupt zittern konnte.

»Alle nehmen an, dass ich die Expertin bin. Nicht nur, wenn es um Beziehungen geht, sondern auch bei der Wahl des richtigen Partners. Die Leute schreiben mir, weil sie Rat brauchen. Sie vertrauen darauf, dass meine Antworten auf ihre Probleme richtig sind. Ich habe ein

Buch geschrieben, um Menschen zu helfen, eine gute Partnerwahl zu treffen. Und ich kann das noch nicht einmal selbst richtig machen.« Sie sah weg und atmete halb schluchzend ein. »Ich bin eine Versagerin.«

»Du bist keine Versagerin. Dein Verlobter hat eine hirnrissige Entscheidung getroffen; das ist aber nicht dein Fehler.«

Der Metallstuhl quietschte, als sie sich wieder setzte. Das Geräusch hallte laut in der Stille der Werkstatt. »So werden all die anderen das aber nicht sehen.«

Er wusste, dass sie damit wohl Recht hatte. Die Leute neigten dazu, schnell zu verurteilen, besonders, wenn die Medien sie aufhetzten.

»Ich muss etwas tun«, murmelte sie durch ihre Finger hindurch. »Wie kann ich die Situation noch retten?«

Lucas glaubte nicht, dass es möglich wäre. Sie erwartete Gäste, eine Menge Presseleute und dann waren da noch die ganzen Vorbereitungen, die schon für die Hochzeit getroffen waren. Alles war da, nur der Bräutigam fehlte und das war das große Problem.

Nur der Bräutigam fehlt.

Die Worte wirbelten wild in seinem Kopf herum, bis sie eins nach dem anderen ihren Platz fanden, wie Buchstaben in einem Scrabble-Spiel.

Nur ... der ... Bräutigam ... fehlt.

Er rieb sich den Nacken und ging zu seinem Arbeitstisch. Das war wahnsinnig. Er war verrückt. Sie würde ihn auslachen, wenn er es laut aussprechen würde. Bei dem Gedanken daran wurde ihm ganz anders.

Das Handy klingelte und vibrierte. Lucas sah zu, wie es auf dem Metalltisch tanzte.

»Ich kann nicht rangehen«, sagte Kate. »Ich kann es einfach nicht.

Ich weiß nicht, was ich sagen soll.« Sie verschränkte ihre Arme und zog die Schultern so weit hoch, als wollte sie die Ohren mit ihnen bedecken.

Zusammen blickten sie auf das Telefon. *Ring – bzzzzzzzz ... Ring – bzzzzzzzz ...* Als das Handy verstummte, war die Erleichterung bei beiden groß.

Kate trommelte mit ihren Fingern auf ihre Lippen, zuerst schnell, dann langsamer. Ihre Lippen verloren die Anspannung, dann fielen ihre Mundwinkel langsam nach unten. Auch ihr trotziges Kinn wurde weicher. »Es ist hoffnungslos.«

Das Handy klingelte wieder und setzte seinen Tanz über die Arbeitsplatte fort. Kate starrte es an und machte ein Gesicht, als würde sie es am liebsten quer durch die Werkstatt schleudern.

»Ich werde drangehen.« Er streckte seine Hand aus.

Kate stoppte ihn, indem sie eine Hand auf seinen Arm legte. Ihr Griff war überraschend fest. »Was wirst du sagen?«

Er blickte sie an: Große, grün-braune Augen, deren Verletzlichkeit sich nicht in Worten ausdrücken ließ. »Ich werde einfach eine Nachricht entgegennehmen.«

Einen Augenblick später ließ sie seinen Arm los, er griff nach dem Handy und klappte es auf.

»Hallo?«

Eine Pause. »Ist Kate zu sprechen?«, fragte die atemlose Stimme einer Frau.

»Sie kann gerade nicht ans Telefon kommen. Kann ich ihr etwas ausrichten?«

»Spreche ich etwa mit Bryan? Sagen Sie mir nicht, dass Sie Kate vor der Trauung sehen dürfen.«

»Nein. Ich bin nur ein – ein Freund.« Das war aus seiner Sicht natürlich nur die halbe Wahrheit. Er drehte sich um und lehnte sich gegen den Schreibtisch.

»Okay, gut. Dann sagen Sie ihr bitte, dass sie Pam anrufen soll. Nein, warten Sie, sie kann mich ja in nächster Zeit gar nicht erreichen. Richten Sie ihr aus, dass ich gute Neuigkeiten habe. Das ist ganz wichtig, also müssen Sie es ihr sofort sagen. Die *Dr. Phil Show* hat angerufen und Kate soll nächsten Monat Gast der Show sein.«

Super. Lucas begegnete Kates Blick und wandte dann die Augen ab. Gerade das, was sie jetzt noch brauchte.

»Haben Sie das notiert?«, fragte Pam.

»Jawohl. Ich werde es ihr ausrichten.« Er schloss das Handy und legte es zurück auf den Tisch. Ganz deutlich konnte er Kates Augen auf sich fühlen. Vielleicht war es ja nicht notwendig, dass er ihr die Nachricht sofort sagen musste.

»Wer war das?« War das Hoffnung, die ihre Stimme lauter werden ließ? Dachte sie etwa, dass Bryan seine Meinung geändert hatte?

»Das war Pam.«

Sie starrte auf ihre manikürten Finger, die sie krampfhaft im Schoß verschränkt hatte. »Oh.«

Sie hatte es wirklich in die *Dr. Phil Show* geschafft. Er wusste natürlich, dass ihre Bekanntheit durch die Kolumne und das Buch landesweit gewachsen war. Aber *Dr. Phil* – das war eine ganz andere Liga.

»Was wollte sie denn?«

Ihr Knie streifte sein Bein, als sie sich bewegte. Er verschränkte seine Füße und umfasste die Tischkante. »Nichts, was nicht warten könnte. Sie möchte, dass du sie zurückrufst.«

Der Anblick ihres Gesichts und der forschenden Augen traf ihn tief. Hilfe, wie schön sie war. Er wandte seinen Blick ab.

»Sie hat irgendetwas gesagt, nicht wahr? Etwas, was du mir nicht sagen willst.«

Er konnte es nicht mehr am Tisch aushalten und stand auf. Er hätte wissen müssen, dass sie nicht lockerlassen würde. Er hätte den Anruf nicht entgegennehmen sollen. Sie war eine sehr starke Persönlichkeit und musste es deshalb wissen, auch wenn sie schon mehr zu tragen hatte, als sie eigentlich bewältigen konnte.

»Es tut mir ja sehr leid, aber es geht hier um meine Existenz. Sprich es einfach aus, o.k.?«

Kate hatte sich aufrecht im Stuhl hingesetzt und ihre Hand umklammerte die abgerundete Rückenlehne. Es war ihre linke Hand. Lucas sah den diamantenen Verlobungsring, der im Schein der Arbeitslampen funkelte. »Sie wollte dich nur über ein Interview informieren, das sie organisiert hat, das ist alles. Du kannst sie später zurückrufen, wenn du –«

»Mit wem ist das Interview?« Ihre Stimme forderte eine ehrliche Antwort.

Er atmete tief aus. Sie war wie ein hungriger Hund, der seinen letzten Knochen vor sich hat.

»Ich weiß, dass es etwas Großes sein muss. Pam hätte mich sonst heute nicht angerufen, wenn es nichts Besonderes wäre. Und hör auf, mich so anzusehen.«

»Wie sehe ich dich denn an?«

»So, als hättest du Mitleid mit mir. Also, was ist mit dem Interview?«

O.k., Kate, o.k. Du gewinnst. »Dr. Phil.«

Er konnte zusehen, wie ihr Mund schlaff wurde, wie sie blinzelte und schlucken musste, wie ihre Augen sich veränderten und wie tot wirkten. Er hasste es. Hasste es, dass er seinen Teil dazu beigetragen hatte, dass ihr Gesicht einen solch schmerzhaften Ausdruck hatte.

Jetzt war sie wieder ganz regungslos und auch das hasste er. Vielleicht war es doch nicht zu spät, Bryan zu erwischen und ihm direkt ins Gesicht zu schlagen. Er sollte jetzt eigentlich hier sein und die Scherben aufsammeln, wieder alles in Ordnung bringen. Aber er war nicht hier. Lucas war hier, aber was konnte er tun?

Nur der Bräutigam fehlt.

Die Worte blinkten in seinem Kopf wie die Leuchte eines Leuchtturms und neckten ihn. Das war der pure Wahnsinn. Und selbst, wenn es das nicht wäre, dann wäre es nicht ganz ohne Selbstzweck.

Du könntest Kates Hochzeit retten. Ihren Ruf. Es wäre ehrenhaft, das zu tun.

Aber ich würde ja auch das bekommen, was ich will. Wäre das egoistisch?

Du warst bereit, sie gehen zu lassen, weil du dachtest, dass es das Richtige ist. War das selbstsüchtig? Sie braucht dich jetzt. Und du könntest ihr helfen.

»Was soll ich nur tun?«, fragte Kate. Sie richtete ihre Rehaugen auf ihn, sah in an, brauchte ihn. Es wäre total riskant, es zu tun. Dabei wollte er sie doch beschützen, sie an sich ziehen, so wie eine Henne ihre Küken unter ihren Flügeln sammelt.

»Wie kann ich den Leuten denn noch ins Gesicht sehen? Was soll ich der Presse sagen? Und meinem Verleger?« Zum ersten Mal zitterte ihr Mund und sie biss sich auf die Lippen. »Sie haben alles bezahlt. Wusstest du das?«

Sollte er es sagen? Sich selbst anbieten? Würde das überhaupt funktionieren? »Vielleicht könnte es klappen.«

»Was?«

Er hatte nicht gemerkt, dass er laut dachte, bis er Kates Reaktion registrierte. Nun, er steckte schon mittendrin, da konnte er auch kopfüber hineinspringen. »Ich habe eine Idee. Sie ist aber ziemlich verrückt.«

Zu seiner Überraschung verzog sie ihr Gesicht zu einem schiefen Grinsen. »Das passt ja gut, schließlich ist mein ganzes Leben im Moment ziemlich verrückt.«

Er betrachtete sie genau. Da war wirklich etwas wie Hoffnung in ihren Augen zu sehen. »Also, so wie ich es sehe, fehlt eigentlich nur der Bräutigam.«

Sie atmete scharf aus. »Und das ist ja wohl ein nicht unwesentlicher Teil der ganzen Sache, oder?«

Er nickte einmal und hoffte insgeheim, dass sie selber eins und eins zusammenzählen würde, damit er es nicht selber aussprechen müsste. »Was wäre, wenn es einen anderen Bräutigam gäbe?«

Jetzt zuckte sie doch ein bisschen zurück und blinzelte ungläubig. *Na prima. Jetzt denkt sie, dass ich vollkommen durchgedreht bin.*

»Ich habe aber keine Warteliste und die Bräutigame stehen nicht direkt Schlange.«

Er scharrte mit seinen Füßen und lehnte sich dann gegen den Arbeitsbock. Er wusste nicht, ob er für das gewappnet war, was als Nächstes kommen würde. Sag es einfach. *Das Schlimmste, was sie tun könnte, wäre, mir direkt ins Gesicht zu lachen.* »Wie wäre es, wenn ich Bryans Platz einnehmen würde?«

Schweigen breitete sich aus und er kratzte die weiße Farbe auf der Spitze seines Turnschuhs weg. Es blieb lange still. Es war ein unbehagliches Schweigen. Wenn er seine Worte zurücknehmen könnte, hätte er es getan. Stattdessen warf er Kate einen Blick zu. Der Ausdruck auf ihrem Gesicht verstärkte seinen Wunsch.

»Warum würdest –« Sie räusperte sich. »Warum würdest du das tun?«

Warum würde ich das tun? Weil ich dich liebe. Aber das konnte er nicht sagen. Warum hatte er nicht besser nachgedacht, bevor er seine große Klappe aufgemacht hatte?

Er zog die Schultern hoch. »Um dir zu helfen«, sagte er.

Ihre Augenbrauen zogen sich zusammen. »Aber hier geht es um eine Ehe, nicht nur um einen kleinen Gefallen.«

Einen Gefallen. Was wäre, wenn er einen Handel mit ihr eingehen würde? Was, wenn sie im Gegenzug etwas für ihn tun würde? »Ich würde erwarten, dass du auch etwas für mich tust.« *Was? Was will ich denn als Gegenleistung haben?*

Als sie das hörte, sanken ihre Augenbrauen herunter und sie presste ihre Lippen fest aufeinander. Ihr Blick war direkt und vielsagend und er wusste sofort, woran sie dachte.

»Bild dir bloß nichts ein«, sagte er.

Sie schüttelte ihren Kopf, als wollte sie ein unangenehmes Bild im Kopf loswerden. »Das macht auch nichts. Es würde sowieso nicht funktionieren. Auch wenn der Rest der Welt nicht weiß, wen ich heiraten wollte, mein Vater weiß es. Und ebenso Chloe, mein Verleger und Pam und Anna. Und natürlich auch Bryans Familie.«

Das war natürlich ein Problem, aber könnte man es vielleicht irgendwie lösen? Jetzt, da die Idee ausgesprochen war, gewöhnte er sich immer mehr daran. Er zuckte mit den Schultern. »Denkst du, dass sie schweigen können?«

Sie sah ihn wieder ungläubig an. »Schweigen?« Ihre Finger nestelten am hohen Kragen ihrer Bluse. »Du scheinst es tatsächlich ernst zu meinen.«

Sein Herz pochte wild gegen seine Rippen. Er kratzte an der

getrockneten Farbe auf seinem Daumennagel. »Und, was ist? Würden sie ...?«

Sie drehte sich um und ihr schwarzes Haar schwang dabei aufreizend durch die Luft. »Du kannst – du kannst mich doch nicht so einfach heiraten. Eine Ehe ist für immer. Für mich ist sie es wenigstens. Man entscheidet mal nicht so einfach zwischen Tür und Angel, dass man jemanden heiratet. Das macht man nicht.« Sie sah ihn wieder an. »Ich mache das nicht.«

Nein, Kate tat so etwas nicht. Sie plante jeden Schritt im Voraus, jedes Detail zur richtigen Zeit, alles in der perfekten Reihenfolge.

Wenigstens hatte sie ihn nicht ausgelacht. Er richtete sich auf und zog seine Schultern hoch. Dabei versuchte er so unbeteiligt wie möglich auszusehen. Einfach war das aber nicht, da er sich wie jemand fühlte, dessen Freundin ihren Kopf weggedreht hatte, als er versuchte, sie zu küssen. »Wie du willst.«

Er begann, das Kabel um die Schleifmaschine zu wickeln. Es war sowieso eine dumme Idee gewesen. Allein die Reaktion seiner Mutter, wenn sie aus ihrem Urlaub zurückkäme und erführe, dass ihr Sohn nicht nur verheiratet war, sondern auch noch mit Kate Lawrence. Sie würde ihm immer wieder mit ihrer Ablehnung in den Ohren liegen. Und auch in den Ohren seines Vaters.

Trotzdem schmeichelte es ihm wenig, dass Kate eher ihren beruflichen Niedergang akzeptierte als ihn zu heiraten. Er versuchte, seinen Schmerz herunterzuschlucken und stellte die Schleifmaschine neben seine Lieblingsbohrmaschine ins Regal. Dabei wartete er auf das Klackern ihrer Absätze, wenn sie die Werkstatt verlassen würde.

Aber er hörte nichts dergleichen. Stattdessen unterbrach Kates Stimme die Stille. »Die Leute, die wissen, dass Bryan der Bräutigam war ... was machen wir, wenn einer von ihnen etwas ausplaudert? Und dann sind da noch der Trauschein und der Smoking. Etwas könnte schiefgehen und wenn die Sache dann an die Öffentlichkeit dringen würde, wäre das eine noch viel größere Katastrophe als jetzt – falls das überhaupt möglich wäre.«

Ja, ja, schon gut. Habe schon verstanden. »Es war eine dumme Idee.« Das hatte sie sehr deutlich zu verstehen gegeben. »Du solltest dir deinen kleinen Notizblock rausholen und eine Liste der Sachen machen, die du absagen musst.«

»Warte. Nur eine Minute. Ich muss nachdenken.« Offensichtlich konnte sie das am besten, wenn sie auf und ab ging.

Was auch immer. Er wandte sich wieder seinen Werkzeugen zu. Er wusste nicht, worüber sie noch nachdenken wollte. Jetzt ging es nur noch darum, das Ganze durchzustehen. Und darum beneidete er sie nicht. Aber wenn Bryan imstande war, sie so kurz vor der Trauung zu versetzen, dann war er einfach nicht gut genug für sie.

Er schwieg, während sie weiter nachdachte. Als sie endlich wieder sprach, hatte er jedes einzelne Werkzeug weggepackt – etwas, das seit dem Aufbau des Regals noch nicht wieder passiert war.

»Ich glaube, ich könnte es schaffen, dass jeder unser Geheimnis für sich behält. Mein Verleger und Pam werden sicher nichts sagen. Anna und meinem Vater kann ich voll vertrauen. Zur Trauung kommen auch einige entfernte Verwandte, aber auch die werden nichts herausposaunen, da bin ich sicher.«

Sie dachte laut und sah Lucas dabei nicht einmal an. »Bryans Familie ist klein und die meisten kommen aus der Nähe von Boston. Acht Verwandte wollen kommen und dann ist da noch der Trauzeuge. Bryan könnte sicher dafür sorgen, dass sie schweigen. Wenigstens ist er mir das schuldig.« Der Ausdruck ihrer Augen wurde für einen

Augenblick weicher, als würde der Gedanke an ihn sehr schmerzhaft für sie sein.

Kate dachte tatsächlich darüber nach, die Sache durchzuziehen. Er hatte noch nie gesehen, dass sie etwas Spontanes gemacht hatte, und doch war sie hier und erwog tatsächlich, ihn in letzter Minute zu heiraten. *Wie groß muss ihre Verzweiflung sein.*

Kate betrachtete Lucas von oben bis unten; er wand sich innerlich und fühlte sich so, als wäre er gerade durch eine Prüfung gefallen. »Der Smoking würde nicht passen. Du bist größer und deine Schultern sind auch breiter. Wir müssten uns schnell darum kümmern, was du anziehen könntest. Mr Lavitz ist ein guter Freund von dir, oder?«

»Äh, ja ...«

»Der Trauschein könnte auch ein Problem sein.« Sie tappte mit dem Fuß auf den Boden, kaute auf ihrer Lippe und ihre Augen waren suchend auf die Leuchtstofflampen gerichtet, als erwartete sie dort eine Antwort. »Und wir brauchen einen Plan, wie wir wieder aus der Ehe herauskommen. Vielleicht nach einem Jahr? Wir lassen ein bisschen Zeit vergehen, damit mein Buch ein Erfolg wird, und ich könnte schon mit meinem nächsten Buch anfangen. Wir könnten uns dann ohne viel Aufsehen wieder scheiden lassen ...«

Sie schloss die Augen. »Ich kann es nicht fassen, dass ich so über die Ehe spreche. Als wäre es irgendein billiges Arrangement ohne wirklichen Wert.«

Lucas beobachtete ihr Gesicht, als sie so mit ihren Prinzipien kämpfte. »Er lässt dir keine andere Wahl. Es ist ja nicht so, als hättest du viele andere attraktive Alternativen.«

Plötzlich sah sie ihn mit gerunzelter Stirn an. »Sag noch mal, warum du das alles machen willst.«

Warum? Warum? Wie könnte sie ihm helfen? Sie war Eheberaterin, aber er war ja nicht verheiratet – noch nicht. Die Ehe seiner Eltern war ziemlich stabil, obwohl sie sich gerne stritten. Jeder wusste, dass es harmlos war, dass es einfach ihre Art war. Aber ein Außenseiter könnte denken ...

»Lucas? Wir haben nicht mehr viel Zeit.«

»Die Ehe meiner Eltern. Vielleicht könntest du ihnen helfen.«

Ihre Augen leuchteten auf. Aha, er hatte ins Schwarze getroffen.

»Ist ihre Ehe in Gefahr?«

Er räusperte sich und steckte seine Hände in die Hosentaschen. »In letzter Zeit haben sie sich oft gestritten.« Er brauchte noch stärkere Argumente, wollte aber auch nicht lügen. »Letzten Monat ist meine Mutter für ein paar Tage fortgegangen.« Sie hatte mit ihren Freundinnen einen Wochenendausflug gemacht, aber das musste Kate ja nicht erfahren. »Jamie – meine jüngere Schwester – hat mir erzählt, dass Vater die Abwesenheit meiner Mutter richtig genossen hat.« Eigentlich hatte er gesagt, dass er sich freute, Jamie ganz für sich zu haben. Aber das war doch ziemlich nah dran an der Wahrheit, oder?

»Und du möchtest, dass ich mit ihnen Beratungsgespräche führe?«

»Nein.« Das Wort war ihm ein bisschen zu schnell über die Lippen gekommen. »Beide haben von all diesem psychologischen Geschwafel ziemlich die Nase voll.« Kate zog die Augenbrauen hoch und er beeilte sich, seine Gedanken etwas anders zu formulieren. »Du müsstest sehr geschickt vorgehen. Sie kennenlernen. Es schaffen, dass sie dir vertrauen und dir von sich erzählen. Ich bin sicher, dass du das schaffen könntest.«

»Das ist alles? Das ist alles, was du von mir willst?«

Er wollte noch viel mehr, aber es war zumindest ein Anfang. »Es ist schließlich die Ehe meiner Eltern.«

»Natürlich. Ich habe auch nicht sagen wollen, dass es unwichtig wäre.« Kate legte die Finger zusammen und tippte die Fingerspitzen aneinander. »Ich weiß gar nicht, ob das möglich wäre. Soweit ich weiß, muss man einige Zeit warten, bis man einen Trauschein bekommen kann.«

Daran hatte er nicht gedacht. Vielleicht war der Plan von Anfang an zum Scheitern verurteilt gewesen. Aber hatte sein Freund Ethan nicht auch in letzter Minute geheiratet? »Ich denke, dass man das organisieren könnte. Nancy Railings arbeitet bei der Stadtverwaltung und ich habe ihr Haus mit neuen Möbeln eingerichtet. Mal sehen, was ich herausfinden kann.«

Er konnte fast nicht glauben, dass sie tatsächlich darüber nachdachte, den Schritt zu wagen. In ein paar Stunden würde er Kate vielleicht heiraten. Vor Freunden, seiner Familie und der Presse. Seine Beine fingen plötzlich an zu zittern, als er sich daran erinnerte, dass es in der Zeitung einen Artikel mit allen Einzelheiten geben würde. Die Hochzeit würde ein großes Medienereignis sein. Vielleicht würde man ihn auch interviewen wollen.

Sein Mund fühlte sich mit einem Mal ganz trocken an. »Keine Interviews«, sagte er.

Kate war wohl ganz in Gedanken versunken gewesen, denn sie hatte nicht sofort gehört, was er gesagt hatte. »Was hast du gesagt?«

»Die Presse kann so viele Fotos machen, wie sie will, aber ich werde keine Interviews geben.«

Sie zuckte mit den Schultern und behielt ihn dabei im Auge. »Ich bin einverstanden, wir sollten die Situation nicht noch unnötig verkomplizieren. Wie ist es denn mit deiner Familie? Wie wird sie sich fühlen?«

Das gab ihm zu denken. Seine Mutter hatte ihn immer wieder ermutigt, wieder eine neue Beziehung einzugehen, nachdem Emily vor fünf Jahren gestorben war. Aber Kate wäre die letzte Person, die seine Mutter als seine neue Partnerin ausgewählt hätte. Wenn er seiner Mutter sagen würde, dass die Ehe mit Kate nur vorübergehend war, dann würde sie sich Kate gegenüber nicht sehr gut benehmen und sie vielleicht für immer abschrecken. Aber wüsste sie, dass er Kate liebte, müsste sie sich mehr Mühe geben, oder?

»Meine Eltern sind zurzeit nicht in der Stadt, aber mein Bruder und meine Schwester sind hier. Ich rufe meine Eltern nach der Hochzeit an und sage ihnen, dass wir geheiratet haben. Und ich möchte nicht, dass sie die Einzelheiten erfahren. Was sie betrifft, ist unsere Ehe echt.«

Und, wenn alles so verlief, wie er es erhoffte, dann wäre auch kein Plan notwendig, aus der Ehe wieder herauszukommen. Er streckte seine Hand aus. »Abgemacht?«

Er hielt den Atem an und fühlte einen Kloß in seinem Hals.

Kate starrte ihn an und in ihren Augen war eine Mischung aus Angst und Entschlossenheit. Dann legte sie ihre Hand in seine Hand. »Abgemacht.«

Den perfekten Mann gibt es nicht. Aber es gibt den Mann, der für Sie der Richtige ist.

– Auszug aus *Wie ich den richtigen Mann finde* von Dr. Kate

Kapitel Drei

Wenn Kate noch ein einziges Mal die neue Situation erklären müsste, würde sie sich jedes einzelne Haar vom Kopf reißen. Das nackte Entsetzen war in den Augen von Anna, Chloe und Pam zu sehen und sie hatten darauf bestanden, über alle Eventualitäten zu sprechen. Zusammen waren sie alle Vor- und Nachteile durchgegangen, mehr um die anderen zu beruhigen, als Kate selbst.

Ihr Vater hatte aufrecht und schweigend zugehört. Die einzige väterliche Reaktion war die einsame Sorgenfalte auf seiner blitzsauberen Stirn gewesen.

Alles wird gut werden, Papa. Ich weiß, was ich tue.

Er hatte Kate zu unabhängigem Denken erzogen und bis jetzt hatte er noch nie Entscheidungen von ihr infrage gestellt. Und sogar jetzt war alles, was er sagte: »Kate ...«

Als sie Bryan anrief, um ihm ihren Plan und ihre Forderungen mitzuteilen, war am anderen Ende der Leitung zuerst nur Schweigen gewesen. Fast hatte sie seinen offensichtlichen Schock und das unausgesprochene *Was willst du machen?* genossen. Als sie gerade dachte, dass er möglicherweise hinter dem Lenkrad seines Autos ohnmächtig geworden war, bat er sie darum, zu wiederholen, was sie gesagt hatte. Am Ende musste sie alles dreimal erklären, bis er schließlich versprach, dass seine Familie nichts weitererzählen würde. Sie nahm an, dass er selbst nicht scharf darauf war, dass man davon erfuhr, was er Kate angetan hatte.

Wenigstens eine Gruppe brauchte keine Erklärungen. Lucas hatte sie seinem Bruder und seiner Schwester vorgestellt, Brody and Jamie. Brody, eine schlaksige Version von Lucas mit lockigen Haaren, hatte gerade Semesterferien und Jamie war ein Teenager mit dunklen Haaren und einer Zahnspange. Sie reagierten auf die bevorstehende Trauung ihres Bruders mit einem freundlichen Lächeln, bevor sie sich einen wortlosen Blick zuwarfen, den Kate aus Zeitgründen nicht entziffern konnte.

Nun, vier Stunden, einen Trauschein und unzählige Schreckensmomente später, stand Kate in einem weißen Brautkleid am Fuße des Ganges, der zum Altar führte. Die Kameras der Presseleute klickten unaufhörlich und versuchten, sie aus dem besten Winkel abzulichten. Kate riss sich zusammen und bemühte sich, mit den Augen zu strahlen.

In einer Entfernung von knapp zehn Metern am Ende des Ganges wartete Anna im Pavillon; daneben Lucas' Trauzeuge Ethan, der Friedensrichter. Und Lucas.

Lucas. Passiert das hier wirklich?

Die Musiker setzten ein und spielten den Hochzeitsmarsch. Kate legte ihre Hand auf den Arm ihres Vaters und machte den ersten Schritt. Vom Meer her kam eine sanfte Brise, die ihr das Haar und den Schleier ein wenig zerzauste und ihr das Kleid, das trägerlos war und einen A-Schnitt hatte, gegen die Beine drückte. Sie hatte dieses Satinkleid endlich nach langem Suchen in einer Boutique in Boston gefunden, nachdem sie zahlreiche Zeitschriften und Läden konsultiert hatte. Aber was hatte es jetzt noch für eine Bedeutung, dass das Kleid perfekt saß oder der Saum genau die richtige Länge hatte?

Wie war es nur zu all dem gekommen? Am Ende des Ganges sollte eigentlich Bryan auf sie warten. Er und sie passten so gut zueinander. Gemäß all ihrer Kenntnisse über Persönlichkeiten und Beziehungen waren sie füreinander geschaffen. Sie hatten so viel gemeinsam – ihre Liebe zum Sport ... Organisation ... Pünktlichkeit ... Loyalität ...

Nun ja. Den Punkt der Loyalität müsste sie noch einmal überdenken.

Sie ging an Tante Virginia vorbei, die in der zweiten Reihe saß und ihren charakteristischen kirschroten Lippenstift trug. Ihr braunes Haar türmte sich über ihrem aufgedunsenen, bleichen Gesicht wie Schokoladenraspeln über einem Berg Schlagsahne.

Die Seite, auf der die Familie und die Freunde des Bräutigams sitzen sollten, war halbleer, aber was hätte sie auch bei den kurzfristigen Einladungen erwarten können? Jamie saß neben Brody in der ersten Reihe, ihre braunen Haare wurden von einer Haarspange zusammengehalten. Zwei Teilzeitangestellte aus Lucas' Laden saßen in der zweiten Reihe und versuchten angestrengt, an einem großen, dünnen Mann vorbei etwas sehen zu können. Kate meinte, den Mann von irgendwoher zu kennen.

Sie stellte sich vor, wie enttäuscht Lucas' Eltern sein würden, weil sie die Trauung verpassten. Und überhaupt erst von der Zeremonie zu erfahren, nachdem sie schon vorüber war ... Aber das hatte Lucas so gewollt, es war seine Entscheidung. Später würden sie die Wogen glätten.

Sie ...

Sie würde Teil einer neuen Familie sein. Das wurde ihr mit einem Male klar. Und sie kannte diese Leute nicht einmal– sie kannte ja kaum den Bräutigam!

Hilfe, was mache ich hier?

Sie blickte Lucas erst an, als sie fast am Pavillon angekommen war. Und da erkannte sie ihren Fehler. Eine echte Braut hätte den Bräutigam die ganze Zeit verliebt angesehen. Lächelte sie auch strahlend genug? Ihre trockenen Lippen blieben an ihren Zähnen kleben.

Lucas hatte sich in Schale geworfen, er hatte sogar seinen ständigen Drei-Tage-Bart abrasiert. Sein längliches Haar war aus seinem Gesicht gekämmt. Diese Frisur, kombiniert mit dem eleganten Smoking, gab ihm das Aussehen eines Edelmannes aus dem neunzehnten Jahrhundert. Ihre Blicke begegneten sich, seine Augen zogen sie in sich hinein – ein starkes Rettungsseil in einer Situation, die sich wie ein wilder Sturm anfühlte.

Sie erreichten den Pavillon, ihr Vater hielt an und küsste sie auf ihre Wange. Dann setzte er sich in die erste Reihe.

Jetzt war sie auf sich gestellt.

Was mache ich nur hier? ... Was tue ich bloß? ...

Mit den letzten Klängen des Hochzeitsmarsches betrat sie den Pavillon und hielt zwischen Anna und Lucas an. Ihr nackter Arm berührte seinen. In einiger Entfernung klickten unaufhörlich die Kameras und nahmen jede Sekunde dieses Ereignisses auf. Sie wusste, dass die besten Fotos morgen in den Zeitungen sein würden. Aber als der Friedensrichter zu sprechen begann, konnte sie nur an die Wärme denken, die sie durch Lucas' Smoking spüren konnte.

»Die Ehe soll von allen Menschen geachtet werden«, begann er. »Und deshalb soll sie von niemandem leichtfertig eingegangen werden – sondern vielmehr mit Ehrfurcht, nach reiflicher Überlegung und mit großem Ernst.« Er betonte jedes Wort und zog dabei seine buschigen, grauen Augenbrauen missbilligend in die Höhe. Als Kate ihm gesagt hatte, dass Lucas Bryans Platz einnehmen würde, hatte sie halb befürchtet, dass er sich weigern würde, die Zeremonie zu vollziehen. Aber er hatte nur seine Lippen fest zusammengepresst und förmlich genickt.

Jetzt sprach er weiter. »Die beiden hier anwesenden Personen haben sich für das heilige Sakrament der Ehe entschieden, das sie zu einer Einheit macht, bis der Tod sie scheidet.«

Bis der Tod sie scheidet. Sie drehte ihren Kopf kaum merklich Lucas zu. Und in ihre Nase stieg der strenge Geruch von Angst und salziger Meeresluft. Bis zum Tod. Sie kannte ihn doch fast gar nicht!

Was mache ich hier?

Sie atmete tief durch, immer darauf bedacht, dass ihr Gesichtsausdruck nichts verriet. *Jetzt gibt es kein Zurück mehr. Konzentrier dich. Bring erst einmal die Zeremonie hinter dich.*

Hatte Lucas auch Angst? Fragte er sich wie sie, in was er da hineingeraten war? Wünschte er sich wieder zurück in seinen Laden, wo er, bedeckt von einer dünnen Schicht Sägespänen, arbeiten konnte? Er gab schließlich ein Jahr seines Lebens auf. Und er würde sehr in der Öffentlichkeit stehen.

Was, wenn er kalte Füße bekam? Genau hier vor allen Versammelten? Zweimal an einem Tag sitzen gelassen. War das eigentlich schon einmal vorgekommen? Sie konnte sich die Schlagzeile schon vorstellen: *Dr. Kate am Altar von zwei Bräutigamen versetzt.*

Der Friedensrichter hatte zu sprechen aufgehört und die Stille ließ Kate in Panik geraten. Ohne Nachzudenken nahm sie ihre Hand vom Bouquet und suchte nach etwas, an dem sie sich festhalten konnte. Als ihre Finger Lucas' Hand berührten, umschlossen seine Finger ihre Hand. Seine Hand war warm und stark und – überraschenderweise – selbstsicher. *Alles wird gut werden,* sagte seine Hand.

Mrs Petrie begann mit ihrem Solo, ihre helle Sopranstimme erhob sich wie ein Schmetterling auf der Brise, die vom Meer kam. Kates Gedanken begannen zu wandern. Diese Musik hätte genau zu Bryan und ihr gepasst. Wie hatte sie so falsch liegen können? Und wer war die Frau, die sein Herz gestohlen hatte? Es war doch erst gestern Abend gewesen, als er sie umarmt und ihr vor der Wohnungstür einen Gute-Nacht-Kuss gegeben hatte. Was hatte er dabei noch einmal gesagt? *Ich denke, wir sehen uns bald wieder.*

War da nicht schon ein gewisser Unterton in seiner Stimme gewesen? Hätte sein Gesichtsausdruck ihn verraten können? Hatte sie die Warnungen einfach nicht bemerkt? Sie war zu aufgeregt gewesen, um etwas zu registrieren. Und jetzt war Bryan auf und davon.

Und sie war dabei, Lucas zu heiraten. Sie würde ein Jahr ihres Lebens einem Mann schenken, den sie nicht liebte. Ach du liebe Güte, die meiste Zeit mochte sie ihn noch nicht einmal. Sie würde nicht so weit gehen, ihn einen vollkommenen Chaoten zu nennen. Aber manchmal war er einfach so ... nervig. So irritierend. Seine Unpünktlichkeit, seine fehlende Ordnung und seine aufreizende Entspanntheit. Sie hatte sich schon häufig gewünscht, für ihn eine Fernbedienung zu haben, auf der sie die Taste zum Vorspulen betätigen könnte.

Sie konnte sich eigentlich keinen Mann vorstellen, der weniger geeignet war als Lucas, sie zu heiraten.

Mrs Petrie beendete ihren Vortrag und setzte sich wieder auf ihren Stuhl. Der Friedensrichter begann nun über den Ernst des Eheversprechens zu sprechen, das sie in einigen Minuten ablegen würden. Kate hätte sich die Ohren am liebsten mit Ohrstöpseln verschlossen. Sie war doch eine Befürworterin von Ehen, die das ganze Leben hielten. Es war ihr Lebensinhalt, anderen Paaren dabei zu helfen, zusammenzubleiben und sich nicht zu trennen. Und jetzt ging sie eine Ehe ein, die nur eine Farce war.

Ich bin eine Heuchlerin. Eine Schwindlerin. Was würden meine Leser denken, wenn sie davon wüssten?

Der Friedensrichter wandte sich nun an sie und Kate versuchte, sich auf ihn zu konzentrieren, als er die Verlesung der Eheversprechen ankündigte. Nun musste sie Lucas ansehen. Sie übergab Anna ihr Bouquet und drehte sich zu Lucas um – unsicher, ob sie überhaupt normal weiteratmen könnte; zum Sprechen fühlte sie sich schon gar nicht in der Lage.

Dann sah sie, dass Lucas seine Lippe ganz leicht nach oben gezogen hatte. Seine Augen blickten sie warm an. Instinktiv beruhigte sie sich.

Ich kann das schaffen.

Der Friedensrichter verlas das Eheversprechen und sie sprach es nach. »Ich, Kate Lawrence, nehme dich an als meinen Mann. Ich will dich lieben, achten und ehren alle Tage meines Lebens, in guten und in bösen Tagen, in Gesundheit und Krankheit.« Kate schluckte hart. »Bis dass der Tod uns scheidet.«

Die letzten Worte hatte sie etwas hastig ausgesprochen, aber sie hatte es geschafft. Jetzt wandte sich der Friedensrichter Lucas zu.

Er wiederholte das Versprechen und er machte seine Sache gut. Seine Augen sagten ebenso viel wie seine Worte. Er sah sie auf eine Weise an ... Jede Braut träumte davon, so angeblickt zu werden. So, als sei sie etwas ganz Kostbares. So, als gäbe es für ihn keine andere Frau. Lucas sprach leise, als käme seine Stimme aus den tiefsten Tiefen des Ozeans. Seine Vorstellung war mehr als nur glaubwürdig. Sie war überzeugend.

Der Friedensrichter sprach ein Gebet und beendete es mit einem Amen. »Nun ist es die Tradition, dass die Braut und der Bräutigam als Zeichen ihrer Liebe die Ringe tauschen.«

Die Ringe! Kate geriet wieder in Panik. Ihren Ring hatte ja noch Bryans Trauzeuge. Lucas konnte ihr keinen Ring geben. Verzweifelt sah sie den Friedensrichter an, der aber hatte seine Augen auf Lucas gerichtet, als er weitersprach. »... symbolisieren die ewige Liebe eurer Vereinigung.« Er räusperte sich, als ob die Worte für ihn einen unangenehmen Beigeschmack hätten.

Kate starrte weiter auf den Friedensrichter und hoffte inständig, dass sie telepathisch zu ihm durchdringen konnte. *Es gibt keine Ringe!*

Aber in diesem Moment drehte Lucas sich zu Ethan um. Als er Kate wieder ansah, lag in seiner Hand ein Ring. Er hatte sich tatsächlich darum gekümmert. Erleichterung überflutete sie und sie lächelte Lucas dankbar an.

Er nahm ihre linke Hand in die seine und schob vorsichtig den Ring auf ihren Finger, bis er neben ihrem funkelnden Diamantring ruhte. »Mit diesem Ring nehme ich dich zu meiner Frau.« Der Ausdruck seiner Augen brannte die Worte in ihr Herz.

Der Ring war aus Weißgold, schlicht und doch voller Eleganz. Wann hatte er nur die Zeit gefunden, den Ring zu besorgen? Und woher kannte er ihre Größe?

Der Friedensrichter forderte sie nun auf, Lucas seinen Ring zu geben. Sie wandte sich an Anna, um den Ring in Empfang zu nehmen. Bryans Ring würde Lucas unmöglich passen. Sie hoffte, ihn zumindest irgendwie über den Fingerknöchel bringen zu können. Vielleicht würde es ja niemand merken.

Sie nahm den Ring aus Annas Hand ... und sah, dass es nicht Bryans Ring war, der ebenfalls aus Weißgold war, aber zusätzlich rautenförmige Einkerbungen hatte. Sie drehte sich zu Lucas und ergriff seine Hand. Der Ring glitt ohne Schwierigkeiten auf seinen großen, spitz zulaufenden Finger und leuchtete hell gegen seine dunkle Haut. »Mit diesem Ring nehme ich dich zu meinem Mann«, sagte sie.

Nun ergriff Lucas ihre beiden Hände und der Friedensrichter setzte zum Ende seiner Ansprache an. Aber darauf achtete Kate nicht mehr. Sie nahm nichts wahr außer der Tatsache, dass Lucas ihre Hände festhielt. Rau und schwielig fühlten sie sich an. Und sie bemerkte, dass er fast einen Kopf größer als sie war. Eine Strähne hatte sich aus seinem Haar gelöst und fiel ihm über die Stirn, was ihm ein verwegenes Aussehen gab. Sie sah ihn an. Seine Augen drangen tief in sie ein und stützten sie.

Der Friedensrichter kam zum Ende. »Kraft der Vollmacht, die mir vom Staat Massachusetts verliehen ist, erkläre ich Sie hiermit zu Mann und Frau.«

Sie war so erleichtert, dass sie sogar lächeln konnte. *Es ist vollbracht. Ich habe es geschafft.*

»Sie dürfen die Braut jetzt küssen.«

Hastig blickte sie wieder zu Lucas. In all dem Tumult der letzten Stunden hatte sie nicht einmal an den Kuss gedacht. Und er?

Er zog seine Augenbraue hoch, als wollte er sie herausfordern.

Sie beugte sich ein wenig zu ihm hin und fühlte, wie sich seine Hände um ihre Taille legten. Mit ihrer Hand berührte sie vorsichtig seine Wange, da berührten sich schon ihre Lippen. Seine Lippen waren weich und er bewegte sie langsam und bewusst, als er sie näher an sich heranzog. Fast berührten sich nun ihre Körper ...

Ach ... du ... meine ... Güte ...

Der Kuss hatte nur einige Sekunden gedauert, aber sie war wie vom Donner gerührt. Himmel, Lucas konnte fantastisch küssen. Wer hätte das gedacht?

Er hatte sie beobachtet und sicher bemerkt, wie rot sie geworden war. In seinen Augen lag ein Zwinkern, als hätte er erraten, wie sehr sie der Kuss berührt hatte. Sie richtete sich auf und streckte ihr Kinn nach vorne. Der Friedensrichter sprach seine letzten Worte.

»Darf ich vorstellen: Mr und Mrs Lucas Wright.«

Erwartungen können eine Beziehung zum Gelingen oder zum Scheitern bringen.

– Auszug aus *Wie ich den richtigen Mann finde* von Dr. Kate

Kapitel Vier

»Dem ersten Mann ihres Lebens gewidmet«, verkündete der DJ von der behelfsmäßig errichteten Bühne. »Die Braut bittet ihren Vater um den ersten Tanz.«

Kate löste sich aus dem Kreis von Lucas' Freunden und schlängelte sich um die runden Tische zum Parketttanzboden, wo ihr Vater schon mit ausgestreckter Hand auf sie wartete. Die ersten Töne des Liedes »Unforgettable« erklangen hinter ihr und schon begann sie in den Armen ihres Vaters zu tanzen. Dies war der einzige Teil des Tages, der nach Plan lief. Alles andere war auf den Kopf gestellt worden; nur dieser Tanz, der war so, wie er sein sollte. Kate schloss ihre Augen und genoss die Normalität, unwillig und unfähig, über diesen Moment hinaus zu denken.

»Du hältst dich tapfer.«

Sie schaute zu ihrem Vater auf. Sein Gesicht war in den letzten Jahren sehr gealtert und Kate wurde mit einem Mal klar, dass sie ihn nicht oft genug in Maryland besucht hatte. Telefonate und Briefe waren eben doch nicht dasselbe wie der persönliche Kontakt, und sie hatte die meisten ihrer wenigen freien Wochenenden bei Bryan in Boston verbracht. Und wozu das alles?

»Wirklich?« Sie fühlte sich so transparent wie Klarsichtfolie und genauso schwach. Mit Lucas zusammen die Gäste begrüßen zu müssen war anstrengend gewesen. Jeder hatte wissen wollen, wie sie sich kennengelernt hatten und wie sie es so lange geheim halten konnten. In Lucas' Augen jedoch stand: *Es war alles ganz anders!* Die beiden mussten noch unzählige Details klären. Kate konnte sich nicht vorstellen, wie sie sich alles würden merken können, was sie sich spontan an diesem Abend ausgedacht hatten.

»Was weißt du eigentlich über diesen Kerl?« Ihr Vater schob sich steif über das Parkett und führte sie mehr wie ein Feldwebel in einem militärischen Ausbildungslager als ein Tänzer. Seine Haare – zumindest, was von ihnen noch übrig war – waren gescheitelt und ordentlich zur Seite gekämmt, doch bedeckten sie nicht den ganzen Kopf.

Was sie über Lucas wusste? Nicht einmal so viel, um einen Fingerhut zu füllen. »Er baut Möbel und sein Laden ist direkt unter meinem Büro in der Main Street. Eigentlich gehört ihm das Gebäude sogar. Ich hatte bis jetzt mein Büro und die Wohnung von ihm gemietet. Er hatte auch alle Renovierungen gemacht.«

Sie hatte Lucas schon vor Monaten informiert, dass sie diesen Monat ausziehen würde. Nie wäre es ihr in den Sinn gekommen, dass sie bei ihm einziehen würde. Es fiel ihr auf, dass sie gar nicht wusste, wo er lebte.

»Was weißt du noch?« Ein wohlwollendes Lächeln überdeckte seine Besorgnis.

»Er ist ein feiner Kerl, Vater. Harmlos.«

Sie riskierte einen Blick über die Schulter ihres Vaters hinüber zu Lucas. Er stand neben Ethan, die Hände steckten in seinen Westentaschen, die Jacke hatte er schon lange abgelegt. Sein weißes Hemd sah noch frisch aus und es lag eng an den breiten Schultern und den schmalen Hüften. Vielleicht war die Beschreibung »harmlos« doch nicht ganz zutreffend gewesen.

»Ich fahre erst morgen im Laufe des Vormittags ab. Falls du heute Nacht etwas brauchen solltest, ruf mich an.«

Kate lachte. »Diese Worte werden auch nicht die meisten Töchter von ihren Vätern in der Hochzeitsnacht hören.«

»Es handelt sich ja auch nicht um eine normale Hochzeitsnacht.«

Diese Antwort ernüchterte Kate. Er hatte recht, vor ihr lag wirklich keine »normale« Hochzeitsnacht. Sie hatte noch keine Ahnung, wie sie die Flitterwochen im Hotel »White Elephant« überstehen würde, ganz zu schweigen vom gesamten nächsten Jahr.

»Wenn irgendjemand diese Situation bewältigen kann, dann bist du es.« Ihr Vater drückte ihre Hand. Normalerweise zeigte er ihr gegenüber seine Gefühle fast nie so offen. Hinter ihm schmetterte die Band den Refrain, das Gesicht der Leadsängerin war vor Anstrengung ganz rot.

»Danke, Vater.«

Sie tanzten eine Weile schweigend weiter, bevor ihr Vater wieder anfing. »Ich weiß, deine Mutter und ich, wir hatten unsere Meinungsverschiedenheiten, aber heute Abend wäre ich froh, wenn sie hier sein könnte.«

Kate wollte nicht an ihre Mutter denken, besonders heute Abend nicht. »Du bist hier. Alles andere ist egal.« Sie drehten sich noch einmal im Kreis, während die Band das Lied beendete und die Versammelten applaudierten.

Lucas näherte sich, als Kates Vater einen Schritt zurück machte. »Darf ich übernehmen, Sir?«

Kate wusste, dass Lucas mit diesem Ehrentitel gepunktet hatte. Ihr Vater lächelte höflich, aber seine Augen warnten Lucas, dass diese Punkte nicht viel Bedeutung hatten.

Die Band stimmte den nächsten Titel an, ein Lied, das Kate für den ersten Tanz von Braut und Bräutigam ausgewählt hatte. Ihr Herz setzte kurz aus. »When a Man Loves a Woman« war ihr Lied gewesen. Als Bryan und sie sich das erste Mal geküsst hatten, hatte das Radio dieses Lied gebracht. Ein dicker Kloß saß in ihrer Kehle, als Lucas' Hände sich ihrer Taille näherten. Sie fühlte seine Augen auf sich und sie bemühte sich, ein überzeugendes Lächeln zustande zu bringen. Schließlich wurden sie von allen Seiten beobachtet. Die ganze Zeit. Sie musste sich zusammenreißen.

Es war fast so, als ob Lucas spüren würde, dass sie sich am liebsten vor allen verstecken würde. Er zog sie zu sich heran. Sie legte ihre Wange an seine Brust und war so vor allen Gesichtern verborgen. Trotz der lauten Musik und dem Geplapper der Gäste konnte sie die Wellen hören, die im beständigen Rhythmus an den Strand rauschten. Die Gleichmäßigkeit dieses Geräusches beruhigte sie.

»Alles wird gut werden, Kate.« Lucas' Stimme war tief und ganz nah an ihrem Ohr. »Du wirst schon sehen.«

Ihre Augen brannten und sie musste blinzeln, um die Tränen aufzuhalten. *Atmen, nur atmen.* Sie musste unbedingt an etwas anderes denken, an irgendetwas, aber ein Gedanke wollte einfach nicht verschwinden: *Ich habe mich in eine andere Frau verliebt.* Gab es etwas Grausameres, was man einer Braut sagen konnte?

»Ich bin froh, dass wir mal eine Minute allein sind«, sagte Lucas. »Ich wollte dich nämlich etwas fragen.«

Kate musste schlucken. »Was denn?«

»Machen wir auch Flitterwochen?«

Ihr Lachen klang dünn. »Tut mir leid.« Sie wich zurück, damit sie ihn ansehen konnte. »Wir haben ein Zimmer im Hotel ›White Elephant‹ reserviert, für eine Woche. Ist das okay?« Schließlich musste er auch an seine Arbeit denken. Aber wenn sie gar keine Flitterwochen machen würden, würden die Leute sich wundern.

»Ich muss diese Woche eigentlich einige Sachen abschließen, aber ich denke, dass ich das auch verschieben kann.« Er zog sie näher an sich heran. »Der ›White Elephant‹ ist es also? Dein Verleger hat sich ja wirklich nicht lumpen lassen.«

Ihre Hand glitt an seiner Schulter herunter. »Das Hotel hat uns ein super Angebot gemacht. Schließlich bekommen sie ja auch eine Menge öffentliche Aufmerksamkeit durch unseren Aufenthalt.«

»Ich bin überrascht, dass du nicht nach Hawaii oder so wolltest.«

Kate zuckte mit den Schultern. »Ich verdanke Nantucket so viel. Ich wollte etwas tun, um der Gemeinde zu helfen. Die Werbung ist gut für die Insel.« Sie strich die steifen Aufschläge seiner Smokingjacke glatt. Er hatte die Jacke für den Tanz wieder angezogen, für die unvermeidlichen Fotos.

Den ganzen Abend war er der perfekte Gentleman gewesen. Sie begann sich schon zu wundern, warum er ihr eigentlich früher häufiger auf die Nerven gegangen war. »Danke, dass du mir die Hochzeitstorte nicht ins Gesicht geworfen hast«, sagte sie.

Seine Lippen verzogen sich zu einem Lächeln. »Daran hätte ich nicht einmal im Traum gedacht.«

Der Sänger summte den Refrain, aber Kate sah Lucas weiter an. Sie mussten das »glückliche Paar« spielen. Das war anstrengender, als sie gedacht hatte. Das Vortäuschen hatte sie erschöpft.

»Also, wann ist diese Feier denn zu Ende?«

Je früher, desto besser. »Die Band spielt bis neun Uhr dreißig.«

Lucas begann, auf Kates Uhr zu sehen, aber sie griff nach seiner Hand und küsste sie. Die Haare auf seinem Handrücken kitzelten ihre

Lippen. »Du tanzt gerade mit deiner Braut. Die Zeit ist bedeutungslos.«

Sein Blick trübte sich und er legte seine Hand auf ihre Taille. Er sah sie nicht an.

»Wenn die Band einpackt, hauen wir ab«, sagte sie. »Eine Kutsche wird uns zum Hotel bringen.«

Es machte sie betroffen, wie trügerisch der Schein sein konnte. Für alle sah diese Feier wie eine Märchenhochzeit aus, eine echte Eheschließung. Und dabei war es alles eine Farce. Leer und falsch, wie ein großes Schloss, das innen hohl war.

»Ich habe noch nicht gepackt.« Er drehte sie mit überraschender Eleganz herum.

»Ist schon erledigt.«

Direkt neben der Tanzfläche leuchtete ein Blitzlicht auf. Kate schenkte Lucas das Lächeln einer Braut, die ihren Geliebten anhimmelt. Ihre Augen glitten liebevoll über Lucas' Gesicht, obwohl sie dort Mitesser erkennen konnte. Der Fotograf schoss noch ein halbes Dutzend Fotos. Als er in der Menge verschwunden war, sprach Kate weiter. »Anna wird heute Abend einige Sachen für dich aus deiner Wohnung holen. Das heißt, wenn es dir nichts ausmacht, dass sie deine Schränke durchwühlt. Morgen kannst du den Rest deiner Sachen holen.«

»Hm, bin nicht sicher, ob ich es gut finde, dass eine Fremde in meiner Unterwäsche herumstöbert.«

Sie konnte an seiner Stimme erkennen, dass sich seine Stimmung geändert hatte, war sich aber nicht sicher, was diesen Umschwung verursacht haben könnte. Regte er sich wirklich über solche Nichtigkeiten auf? Es hatte ihm nichts ausgemacht, sie völlig unvorbereitet in letzter Sekunde zum Traualtar zu führen. Und jetzt war es auf einmal so schlimm, dass jemand seine Schublade mit Unterwäsche berührte. Was hätten sie denn sonst tun können? Sie hätten ja nicht seine Verwandten schicken können, um seine Wäsche zu holen. So hätten sie ja erfahren, dass er seine Flitterwochen nicht geplant hatte. Sogar Lucas war nicht so unorganisiert, dass er das nicht geplant hätte.

»Hast du einen besseren Vorschlag?«

Er schaute nun über ihren Kopf hinweg und lächelte schwach. »Gut. Schick Anna vorbei.«

Kate öffnete ihren Mund, um etwas zu erwidern, aber dann änderte sie ihre Meinung. Das Letzte, was sie jetzt noch brauchte, war ein Streit auf der Tanzfläche.

Kate stand in der Shoreline Suite im Hotel »White Elephant« und sah in den Spiegel. Ihr dunkles Haar war an den Seiten hochgesteckt und verschwand unter ihrem dreischichtigen Schleier. Ihr Make-up sah immer noch frisch aus, ihr Kleid war atemberaubend. Ihre Schultern, die sie in den letzten vier Monaten sorgfältig gebräunt hatte, sahen genauso bezaubernd aus, wie Kate gehofft hatte.

Nur war das alles jetzt bedeutungslos. Bryan liebte eine andere und sie war jetzt mit einem Mann verheiratet, den sie kaum ertragen konnte.

Ah, aber meine Karriere ist gerettet. Wenigstens das ist mir geblieben.

Sie stellte ihre schwere Tasche auf den Marmortisch und öffnete sie, sodass der weiche Deckel gegen den geschliffenen Spiegel fiel. Der Reißverschluss schlug an das Glas.

Die Kutschfahrt zum Hotel hatte scheinbar kein Ende nehmen wollen, obwohl sie nicht mehr als zehn Minuten gedauert hatte. Das

Vortäuschen hatte sie jetzt schon satt. Das war kein gutes Vorzeichen – schließlich würde das gesamte kommende Jahr nichts weiter als eine Farce sein. Und nur ein Abend hatte sie bis auf die Knochen erschöpft. Ihre Füße taten weh, sie hatte Kopfschmerzen und sie wünschte sich nichts sehnlicher, als in ihr Bett zu krabbeln und sich die Bettdecke über den Kopf zu ziehen.

Vielleicht würde sich morgen alles nicht mehr so schlimm anfühlen. Die Sonne würde aufgehen, das Wasser im Hafen würde glitzern und die frische Luft würde sie daran erinnern, dass ein neuer Tag angebrochen war.

Wenigstens musste sie nicht von Nantucket wegziehen. Davor hatte sie Angst gehabt. Sie stellte sich noch einmal Bryans Wohnung in Boston vor und ein Seufzen entfuhr ihr dabei. Nie wieder würde sie ihn dort besuchen. Nie wieder auf seinem Sofa sitzen und Popcorn essen, während sie CNN sahen.

Sie widmete ihre Aufmerksamkeit wieder ihrem Koffer. Ihre Kleidung, die sorgfältig eingerollt war, damit es keine Falten geben würde, war in farbige Taschen eingehüllt und lag ordentlich in Reihen nebeneinander. Sie warf einen Blick auf die Kleidungsstücke und ihr wurde klar, dass die Satin- und Spitzensachen, die sie heute Nacht anziehen wollte, völlig fehl am Platz waren. Stattdessen zog sie ein Shirt mit einem hohen Kragen und ein Paar knielange Shorts heraus. Das musste reichen.

Sie sah noch einmal in den Spiegel, bemerkte ihren abgespannten Gesichtsausdruck und zwang sich, nicht zu weinen. Dann begann sie mit einem tiefen Seufzer den Kampf, sich aus ihrem Kleid zu befreien.

Lucas saß im Sessel, als sie wieder ins Zimmer kam, die Ellenbogen ruhten auf seinen Knien. Sein Blick flatterte kurz auf und ihr fiel ein, dass er sicher ungeduldig darauf wartete, sich endlich umziehen zu können.

»Anna ist sicher bald mit deinen Sachen hier.«

Er nickte.

»Tut mir leid, dass sie nicht früher hier sein konnte.«

Er nickte wieder.

Nun, brich dir bloß nicht die Zunge ab bei deinem Wortschwall. Kate gab auf und begann, ihre Sachen Stück für Stück aufzuhängen, und versuchte die Tatsache zu ignorieren, dass Lucas sie dabei wahrscheinlich ausgiebig beobachtete. Verbissen schwiegen sie weiter, bis nach einigen Minuten ein Klopfen an der Tür zu hören war. Kate sprang förmlich quer durch das Zimmer, um Anna hineinzulassen.

»Ist alles in Ordnung bei euch?«, flüsterte Anna, als sie Kate umarmte.

»Sicher.« Kate raffte sich zu einem letzten Lächeln auf. Sie hätte Anna gern mehr erzählt, aber Lucas war da und wartete darauf, sich endlich umziehen zu können.

»Bitte schön«, sagte Anna zu ihm.

Er nahm die Papiertüte und einen klirrenden Schlüsselbund aus ihrer Hand.

»Ich konnte keinen Koffer oder Reisetasche finden.«

»Das ist schon in Ordnung. Vielen Dank für Ihre Hilfe.«

Anna sah Kate an. »Nun ...«

»Also ...« Kate suchte verzweifelt nach einem Grund, um Anna noch länger im Zimmer zu behalten. *Vielleicht bemerkt sie ja den leicht manischen Ausdruck in meinen Augen und hat Mitleid.* Aber Anna winkte nur noch einmal, hob die Augenbrauen und schon war sie wieder fort.

Verräterin.

Aber anstatt schreiend hinter ihr herzulaufen, konzentrierte Kate sich weiter auf das Auspacken. Sie legte ihre Strümpfe und die Unterwäsche in eine der Kommodenschubladen, während Lucas im Badezimmer verschwand. Er kam in Rekordzeit wieder heraus.

Und er trug nur eine kurze Hose.

»Oh ...«, Kate blickte rasch weg. Als ob die Situation nicht schon kompliziert genug wäre.

Wieder konnte sie genau spüren, dass er sie betrachtete, als er in seinem Sessel saß. Was dachte er wohl? Oder genauer, was erwartete er von dieser Ehe? Wäre er Bryan, würde sie ihn einfach fragen – oder sie würde die Antwort schon wissen. Wie viele Gespräche hatten Bryan und sie über ihre Erwartungen an die Ehe geführt. Sie hatten sich in ihrer Verlobungszeit optimal auf die Ehe vorbereitet.

Immer noch seine Augen auf sich fühlend und wohl wissend, dass sie nur Zeit gewinnen wollte, stellte Kate einen Wecker und eine Zeitschaltuhr auf den Nachttisch und verstaute dann ihren Koffer im Schrank. Als sie es schließlich nicht länger hinausschieben konnte, ging sie zum Bett zurück und deckte das Bett auf. Dabei schielte sie auf das Kissen auf der anderen Seite.

Was genau erwartet Lucas von dieser Nacht?

Denkt er ...?

Sie saß auf der Bettkante und blickte auf die Wand und auf das gerahmte Bild eines Leuchtturmes. Ihr Rücken war kerzengerade, ihr Herz raste. Sie war nicht naiv. Männer erwarteten Sex in den Flitterwochen.

Lucas und sie waren jetzt verheiratet und, rein technisch gesehen, hatte er ein Recht, das zu erwarten. Aber … es fühlte sich ganz falsch an. Es handelte sich schließlich nicht um eine normale Ehe. Und deshalb hatten diese Flitterwochen auch nichts Typisches an sich. Und auf keinen Fall würde sie ihren Körper als Opfer darbieten … wie früher irgendeine Tempelprinzessin.

Dennoch hätte sie eigentlich vor der Trauung über solche Sachen reden müssen.

Sie war aber auch nicht bereit, sich deshalb die halbe Nacht um die Ohren zu schlagen. Sie schielte wieder zu ihm herüber. Er saß immer noch in seinem Sessel. Er hatte sich zurückgelehnt, sein Kopf war in ihre Richtung gedreht. Das Zimmer war groß und er schien weit entfernt zu sein. Eine gute, sichere Entfernung. Aber laut durch das Zimmer rufen konnte sie ja schließlich auch nicht.

Kate zwang ihre müden Beine aufzustehen. Dann ging sie langsam auf ihn zu.

Es ist in Ordnung, wenn man sich nur die Schaufenster ansieht. Vielleicht trauert man noch einer vergangenen Beziehung hinterher oder man ist einfach im Moment noch nicht bereit, sich mit jemandem zu treffen. Dann ist es okay, wenn man die Läden nicht betritt.

– Auszug aus *Wie ich den richtigen Mann finde* von Dr. Kate

Kapitel Fünf

Lucas beobachtete Kate, die wie ein Rotkehlchen am Rand seines Nestes auf der Couch hockte, bereit, beim ersten Anzeichen von Gefahr auf und davon zu fliegen. Er wollte sie beruhigen, wollte ihr sagen, dass sie bei ihm sicher war. Er wollte sie beschützen. Nie würde er ihr auch nur ein Haar krümmen. *Du bist so wertvoll für mich, Kate. Meine Braut.* Er genoss den Klang dieses Wortes auf seiner Zunge.

Kate hingegen verschränkte wie zum Schutz die Arme über ihrem Bauch. »Es ist wohl so, dass wir über einige Punkte noch nicht gesprochen haben. Vielleicht könnten wir uns mit dem dringlichsten Punkt jetzt befassen.«

So formell. Er erwartete halb, dass sie ihm eine vierundzwanzig Seiten lange Abhandlung vorlegen würde, in der die nächsten 365 Tage minutiös geplant und beschrieben waren. Und sie würde darauf bestehen, dass er das Dokument unterschrieb.

»An welchen Punkt hattest du denn gedacht?« Er faltete seine Hände über seinem nackten Bauch.

Kate leckte nervös ihre Lippen und dann verweilte ihr Blick für den Bruchteil einer Sekunde auf seinem unbekleideten Brustkorb, bevor sie wieder ihre gebräunten Knie fixierte.

»Die Bettenverteilung.« Sie räusperte sich. »Ich bin dir sehr dankbar, dass du heute so kurzfristig für Bryan eingesprungen bist. Ich weiß nicht, was du heute Nacht von mir erwartest, aber –«

Ihre Wangen brannten feuerrot.

»Ich weiß nicht, was du heute Nacht von mir erwartest, aber ich habe nicht den geringsten Wunsch, neben dir in diesem Bett zu schlafen – geschweige denn, irgendetwas anderes darin zu tun.« Er stellte sich die Worte vor, die sie nicht gesagt hatte. War es das, was sie so in Sorge versetzt hatte? Was bewirkte, dass ihre Hand ihren hohen Kragen krampfhaft zusammenhielt und ihr die Röte ins Gesicht trieb?

Für was für einen Schurken hielt sie ihn? Dachte sie wirklich, dass er eine Belohnung wollte, nachdem sie von dem Mann, den sie liebte, am Altar versetzt worden war? Als ob er sie so wollte – immer noch verliebt und voller Sehnsucht nach einem anderen. Nach den zärtlichen Gedanken, die er davor gehabt hatte, wurde ihm bei dieser Idee eher übel.

»Ob du es glaubst oder nicht, Kate, mit dir zu schlafen ist das Letzte, was ich jetzt tun würde.« Die Worte waren schärfer geworden, als er beabsichtigt hatte, aber schließlich traf es ihn tief, dass sie so gering von ihm dachte.

»Ich hatte vor, auf der Couch zu schlafen«, sagte er. »Das Bett gehört dir.«

Ihr Blick prallte von ihm ab, sie stand auf und nickte einmal kurz. Er sah wortlos zu, wie sie wegging, sah ihre langen Beine in den knielangen beigefarbenen Shorts. Bevor sie ins Bett schlüpfte, schaltete sie die Lampe auf dem Nachttisch aus.

Er knipste auch die anderen Lampen aus und machte es sich auf dem Sofa bequem. Oder versuchte es wenigstens. Er griff nach einem der weichen Kissen, drehte sich auf die Seite und zog die Knie hoch, sodass er der Länge nach überhaupt auf das Sofa passte.

Hat sie wirklich eine so geringe Meinung von mir?

Er erinnerte sich an das erste Mal, als sie sich begegnet waren. Damals hatte er ihr die Zimmer über seinem Laden gezeigt. Sie hatte eine weiße Hose getragen, einen Blazer und modisch hohe Absätze, bei deren Anblick er sich gewundert hatte, wie sie die Treppe hochgehen konnte, ohne hinzufallen.

»Es ist ein sehr großer Raum«, hatte sie gesagt. »Ich hätte nicht erwartet, dass es so offen sein würde.«

Er hatte sich umgesehen und die abgenutzten weißen Wände und den Holzfußboden angeschaut, der von einer Staubschicht bedeckt war. Außer dem kleinen Büro und dem Badezimmer im hinteren Teil des Gebäudes war alles ein offener Raum. »Hier war früher die Galerie eines Fotografen. Sie hatten am Telefon gesagt, dass Sie hier oben eine Wohnung und ein Büro haben wollen?«

Sie durchschritt den Raum und ihre dünnen Absätze klackerten dabei auf dem Boden. »Ich bin Eheberaterin. Ich brauche einen kleinen Lobby-Bereich und dann einen separates Beratungszimmer. Und ich hatte gehofft, hier oben auch wohnen zu können. Ich denke, es ist dafür groß genug.«

Da die Mieten in Nantucket sehr hoch waren, war es sinnvoll, beides kombinieren zu wollen. Sie ging weiter zum hinteren Teil des Gebäudes und machte dabei immer wieder Notizen. Lucas hingegen ging zum vorderen Teil, damit sie sich ungestört umsehen konnte. Durch die Fenster konnte er sehen, wie tote Blätter auf einer Windböe vorbeisegelten. Eine Handvoll Touristen ging auf dem Bürgersteig spazieren.

»Wie sieht es denn mit Renovierungen aus?« Kate kam auf ihn

zu, ihr seidiges schwarzes Haar schwang bei jedem Schritt von einer Seite zur anderen. Sie war ganz Geschäftsfrau und brachte alles genau auf den Punkt. Er fragte sich, ob sie ihre Arbeit gut machte. Ihr schien eine gewisse Wärme zu fehlen, die eine Beraterin aber brauchte. Aber was wusste er denn schon darüber? Oder über sie?

»Wie lange planen Sie denn hierzubleiben?« Er hatte nichts gegen Renovierungen, solange sie eine Weile hier wohnen würde.

»Das hängt ganz von den Vertragsbedingungen ab.«

Zwei Monate hatte die Etage leer gestanden. Die Sommertouristen waren weg und jetzt, kurz vor dem Winter, würde es schwer sein, die Zimmer an jemanden zu vermieten, der ein eigenes Geschäft hatte. »Wenn Sie für die Materialien aufkommen, dann kümmere ich mich um die Durchführung der Renovierungen.«

Sie nickte und blickte sich um, als versuchte sie, alles schon so zu sehen, wie es einmal aussehen würde.

Die Hauptsaison war vorbei und er hatte mehr Zeit. Schade, dass Brodys Semesterferien zu Ende waren, sonst hätte er seinen Bruder um Hilfe gebeten.

»Bis wann müssten die Renovierungen denn abgeschlossen sein?«

Kate schrieb etwas auf einen Notizzettel und er bemerkte, dass sie einen winzigen Leberfleck an einer Seite ihres spitzen Kinns hatte und außerdem Lippen, die voll genug waren, um die Aufmerksamkeit eines Mannes zu erregen. »Ich möchte meine Beratungsstelle so schnell wie möglich eröffnen. Der Wohnbereich ist nicht so dringend. Bis alles eingerichtet ist, könnte ich solange in dem alten Büroraum dort hinten schlafen oder sogar hier im neuen.«

Es war keine günstige Zeit im Jahr, ein neues Gewerbe zu eröffnen. Sie schien eine Städterin zu sein und er fragte sich, ob sie schon jemals einen Winter auf der Insel verbrachte hatte. Aber genug der Spekulationen, das war schließlich nicht sein Problem.

»Geben Sie mir einen oder zwei Tage, um noch einmal darüber nachzudenken. Ich melde mich dann wieder bei Ihnen«, sagte sie, hielt ihm ihre Hand hin und schüttelte seine.

Am nächsten Tag hatte sie den Vertrag unterschrieben und ihr Gepäck in das alte Büro hinten im Gebäude gestellt. Sie vereinbarten, sich am Nachmittag zu treffen, um über die Pläne für die Renovierung zu sprechen. Als er ankam, wartete sie schon und es fiel ihm auf, dass er womöglich ein kleines bisschen zu spät gekommen war. Kate sah auf ihre Armbanduhr, bevor sie sich an einen gepolsterten Kartentisch setzte, den sie mitgebracht haben musste.

»Der Handwerker kommt doch auch, oder?« Sie legte einen Ordner auf den Tisch und faltete ihre langen schlanken Finger darüber.

Dachte sie etwa, er würde ein ganzes Team oder so was beauftragen? »Ich bin der Handwerker.« Er setzte sich ihr gegenüber.

Ihre Augen weiteten sich, und sie blinzelte zweimal, ihre schwarzen Wimpern flatterten. »Aber – ich dachte, Sie bauen nur Möbel.«

Ihre Augen waren eine bezaubernde Mischung aus Grün und Braun. Er überlegte, welche Augenfarbe wohl in ihrem Führerschein angegeben war. »Das stimmt auch, ich mache Möbel. Aber ich habe viel Erfahrung, was andere Tischlerarbeiten und das Verlegen von Rohren und Kabeln angeht. Ich habe mein Haus selbst gebaut und Hausanbauten habe ich auch schon gemacht.«

»Sind Sie – haben Sie eine Konzession?«

Ihr kleines, angespanntes Lächeln amüsierte ihn. Dachte sie, die von ihm errichteten Wände würden umfallen oder es würde einen Kabelbrand geben und das ganze Haus würde abbrennen? »Ich habe eine Konzession. Wenn Sie meine Arbeiten überprüfen wollen, können Sie sich gerne unten umschauen. Ich habe dort alle Renovierungen selber durchgeführt. Als ich es kaufte, war unten auch alles offen, genauso wie hier.«

»Oh, nun gut. Ihr Laden sieht gut aus. Ich hatte nur nicht gedacht, dass Sie die Arbeit selbst machen würden, das ist alles.«

Seit diesem ersten Treffen hatte es ihm Spaß gemacht, sie ein bisschen zu ärgern. Er wusste, dass ihr seine Arbeit gefiel, obwohl sie an seiner Arbeitsgeschwindigkeit viel auszusetzen hatte. Einmal versuchte sie sogar, ihm einen Arbeitsplan zu schreiben, der ihm vorschrieb, wann er die Trockenbauwand fertiggestellt haben musste, wann die Klempnerarbeiten im Badezimmer und in der Küche gemacht werden mussten. Diese Frau ließ sich vollkommen durch ihren Terminkalender bestimmen, den sie immer bei sich trug.

Trotzdem gefiel sie ihm.

Und jetzt, als er im dunklen Zimmer zu dem im Schatten liegenden Kamin hinübersah, wurde ihm wieder klar, dass sich alle ihre Pläne in Luft aufgelöst hatten. Er fragte sich, was sie ihm wohl geantwortet hätte, wenn er ihr an diesem ersten Tag gesagt hätte, dass sie ihn in drei Jahren heiraten würde. Sie hätte ihn wahrscheinlich ausgelacht.

Und doch waren sie nun hier in ihren Flitterwochen.

Jawohl, und ich liege auf der Couch. Sie hat ja keinen Zweifel daran gelassen, dass sie absolut nichts mit mir zu schaffen haben will.

Und er hatte ihr ebenso unmissverständlich zu verstehen gegeben, dass er an ihr nicht interessiert war. Vielleicht zu deutlich. Sehr liebevoll war er ja nicht gerade gewesen.

Er hörte aus Richtung des Bettes ein Geräusch und hob seinen Kopf. Ein Schniefen, gedämpft durch ein Kissen oder die Bettdecke. Ein leiser Schluckauf, dann wieder ein Schniefen.

Seufzend legte er den Kopf wieder zurück und schloss die Augen. Er war ein schäbiger Hund. Wie hatte er sie so anfahren können? Sie trauerte doch noch. Hatte gar keine Zeit gehabt, den Schock zu verarbeiten, dass sie sitzen gelassen wurde, bevor sie eine provisorische Ehe für zwölf Monate mit einem andern Mann eingegangen war.

Er ballte seine Hände zu Fäusten und zerdrückte das Kissen, bis ihm die Hände wehtaten. Er wünschte, er könnte seine Arme um sie legen und ihr sagen, dass alles wieder gut werden würde.

Er wünschte, dass er es wäre, den sie so sehr liebte.

Kate fühlte, wie ein erneutes Schluchzen in ihr aufstieg und sie vergrub das Gesicht in ihrem Kopfkissen. Zwei Jahre mit Bryan. Zwei Jahre, in denen sie ihn näher kennengelernt hatte. Sie hatte in die Beziehung investiert und schließlich angefangen, ihn zu lieben. Wie konnte er sie so plötzlich und auf eine solch grausame Weise verlassen? Dieser Betrug war fast mehr, als sie ertragen konnte.

War sein Mangel an Hingabe denn schon die ganze Zeit sichtbar gewesen? War das der Grund, dass er nur einmal, am Anfang ihrer Beziehung, auf die Insel gekommen war? Sie war aus Rücksicht auf seinen Beruf immer nach Boston gefahren. Sie konnte ihre Zeit flexibler einteilen als er und wenn sie zu ihm reiste, konnten sie mehr Zeit zusammen verbringen. Wenn er an ihrer Stelle gewesen wäre, hätte er die langen Fahrten vielleicht nicht auf sich genommen.

Ihre gemeinsamen Wochenenden waren sehr wichtig für sie gewesen. Sie hatten sie meistens in seiner Wohnung verbracht, wo sie viel miteinander redeten und einfach das Zusammensein genossen. Bryan pflegte Einladungen zu Veranstaltungen und Freunden abzulehnen, damit sie mehr Zeit zusammen haben konnten. Es hatte so ausgesehen, als wäre ihm die Beziehung sehr wichtig gewesen.

Sie war so durcheinander! Kate streckte ihre Hand aus und berührte die leere Seite des Bettes neben sich. Dort hätte Bryan liegen sollen. Ihre Finger glitten über das kühle, leere Bettlaken und genauso leer fühlte sich ihr Herz auch an.

Sie nahm ihr zweites Kissen und presste es sich gegen ihren Bauch. Sie versuchte sich an all die Frauen zu erinnern, die sie nach einer Trennung von ihrem Partner betreut hatte. Es waren Frauen gewesen, die alles in die Beziehung investiert hatten, nur um zu erleben, wie sie ihnen von einer Minute zur anderen unter den Füßen weggezogen wurde. Kate hatte nicht gewusst, dass sich der Schmerz so anfühlte. Andere leiden sehen oder etwas selbst zu erleben, war nicht dasselbe.

Eine andere Erinnerung kam ihr. Es war gewesen, nachdem ihre Mutter ihren Vater aus dem Haus geworfen hatte. Die geröteten Augen und die ungepflegte Kleidung ihrer Mutter waren zu diesem Zeitpunkt schon normal gewesen. Und Kate konnte sich schon nicht mehr erinnern, wann sie ihre Mutter das letzte Mal lächeln, geschweige denn lachen gesehen hatte.

Kate war in das winzige Wohnzimmer gekommen, wo ihre Mutter zusammengekauert auf dem Sofa auf den Fernseher starrte, ohne der Sendung tatsächlich zu folgen. Kate hatte nach der Fernbedienung gegriffen und war die einzelnen Programme durchgegangen. Sie wollte etwas finden, um ihre Mutter aufzuheitern. Etwas, das ihr beim Vergessen helfen würde. Etwas, das wieder ein Lächeln auf ihr Gesicht zaubern könnte.

Als die Sendung »Roseanne« erschien, machte Kate sie etwas lauter. Ihre Mutter amüsierte sich immer bei dieser Show. Sie setzte sich neben ihre Mutter, zog die Knie an ihre Brust und stülpte ihr Nachthemd über ihre Beine, bis der dünne rosafarbene Stoff ganz gedehnt war.

Das Publikum in der Show hatte über etwas gelacht, was Dan, eine der Hauptfiguren der Show, gesagt hatte. Aber ein Blick auf ihre Mutter hatte Kate den Mut genommen. Ihr Gesicht war ganz leer gewesen und das Licht vom Fernseher hatte sich in ihren wie tot wirkenden Augen gespiegelt. Warum war sie nur so traurig gewesen? Wenn sie Dad vermisste, warum bat sie ihn nicht, wieder zurückzukommen?

Kate hatte gespürt, wie die Tränen in ihren eigenen Augen brannten und Roseannes Wohnzimmer war immer weiter verschwommen. Sie vermisste ihren Dad und ihre Mutter vermisste ihn auch. Warum wollte sie nicht, dass er wieder zu ihnen zurückkam?

Dann war ihre Mutter aufgestanden. »Ich gehe ins Bett, Mäuschen.« Ihre Worte hatten sich gepresst angehört, als hätte sie ein Halstuch getragen, das zu eng um ihren Hals lag.

»Gute Nacht«, hatte Kate noch gesagt, aber ihre Mutter war schon den Flur hinuntergegangen und hatte die Tür zu ihrem Zimmer geschlossen. Das Licht im Wohnzimmer hatte geflackert, als die Szene im Fernseher sich änderte. Kate beobachtete, wie sich das Zimmer erst weiß, dann blau und zuletzt wieder weiß färbte.

Sie hatte gedämpft hören können, wie ihre Mutter am anderen Ende des Flurs weinte. Kate hatte dieses Geräusch gehasst, das sie jeden Abend hören musste. Sie hatte den Fernseher lauter gemacht und auf der kratzenden Tweedcouch gelegen, dann hatte sie sich ein Kissen auf die Ohren gedrückt ...

Jetzt drehte sich Kate um und trocknete sich das Gesicht mit dem Bettbezug. Sie hatte seit Jahren nicht mehr an diesen Abend gedacht.

Nicht bis zu diesem Zeitpunkt, an dem es so aussah, als ob ihr eigenes Leben da weitermachte, wo das ihrer Mutter aufgehört hatte.

Ein Geräusch drang an ihre Ohren und sie hob den Kopf, um besser hören zu können. Eine Sekunde hörte sie es wieder – ein langes, lautes Schnarchen, das aus Richtung der Couch kam. *Na großartig. Was für ein Glückspilz bin ich doch.*

Ihr neuer Ehemann schnarchte wie ein Holzfäller.

Egal, wie wundervoll eine Beziehung ist: Es wird Enttäuschungen geben. Es wird nie eine ideale Beziehung geben. Deshalb sollten Sie sich um realistische Erwartungen bemühen und bereit sein, durch schwierige Phasen zu gehen.

– Auszug aus *Wie ich den richtigen Mann finde* von Dr. Kate

Kapitel Sechs

Ein Klappern, das aus der Ferne zu kommen schien, weckte Kate auf. Sie räkelte sich und streckte alle Gliedmaßen, bevor sie ihre Augen öffnete. Das Zimmer lag noch im Dunkeln und sie versuchte, sich zu orientieren, als wie eine Tsunamiwelle die Ereignisse des vergangenen Tages wieder aus ihrem Unterbewusstsein vor ihr auftauchten.

Sie hatte Lucas geheiratet.

Sie war in den Flitterwochen.

Kate schloss ihre Augen und sehnte sich danach zurück, im Schlaf alles vergessen zu können. Vielleicht könnte sie ja einfach weiterschlafen. So ungefähr für ein Jahr.

Wieder hörte sie ein Geräusch. Diesmal war es ein leises Klirren, das ihre Bemühung, wieder einzuschlafen, zunichte machte. Es sah ganz so aus, als würde Lucas mit den Hühnern aufstehen. Sie rollte sich auf die andere Seite und zog die Bettdecke über ihren Kopf. Aber nur Sekunden später kitzelte ein wundervoller Duft ihre Nase: Jemand hatte begonnen, Kaffee zu kochen. *Aaahhh* ... Sie schob die Bettdecke nach unten, setzte sich auf und lehnte sich gegen die Kissen hinter sich. Dabei versuchte sie, ihre Beine aus dem Bettlaken zu befreien.

»Entschuldige«, flüsterte Lucas von der Kochnische aus. »Ich wollte dich nicht wecken.«

Kate rieb sich die Augen. Ihre Augenlider fühlten sich schwer und geschwollen an. »Es sei dir verziehen. Besonders, wenn du auch für mich eine Tasse Kaffee hast.« Das war genau das, was sie jetzt brauchte, um ihre Augen überhaupt aufzukriegen.

Er schaltete eine Lampe über der Arbeitsplatte an. »Wie trinkst du deinen Kaffee?«

»Mit Milch und Zucker.« Am allerliebsten hätte sie jetzt einen guten Espresso, aber der Kaffee sollte in einem Hotel wie diesem gut genug sein. »Stehst du immer so früh auf?«

Sie hörte, wie der Kaffee in die Tassen gegossen wurde. »Jawohl.«

Na prima. Hoffentlich verlangte er nicht von ihr, dass sie morgens mehr als ein Grunzen herausbrachte.

Bevor sie aufstehen konnte, hatte er ihr einen Kaffeebecher ans Bett gebracht. »Danke.«

Offensichtlich hatte er schon geduscht und sich angezogen. Seine feuchten Haare hingen in Strähnen herunter. Der Drei-Tage-Bart war auch wieder da.

Sie nahm einen Schluck Kaffee. Für einen normalen Kaffee war er gar nicht mal so schlecht. Zumindest stark genug, um ihre Lebensgeister wieder zu wecken. Den restlichen Tag über würden sie Cappuccino und Milchkaffee im Restaurant trinken können. Darauf hatte sie bei der Reservierung des Hotels Wert gelegt.

Während sie den Kaffee Schluck für Schluck trank, begann ihr Gehirn langsam zu arbeiten. Sie dachte über die Hochzeit und Lucas' Familie nach. Über die Medien und die Artikel, die heute in den Zeitungen sein würden. Was würde wohl in ihnen stehen?

Dann dachte sie an Bryan. Plante er, diese andere Frau zu heiraten? Warum hatte sie eigentlich nicht gefragt, wer sie war? Vielleicht hätte er eingesehen, dass er einen Fehler gemacht hatte, und hätte sich wieder von ihr getrennt. Warum hatte sie ihm nicht gesagt, dass die Ehe mit Lucas nur vorübergehend war? Vielleicht könnten Bryan und sie eines Tages doch wieder zusammen sein.

»Was steht heute auf dem Programm?« Lucas Stimme riss sie unsanft aus ihren Träumen.

Sie nahm wieder einen Schluck. »Warum denkst du, dass es ein Programm für heute gibt?«

Er grinste sie schief an. »Weil du Kate Lawrence bist.« Sein Lächeln verschwand wieder. »Hm. Na ja, jetzt dann wohl nicht mehr.«

Eigentlich hätte sie jetzt Kate Montgomery heißen müssen. Sie erinnerte sich daran, wie sie als Teenager oft ihren Vornamen neben die Nachnamen ihrer Freunde geschrieben hatte. Sie hatte die Namen laut vorgelesen und getestet, wie sie sich anhören. Über ihren neuen Namen nach der Trauung mit Lucas hatte sie nicht einmal nachgedacht, bis der Friedensrichter sie zu Mann und Frau erklärt hatte. *Kate Wright.* Das klang seltsam.

Lucas sah sie von der anderen Seite des Zimmers an und ihr fiel ein, dass er sie etwas gefragt hatte. Der Tagesablauf. Sie kannte ihn auswendig. »Heute gehen wir an den Surfside Strand. Bryan wollte –« Warum erwähnte sie Bryan? »Na ja, egal. Das wird uns auf jeden Fall genug Zeit geben, Pläne zu machen. Vorausgesetzt natürlich, dass du dazu Lust hast.« Lucas wirkte nicht gerade wie jemand, der oft und gerne am Strand war, aber natürlich konnte sie sich auch irren.

Er zuckte mit den Schultern. »Sicher. Ich muss nur kurz bei mir zu Hause vorbei und ein paar Sachen holen.«

Er musste wissen, was sie geplant hatte, um die richtigen Sachen einpacken zu können. Sie ratterte den Plan herunter und erwähnte unter anderem das Walfang-Museum, den Tagesausflug nach »Martha's Vineyard« und die anderen Sehenswürdigkeiten, die sie Bryan zeigen wollte.

Je länger ihre Aufzählung wurde, desto höher gingen Lucas' Augenbrauen.

»Was ist?«, fragte Kate.

»Ist da irgendwo auch noch Platz für etwas Spontanes?«

»Spontan – wozu denn das in aller Welt?«

Langsam zeigte er sein schiefes Lächeln. »Ich sag dir mal was. Ich werde alles tun, was auf deiner Liste steht, wenn du mir dafür einen Tag schenkst, den wir ganz spontan verleben werden.«

Kate runzelte die Stirn. Wozu sollte denn das gut sein? Sie hatte in ihr Programm alles eingebaut, was man sich für eine Woche auf Nantucket nur wünschen konnte. Sie betrachtete Lucas skeptisch. »Was würden wir denn dann machen?« Er neigte seinen Kopf ein wenig zur Seite. »Wenn wir es jetzt planen würden, wäre es ja nicht mehr sehr spontan, oder?«

Sie seufzte. Es war auch sein Urlaub, das durfte sie nicht vergessen. »Äh, also gut, in Ordnung. Ein Tag.« Ihr leerer Magen knurrte. »Ich habe einen Bärenhunger.« Gestern hatte sie beim Essen nur einige Bissen hinunterbringen können.

»Zimmerservice?«

Eigentlich hatte ihr vorgeschwebt, ein richtiges Frühstück im Restaurant einzunehmen, reichhaltig und warm sollte es sein. »Ich dachte, dass wir ins Restaurant gehen könnten.«

Er lehnte sich gegen die Rücklehne des Sofas, die Hände in den Taschen seiner kurzen Hose. »Würde das nicht etwas seltsam aussehen?«

Seltsam? Oh. Frisch Vermählte wären zu dieser Zeit natürlich noch im Bett. Und das wohl auch noch etwas länger. Sie fühlte, wie das Blut in ihre Wangen stieg. »Vielleicht hast du Recht. Könntest du etwas bestellen, während ich kurz dusche?«

Er verbeugte sich spöttelnd vor ihr. »Ihr Wunsch ist mir Befehl.«

Es hätte nicht viel gefehlt und Kate hätte die Augen verdreht.

Während Kate duschte, rief Lucas den Zimmerservice an und bestellte ein großes Frühstück. Danach ging er eine Weile im Zimmer umher, er zögerte noch.

Aber er konnte es nicht länger aufschieben. Auf keinen Fall wollte er, dass seine Eltern durch die Zeitungen von seiner Hochzeit erfuhren, bevor er es ihnen selbst sagen konnte. So oder so, eine spaßige Angelegenheit würde es sicher nicht werden.

Er griff zum Telefon und tippte die Handynummer seiner Mutter ein. »Hallo, mein Schatz«, grüßte ihn seine Mutter. »Warte mal kurz, ich muss das Telefon einstecken.«

Einen Augenblick später war sie wieder da. »So, jetzt können wir reden. Mein Akku war fast leer und ich wollte dich nicht verlieren. Ist bei dir alles okay?«

»Ja, alles ist in Ordnung. Ich rufe an, um euch eine Neuigkeit zu erzählen.« Er schluckte, schlenderte langsam durch das Zimmer und lehnte sich an den Schrank. »Es könnte sein, dass ihr ein bisschen, äh, überrascht sein werdet. Sitzt du gerade?« Eigentlich war es egal, ob sie saß oder nicht. Wenn sie die Neuigkeit hören würde, gäbe es nichts, was die Wucht des Schlages abdämpfen könnte.

»Ich bin gerade im Auto. Was gibt es denn Neues?«

»Nun, du wirst es nicht glauben, aber ich –« *Sag es einfach.* »Ich habe gestern geheiratet.«

Das lange Schweigen verriet ihren Schock. Drei Sekunden vergingen. Er konnte hören, wie der Sekundenzeiger an der Wanduhr sich bewegte. Dann ...

»Ver – heiratet!« Sein Vater sagte etwas im Hintergrund, bevor seine Mutter wieder sprach. »Wen in aller Welt hast du denn geheiratet? Ich wusste gar nicht, dass du eine Freundin hast.«

Ihm war das auch nicht bekannt gewesen. »Also. Wir haben nicht viel Wind um die ganze Sache gemacht.« Absolute Windstille. *Ich muss es ihr sagen, es gibt keine Möglichkeit, es ihr leichter zu machen.* »Es ist Kate, Mama. Kate Lawrence.«

Es hörte sich so an, als würde seine Mutter durch die Telefonleitung die Luft aus dem Hotelzimmer saugen. »Kate Lawrence. Kate Lawrence?« Sie schleuderte ihm jede Silbe entgegen. »Lucas, wie konntest du nur?«

»Ich weiß. Ich weiß, Mama. Ich wusste, dass du dich darüber aufregen würdest. Deshalb erfährst du es auch erst jetzt.«

»Du meinst so spät, dass es keine Möglichkeit mehr gibt, etwas dagegen zu unternehmen.«

»Du hättest es sowieso nicht verhindern können. Ich bin erwachsen und ich treffe meine eigenen Entscheidungen. Besonders, wenn es um die Person geht, die ich heirate.«

»Du hast uns noch nicht einmal zur Hochzeit eingeladen.« Sie sog wieder mit einem lauten Geräusch die Luft ein. »Die Hochzeit! Es stand doch in der Zeitung, dass sie eine Riesenhochzeit mit viel Presse haben sollte.« Lucas konnte wieder seinen Vater hören, der etwas murmelte. »Um Himmels Willen, wie hat das nur ausgesehen, dass wir nicht dabei waren? Das ganze Land wird bald wissen, dass wir nicht auf der Hochzeit unseres Sohnes waren.«

»Es war nur eine kleine, intime Angelegenheit, Mama und ich bin sicher –«

»Das ist furchtbar!«

»Ich weiß, dass du geschockt bist, und ich erwarte auch nicht, dass du dich über Kate als Schwiegertochter freust. Aber ich möchte, dass du eins bedenkst.« Er wartete, bis sie mit Schnaufen aufgehört hatte. Dann gab er ihr noch zwei Sekunden. Er wollte, dass sie zuhörte, was er ihr zu sagen hatte. Er wollte, dass sie es sich zu Herzen nahm.

»Ich liebe sie, Mama. Egal, was in der Vergangenheit passiert ist – woran sie übrigens keine Schuld hat – Kate macht mich glücklich.«

Er konnte die Frustration seiner Mutter förmlich spüren, ihre Gefühle, die zwischen unverarbeiteter Wut und dem Glück ihres Sohnes hin- und hergerissen waren.

Im Badezimmer war zu hören, dass die Dusche abgestellt wurde. Er wollte das Telefonat auf jeden Fall beenden, bevor Kate wieder ins Zimmer kam.

»Waren wenigstens Brody und Jamie da?« Die Worte seiner Mutter hörten sich an, als würden sie aus einer Zitrone ausgepresst.

»Ja, sie waren da. Vor der Presse haben wir meine Identität geheim gehalten, weißt du. Niemand wusste bis gestern, dass ich der Bräutigam war.«

»Uns hättest du es erzählen müssen.«

In der Ferne konnte er die Worte seines Vaters verstehen. »Nun lass gut sein, Susan. Jetzt ist es passiert und wir können es auch nicht mehr ändern.«

Ein weiser Rat, aber leichter gesagt als getan. Und aus dem Munde des Mannes, den seine Mutter für das Vergangene verantwortlich machte, sicher auch nicht sehr gerne gehört.

Kate verließ das nebelige Badezimmer und fühlte sich etwas erfrischt, obwohl sie immer noch müde war. Vielleicht hätte sie Lucas doch bitten sollen, einen Latte zu bestellen. Sie kam in das Zimmer, wo das Frühstück schon auf dem Kaffeetisch stand. Lucas saß im Sessel und wartete darauf, die hausgemachten Pommes, die auf beiden Seiten gebratenen Eier und eine nicht unbeträchtliche Menge gebratenen Speck zu essen. Vor Kates Platz stand ein Teller mit frischem Obst, Vollkornbrot und Joghurt. Ihr Magen protestierte heftig.

Ihre schmutzige Wäsche stopfte sie in einen Wäschesack aus Plastik, setzte sich dann auf die Couch und stach mit der Gabel in eine Beere. Sie probierte.

»Was ist los?« Lucas lud seine Gabel voll mit Kartoffeln und biss vom Speck ab.

»Nichts.« Die Beeren waren gut. Süß und saftig. Gesund.

»Ich wusste ja nicht, was du gerne zum Frühstück isst.«

Natürlich wusste er das nicht, sie waren schließlich nicht eng befreundet gewesen. Er wusste nicht einmal, wie sie ihren Kaffee am liebsten trank oder dass sie morgens gerne lange schlief. »Das schmeckt prima. Es ist gut.« Sie biss vom Brot ab. Es war frisch gebacken, knusprig und süß. Eben nur nicht das, worauf sie im Moment Appetit hatte.

»Hier.« Lucas schob ein Ei und die Hälfte seiner Kartoffeln und des Specks auf den Teller, auf dem sein Toast gewesen war.

Ihr lief das Wasser im Mund zusammen. »Es ist schon in Ordnung, Lucas.«

Er stellte ihren Obstteller an die Seite und schob den anderen Teller vor sie. »Du kannst alles aufessen.«

Sie aßen schweigend, und als Kate ihre Gabel niederlegte, hatte sie die Mahlzeit, die sie gestern verpasst hatte, locker wieder wettgemacht.

»Während du noch geschlafen hast, habe ich die Zeitung besorgt.«

»Welche?«

»Den *Mirror* und die *New York Times.*« Er holte Teile der Zeitungen von der Ablage unter dem Tisch.

Vor Aufregung wurde ihr ganz anders. »Hast du sie schon gelesen? Was steht drin?«

Oh, bitte, bitte.

Sie griff zuerst nach der *Times.* Da waren sie, Lucas und sie, auf der Titelseite der Rubrik »Style«. Ein Foto von ihnen beim Tanzen. Sie schauten einander in die Augen und der Fotograf hatte Lucas' Lächeln eingefangen.

»Schau es dir selbst an.«

Ihr Blick flog zum Artikel. Die Schlagzeile lautete: *»Dr. Kate heiratet Mr Wright.«* Sie lächelte. »Gar nicht dumm.«

»Ich dachte mir, dass es dir gefällt.«

Sie las laut. »Die Kolumnistin Kate Lawrence, der Leserschaft als *Dr. Kate* bekannt, heiratete gestern Abend den aus Nantucket stammenden Lucas Wright. Die Trauzeremonie fand am Jetties Strand in Nantucket statt. Der Hochzeitstermin fällt zusammen mit der Veröffentlichung von Dr. Kates Buch ›Wie ich den richtigen Mann finde‹.

Teil der Werbekampagne für das neue Buch war es, die Identität des Bräutigams bis zur Trauung geheim zu halten.

Lawrence sagte, sie hätte Mr Wright kennengelernt, als sie die

Räume über seinem Möbelgeschäft in Nantucket Stadt mietete. ›Er hat meine Wohnung und mein Büro renoviert. Und dann hat er wohl auch mein Herz erobert.‹«

Kate warf einen kurzen Blick auf Lucas. Sie war rot geworden.

Er grinste. »Das wusste ich ja noch gar nicht.«

»Träum weiter.« Kate widmete sich wieder dem Artikel.

»Lucas Wright ist Tischler und stellt Möbel her, weshalb er vielen wohlhabenden Urlaubern bekannt ist, die den Sommer auf der Insel verbringen. Als sie nach ihren gemeinsamen Zukunftsplänen gefragt wurde, erklärte Lawrence, dass sie natürlich in Nantucket bleiben würden. Schließlich sei das ihre Heimat.

›Wie ich den richtigen Mann finde‹ ist Dr. Kates erstes Buch. Sie wird später in diesem Sommer in der *Dr. Phil Show* sein. Außerdem plant sie eine Fortsetzung ihrer Kolumnen, während sie an ihrem zweiten Buch schreibt.«

Kate senkte die Zeitung. »Es ist alles gut«, sagte sie erstaunt. *Wir haben es geschafft.* Sie hatten es wirklich fertiggebracht – zumindest, wenn man die *Times* als Maßstab nahm. »Was steht denn im *Mirror*?« Sie griff nach dem nächsten Zeitungsteil. Das Foto war eine Nahaufnahme von ihnen in der Kutsche. Sie winkten zum Abschied und ihr Schleier wehte im Wind. Die Informationen waren fast dieselben wie in der *Times*, nur mit mehr Lokalkolorit.

Als sie fertig war, nahm sie noch einmal die *Times* in die Hand und bemerkte dabei, wie sehr ihre Hände zitterten. »Mein Verleger wird begeistert sein. Ich kann nicht glauben, wie erleichtert ich bin.« Erleichtert war nicht das richtige Wort. Wenn man herausgefunden hätte, dass die Hochzeit nur eine Farce war, dann hätte das noch viel mehr Schaden angerichtet als die Tatsache, versetzt worden zu sein.

»Haben wir uns auch nach allen Seiten abgesichert?«, fragte sie. »Wir müssen ganz sicher sein, dass alle, die eingeweiht sind, nichts ausplaudern.«

»Als ich bei Mr Lavitz wegen des Smokings war, habe ich ihm eingeschärft, wie wichtig es ist, die ganze Sache diskret zu behandeln. Er ist ein alter Freund – ich weiß, dass er dichthalten wird. Und du weißt selber, dass Nancy und der Friedensrichter nichts sagen werden. Sie sind Angestellte der Stadt. Diskretion gehört zu ihrem Job.«

»Pam, Chloe und Anna würden auch nichts erzählen. Und mein Dad schon gar nicht. Wer weiß noch davon?«

»Bryans Familie«, antwortete er.

Hier lag das größte Risiko. Hatte Bryan es ihnen erzählt? Kate kaute auf ihrer Lippe. Was, wenn einer von ihnen einen Zeitungsartikel las und einem Freund erzählte, dass die Hochzeit eigentlich keine gewesen war? Was, wenn sie die Presse informierten?

»Vielleicht wäre es gut, wenn du ihn anrufst und dich vergewisserst.« Lucas beugte sich nach vorne, stellte die Ellenbogen auf seine Knie und hielt den Kaffeebecher in beiden Händen.

Kate hatte selbst schon daran gedacht, aber es hatte ihr zu sehr davor gegraut. Es tat ihr zu sehr weh, an Bryan zu denken. Die halbe Nacht war sie wach gewesen und hatte an ihn denken müssen, daran, dass er eigentlich neben ihr im Bett liegen sollte. Eigentlich hätte dies der Beginn ihres gemeinsamen Lebens sein sollen.

Lass es hinter dir, Kate, und schau nach vorne. Das hast du früher auch schon geschafft und du kannst es wieder schaffen.

Sie hatte die ganze Zeit lang viele Opfer gebracht und sie würde jetzt nicht einfach aufgeben.

»Du hast Recht.« Ihre Armbanduhr sagte ihr, dass es kurz nach acht Uhr war. Es wäre also für einen Anruf die richtige Zeit. *Augenblick mal, mache ich mir etwa Sorgen, den Mann eventuell zu wecken?* Sie hätte ihn in der Mitte der Nacht anrufen sollen. Schließlich hatte er sie die halbe Nacht wach gehalten. Ein Weckruf würde ihm ganz recht geschehen.

»Wie wäre es, wenn ich nach Hause gehe, um meine Sachen zu holen, und du in der Zeit anrufst?«

Kate nickte und fragte sich, was sie Bryan wohl sagen sollte. »Was ist mit deinen Eltern? Du solltest sie anrufen, bevor sie die Zeitungen lesen.«

Lucas faltete die Zeitung zusammen und stand auf. »Schon erledigt, als du in der Dusche warst.«

»Und was haben sie gesagt?«

Lucas zuckte mit den Schultern. »Sie waren natürlich ziemlich schockiert. Ich habe ihnen erzählt, dass wir alles wegen der Presse geheim gehalten haben.«

»Waren sie nicht böse mit dir, weil sie nicht eingeladen waren?«

»Eher enttäuscht. Sie waren froh, dass wenigstens Brody und Jamie dabei waren.«

Kate strich sich ihre feuchten Haare hinter die Ohren. »Oh, gut. Ich denke, wir müssen versuchen, es irgendwie wieder gutzumachen, wenn sie zurückgekommen sind.«

Lucas ging weg und Kate holte ihr Handy. Sie tippte Bryans Nummer ein, wobei ihr Herz wild pochte.

Es klingelte zweimal, bevor eine Frauenstimme sich meldete. »Hallo?«

Kate brachte kein Wort heraus. Sie war bei ihm? In seiner Wohnung? In der Wohnung, die eigentlich *Bryan und ihr* gehört haben sollte?

»Hallo?«, wiederholte die Frau.

Kate nahm das Handy und wollte schon die Verbindung unterbrechen.

Aber sie musste wirklich mit Bryan sprechen, musste sicher sein, dass er mit seiner Familie gesprochen hatte. Sie hielt das Telefon wieder an ihr Ohr und hörte scharrende Geräusche, dann die Stimme von Bryan.

»Hallo?« Man konnte hören, dass er gerade erst wach geworden war. Seine Stimme war heiser.

Kate biss die Zähne aufeinander. Waren die beiden etwa noch im Bett? Was war aus ihrem Versprechen geworden, bis zur Ehe zu warten? Ganz offensichtlich war das nur Kates Überzeugung gewesen.

»Kate?«

»Ja, ich bin's, Kate. Ich kann nicht glauben, dass sie bei dir ist. Um Himmels Willen, Bryan, wir hätten gestern eigentlich heiraten sollen.«

Sie hörte ein Geräusch, das sich sehr nach Bettdecken anhörte. »Entschuldige vielmals, wenn ich mich irre, aber hast du die letzte Nacht nicht mit deinem neuen Ehemann verbracht?«

Seine Bemerkung machte sie so wütend, dass sie eine Gänsehaut bekam und ihr ganz heiß wurde. »Nachdem du mich an unserem Hochzeitstag sitzen gelassen hast!«

»Kennst du diesen Kerl überhaupt, Kate?«

»Was geht das denn dich an?« Sie stand auf und schritt die Länge des Zimmers ab. Was war denn mit ihr los? Sie musste sich beruhigen. Wenn Bryan jetzt sauer auf sie werden würde, dann hätte sie nichts erreicht. »Ich habe nicht angerufen, um mit dir zu streiten. Ich wollte dich nur fragen, ob du mit deiner Familie gesprochen hast. Hast du ihnen klargemacht, wie wichtig es ist, dass sie ihre Klappe halten?« Sie hätte das ein bisschen netter ausdrücken können, aber

Bryan gehörte im Moment wirklich nicht zu den Leuten, die sie besonders mochte.

»Ich habe mit ihnen gesprochen. Ich habe dir doch gesagt, dass ich das mache.« Seine Stimme klang angespannt.

Warum wurde er jetzt ärgerlich, wenn er es doch war, der mit einer anderen Frau im Bett war? Während sie die Nacht in ihrem Flitterwochenbett durchgeweint hatte, hatte er – sie schloss die Augen und versuchte, das sich aufdrängende Bild zu vertreiben. Sie konnte es im Moment einfach nicht ertragen.

»Meine Karriere hängt davon ab, das weißt du doch«, schärfte sie ihm ein. »Verstehen sie auch die Wichtigkeit –«

»Ja, ja, sie verstehen das. Denkst du denn, ich wäre gern in den Schlagzeilen als der Schuft, der Dr. Kate am Altar versetzt hat?«

»Das hast du sehr passend formuliert.«

Das Schweigen sagte mehr als tausend Worte. Sie hätte wirklich ihren Mund halten sollen. Sie war Beraterin, hatte sie das denn total vergessen? Wo war denn ihre berühmte Selbstbeherrschung?

»O.k., ich will dich nicht aufhalten.« Vielleicht bemerkte er ja die Zweideutigkeit dieser Bemerkung. »Ich wollte mich nur versichern, dass du dich darum gekümmert hast.«

Sie klappte das Handy zusammen, bevor sie noch etwas sagen konnte, was sie später bereut hätte. Als sie das Handy auf den Tisch legte, merkte sie, dass ihre Hand zitterte.

Bryan war im Bett mit der anderen Frau. Kates »Liebe ihres Lebens« verbrachte die Nacht, die ihre Hochzeitsnacht hätte sein sollen, mit einer anderen. Gab es etwas, was noch unfairer war?

Aber wenigstens hatte er seiner Familie eingeschärft, wie wichtig Stillschweigen über die Angelegenheit war. Das war die Hauptsache. Und die Zeitungsartikel waren auch alle positiv. *Versuch es mal von der positiven Seite zu sehen. Ich werde dies alles überleben und am Ende stärker als vorher sein.* Das Jahr mit Lucas würde schnell vergehen und danach konnte sie wieder ihr eigenes Leben, privat und beruflich, leben.

Ihr fiel ein, dass sie Bryan nicht gesagt hatte, dass die Ehe mit Lucas nur vorübergehend war. Aber in dieser Situation wollte sie ihm diese Genugtuung auch nicht lassen. Sollte er ruhig denken, dass sie bis an ihr Lebensende mit Lucas vereint sein würde. Vielleicht würde ihm das ja doch wenigstes ein kleines bisschen wehtun.

Irgendwann wird Sie ein Kleidungsstück im Schaufenster so anziehen, dass sie in den Laden hineingehen. Entscheiden Sie zuerst, ob Sie bereit sind, diesen Schritt zu tun. Und falls Sie es sind, kaufen Sie klug ein. – Auszug aus *Wie ich den richtigen Mann finde* von Dr. Kate

Kapitel Sieben

Kate streifte ihr Strandkleid ab, nahm aus ihrer Umhängetasche die Liste und legte sich bäuchlings neben Lucas auf das Strandtuch. Die Reflexion der Sonne auf dem weißen Papier war so stark, dass sie die Augen zusammenkneifen musste.

»O.k., wir brauchen eine Geschichte. Wir haben den Leuten schon erzählt, wie wir uns kennen gelernt haben, aber wir brauchen meiner Meinung nach noch mehr Details, damit das Ganze glaubwürdiger wird. Deine Familie will wahrscheinlich wissen, wie wir zusammen unsere Freizeit gestalten. Sie werden erwarten, dass wir vieles voneinander wissen.«

»Hm, etwas weiß ich ja schon: Du trinkst deinen Kaffee mit Milch und Zucker.« Lucas lag etwa dreißig Zentimeter von ihr entfernt auf dem Rücken. Er hatte sich auf seine Ellenbogen gestützt und der Wind blies ihm das Haar aus dem Gesicht.

»Aber du weißt nicht, dass ich jeden Morgen vor Arbeitsbeginn einen Milchkaffee mit viel Milch trinke. Oder dass ich lieber dusche als ein Bad nehme. Oder dass ich gegen Katzen allergisch bin.«

»Ich hoffe, du bist nicht gegen Hunde allergisch.«

»Wieso, hast du einen?«

Er legte sich wieder ganz auf das Strandtuch zurück und verschränkte die Hände hinter seinem Kopf. Die Augen hatte er wegen der Sonne geschlossen. »Einen Hirtenhund mit Namen Bo. Du wirst ihn gern haben.«

Sie hatte eigentlich keine besondere Vorliebe für Tiere, aber mit einem Hund würde sie schon klarkommen. Sah so ein Hirtenhund nicht aus wie Lassie in Kleinformat? Ein kleiner Hund würde ihr nichts ausmachen, vorausgesetzt, er war gut erzogen.

»Ich habe ihn in der Milestone Road gefunden, als er noch ganz klein war«, erzählte Lucas. »Im Nacken fehlten ihm ganze Fellbüschel. Seinen Besitzer hatte ich nicht ausfindig machen können und deshalb habe ich ihn dann schließlich behalten.«

Kate machte sich Notizen. *Hirtenhund. Bo.*

»Was sollte ich noch über dich wissen?«, fragte sie.

Sie beobachtete, wie sich sein Brustkorb hob und senkte. Er glänzte etwas von der Hitze. Seine Haut war relativ dunkel, der Brustkorb sah muskulös aus. Sie fragte sich, ob die Muskeln wohl vom Sport oder von seiner Arbeit kamen.

Hör auf, ihn so anzustarren! Rasch schielte sie zu seinem Gesicht, um sich zu vergewissern, dass er nichts bemerkt hatte. Womöglich könnte er noch denken, dass sie ihn unter die Lupe nehmen wollte. Was sie natürlich nicht vorhatte.

Nun ja, auf jeden Fall nur ein bisschen.

»Und ich segle gern, schaue mir gern Dokumentarfilme im Fernsehen an und kann so ziemlich alles reparieren, was kaputt ist.«

Wieder schrieb sich Kate alles sorgfältig auf. »Noch was?«

Ein Muskel zuckte um seinen Mund herum. »Ich war schon einmal verheiratet. Vermutlich wäre es nicht schlecht, wenn du das wüsstest.«

Wie war es möglich, dass sie so etwas nicht wusste? »Was ist passiert?«

Seine Augenlider zitterten und er schluckte einmal. Dann veränderte er seine Position und verschränkte seine Hände jetzt auf seinem flachen Bauch.

»Entschuldige, ich wollte nicht neugierig sein, aber –« Seine Familie würde sich sehr wundern, wenn Kate so eine wichtige Sache nicht wüsste. Sie überlegte, ob seine Ex-Frau noch auf der Insel lebte. Vielleicht kannte Kate sie sogar.

»Ihr Name war Emily. Sie ist vor fünf Jahren gestorben.«

Oh.

Sie betrachtete ihn. Seine Stimme war mit einem Mal so weich geworden, er war immer noch betroffen. Ob er sie wohl immer noch liebte? Vielleicht hatte sie ihn deshalb noch nie zusammen mit einer anderen Frau gesehen.

»Das tut mir sehr leid.«

»Ihre Familie kam immer im Sommer hierher. Ich habe sie kennengelernt, als sie einmal auf der Suche nach einem Schaukelstuhl in den Laden kam. Das war damals, als ich das Geschäft gerade eröffnet hatte. Dann sind wir miteinander ausgegangen. Der Rest ist Geschichte.«

Kate wartete darauf, dass er weitersprach. Die einzigen Geräusche, die sie hören konnte, waren die Wellen, die an den Strand schlugen, und das Lachen der Kinder, die im flachen Wasser spielten. »Hast du dir zu der Zeit auch dein Haus gebaut?«

Er legte seine Füße übereinander. Seine Beine waren lang und kräftig, mit krausen, schwarzen Haaren bedeckt. »Nein. Wir lebten in einem Haus in Cisco, nachdem wir geheiratet hatten. Das Haus habe ich erst nach ... danach gebaut.«

Sie musste nicht fragen: »Nach was?« Es war immer noch schwer für ihn, darüber zu sprechen. Kate fragte sich, warum er sie wohl geheiratet hatte. Da er noch so viel für Emily empfand, mussten ihm seine Eltern wirklich sehr wichtig sein, dass er ein Jahr seines Lebens opferte, nur um ihre Ehe zu retten.

Sie hasste es, ihn weiter auszufragen, aber es wurde erwartet, dass sie all das wusste. Sie legte ihren Kugelschreiber auf das Strandtuch und legte ihr Kinn auf ihre Hand. »Wie ist sie ... gestorben?«

Ehrlich gesagt hatte sie nicht erwartet, dass er antworten würde. Sie war sich nicht einmal sicher, dass er ihre Frage überhaupt gehört hatte, so laut kreischten die Möwen über ihnen. Aber einen Moment später seufzte er.

»Es war mein Fehler. Ich denke, deshalb fällt es mir auch so schwer, darüber zu sprechen.«

Was konnte er nur damit meinen? Sie wollte ihn fragen, wollte die Einzelheiten wissen. Obwohl vieles an Lucas sie störte, war er aber nicht der Typ von Mensch, der anderen etwas antun würde. Ganz im Gegenteil, die ganze Zeit über half er anderen. Zwar nach seinem eigenen Zeitplan, aber Hilfe war es trotzdem.

»Sie hatte Allergien – und zwar sehr viele. Diejenigen, die mit der Umwelt zu tun hatten, also zum Beispiel Heuschnupfen, waren nicht schwer zu kontrollieren, dafür gab es ja Medikamente. Das war nicht weiter schlimm.« Wieder veränderte er seine Position auf dem Strandtuch. »Als sie noch ein Teenager war, hatte man durch Tests herausgefunden, dass sie allergisch auf Erdnüsse reagierte, aber sie hatte nie eine Reaktion gehabt. Trotzdem hat sie keine Erdnüsse gegessen, das hatte ihr Arzt empfohlen.«

Hinter ihnen warfen sich zwei Teenager ein Frisbee zu. Es flog über sie hinweg und landete ein paar Meter von ihnen entfernt im warmen Sand, der dabei aufgewirbelt wurde. Lucas wartete, bis die Teenager das Frisbee wieder geholt hatten.

»In der Woche, als sie starb, war ich dran mit Einkaufen. Unter anderem kaufte ich eine Tüte Chips, die in Erdnussöl frittiert waren.« Er schüttelte seinen Kopf. »Ich hatte noch nicht einmal daran gedacht nachzusehen, welche Zutaten verwendet worden waren. Ich hatte sie oft damit aufgezogen, dass sie übertrieben vorsichtig war.«

Er tat Kate furchtbar leid. Konnte er nicht begreifen, dass es ein Unfall gewesen war?

»Ich war den Tag über im Laden gewesen, hatte an einem Möbelstück gearbeitet, das ich schon längst abgeliefert haben sollte. Als ich dann abends nach Hause kam ... war es zu spät.«

Sie sah sein Gesicht, wie er die Zähne zusammenbiss, die Anspannung in seinen Lippen. Sie wünschte, dass sie ihm irgendwie helfen könnte. »Das tut mir alles so leid.«

Sein Brustkorb hob und senkte sich. »Jetzt ist das alles schon lange her.«

Fünf Jahre waren keine lange Zeit. Er war mit der Liebe seines Lebens verheiratet gewesen und saß nun mit einer falschen Braut am Strand. Wie er sich wohl dabei fühlte?

Lucas drehte sich zu ihr, öffnete seine Augen und kniff sie gleich wieder zusammen, da die Sonne so grell schien. »So, das war meine Geschichte. Was ist deine?«

Sie verstand seinen Wunsch, das Thema zu wechseln. »Was willst du denn wissen?«

Lucas sah zu, wie Kate ihren Kopf neigte, bis ihre Wange auf der Hand ruhte. Sie sah wie ein kleines Mädchen aus, ihre von der Sonne geröteten Wangen gegen ihre Handfläche gedrückt. Er wusste schon viel mehr über sie, als sie ahnte. Sie war achtundzwanzig Jahre alt, ihre Lieblingsblumen waren Margeriten, sie hatte am 26. November

Geburtstag und sie benutzte verschiedene Stiftfarben in ihrem Terminkalender.

Aber er wollte noch mehr über sie erfahren. »Wie bist du eigentlich dazu gekommen, Kolumnen zu schreiben und damit Leuten zu helfen?«

Sie lächelte. »Schon in der Schule sind meine Freunde immer zu mir gekommen, um sich Rat zu holen. Und ich habe das wohl ziemlich gut gemacht, glaube ich. Ich habe mit meiner Lebensplanung in der elften Klasse begonnen –«

»Lebensplanung?«

»Genau, ein Plan mit meinen konkreten kurzfristigen und langfristigen Zielen.« Kate sprach so selbstverständlich von diesem Plan, als wäre es das Normalste von der Welt. »Na ja, egal. Auf jeden Fall habe ich gemerkt, dass ich ein Talent dafür habe, Leuten mit Beziehungsproblemen zu helfen. Dann habe ich in der Schule einen fantastischen Kurs über ›Kreatives Schreiben‹ belegt und danach mit meinem ersten Manuskript angefangen.« Sie neigte ihren Kopf etwas zur Seite. »Das Manuskript war ziemlich schlecht, doch das wusste ich damals nicht. Aber ich habe begriffen, dass ich beides kombinieren wollte: anderen Menschen helfen und schreiben.«

»Und das hattest du alles schon geplant, bevor du den Schulabschluss gemacht hattest?«

Kate drehte sich auf die Seite. »Na klar. Ich wusste, dass ich einen Abschluss in Psychologie von der Cornell Universität und dann in die Beratungsarbeit wollte. So konnte ich finanziell unabhängig sein, Erfahrungen sammeln und außerdem auch meine Karriere als Schriftstellerin beginnen.«

»Du bist auf Nantucket geboren, richtig? Ist das der Grund, warum du jetzt hier wohnst?«

»Meine Eltern sind hier aufgewachsen und richtig, ich bin hier geboren. Wir sind nach Maryland gezogen, als ich fünf Jahre alt war. Mein Vater hatte dort eine neue Arbeitstelle. Und als ich auf dem College war, hat mich eine Freundin eingeladen, eine Woche hier zu verbringen. Das war im Haus ihrer Eltern in Sconset. Was soll ich sagen? Es war so, als wäre ich nach Hause gekommen.«

»Und so hast du Nantucket in deinen Lebensplan einbezogen?«

»Machst du dich über mich lustig?«

Wie konnte er sie kritisieren, wenn sie doch all ihre Ziele erreicht hatte? Außer natürlich einer Sache: Ihn zu heiraten hatte nicht auf ihrer Liste gestanden. »Und wie lief das mit deiner Kolumne?«

Sie streckte ihr Knie zur Seite aus und Lucas musste sich zusammenreißen, um nicht auf die sanfte Kurve ihrer Hüfte zu schauen. »Ich habe auf der Uni angefangen, für die Studentenzeitung zu schreiben. Zuerst habe ich die Fragen selbst verfasst. Dann aber haben andere Studenten an mich geschrieben und so hat alles angefangen.«

Offensichtlich hatte sie sich ein Ziel gesetzt und es durch Willensstärke realisiert. »Du bist ganz schön ehrgeizig, was?«

Ein Windstoß fuhr ihr durch die Ponyfransen. »Ich helfe gern anderen Menschen. Am Anfang meiner Beratungstätigkeit habe ich mich auf Ehepaare mit Problemen konzentriert.«

»Es sieht so aus, als hättest du dir eine ziemlich große Kundschaft aufgebaut.« Er war schließlich oft genug in seinem Laden, um ihre Besucher zu bemerken, welche die Treppe hoch und runter zu Kates Büro nahmen.

»Je länger ich verheiratete Paare beriet, desto deutlicher wurde mir, dass viele Menschen bei der Wahl ihres Partners Fehler gemacht hatten. So viele kamen zu mir, die von ihrer Persönlichkeit etc. nicht unterschiedlicher hätten sein können. Sie wollten ganz verschiedene

Dinge vom Leben und waren überrascht, dass sie miteinander nicht klarkamen. So habe ich einen Plan aufgestellt, der Menschen helfen soll, eine bessere Partnerwahl zu treffen.«

Wenn sie so sprach, dann hörte es sich an, als könnte man alles auf kalte, nackte Fakten begrenzen. »Und wo bleibt da die Liebe?«

»Nun, sicher, Liebe muss auch dabei sein. Aber wenn man schon die richtigen Personen auswählt, mit denen man sich trifft und ausgeht, dann beschränkt man sich ja schon auf diejenigen, die am besten zu einem passen.«

Jetzt drehte auch Lucas sich auf die Seite, genauso wie Kate es getan hatte. »Aber wie kannst du wissen, ob jemand gut zu dir passt, bevor du ihn richtig kennengelernt hast? Und wenn du die Person richtig gut kennst, ist dann die Wahrscheinlichkeit nicht groß, dass du dich schon verliebt hast?«

Sie schnaubte ungeduldig. »Was ist das hier, die Inquisition?« Sie drehte sich auf den Rücken, schob ihre Tasche unter den Kopf und machte die Augen zu. »Mein Plan deckt alle Bereiche ab und er ist sehr sorgfältig durchdacht. Wenn du noch mehr wissen willst, musst du das blöde Buch lesen.«

So schnell war sie schnippisch geworden. Vielleicht fühlte sie sich angegriffen, weil ihr todsicherer Plan sich als doch nicht so zuverlässig herausgestellt hatte.

Das erinnerte ihn an ihren Ex-Verlobten. Lucas wollte sie fragen, ob sie ihn angerufen hatte, aber die Art und Weise, wie sie ihr Kinn nach vorne streckte, schien anzudeuten, dass jetzt nicht die beste Zeit für diese Frage war.

Etwas in seinem Augenwinkel erregte seine Aufmerksamkeit. Ein Mann im Anzug saß unten am Wasser im Sand und hatte eine Kamera mit einem Zoom-Objektiv in der Hand. Er sah so fehl am Platz aus wie ein Diamant in einem Werkzeugkasten.

Lucas sah Kate an. »Äh, ich glaube, wir sind nicht allein.«

Sie öffnete nicht einmal ihre Augen. »Wer ist es?«

»Einer der Fotografen von der Hochzeit. Unten am Wasser.«

Sie machte die Augen auf.

»Schau nicht hin.«

Aber Kate sah stattdessen Lucas an. »Schaut er in unsere Richtung? Hat er eine Kamera?«

»Ja und noch mal ja.«

»Von welcher Zeitung ist er?«

»Ich erinnere mich nicht. Aber er war sicher bei der Trauung dabei. Der mit den nach oben frisierten Haaren und der supermodernen Brille.

Sie seufzte. »Er ist von *Cosmo.* Sicher wollen sie einige Fotos von den Flitterwochen für ihren Artikel.«

»Er hätte lieber fragen sollen, anstatt sich wie ein Paparrazo anzuschleichen.«

»Das können sie nicht. Ich habe meinem Agenten klar und deutlich gesagt, dass es von den Flitterwochen keine Bilder gibt. Hat er gesehen, dass du zu ihm geguckt hast?«

»Nein. Aber er hat ein Objektiv, das wahrscheinlich aus einer Entfernung von dreißig Metern die bernsteinfarbenen Flecken in deinen Augen sehen kann.«

Kate strich sich die Haare aus dem Gesicht und hinter die Ohren. »Na prima. Ich befürchte, wir haben wohl nicht gerade wie frisch Verheiratete ausgesehen, oder?«

Lucas rollte sich auf seinen Bauch und lag nun neben ihr, ihre Seiten berührten sich. Ihre Haut war warm und das Gefühl ihrer weichen

Haut an seinem Bein machte ihn fast verrückt. »Wir könnten es als unseren ersten Streit betrachten.«

»Ein ausgewachsener Streit sieht aber anders aus«, lächelte sie.

Sie lagen dicht nebeneinander und sahen sich in die Augen. Ihr ging es wahrscheinlich nur darum, dass sie in dieser Position ein viel besseres Foto geben würden. Aber Lucas dachte nur darüber nach, wie es wohl wäre, ihre von der Sonne erwärmten Lippen zu küssen. Der Kuss während der Hochzeit schien schon so weit weg zu sein und er hatte Kate verstört. Wie würde sich ein langsamer, langer Kuss wohl hier auf dem Strand anfühlen, unter der warmen Sonne und gestreichelt vom salzigen Meereswind?

»Warum siehst du mich so an?«

Weil ich dich am liebsten so in den Arm nehmen würde, dass dem Fotografen die Augen ausfallen. »Wir sind in den Flitterwochen, schon vergessen?«

Sie zog ihre Lippe zwischen die Zähne. »Oh, du hast recht. Und wir hatten gerade unsere erste Kabbelei. Wir sollten uns vielleicht mit einem Kuss versöhnen.«

Da die Sonne ihr direkt ins Gesicht schien, waren ihre Augen eher braun als grün. Wie geschmolzenes Karamell. »Darüber ließe sich nachdenken.«

»Okay, dann mal los.« Sie drehte ihren Kopf ein wenig in seine Richtung. Ihre Augen blickten auf sein Gesicht und blieben dann an seinen Lippen hängen.

Er grinste und lehnte sich über sie, bis sein Schatten die Sonne von ihrem Gesicht verschwinden ließ. »Ich habe also offiziell die Erlaubnis bekommen, hm?«

Sie berührte mit ihrer Hand sein Kinn. »Was?«

»Bist du sicher, dass dieser Kuss auf deiner Liste steht?«, neckte er sie.

Sie zog eine Augenbraue nach oben. »Du verstehst es ja großartig, die Stimmung zu verderben.« Bildete er es sich nur ein oder war ihre Stimme ein wenig atemlos?

»Ach, ich wusste gar nicht, dass hier jemand in Stimmung war.« Bevor sie antworten konnte, ging er dicht an sie heran und küsste sie langsam. Das Schönste für ihn war dabei, dass sie seinen Kuss erwiderte. Seine Hand legte er auf ihre Seite, dort, wo sich der seidenweiche Badeanzug an ihre Taille schmiegte.

Für einen Moment vergaß er, dass sie den Kuss nur erwiderte, weil eine Kamera auf sie gerichtet war. Er dachte an die unzähligen Male, wenn sie ihr Büro verlassen hatte. Er hatte ihr nachgesehen, wie sie den Bürgersteig entlangging, die Haare wippten bei jedem Schritt. Dachte an die vielen Abende, als sie noch spät an seiner Werkstatttür geklopft hatte, um sich über den Lärm zu beschweren.

Und jedes Mal hätte ich sie mir am liebsten geschnappt und sie so geküsst, dass sie nicht mehr gewusst hätte, ob es Tag oder Nacht war.

Kate entzog sich ihm und setzte dadurch seinen Gedanken ein jähes Ende. »So. Das muss reichen, jetzt hat er sicher genug Fotos gemacht.«

Die kalte Welle ihrer Worte brachte ihn schnell wieder auf die Erde zurück. Bemüht um Nonchalance drehte er sich auf seinen Rücken, schloss die Augen und hoffte inständig, dass sie nicht bemerken würde, wie sehr sein Herz gegen den Brustkorb hämmerte. Er hatte gewollt, dass der Kuss mehr als nur Show war. Er wollte, dass es echt war.

Du hast dir das alles selbst eingebrockt, Mann.

»Ist er noch da?«

Sie hatten gerade erst mit der Scharade angefangen und schon hatte er keine Lust mehr zu spielen. »Ich weiß nicht.« Und er würde auch nicht nachsehen.

»Ich denke, wir sollten nicht hinsehen.«

Er fühlte ihre Hand, die neben seiner lag und seine Hand leicht berührte.

Sie zieht nur eine Show ab, vergiss das nicht.

»Lass uns über deine Eltern reden. Ich muss alles wissen, was mir helfen könnte, ihre Probleme zu verstehen.«

Lucas hatte von der ganzen Sache die Nase voll. Am liebsten hätte er ihr ganz offen gesagt, dass seine Eltern eigentlich gar kein Problem miteinander hatten und dass er sie aus Liebe geheiratet hatte. Aber dadurch würde er sie nur abschrecken und von sich stoßen.

Er schluckte. »Ich weiß nicht genau, wo das Problem liegt. Sie streiten einfach sehr oft.«

»Du hattest gesagt, dass deine Mutter für eine gewisse Zeit weggegangen ist. Hatten sie davor gestritten?«

Das würde noch schwieriger werden, als er gedacht hatte. »Ich bin nicht sicher. Ich weiß wirklich nicht, was der Grund für die Streitereien sind. Deshalb brauche ich auch deine Hilfe.«

Ihre Finger verkreuzten sich mit seinen und er konnte den Ehering spüren.

»Hast du den Eindruck, dass du offen mit deinen Eltern reden kannst?«

Er wand sich innerlich. Er geriet immer tiefer und tiefer hinein. »Hör zu, Reden ist nicht direkt meine Stärke. So viel weißt du schon über mich.« Die Möwen schrien laut auf und die nächste Welle brandete ans Ufer. »Ich habe einfach kein Talent zum Sprechen und außerdem würden sie es gar nicht wollen, dass ich mich einmische.«

Er musste dafür sorgen, dass Kate besonders mit seiner Mutter vorsichtig umging. Sonst würde sie nur allzu schnell herausfinden, dass alles nur erfunden war. »Du musst meine Mutter erst besser kennenlernen, bevor du erwarten kannst, dass sie sich dir gegenüber öffnet.« *Und viel Glück dabei.* Er konnte sich niemanden vorstellen, dem gegenüber seine Mutter weniger motiviert wäre, sich zu öffnen.

Eine Sekunde später geriet Lucas plötzlich in Panik. Was, wenn seine Mutter Kate wegen ihrer eigenen Mutter zur Rede stellen würde? Nein. So schnell die Panik auch über ihn gekommen war, so schnell hatte sie sich auch schon wieder in Luft aufgelöst. Seine Mutter stellte keine Leute zur Rede. Ihre Strategie war vielmehr, den anderen durch subtile Fallen und Andeutungen leise zur Strecke zu bringen. Seine Mutter, möge Gott sie segnen.

»Das ist doch selbstverständlich.«

»Und lass Jamie und Brody aus dem Spiel. Ich will nicht, dass sie noch mehr Stress wegen unserer Eltern bekommen.« Oder dass sie Kate aufklärten, was die angeblichen Streitereien anging.

»Wenn sie bei deinen Eltern leben, dann wissen sie auch, was da abläuft. Sogar kleine Kinder können Konflikte spüren. Und das belastet sie mehr, als man denkt.«

Ihre Stimme war traurig geworden. Er sah sie an, aber sie drehte sich auf ihren Rücken, entzog ihm ihre Hand und schloss die Augen. Lucas hatte den Eindruck, dass hinter dieser letzten Bemerkung eine Menge Schmerz stand, und er fragte sich, ob Kate ihm jemals vertrauen und davon erzählen würde.

Lucas nahm Kates Hand, als sie die Treppe zum »White Elephant« hochstiegen. Die Woche war schnell vergangen. Kaum zu glauben, dass es morgen schon vorbei sein sollte. Sein »spontaner Tag« hatte sich als richtige Herausforderung entpuppt. Sie hatte mit der Idee, die Dinge einfach geschehen zu lassen, nur sehr wenig anfangen können und hatte die meiste Zeit des Tages damit zugebracht zu rätseln, was sie als Nächstes tun würden.

Jetzt sah sie müde und von der vielen Sonne erschöpft aus, ihre Wangen waren vom Spaziergang durch Sconset gerötet. Vielleicht sollte er lieber den Zimmerservice in Anspruch nehmen, damit sie nicht noch einmal zum Abendessen aus dem Zimmer gehen müssten.

Sie betraten die Lobby und gingen an der Rezeption vorbei. Plötzlich hielt Kate neben einer Frau an und entzog ihm ihre Hand.

»Mrs Hornsby?« Kate berührte die Frau an der Schulter und sie drehte sich um. Hätte die Frau vom Weinen keine geschwollenen Augen und keine angespannten, sonnengebräunten Lippen gehabt, dann wäre sie sogar ziemlich attraktiv gewesen.

»Dr. Kate.« Mrs Hornsby richtete sich auf und verzog die Lippen, sodass man den Anflug eines Lächelns erkennen konnte.

»Ist alles in Ordnung?«

Lucas trat beiseite, um ihnen die Möglichkeit zu einem vertraulichen Gespräch zu geben. Er schaute sich einige Broschüren an der Rezeption an. Trotzdem konnte er nicht verhindern, das Gespräch mit anzuhören.

»Es geht mir gut«, sagte die Frau, aber ihre Worte fielen in sich zusammen wie ein durchgeweichter Keks.

Kate fasste sie am Arm und zog sie sanft von der Rezeption fort. »Was machen Sie denn hier? Ist etwas passiert?«

Lucas hörte, dass die Frau mit Mühe ein Schluchzen unterdrückte. »Earl hat eine Affäre. Diesmal habe ich Beweise. Ich konnte – konnte einfach nicht dort bleiben.«

»Es tut mir so leid.« Kates Stimme war weicher geworden. Sie streichelte die Frau über den Arm. »Möchten Sie darüber reden?«

Mrs Hornsby lachte schwach und wischte sich die Tränen fort. »Oh, Sie sind ein Schatz, aber nein. Das sind doch Ihre Flitterwochen. Und außerdem haben Sie doch gar kein Beratungsbüro mehr.« Sie zog ein Taschentuch aus ihrer beigefarbenen Handtasche und tupfte sich die Augen damit. »Ich komme schon damit klar.«

»Jetzt reden Sie aber keinen Unsinn«, entgegnete Kate. »Haben Sie schon eingecheckt?«

Die andere Frau hielt einen Kartenschlüssel hoch. »Ja.«

Kate drückte noch einmal ihre rundliche Schulter. »Ich bin gleich zurück.«

Sie ging auf Lucas zu und er stellte die Broschüre über eine Walbesichtigungstour zurück in den Ständer.

»Würde es dir viel ausmachen, wenn du heute allein zu Abend isst?«, fragte Kate und senkte dann ihre Stimme zu einem Flüstern. »Sie ist eine ehemalige Klientin von mir und sie braucht dringend jemanden, mit dem sie reden kann.«

»Nein, das geht schon klar. Möchtest du, dass ich dir beim Zimmerservice etwas bestelle?«

»Nein, danke. Ich weiß nicht, wie lange es dauern wird.«

Einen Moment später war Lucas allein.

Schauen Sie sich sehr genau seine Familie an.

– Auszug aus *Wie ich den richtigen Mann finde* von Dr. Kate

Kapitel Acht

»Okay, jetzt langsamer werden«, sagte Lucas. »Wir sind da. Es ist das Haus mit dem Lastwagen davor.«

Kate fuhr weiter mit ihrem Auto die Straße entlang. Sie verlief parallel zur Küste und war an beiden Seiten von Häusern gesäumt, die durch großzügige Rasenflächen voneinander getrennt waren.

Kate bremste und fuhr die Einfahrt hoch, die Reifen arbeiteten sich dabei geräuschvoll durch den tiefen Kies. Lucas' Haus lag etwa hundert Meter von der Straße entfernt, im Hintergrund sah man den tiefblauen Ozean. Das nächste Haus neben ihm war einige hundert Meter entfernt, der erste Stock hinter einer Bodenerhebung kaum sichtbar.

Kate hielt hinter einem Ford an. *Ich habe einen Brummi geheiratet.*

Aber diesem Gedanken konnte sie nicht weiter nachsinnen, da das Haus zu einem eingehenden Studium einlud. Ganz instinktiv gefiel ihr sein Charakter. Graue, verwitterte Dachschindeln bedeckten das Haus. Die Verkleidung und das Geländer der Veranda waren strahlend weiß und in den Blumenbeeten vor dem Haus wuchsen orangefarbene Blumen.

Sie parkte den Wagen und stieg aus. »Es ist sehr hübsch.« Klein, aber neu. Es sah so aus, als bestünde es aus einem Hauptteil und einem kleinen Anbau.

Sie hatte den Kofferraum geöffnet und wollte gerade eine Tasche herausnehmen, als sie ein lautes Rufen vernahm.

»Willkommen daheim!«

Vier Personen kamen mehr oder weniger laufend den Hügel vor dem Haus nebenan herunter. Kate erkannte Brody und Jamie. Die anderen beiden mussten Lucas' Eltern sein. Vorneweg lief ein riesiger, stark behaarter Hund und Mrs Wright folgte einige Meter hinter den anderen, den schlanken Körper sehr aufrecht, die Arme steif an ihrer Seite.

Kate winkte und setzte ein Lächeln auf. »Was hat denn deine Familie hier zu suchen?« Sie wollte endlich in ihr neues Zuhause und allein sein. Sie war es satt, immer in der Öffentlichkeit zu stehen. Der Fotograf hatte sie zwar nach dem ersten Tag am Strand in Ruhe gelassen, aber sogar wenn sie im Restaurant gegessen hatten, hatten die Leute sie angestarrt und getuschelt.

»Sie wohnen nebenan«, antwortete Lucas. »Hatte ich dir das nicht erzählt?«

Nebenan? Jetzt noch weiter zu lächeln war kein Kinderspiel. »Nein, diese unbedeutende Kleinigkeit hattest du nicht erwähnt.« Sie würde ihm später gehörig ihre Meinung sagen.

»Hallo, Leute«, rief Lucas, als seine Familie nahe herangekommen war.

Der Hund sprang an Lucas hoch. Er war etwa so groß wie ein Bär.

»Hallo, Bo.« Er raufte die weichen Ohren des Hundes.

Das kann unmöglich Bo sein. Sie starrte noch einmal ungläubig auf das Haus und dann wieder auf den Hund. Mit so einem Riesenvieh konnte doch niemand in einem Haus dieser Größe zusammenwohnen. Fast hätte sie ihren Gefühlen lautstark Ausdruck verliehen, da fiel ihr im letzten Augenblick ein, dass es seine Familie merkwürdig finden würde, dass sie Bo noch nie vorher gesehen hatte. Wahrscheinlich wunderten sie sich ohnehin, sie noch nie bei Lucas gesehen zu haben, da sie ja nun mal nebenan wohnten.

Roy Wright erreichte sie als Erster. Er trug Jeans, ein Nantucket Polo-Shirt und ein Lächeln, das echt aussah. »Willkommen, willkommen.« Er umarmte Kate und klopfte ihr auf den Rücken wie bei einem Baby, das ein Bäuerchen machen soll. Er hatte dichtes graues Haar und eine von der Sonne gegerbte Haut. Seine klaren grünen Augen hingen an den Seiten etwas herunter.

»Vielen Dank«, sagte Kate. Ihr Blick traf den von Susan Wright, als diese an der Ecke der mit Kies bestreuten Einfahrt zum Stehen kam. »Hallo.«

Susan nickte, ihre rosafarbenen Lippen verzogen sich zu einer Grimasse, die nicht ganz als Lächeln durchgehen konnte. »Kate.« Ihr Bubikopf lag wie ein Rahmen um ihr schmales Gesicht mit den hohen Wangenknochen.

»Ich wollte ein paar Fotos machen.« Jamie hielt die Kamera hoch, die sie um den Hals hängen hatte. Ihr Lächeln zeigte Zahnspangen mit violetten und rosafarbenen Verbindungen. »Hattet ihr eine tolle Woche?«

Kate fühlte sich so, als sei sie Teil einer Episode in einer Familien-Seifenoper. Aber die Wirklichkeit war nicht ganz so amüsant.

»Sie war wundervoll«, antwortete sie, während Lucas seine Mutter umarmte. Brody schüttelte ihr die Hand. Seine Augen baten sie um Entschuldigung, wenn er sie auch nicht aussprach.

Was für ein Mann baute sein Haus neben das seiner Eltern? Es sah ganz so aus, dass sie nicht nur einen Brummi, sondern auch ein Muttersöhnchen geheiratet hatte.

Lucas und seine Eltern tauschten kurz das Neueste aus, bevor Lucas sie hineinbat.

»Nein, wir können nicht bleiben«, erklärte Susan bestimmt. »Nicht wahr, Roy?« Sie legte eine feingliedrige Hand auf den Arm ihres Mannes.

»Nein, nein, natürlich nicht; wir wollten euch nur begrüßen und Kate in ihrem neuen Heim willkommen heißen.«

»Und ein Foto von Lucas machen, wenn er Kate über die Schwelle trägt«, sagte Jamie.

Diese Tradition hatte Kate völlig vergessen. Was für eine dumme Tradition. Sie wollte nicht in die Rolle des hilflosen Fräuleins gezwungen werden. »Wie aufmerksam.«

Sie war es leid, immer lächeln zu müssen. Am liebsten würde sie die gesamte kommende Woche nicht mehr lächeln.

»Lass, Jamie, vielleicht wollen sie das gar nicht.« Susan musterte Kate von oben bis unten. »Außerdem würde Lucas das vielleicht nicht einmal schaffen.«

Eins zu Null für die Schwiegermutter. Kate lächelte mit zusammengebissenen Zähnen.

»Das glaube ich auch«, flüsterte Brody Lucas zu und lächelte verschmitzt. »Sicher bist du ganz schön erschöpft.«

Lucas stieß seinen Bruder mit dem Ellenbogen an. »Es sei ferne von mir, unsere Traditionen zu verleugnen.«

»Los, heb sie hoch, Lucas!«, rief Jamie. »Das ist ja so romantisch.« Sie klatschte in die Hände.

»Für dich wäre auch den Boden schrubben romantisch.«

»Halt den Mund.« Jamie schlug ihm mit ihrem Handrücken in die Seite, während Bo laut bellend um sie herumlief, als könnte er die Aufregung spüren.

»Ich hole eure Taschen«, sagte Brody und ging in Richtung Kofferraum.

Bevor Kate eine weitere Bewegung machen konnte, hatte Lucas sie gefasst und mit Schwung hochgehoben. Sie hielt sich an seinem Nacken und seinen Schultern fest, als er mit ihr zum Haus hinüberging und die drei Stufen der Treppe hochstieg. Die Kamera klickte mehrmals.

»Du hättest mich warnen können«, flüsterte Kate ihm ins Ohr. Zuerst die Schwiegereltern, die nebenan wohnten, dann der große, haarige Hund und jetzt noch einen Fototermin? Und wer hatte diese dämliche Tradition überhaupt eingeführt? Sie fühlte sich in seinen Armen wie ein wertloser Sack Bohnen.

»Lehnen Sie sich einfach zurück und genießen Sie es, Mrs Wright.« Sie spürte seinen Atem auf ihrer Wange.

Wieder klickte die Kamera. »Hör auf, mich so zu nennen.«

Er verlagerte ihr Gewicht ein wenig und öffnete die Außentür, danach drehte er am Türknauf der Holztür. Wahrscheinlich erwartete man, dass sie ihm helfen würde, aber dazu war sie nicht in der Stimmung. Und wieder hörte sie ein Klicken, als Bo sich an ihnen vorbeidrückte und vor ihnen in das Haus lief.

Kate biss die Zähne zusammen. *Bitte, lass das aufhören!*

»Das ist genug jetzt, Jamie«, sagte Susan. »Um Himmels Willen.«

Sobald sie im Haus waren, setzte Lucas Kate ab und sie machte rasch einige Schritte von ihm weg, erleichtert, wieder auf eigenen Füßen stehen zu können. Brody war ihnen gefolgt und übergab Lucas ihr Gepäck. Einen Moment standen sie verlegen zusammen. Brody sah von einem zum anderen und grinste.

»Äh, ihr beiden Turteltauben wollt sicher allein sein.«

Lucas sah Kate an. »Das stimmt wohl.« Kate zog es vor, nicht zu antworten.

Brody umarmte Lucas überschwänglich und nach einem kurzen

Zögern auch Kate. Dann polterte er die Treppe hinunter und ging zum Rest seiner Familie.

»Macht's gut, Kinder!« Roy winkte ihnen zu.

»Ich drucke die Bilder bald aus und bringe sie euch dann vorbei«, rief Jamie ihnen zu und hielt ihre Kamera hoch.

Susan nickte nur und drehte sich zu ihrem Haus um.

»Danke«, rief Kate.

Sie sah ihrer neuen Familie durch die Fliegentür nach, als sie den Weg zum Hügel hinaufgingen. Brody und Jamie stritten dabei die ganze Zeit. Dann drehte sie sich um und sah Lucas mit blitzenden Augen an. »Das wirst du noch büßen.«

Bevor er antworten konnte, erregte etwas ihre Aufmerksamkeit. Ihr Blick glitt von ihm weg und sie schaute sich im Zimmer um. »Was in aller Welt ... sind all diese ... Sachen?«

Sie starrte in ungläubigem Entsetzen auf die Berge und Stapel und Schichten von Sachen. Kleidung, Kisten, Zeitschriften ... Der Ausdruck »Amerikanischer Schrottplatz« kam ihr in den Sinn. War das etwas eine Schaufel, die da am Fernseher lehnte? Und was war das nur für ein seltsamer Geruch?

Und durch alle die Unordnung schlängelte sich Bo, dessen enormes Hinterteil die ganze Zeit wackelte. Der Hund stieß an einen hohen Stapel Zeitungen, die schon gefährliche Schieflage hatten und durch den Stoß umfielen.

Lucas ist ein Messie. Sie hatte einen Messie geheiratet.

»Entschuldige.« Lucas schob mit dem Fuß einen Sack zur Seite und schloss dann die Tür. »Hatte vor der Trauung keine Zeit aufzuräumen.«

In den Flitterwochen hatte es schon Anhaltspunkte gegeben. Zu Kugeln zusammengestopfte Socken, die auf dem Boden herumlagen,

Hygieneartikel, die im Badezimmer verstreut waren, nasse Handtücher auf der Couch.

Aber das hier ...

Sie fühlte sich wie in einer Falle und dabei hatte sie vorher noch nie Platzangst bekommen. Was war der Bodenbelag überhaupt? Sie konnte kaum ein Stück davon unter all dem Krempel erkennen. Anna hätte sie warnen können, um Himmels Willen.

Bo stieß sie an und fast hätte sie ihr Gleichgewicht verloren. Lucas hielt sie fest. »Nein, Bo. Komm her.« Er streichelte den Kopf des Hundes und Bo setzte sich. »Sitz, mein Junge.«

Kate ergriff ihre Tasche. Vielleicht sah ja nicht das ganze Haus so chaotisch aus. »Wohin kann ich meine Sachen bringen?«

Lucas schnappte sich einige Kleidungsstücke, die über der Rückenlehne des Sofas gelegen hatten, und schwang sie sich über die Schulter. »Komm, ich zeige dir alles.«

Bo war auch wieder aufgestanden, umkreiste sie und hechelte glücklich. Kate starrte erst ihn und dann Lucas an. Dann endlich schien bei Lucas der Groschen gefallen zu sein.

»Na komm, Kumpel.« Er ließ Bo zur Haustür hinaus, vor der er sich prompt hinsetzte und laut zu bellen anfing. »Er ist ein bisschen aufgeregt.«

Im Gehen griff Lucas nach einer Dose Pepsi und einer leeren Schüssel. In ihr lag ein Löffel, der ausgesprochen verklebt aussah. Dann ging Lucas den kleinen Flur hinunter.

»Hier ist das Schlafzimmer.«

Ungemachte Betten, auf der Kommode ein Haufen Kleidungsstücke.

»Deins?«

Er öffnete eine Schublade der Kommode, stopfte die Kleidungsstücke aus dem Wohnzimmer hinein und schloss sie wieder. »Uh, ja. Du kannst deine Tasche hier hinstellen.« Er schob den Kleiderberg auf die andere Seite der Kommode und hatte wenigstens den Anstand, dabei etwas kleinlaut auszusehen. »Ich mache dir gleich in der Kommode und im Kleiderschrank Platz, damit du deine Sachen unterbringen kannst.«

»Ich hatte eigentlich gedacht, dass ich ein anderes Schlafzimmer nehme.« *Hoffentlich eins, das sauberer ist.*

Er stellte die Coladose und die Schüssel ab und nahm ihre Tasche. Er stellte sie auf die Kommode. »Es gibt nur eins.«

Kate ließ diese Information sacken, während sie seinen Versuch beobachtete, das Bett zu machen. Er zog einfach die Überdecke bis zu den Kissen hoch, darunter wölbte sich die zusammengeknautschte Bettdecke. »Das ist das einzige Schlafzimmer? Was soll das heißen?«

Er vergrub die Hände in seiner Hosentasche. »Es gibt kein anderes Schlafzimmer.«

Das wurde ja von Minute zu Minute schlimmer. »Du hast ein Haus mit nur einem Schlafzimmer gebaut?«

Er zog die Schultern hoch. »Na ja, außer mir gab es hier ja auch niemanden.«

Wie konnte er nur so locker sein? So unbeteiligt? War ihm sein eigener privater Platz denn vollkommen egal? »Falls du es noch nicht bemerkt haben solltest: Wir sind jetzt zu zweit.«

Sein Mund verzog sich an einer Seite zu einem Grinsen. »Doch, das ist mir auch schon aufgefallen.«

»Welcher einigermaßen normale Mensch baut ein Haus mit nur einem Schlafzimmer?« Und wer würde auf der Couch schlafen? Für ein ganzes Jahr.

»Ich hatte vor, das Haus später zu erweitern.«

Aha, da war sie. Die Lösung ihres Dilemmas. »Wie lange würde es dauern, ein zweites Schlafzimmer zu bauen?« Er könnte vielleicht an der anderen Seite des Hauses neben dem Wohnzimmer noch ein Zimmer anbauen.

»Oh – oh«, sagte er und beobachtete ihr Gesicht. »Kannst du dir vorstellen, was meine Familie sagen würde, wenn ich ein zweites Schlafzimmer anbaue?«

Dass sie getrennt schliefen? Oder nein – dass sie ein Baby bekommen würden. Warum würde man sonst ein Haus erweitern wollen? Jamie würde vermutlich sofort anfangen und Babydeckchen und Söckchen stricken. Das konnte gestrichen werden.

»Schau mal. Wir sind doch erwachsene Menschen«, sagte Lucas. »Es ist ein Doppelbett und wir hätten beide genug Platz darin.«

Sie betrachtete ihn genau. Er war locker über einen Meter achtzig, wahrscheinlich sogar größer und er hatte breite Schultern. Neben ihm würde das Bett wie ein Einzelbett wirken. Bei dem Gedanken, so nah neben ihm zu schlafen, wurde ihr anders.

Sie räusperte sich. »Dann werde ich wohl die Couch nehmen.« Ihre Hand schloss sich um den Griff ihrer Tasche.

Er legte seine Hand flach auf die Tasche. »Red keinen Unsinn. Du kannst doch nicht zwölf Monate auf dem Sofa schlafen.«

»Oh doch, das kann ich.« Und besonders, da er sich nicht angeboten hatte, auf der Couch zu schlafen. Sie zog an ihrer Tasche, aber unter seiner Hand ließ sie sich nicht bewegen. »Lass los.«

»Und was wird meine Familie denken?«

»Gar nichts. Sie brauchen es nämlich gar nicht erst zu erfahren.« Sie könnte die Decke und das Kissen jeden Morgen früh verschwinden lassen. Aber ihre Kleidung müsste sie wohl oder übel im Schlafzimmer lassen.

»Du gehst früh ins Bett, Kate. Und ich bin ein Nachtmensch.«

Daran hatte sie nicht gedacht. Wie würde sie einschlafen können, wenn er bis Mitternacht fernsehen wollte? Noch einmal schätzte sie die Maße des Bettes mit den Augen ab und zauderte.

Lucas lehnte gegen die Kommode, verschränkte die Arme über seiner Brust und sah fast so aus, als würde er die Situation genießen. »Hast du vor irgendetwas Angst?«

Jetzt verschränkte auch Kate ihre Arme. »Mach dich doch nicht lächerlich.«

»Ich bekomme beim Gedanken, in einem Bett mit dir zu schlafen, keinen Schweißausbruch und werde auch nicht unruhig.«

»Ich bekomme keinen –« Sie knirschte mit den Zähnen und es hätte nicht viel gefehlt, dann hätte sie ihn angeknurrt. Warum musste er solche Sachen sagen? Es wirkte fast so, als würde es ihm Spaß machen, sie zu reizen.

Es geht ja nur darum, die Nächte irgendwie rumzukriegen, sonst nichts. Wovor habe ich nur so viel Angst? Es wäre so, als würde man im Urlaub das Bett mit einer Freundin teilen. Ihr Blick glitt kurz über Lucas' muskulösen Körper bis runter zu seinen behaarten Beinen und den Füßen, die in Sandalen steckten. Sie schluckte hart. *Okay, vielleicht doch nicht ganz so.*

Ich muss nichts ... im Bett machen, außer schlafen. Ich werde vielmehr schon schlafen, wenn er ins Bett kommt. Und er steht vor mir auf. Ich werde kaum merken, dass er überhaupt da ist.

Sie hatte ihre Entscheidung getroffen und sah ihm direkt in die Augen. »In Ordnung. Wir teilen uns das Zimmer.«

Bevor Sie mit jemandem ausgehen, sollten Sie sich genau überlegen, was Sie wollen. Es ist genauso wie beim spontanen Einkaufen: Wenn Sie kein Ziel haben, kommen Sie mit der falschen Sache nach Hause.

– Auszug aus *Wie ich den richtigen Mann finde* von Dr. Kate

Kapitel Neun

Es war schon dunkel geworden, als sie Kates ganzes Gepäck ins Haus gebracht hatten. Sie schloss auch ihr Laufband an, das sie im Wohnzimmer in eine Ecke gequetscht hatten. Von dieser Stelle aus hatte sie eine schöne Aussicht durch das Vorderfenster und die Nachrichten würde sie auch schauen können.

Als sie dastand und ihre neue Umgebung in sich aufnahm, drückte sich Bo gegen ihre Beine, als würde er versuchen, sie zum Sofa zu drücken.

»Er möchte, dass du dich hinsetzt und ihn streichelst«, erklärte Lucas.

»Warum ist denn sein Fell unter seiner Schnauze so verfärbt?«

Lucas streichelte Bo hinter den Ohren. »Der Sabber färbt das Fell gelblich.« Er verschwand in der Küche, Bo trabte schwerfällig hinter ihm her.

Kate zog eine Grimasse. *Selbst Schuld, warum musste ich auch danach fragen.*

Sie schaltete das Laufband ein, kontrollierte, dass alles funktionierte und glättete dann die Kissen auf dem Sofa. Sie hatte versucht, ein bisschen aufzuräumen. Jetzt lag zumindest auf dem Fußboden nichts mehr herum und sie hatte einen schönen Teppich entdeckt, der den Boden aus Eichenbrettern bedeckte. Nur schade, dass der Teppich über und über mit Hundehaaren bedeckt war.

Bo trottete zurück und ließ sich neben den Kamin plumpsen. Von dort aus beobachtete er sie, den zotteligen Kopf zur Seite geneigt. Sein weißes Haar hing wie ein Wischmopp über seinen Augen. Wenigstens roch er nicht.

»Du hast mir gar nicht erzählt, dass Bo so riesig ist«, rief Kate.

»Er ist ein Hirtenhund«, erwiderte Lucas aus der Küche, als ob das eine Antwort auf ihre Frage wäre.

»Ich hatte gedacht, ein Hirtenhund wäre so was wie Lassie im Kleinformat. Ich hatte keinen« – sie musste ja nicht unhöflich werden – »großen Hund erwartet.« Kate manövrierte sich an Bo vorbei und betrachtete das Zimmer. Sogar in aufgeräumtem Zustand sah es winzig aus. Das Laufband wirkte vor der sandfarbenen Wand riesig.

»Lassie ist ein Sheltie, also ein Shetland-Hirtenhund. Bo ist ein Bobtail.« Lucas stand in der Tür zur Küche, nur zwei Schritte von ihr entfernt. Er hielt ihr eine Vase aus Kristallglas hin, die mit weißen Margeriten gefüllt war. »Die sind für dich.«

Kate wusste nicht, was sie sagen sollte. »Wofür?«

Er rieb sich den Nacken. »Zur Feier unserer ersten Ehewoche.« Wurde er etwa rot? »Es ist dumm, ich weiß.«

Diese Geste verblüffte sie. »Nein, das ist sehr ... süß.« Die Blütenblätter waren weich wie Seide, die Stiele und Blätter sauber und gepflegt. Sie fragte sich, woher er sie wohl hatte. Und wann hatte er sie besorgt? Schließlich waren sie fast den ganzen Tag zusammen gewesen. »Margeriten sind meine Lieblingsblumen.«

»Ich weiß.«

Kate war sich sicher, dass sie das nicht in den Flitterwochen erwähnt hatte. Sogar Bryan hatte ihr zu besonderen Anlässen immer Orchideen geschickt, einfach nur, weil sie teuer waren.

Lucas machte eine Handbewegung zu den Blumen hin. »Du hattest sie immer auf deinem Schreibtisch im Büro stehen.«

Jeden Morgen, nachdem sie ihren Latte getrunken hatte, war sie beim Blumenladen »Flowers on Chestnut« gewesen, um sich einen frischen Strauß zu holen. Frische Margeriten sahen im Büro gut aus und außerdem wirkten sie auf sie selbst inspirierend. Seltsam, dass ihm das aufgefallen war. Ihr fiel ein, dass er auch in den Pavillon Margeriten eingeschnitzt hatte. Sie hatte gedacht, das wäre ein Zufall gewesen.

»Äh, vielen Dank«, sagte sie. »Ich stelle sie auf den Küchentisch neben die Salz- und Pfefferstreuer.«

»Lass mich das machen.«

Als er zurückkam, musste Kate gähnen. Es war spät geworden und es machte keinen Sinn, länger aufzubleiben. Und wenn sie schon schlafen wollte, wenn Lucas ins Bett kommen würde, dann durfte sie nicht viel länger warten.

»Ich denke, ich gehe jetzt schlafen«, verkündete sie.

Lucas ließ sich in den Fernsehsessel sinken und schaltete den Fernseher ein. Bo rollte sich zu seinen Füßen zusammen. »Gute Nacht. Sag Bescheid, falls du etwas brauchst.«

Kate stand einen Moment unschlüssig herum, aber es sah so aus, als wäre Lucas ganz in die Sendung vertieft, die gerade lief. *Okay, alles klar.*

Nachdem sie ihre allabendliche Schönheitsprozedur beendet und ihre Zähne mit Zahnbürste und Zahnseide gereinigt hatte, zog sie sich ihren Schlafanzug an. Sie begutachtete noch einmal das Bett und fühle eine kalte Beklemmung irgendwo in der Magengegend.

Ich kann das schaffen. ich kann es. Keine große Sache. Bei diesem Gedanken entfuhr ihr ein Schnauben. *Ja, ja, sicher. Ich bin gerade dabei, in das Bett eines Mannes zu steigen, den ich kaum kenne. Und er wird mir später auch noch Gesellschaft leisten.*

Ihr Blick fiel auf eine alte Decke, die unordentlich zusammengeknüllt zwischen Bett und Wand lag. Sie fischte sie vom Boden hoch, legte sie über das Bett und rollte sie wie eine riesige Tortilla auf. Als Nächstes legte sie die Rolle als Schutzwall zwischen die beiden Betthälften in die Mitte. *So, das sollte den Zweck erfüllen.*

Kate schaltete Lucas' Nachtischlampe aus, umrundete das Bett und legte sich dann auf ihrer Seite hin. Die Bettdecke fühlte sich weich und kühl auf ihrer Haut an, die Matratze gab ein wenig unter ihrem Gewicht nach.

Sie vergrub ihr Gesicht in das Kissen und bereute diese Bewegung sofort. Das Kissen roch leicht nach Lucas, es war ein männlicher Duft, irgendwie nach Holz. Sogar hier konnte sie ihm nicht entkommen.

Sie dachte wieder an die Margeriten und tadelte sich dafür, dass sie schlecht von ihm gedacht hatte. Er gab sich Mühe. Und es war ja nicht sein Fehler, dass sie so unterschiedlich waren. Oder dass sie überhaupt für ein Jahr auf Gedeih und Verderb aneinandergekettet waren. Im Gegenteil, er hatte im Grunde ja ihr Leben gerettet und sie sollte dankbar sein. Er hatte ihr Buch und ihre Karriere vor dem sicheren Untergang bewahrt.

Vom »White Elephant« aus hatte sie zweimal bei Pam angerufen und *Rosewood* war begeistert gewesen von dem öffentlichen Interesse, das die Hochzeit aufgewirbelt hatte. Mehrere Privatsender wollten sie in ihren Shows haben. Außerdem dachte *Rosewood* über eine Buchtour nach und Pam hatte zahlreiche Termine für telefonische Interviews mit Radioshows und Zeitungen vereinbart. Kate überlegte, wie sie bei so einem Programm die Zeit finden würde, weiter an ihren Artikeln und ihrem neuen Buch zu arbeiten.

Aber das machte nichts. Wenn der ganze Trubel die Verkaufszahlen des ersten Buches in die Höhe treiben würden, dann war es das alles wert. Und wenigstens hätte sie immer noch ihr Büro, in dem sie arbeiten könnte, da Lucas es noch nicht weitervermietet hatte.

Sie dachte an Lucas' Familie und überlegte, wie sie die Zeit finden würde, seinen Eltern bei ihren Eheproblemen zu helfen. Die Spannungen zwischen Susan und Roy hatte sie sehr wohl gespürt. Vielleicht könnte sie etwas finden, was Susan und sie gemeinsam in der Freizeit machen konnten. Dann hätten sie Zeit, um miteinander ins Gespräch zu kommen.

Kate drehte sich um und zog die Bettdecke über ihre kalt gewordene Schulter. Hier war es viel ruhiger als in der Stadt. Wenn sie sich anstrengte, konnte sie hören, wie das Wasser ans Ufer brandete, und irgendwo tickte eine Uhr. Das Licht des Fernsehers war kaum zu sehen, nur ein Lichtstreifen vom Wohnzimmer leuchtete unter der Tür.

Um wie viel Uhr würde er wohl kommen? Sie hoffte inständig, dass er auf seiner eigenen Seite bleiben würde. Angesichts der zerwühlten Decken, die sie bei ihrer Ankunft vorgefunden hatten, hatte sie so ihre Bedenken. Er war es ganz offensichtlich gewohnt, sich auf dem gesamten Bett auszubreiten.

Das war Kate eigentlich auch, aber sie nahm sich vor, am äußersten Rand des Bettes zu liegen, auch auf die Gefahr hin, in der Nacht eventuell abzustürzen.

Wer weiß, ob ich überhaupt einschlafen kann. Sie drehte sich wieder auf die andere Seite und schichtete die Kissen neu. Für morgen hatte sie schon eine To-do-Liste gemacht, was normalerweise half, dass sie einschlafen konnte. Müde war sie schon, das war nicht das Problem.

Wie es die ganze Woche über in den ruhigen Augenblicken geschehen war, so musste sie auch jetzt wieder an Bryan denken. Kate hatte ihn nicht noch einmal angerufen, und er hatte es auch nicht getan. Eigentlich gab es auch keinen Grund, das zu erwarten. Und sie sollte es sich auch nicht einmal wünschen.

Aber Gefühle konnte man nicht so einfach wie eine Lampe ausschalten. Hatte er das Foto und den Artikel in der *New York Times* gesehen? Ein Teil von ihr bedauerte es immer noch, ihm nicht gesagt zu haben, dass die Ehe nur provisorisch war. Der andere Teil hoffte, dass dieses Nichtwissen möglicherweise Eifersucht in ihm wecken würde.

Er ist nicht eifersüchtig; er hat eine andere. Wenn hier einer eifersüchtig ist, dann bin ich das.

Sie wollte überhaupt nicht mehr darüber nachdenken. Der Klang der Frauenstimme, die ihren letzten Anruf angenommen hatte, das Knistern der Bettwäsche, bevor Bryan sich gemeldet hatte. Es war die reine Folter.

Denk an etwas anderes.

Kate lenkte ihre Gedanken zu ihrem Buch und ihrem bevorstehenden Gastauftritt bei *Dr. Phil.* Zehn Sekunden später dachte sie an die Margeriten auf dem Küchentisch. *Ah, hier schließt sich der Kreis.*

Und ich bin immer noch wach.

Kate wollte sich gerade wieder auf die andere Seite wälzen, als sich die Tür öffnete. Sie lag stocksteif und wagte nicht, die Augen zu öffnen. Sie hörte, wie ein Kleidungsstück auf den Boden fiel. Und dasselbe noch einmal.

Er zog sich *nicht* um!

Sekunden später sackte die Matratze unter seinem Gewicht zusammen. Die Abwärtsbewegung war so stark, dass sie fast in die Mitte des Bettes geworfen worden wäre, hätte sie sich nicht mit den Fingern an der Bettkante festgekrallt. Das Bett schwankte und die Bettdecken verzogen sich, als er es sich unter ihnen bequem machte. Sein Fuß streifte den ihren und sie kämpfte verbissen mit dem Bedürfnis, ihn wegzuziehen. Wie in aller Welt hatte er die Barriere überwunden?

Tief atmen. Du schläfst schon.

Als er endlich ruhig lag, waren nur noch die tickende Uhr und die Wellen zu hören. Und ihr eigener Atem. Sie konnte sogar ihr eigenes Herz schlagen hören. Ihr Arm, den sie unter ihr Kissen geschoben hatte, war eingeschlafen und tat entsetzlich weh, aber sie rührte sich keinen Millimeter. Nicht auszudenken, wenn er merken würde, dass sie noch wach war. Was, wenn er ein Gespräch mit ihr anfangen würde? Und überhaupt, was hatte er denn da drüben eigentlich an? Am besten, sie würde das nie erfahren.

Kate öffnete ihre Augen und starrte den großen Berg Mensch an, der neben ihr lag. Sein Gesicht lag in die andere Richtung und sein Atem war schon ruhig und gleichmäßig geworden. Das war einfach nicht fair. Wie lange würde sie denn noch wach liegen? Warum konnte sie nur nicht einschlafen?

Sie versuchte an ihr Buch zu denken, an den Artikel für die nächste Woche, an alles Mögliche, nur nicht an den sehr männlichen Körper, der nur wenige Zentimeter entfernt von ihr lag. Ihre Haut war ganz heiß geworden und am liebsten hätte sie die Bettdecke weggeworfen.

Einige Minuten später durchschnitt ein kurzes, aber entschiedenes Schnarchen die Stille. Drei Sekunden später folgte ein langer, rasselnder Schnarchlaut.

Und auf geht's in den Wald zum Bäumefällen.

Kate seufzte und schloss die Augen.

Miteinander Reden ist der Faden, der eine Beziehung zusammenhält. Wenn er nicht mehr da ist, fällt alles auseinander.

– Auszug aus *Wie ich den richtigen Mann finde* von Dr. Kate

Kapitel Zehn

Lucas stieß die Tür zum Haus seiner Eltern auf und Kate trat in das helle, aus zwei Stockwerken bestehende Haus ein. Sie konnte nur hoffen, dass seine Familie nicht so ungezwungen war, wenn sie Lucas' Haus betrat. Sie waren siebzehn Minuten zu spät – eine Tatsache, die Lucas nicht im Geringsten zu stören schien. Wie ein Mann sich noch verspäten konnte, wenn er den ganzen Vormittag nichts weiter als herumgetrödelt hatte, konnte sie einfach nicht begreifen.

Hinter der Eingangstür bedeckte ein ovaler Flechtteppich die bejahrten Holzbohlen und das Tageslicht strömte durch die Fenster, die über und neben der Tür waren. Vom hinteren Teil des Hauses waren Stimmen und das Geklapper von Töpfen zu hören und der Duft von gebratenem Hähnchen erfüllte verführerisch die Räume.

»Wir sind's«, rief Lucas und schloss die Tür.

Jamie wuselte zu ihnen ins Foyer und begrüßte erst Kate und dann Lucas mit einer Umarmung. »Hi Kate. Hi Lucas.«

Sie folgten Jamie in die Küche. Diese war in fröhlichem Gelb gestrichen und über der Porzellanspüle goss Roy gerade die geschälten Kartoffeln in ein Sieb ab. Susan, deren zarte Figur in eine lavendelfarbene Schürze eingehüllt war, drehte sich gerade so lange vom Ofen um, dass sie ihnen einmal rasch zunicken und Hallo sagen konnte.

Jamie verschwand und die nächsten Minuten sprach Lucas mit seinen Eltern über dies und jenes, bevor Roy sie aus der Küche scheuchte. »So, jetzt geht mal nach oben und setzt euch hin. Die Kinder sind auch schon da.«

»Was darf ich dir zu trinken anbieten?«, fragte Susan Kate.

»Egal, alles, was du hast, ist o.k. für mich ...«

Susans Augenbrauen, die mit einem Stift nachgezogen waren, gingen in die Höhe und ließen keinen Zweifel daran, dass sie eine bessere Antwort erwartet hatte.

»Sie trinkt gern Tee, Mom, gesüßten Tee.« Lucas sah seine Mutter vielsagend an und das erfüllte Kate einen Moment lang mit Genugtuung. Er hatte tatsächlich Partei für sie ergriffen. Erstaunlicherweise stieg deshalb ihre Stimmung.

Er nahm ihre Hand und Kate folgte ihm über die Diele und die Treppe hinauf. Das Geländer war solide und das Endstück gebogen. »Warum gehen wir nach oben?«, fragte Kate, als sie schon halb oben waren.

Lucas wechselte auf dem Treppenabsatz die Richtung und ging weiter. »Wir essen auf der Dachterrasse.«

Ein Bild des zweistöckigen Hauses begann vor Kates innerem Augen zu entstehen. Sie erinnerte sich daran, eine große Dachterrasse auf dem Haus gesehen zu haben. Diese Terrassen gehörten schon seit langer Zeit zu vielen Häusern in Nantucket und reichten zurück in die Zeit des Walfangs.

Kates Knie wurden weich, nicht vor Anstrengung, und ihre Hände umklammerten fest das Geländer. »Ihr esst auf dem Dach?«

Sie hatten das erste Stockwerk erreicht und Lucas begann eine weitere Treppe hochzusteigen, die schmal und steil war. Ihre Füße dröhnten dumpf auf den hohlen Holzstufen.

»Es ist eine Tradition bei uns.«

Tradition. Das erklärte alles. Dieses kleine Detail hätte er ruhig erwähnen können. Wusste er denn nicht, dass sie –

Das dunkle Treppenhaus führte hinaus zu einem tiefblauen Himmel. Und zu einem weiten Ausblick auf die Insel. Weite Sicht aus großer Höhe. Kate hielt sich an der Seite und suchte die Nähe des gemauerten Schornsteins.

Jamie und Brody begrüßten sie. Sie saßen an einem runden Tisch, der für sechs Personen gedeckt war und der in der Mitte der quadratischen Holzplattform stand. Eine mit Spindeln verzierte Brüstung umspannte die Terrasse. Auf der anderen Seite des Tisches zog Lucas für Kate einen Stuhl heran.

»Ich glaube, ich sitze lieber hier, wenn es dir nichts ausmacht.« Kate lächelte Lucas' Schwester an. »Hier neben Jamie.« Als ob das ihr einziger Grund wäre.

Lucas setzte sich neben sie. »Gute Idee. Von hier ist die Aussicht auch am besten.«

Zum ersten Mal wagte Kate, sich umzuschauen. Bis jetzt hatte sie nur darauf geachtet, den Schornstein in ihrem Rücken zu behalten. Jetzt aber schaute sie sich um und sie erblickte den offenen Himmel und den weiten Ozean, der mit dem Horizont verschmolz. Sie legte ihre Hände auf den Tisch und drehte an den Ringen an ihrem Finger.

»Darf ich mal sehen?«, fragte Jamie und deutete auf das Ringpaar, das Kate am Finger trug. Okay, ein Paar war es nicht wirklich, da Bryan den einen und Lucas den anderen Ring gekauft hatte. Zum Glück waren beide aus Weißgold.

Jamie berührte den Diamantring mit ihrem Zeigefinger. »Wunderschön. Ich wusste gar nicht, dass Luc einen so guten Geschmack hat.«

»Oder, dass er sich von so viel Geld trennen würde«, sagte Brody.

Kate und Lucas tauschten einen Blick aus. »Sie ist es wert«, sagte Lucas.

»Deine Kolumnen habe ich alle gelesen«, sagte Jamie. »Ich kann nicht glauben, dass du Luc wirklich geheiratet hast.«

Lucas' Stuhl knarrte, als er auf dem Stuhl herumrutschte. »Tausend Dank, Schwesterherz.« Er zog sie am Pferdeschwanz.

»Du weißt schon, was ich meine«, sagte Jamie.

Kate lehnte sich zurück, bis ihr Haar die Ziegel des Schornsteins hinter ihr berührte. »Sollten wir euren Eltern nicht helfen? Ich fühle mich richtig schlecht, wenn wir einfach nur hier sitzen.« *Ehrlich gesagt, fühle ich mich hier oben schlecht, basta.* Und unten zu helfen würde sie aus diesem Vogelnest befreien. *Und in den Ring mit deiner neuen Schwiegermutter stellen.*

»Mama gefällt es, ihre Gäste von vorne bis hinten zu bedienen«, sagte Jamie.

»Wenn du runtergehst, wird Dad dich sowieso wegschicken.« Brody schüttelte sich die Locken aus den Augen.

»Wie war denn dein Semester?«, fragte Lucas.

»Er überlegt, seine Hauptfächer wieder einmal zu wechseln«, stichelte Jamie.

»Halt die Klappe, du Zwerg.« Brody stieß sie mit dem Ellenbogen an. »Mom und Dad wissen noch nichts davon«, warnte er sie.

Der Wind blies über das Dach, zerrte an der roten Plastiktischdecke und Kate krallte sich an den Armlehnen ihres Gartenstuhls fest. Welche Familie aß auf dem Dach!?

»Welches Hauptfach willst du denn wählen?«, fragte Lucas.

Brody stellte seine Ellenbogen auf den Tisch. »Architektur.«

Das Geräusch herannahender Schritte unterbrach das Gespräch. Susan betrat die Terrasse und balancierte ein Tablett, auf dem eine

Karaffe mit Eistee und sechs Gläser standen. Lucas nahm das Tablett entgegen und setzte es ab, damit Susan die Gläser einschenken konnte. Die Eiswürfel knisterten, als der Eistee sich über sie ergoss.

Susan stellte Kates Glas auf den Tisch. »Danke.« Kate ließ die hölzernen Armlehnen gerade so lange los, dass sie einen Schluck nehmen konnte.

Als Roy das Essen hochbrachte, gab jeder die Teller weiter und bediente sich. Kate konnte nicht glauben, dass sie sich so viel Mühe gemacht hatten. Brathähnchen, Kartoffelpüree mit Soße, Nudeln in Buttersoße und Krautsalat, der selbst gemacht aussah.

Kate nahm sich einen Hähnchenschenkel und biss in die knusprige Haut. *Himmel.* »Das ist köstlich.«

»Danke«, antwortete Roy.

»Ich fände es besser, wenn du sie nicht frittieren würdest.« Susan saß Kate gegenüber und pulte mit ihrer Gabel die Haut ab. »Ich weiß nicht, wie oft ich ihm schon gesagt habe, dass er das Hähnchen ohne Haut braten soll. Ich schwöre euch, in meinem Alter nimmt man schon allein vom Geruch des Essens zu.«

Kate konnte kein Gramm Fett zu viel an Susans zierlichem Körper erkennen.

»Das kriegst du schon wieder runter, wenn du diese Woche wieder laufen gehst.« Roy schaufelte sich einen Berg Kartoffelpüree auf seinen Teller und bedeckte alles mit einer großzügigen Portion Soße.

»Deine Arterien verstopfen, während wir in diesem Moment sprechen«, sagte Susan. Sie nahm eine winzige Portion Kartoffeln und stellte die Schüssel dann an die Seite.

»Aber ich werde glücklich sterben.« Der Blick, den Roy Susan zuwarf, sah aber nicht gerade sehr glücklich aus.

»Wie du willst«, erwiderte Susan. »Aber könnest du dir um Himmels Willen wenigstens das Fett vom Kinn wischen, damit wir es nicht die ganze Zeit sehen müssen?«

Lucas blickte Kate vielsagend an. Jawohl, hier bei den Wrights lag definitiv Spannung in der Luft ...

»Möchtest du den Pfeffer haben, Kate?«, fragte Roy.

Kate stach mit ihrer Gabel in den Krautsalat. »Nein, danke. Alles schmeckt perfekt. Und, läufst du oft, Susan?« Sie wollte versuchen, die Spannung zwischen ihnen etwas zu mildern.

»Ich muss es machen, damit ich schlank bleibe. Das solltest du auch versuchen.«

Kate fühlte, wie ihr heiß wurde und ihr die Röte in die Wangen stieg. Vielleicht war sie nicht ganz so dünn wie Susan, aber sie hatte ihr Gewicht gut im Griff.

»Kate macht das auch«, schaltete sich Lucas ein. Er sah Kate an. »Mom läuft auch jeden Tag. Vielleicht könntet ihr das mal zusammen machen?«

Kates Augen verengten sich, aber sie wollte Lucas vor den anderen nicht zornig anfunkeln. Außerdem musste sie Zeit mit Susan verbringen, wenn sie ihren Teil der Abmachung einhalten wollte. Sie war sich nur nicht sicher, ob es wirklich jeden Tag sein musste.

Lucas ruckelte seinen Stuhl näher an den Tisch heran und Kate hätte schwören können, dass die ganze Plattform geschwankt hatte. Ihre Hand krampfte sich fester um die Metallgabel.

»Äh, ich laufe eigentlich auf einem Laufband«, erklärte sie.

Susan goss Brody ein weiteres Glas Tee ein. »Nun, so ist es natürlich wesentlich einfacher.«

Kate kaute ein bisschen und schluckte dann den trockenen Klumpen herunter. »Wenn ich darüber nachdenke, dann wäre das Laufen an der frischen Luft doch eine nette Abwechslung. Dann würde ich nicht immer nur Steigungen trainieren.«

Sie war nicht bereit, ihr Training auf dem Laufband aufzugeben, aber das gemeinsame Laufen würde ihr Zeit geben herauszufinden, wie sie der Ehe am besten helfen könnte. Vorausgesetzt, sie würde es aushalten, mit dieser Frau so lange zusammen zu sein.

»O.k., also abgemacht«, sagte Susan.

»Schaut, die Potters haben ihr Boot draußen.«

Kate folgte Jamies Finger mit den Augen und sah ein leuchtend gelbes Segelboot auf dem Wasser. Der Anblick machte sie schwindelig und sie konzentrierte sich schnell wieder auf ihren Krautsalat.

Roy hatte sich ihr zugewandt. »Was habt ihr zwei denn so in euren Flitterwochen gemacht?«

»Roy, um Himmels Willen.« Susan biss einmal von ihrem weißen Hähnchenfleisch ab.

»Wieso, ich will doch keine intimen Einzelheiten aushorchen. Ich versuche nur, das Gespräch in Gang zu halten.«

Am liebsten hätte sich Kate unter dem Tisch verkrochen.

»Wir sind zum Strand gegangen«, schaltete sich Lucas beschwichtigend ein. »Und zum Walfangmuseum. Kate war noch nie da gewesen.«

»Wir sind mit dem Boot zum ›Vineyard‹ gefahren und haben eingekauft«, ergänzte Kate.

»*Du* bist einkaufen gegangen?«, fragte Jamie Lucas.

Roy legte seinen Hähnchenschenkel auf den Teller und wischte sich seine fettigen Finger an einer Papierserviette ab. »Es ist schon erstaunlich, was ein Mann tut, wenn er verliebt ist.«

Er sagte das so, als wollte er Susan damit treffen, obwohl Kate nicht sicher war, was es bedeutete.

»Also, ich bin nicht überrascht, dass Lucas sich in dich verliebt hat«, sagte Jamie. »So, wie er all die Zeit deine Wohnung renoviert und die Fußböden runderneuert hat. Ich wusste, dass er sich in dich verliebt hatte.«

Kate versuchte, Lucas' Blick abzufangen, aber der schien sich gerade sehr für seinen Teller zu interessieren.

»Und wie lange er an diesem Pavillon gearbeitet hat«, machte Jamie weiter. »Wir hätten wissen sollen, dass hinter der ganzen Sache mehr steckte. Er hat ja ewig daran gesessen.«

Kate beobachtete verwundert, dass Lucas' Wangen sich leicht gerötet hatten. Sie hatte gar nicht gewusst, dass er so leicht verlegen wurde. Na ja, Jamie konnte denken, was sie wollte, solange sie nur ihre Geschichte glaubte.

Touristen und Einheimische gleichermaßen verstopften das Kopfsteinpflaster der Hauptstraße. Lucas nahm Kate an der Hand und manövrierte sie durch das Gedränge, das anlässlich des Nationalfeiertags am vierten Juli herrschte. Das Wassermelonen- und Kuchenwettessen hatten sie sich schon angesehen und nass waren sie auch geworden, als sie Zeuge einer Wasserschlacht zwischen verschiedenen Feuerbrigaden wurden. Jetzt war es höchste Zeit, einen guten Platz am Strand zu ergattern, von dem aus sie das Feuerwerk bewundern konnten.

Als sie am Jetties Strand ankamen, umfasste Lucas die Decke und den Picknickkorb fester und führte Kate durch den Pavillon. Es sah hier jetzt ganz anders aus als am Abend ihrer Hochzeit. War das wirklich erst zwei Wochen her? Er fragte sich, ob Kate auch daran denken musste.

Den ganzen Tag über waren sie Freunden und Bekannten begegnet.

Kate hatte ihre Hand ständig in der seinen gehabt oder ihren Arm um seine Taille gelegt. Sie an seiner Seite zu haben ließ ihn aufrechter stehen. Und einmal, sie standen gerade neben Selma Bebbett, der Herausgeberin des *Mirror*, hatte Lucas sich nach vorne gebeugt und ihr einen kleinen Kuss auf die Lippen gegeben. Kate hatte große Augen gemacht, bevor sie sich ganz kurz an ihn gelehnt hatte.

Nun kamen sie aus dem Gebäude heraus und gingen über den Strand, auf dem sich die Leute schon mit ihren Decken und Strandstühlen ausgebreitet hatten. Als sie eine leere Stelle gefunden hatten, breitete Lucas die Decke aus und sie genossen die Brote mit Truthahn und die Doritos, bevor sie zum Nachtisch frische Erdbeeren verspeisten.

Lucas steckte sich eine davon in den Mund und lehnte sich nach hinten zurück, die Beine bis an den Rand der Decke ausgestreckt. Der Rauch der Feuerwerkskörper und die salzige Seeluft bildeten eine einzigartige Mischung und erinnerten ihn an lange zurückliegende Unabhängigkeitsfeiern. Die Dunkelheit war erfüllt von Lachen und Gesprächen, immer wieder unterbrochen vom Geknall vereinzelter Feuerwerkskörper, während die Menge auf den Beginn des eigentlichen Feuerwerks wartete.

»Nantucket weiß wirklich, wie man den vierten Juli feiert«, bemerkte Kate.

»Ich kann nicht glauben, dass du schon seit drei Jahren hier wohnst und es noch nie miterlebt hast.«

Sie zuckte mit den Schultern. »Ich war eben nie in der Stadt.« Sie musste ja nicht extra betonen, dass sie an diesen Abenden immer Bryan besucht hatte.

Zwei Decken von ihnen entfernt wurden sie von Bryce Webber erkannt, dem Betreiber einer Online Community und eines Diskussionsforums. Er winkte ihnen zu und Lucas und Kate grüßten zurück. Kate hatte sich schnell an Lucas angelehnt, als ob ihr plötzlich wieder eingefallen wäre, dass sie ja in der Öffentlichkeit waren. Lucas setzte sich auf und schlang seine Arme um ihre Schultern. Daran könnte er sich durchaus gewöhnen.

Als Kate sich eine Erdbeere aus der Tupperdose nahm und ihm in die Augen sah, hätte er sie am liebsten an Ort und Stelle auf den Mund geküsst. Aber stattdessen bot sie ihm die Erdbeere an. Lucas öffnete seinen Mund und nahm das Angebot dankbar an. Ihre Fingerspitzen berührten dabei leicht seine Lippen. *Gnade.* Auch der köstliche Geschmack der Frucht ließ sich nicht mit dem ihrer Lippen vergleichen.

Das offizielle Feuerwerk begann und Kates Aufmerksamkeit wurde zum Himmel über dem Lastkahn gelenkt, von dem aus das Feuerwerk gezündet wurde. Ein rotes Glühen, eine Reflektion des Feuerwerks, blühte auf ihrem Gesicht auf. Lucas hingegen fühlte das Feuerwerk mitten in sich drin. Die großen Knaller waren nur Echos seines eigenen Herzens.

Kate hatte sich an seine Seite geschmiegt und sie sahen sich das Schauspiel an. Am liebsten hätte er die ganze Nacht dort gelegen, ihre Finger mit seinen verschränkt. Aber nur zu schnell war das Feuerwerk zu Ende, sie packten ihre Sachen zusammen und steuerten auf seinen Wagen zu.

Sobald sie den dichten Verkehr in der Innenstadt hinter sich gelassen hatten und in Richtung Haus fuhren, fühlte Lucas, dass etwas zwischen ihnen nicht mehr stimmte. Während der Fahrt sprachen sie kaum. Der Lastwagen schaukelte über die Straßen, die Autoschlüssel klirrten. Kate seufzte tief und verschränkte ihre Arme gegen die Kühle der Nacht. Es juckte ihm in den Fingern, er hätte am liebsten seinen Arm zu ihr hinübergestreckt und ihre Hände in den seinen gewärmt.

»Das war ein schöner Tag, oder?«, fragte er sie.

Kate lehnte ihren Kopf gegen das Fenster der Beifahrerseite. »Mmm.«

Lucas stellte die Lüftung ab und regelte die Temperatur. »Hat dir das Feuerwerk gefallen?« Es war vielleicht nicht mit dem in Boston zu vergleichen, aber er hatte immer gedacht, dass Nantucket eine ziemlich gute Show bot.

»Es war gut.«

Lucas spürte, dass sich seine gute Laune in Luft auflöste. Sie waren sich den ganzen Tag über so nah gewesen. Es hatte den Anschein gehabt, dass Kate seine Nähe, sogar seine Berührungen genossen hatte. Ihre Augen hatten aufgestrahlt, als sie über seine Worte gelacht hatte. Irgendwie hatte er sich dazu verleiten lassen zu glauben, dass es alles echt war.

Aber es war nicht echt. Ihre Gefühle waren nur aufgesetzt. Und jetzt zu fühlen, wie sich Kate von ihm entfernte, war ... schmerzhaft. Er wollte es wiederhaben, die Art, wie sie miteinander umgegangen waren, wie sie ihn angesehen hatte, ihn berührt hatte. Wie konnte sie das alles wie einen Hahn zudrehen?

Wie hatte er nicht sehen können, wie schwer das alles werden würde?

Lucas schloss die Tür fest hinter Kate. Sie stellte ihre Handtasche auf den Sofatisch und Lucas ging wortlos an ihr vorbei ins Badezimmer. Zehn Sekunden später hörte sie, wie die Dusche angestellt wurde.

Bildete sie sich das nur ein oder war ihm irgendwas über die Leber gelaufen? Kate brachte den Picknickkorb in die Küche und warf den

Müll weg. Es war ein guter Tag gewesen, nur ermüdend. Fast schien es ihr, als wäre sie all ihren Freunden und Bekannten begegnet. Jeder hatte ihnen gratuliert und sie hatte sich verpflichtet gefühlt, das glückliche Pärchen in den Flitterwochen zu spielen. Und das hatte sie erschöpft.

Es war nicht so, dass es sehr schwer war, Lucas gegenüber Gefühle zu zeigen; er hatte wunderbar mitgemacht. Aber sie hatte es satt, ständig beobachtet zu werden. Als das Feuerwerk zu Ende war, hatte sie sich nur noch gewünscht, nach Hause zurückzukehren und nichts mehr vortäuschen zu müssen.

Kate hatte gerade alle Picknicksachen weggeräumt, da wurde die Dusche ausgestellt. Gut. Sich kurz abzubrausen täte ihr auch ganz gut. Obwohl es nach Sonnenuntergang kühler geworden war, hatte die Sonne den ganzen Tag über geschienen. Außerdem wollte sie sich den Sand aus ihrem Haar waschen.

Kate holte ihre Sachen aus dem Schlafzimmer und steuerte auf das Badezimmer zu. Dabei dachte sie schon an ihre Pläne für den morgigen Tag. Als Lucas um die Ecke kam, wäre sie fast mit seiner nackten Brust zusammengestoßen. Er trug nur ein blaues Handtuch, das kaum ganz um seine Taille ging.

Kate machte einen Schritt zur Seite und wendete ihren Blick ab. »Hättest du etwas dagegen …?« Sie zog ihr eigenes Bündel mit Kleidungsstücken vor sich an die Brust, als sie an ihm vorbeiging.

»Nein.« Der Ton seiner Stimme war ungewöhnlich scharf.

Kate hielt an und wollte sich schon umdrehen, um ihn zu fragen, was los war. Aber als sie das eindeutige Geräusch des herabfallenden Handtuchs hörte, schoss sie ins Badezimmer und verschloss die Tür hinter sich.

Nicht jede Beziehung, die Sie ausprobieren werden, wird Ihnen passen. Versuchen Sie nicht, sich hineinzuzwängen. Hängen Sie sie an die Stange zurück und halten Sie nach einer besseren Ausschau.

– Auszug aus *Wie ich den richtigen Mann finde* von Dr. Kate

Kapitel Elf

Lucas sah zu, wie seine Mutter und Kate über den Strand liefen, ihre nackten Füße ließen den Sand hochfliegen und der Schatten der Abendsonne lag hinter ihnen. Er hoffte, dass seine Mutter sich anständig benehmen würde.

Der warme Wind zerzauste die Zeitung, die auf seinem Schoß lag. Er dachte über die vergangenen zwei Wochen nach. Er mochte es, Kate um sich zu haben, hatte sich schon daran gewöhnt. Es war schön, Spuren ihrer Anwesenheit im Haus zu sehen. Ihr Bademantel an einem Haken hinter der Tür. Ihre Hygieneartikel in einer ordentlichen Reihe im Badezimmerschränkchen. Ihre Schuhe, die im Schrank der Farbe nach geordnet aufgereiht waren. So ganz konnte er den Sinn dahinter nicht einsehen, aber man konnte ja nicht alles haben.

Und es hatte auch Veränderungen gegeben. Am Anfang der Woche war sie aus dem Badezimmer gekommen und ihr Mund war zu einer angespannten Linie verzogen gewesen, als würde ihr jede Sekunde der Geduldsfaden reißen. »Ich finde es natürlich gut, dass du dich rasierst, aber könntest du danach bitte das Waschbecken säubern, da wir ja nun mal nur eins haben?«

Er hatte mit den Schultern gezuckt. »Klar, kein Problem.«

Die feuchten Handtücher hatte sie erst am dritten Morgen erwähnt und da stapelten sie sich schon bis Kniehöhe in einer Ecke.

Warum war Kate nur so versessen, immer alles in Ordnung zu haben? Ordnung war wie ein Gott, den sie anbetete. Warum musste alles immer perfekt sein?

Lucas schlug den *Mirror* auf und schüttelte den Kopf. Es amüsierte ihn, wenn er sie verwirrt sah, wie es zum Beispiel der Fall war, wenn er kochte. Er hatte es für das Normalste der Welt gehalten, dass man die ganze Packung Schinkenspeck in die Pfanne gab, bis er gesehen hatte, wie Kate es machte: Ein Streifen wurde sorgfältig nach dem anderen in die Pfanne gelegt, alles sauber und ordentlich.

Diese Frau führte sogar Buch über ihre Fitnessübungen! Er hatte einmal auf ihr Klemmbrett geguckt, nachdem sie Sport gemacht, alles aufgeschrieben hatte und in der Dusche verschwunden war. Sie schrieb die Kilometer auf, die Geschwindigkeit, die Schwere der Anstiege und die Zeit, die sie gelaufen war. Alles genau auf die Minute.

Aber so sehr ihr buchhalterisches Benehmen ihn auch amüsierte, er fragte sich doch, warum sie so verkrampft war. Sie lebte so, als könnte man das Leben auf eine große Liste reduzieren. So, als könnte sie Kontrolle über alles behalten, wenn sie nur alles in Ordnung hielt.

Man hätte denken können, dass sie mittlerweile gelernt haben müsste, dass man einige Dinge eben nicht kontrollieren konnte. Wenn Lucas das nicht schon vor Emilys Tod gewusst hätte, wüsste er es jetzt.

»Hi, Luc.« Jamie betrat die überdachte Terrasse und setzte sich in den bequemen Holzstuhl neben ihm. Ihre schlaksigen Beine, schon von der Sonne gebräunt, schauten aus einer ausgefransten Denim-Shorts hervor.

»Hallo, Schwesterchen. Na, was machst du so mit deinen Ferien?« Die Zeitung gab er nun endgültig auf, er faltete sie zusammen und ließ sie auf den Holzboden fallen.

»Ganz okay, glaube ich.« Sie wickelte eine violette Blume um ihre Finger. »Mom und Kate sind zusammen laufen gegangen?«

Er schloss die Augen und entspannte sich in seinem Stuhl. »Jawohl.«

»Der Pavillon sieht gut hier aus«, sagte Jamie.

Ethan hatte Lucas geholfen, den Pavillon in den Garten hinter dem Haus zu schaffen, von wo aus man das Meer sehen konnte. Und es passte so gut, als wäre er für diese Stelle gebaut worden.

Eine Weile lang saßen sie schweigend nebeneinander und hörten den Wellen zu, die an den Strand rauschten. Lucas überlegte, was Kate seiner Mutter wohl erzählte. Oder noch mehr, was seine Mutter zu Kate sagte. Was würde er machen, wenn Kate herausfand, dass zwischen seinen Eltern alles in Ordnung war? Er fühlte sich schlecht, weil sie so viel Zeit damit verbrachte, ein nicht existentes Problem zu lösen, aber er hatte ja einen Grund angeben müssen. Er hätte ihr ja wohl schlecht den eigentlichen Grund sagen können, aus dem er sie geheiratet hatte.

»Wie weiß man es eigentlich, dass man verliebt ist?« Jamies Stimme unterbrach seine Gedanken.

Lucas sah seine Schwester an, die erst dreizehn war, noch ihre Zahnspange trug; er würde ihr am liebsten sagen, dass sie in ihrem Alter noch nicht über Liebe nachdenken sollte. Aber er war auch einmal vierzehn gewesen, obwohl das schon eine Ewigkeit her zu sein schien. Seine Gefühle waren damals übermächtig gewesen.

»Wie heißt er?«

Jamie wickelte den dünnen Stiel der Blume um ihren Zeigefinger.

»Er heißt Aaron Brinkley und er geht auf meine Schule. Ich mag ihn schon ganz lange, aber er war mit einem Mädchen zusammen, Liz.« Sie verdrehte ihre Augen.

»Die magst du wohl nicht besonders, was?«

»Sie ist eine Rotznase. Ich habe keine Ahnung, was ihm an ihr gefallen hat. Aber er war die ganze Woche am Strand und Meredith hat gesagt, dass er mit Liz Schluss gemacht hat. Er hat mich gefragt, ob ich heute mit ihm Volleyball spiele.«

Lucas legte seinen Fuß auf sein Knie und verschränkte die Hände auf seinem Bauch. »Und? Hast du es gemacht?«

Jamie strich sich Sand von ihrer Shorts. »Ja, aber ich habe gewonnen.«

Lucas lachte. Jamie war der Motor in ihrem Team und dessen beste Spielerin, wenn man ihn nach seiner Meinung fragen würde.

Jamie schlug ihn auf den Arm und die Blume flog in hohem Bogen davon. »Das ist überhaupt nicht lustig. Ich glaube, dass er echt sauer auf mich ist.«

Lucas unterdrückte sein Lachen. »Wieso denkst du das?«

»Er hat nach dem Spiel nicht mehr mit mir gesprochen.« Sie zog ihre kleine Nase kraus.

»Waren da auch seine Freunde dabei?«

Jamie blickte traurig. »Ich hätte ihn gewinnen lassen sollen.« Sie verschränkte ihre Arme und kaute auf ihrer Lippe.

»Das wird er schon überstehen, glaub mir.«

»Was soll ich denn zu ihm sagen, wenn ich ihn morgen treffe? Ich mag ihn wirklich.«

»*Du* machst dir Sorgen, was du zu ihm sagen sollst?«

Sie zuckte mit den Schultern. »In seiner Nähe bringe ich keinen Ton heraus. Oder ich sage irgendetwas Blödes.«

»Sei einfach du selbst. Wenn er dich mag, dann mag er dich, weil du du selbst bist.«

Jetzt verdrehte sie wieder ihre Augen. »Du hörst dich an wie Mom.«

Vielleicht war er keine große Hilfe. Aber wenn er sein eigenes Liebesleben betrachtete, dann war er sich nicht sicher, dass er überhaupt qualifiziert war, Ratschläge in Sachen Liebe zu geben. »Was sind denn seine Hobbys? Die meisten reden gerne über sich selbst. Besonders Jungen im Teenageralter.«

Ihr Gesicht leuchtete auf. »Er mag die Red Sox und ich weiß auch, dass er gern segelt. Wir können also darüber sprechen. Was noch?«

»Wie meinst du das?«

»Mensch, ich meine, ob du noch andere Tipps hast.«

Wenn er nur alles, was er über Beziehungen gelernt hatte, komprimieren und wie einen Stab beim Staffellauf weitergeben könnte. Leider funktionierte es im Leben nicht so. »Hab keine Angst davor, dass er weiß, dass du ihn magst. Er hat dich ja auch gefragt, ob du mit ihm Volleyball spielst, also hört es sich so an, als sei er interessiert. Für Jungen ist es gar nicht leicht, immer den Anfang machen zu müssen. Es wäre für ihn sicher einfacher, wenn er wüsste, dass du ihn nicht zurückweisen wirst.«

»Denkst du, dass er auch nervös ist?«

Lucas verschränkte die Hände hinter seinem Kopf. »Vertrau mir, nervös sind immer beide.«

Als Kate zurückkam, war Jamie schon wieder verschwunden. Die Tür fiel laut ins Schloss und sie konfrontierte ihn im Wohnzimmer.

»*Was* in aller Welt ist mit deiner Mutter los?« Ihr feuchter Pony klebte an ihrer Stirn und ihr Pferdeschwanz schwang wie ein Pendel hin und her.

Lucas faltete die Zeitung und legte sie auf den Tisch. »Was meinst du denn damit?«

»Sie kann nicht zwei Minuten mit mir reden, ohne an mir herumzusticheln. Alles ist voll von unterschwelligen Botschaften und ich glaube langsam, dass es noch um etwas anderes geht, als nur darum, dass wir sie nicht zu unserer Hochzeit eingeladen haben. Könntest du mir da vielleicht mit einigen Informationen weiterhelfen?«

Das wäre nur fair. Er hätte es längst tun sollen. »Es geht nicht um dich, sondern um eine Geschichte, von der du nichts weißt.« Vielleicht hatte Kates Mutter ihr davon erzählt, aber Kate wusste nicht, wer Susan war. »Vor vielen Jahren war deine Mutter die beste Freundin meiner Mutter. Sie sind zusammen zur High School gegangen. Hat deine Mutter dir jemals davon erzählt?«

Kate schüttelt ihren Kopf. »Was ist passiert?«

Alles war schon sehr lange her, aber in den Augen seiner Mutter war es die unverzeihlichste Sünde schlechthin. Eben eine betrogene Frau, so was in der Art. »Als meine Eltern verlobt waren, sollte deine Mutter bei der Trauung die Trauzeugin sein, nur –« Wie konnte er es nur möglichst schonend ausdrücken?

»Sag schon, was denn?«

Er seufzte. »Ich schätze, deine Mutter hatte wohl ein Auge auf meinen Vater geworfen. Irgendwas ist in der Woche vor der Hochzeit passiert. Ich kenne die Einzelheiten nicht, aber auf jeden Fall hat deine Mutter mit meinem Vater geschlafen. Meine Mutter hat sie dann nicht mehr zur Hochzeit eingeladen und hat danach nie mehr mit ihr gesprochen.«

Kates Augen waren langsam immer größer geworden und auch der

Mund hatte sich geöffnet. Dann presste sie ihre Lippen aufeinander und stemmte die Hände in die Seiten. »Wieso hast du mir das vorher nicht erzählt?«

»Ich dachte nicht, dass es wichtig wäre.«

»Für deine Mutter ist es offensichtlich sehr wichtig.« Kate ging zum Fenster und drehte sich dann wieder zu ihm um. »Könntest du mir bitte sagen, wie ich deinen Eltern helfen soll, wenn deine Mutter mich hasst?«

»Sie hasst dich nicht. Sie kennt dich ja gar nicht einmal richtig.«

»Und jetzt wird sie mir nie vertrauen.«

Wahrscheinlich hatte sie Recht, aber er hatte die Hoffnung nicht aufgegeben, dass seine Mutter ihre Meinung doch noch ändern würde. Kate hatte keine Schuld an der ganzen Sache und alles war ja auch schon über dreißig Jahre her. »Es tut mir wirklich leid. Ich hätte es dir sagen sollen, aber ich hatte gehofft, dass sie sich mit dir anfreunden und einsehen würde, dass du keine Schuld hast.«

Das schien Kates Zorn etwas zu besänftigen. »Die denkt wahrscheinlich, dass ich genauso wie meine Mutter bin. Ich werde nicht nur automatisch für schuldig befunden, sondern sie hat Angst, dass ich dich betrügen werde, so, wie meine Mutter es getan hat. Sie ist besorgt, dass ich dir wehtun könnte.«

Komisch, das bereitete ihm ebenso Sorgen. Aber dass seine Mutter sich auch darüber Sorgen machen könnte, daran hatte er noch nicht gedacht. »Das ist ja ziemlich praktisch, wenn man Beraterin ist, oder?«

Kate lächelte ihn schief an. »Ich habe das Gefühl, als würde ich in diesem Fall auch all meine Kenntnisse brauchen.«

Zwei Tage später erinnerte sich Lucas gerade an dieses Gespräch mit Kate, als es an der Tür zu seiner Werkstatt klopfte.

Ethan, sein Freund und bester Verkäufer, öffnete die Tür. Lucas stellte die Schleifmaschine ab.

»Hier ist eine Frau, die sich für einige nach Maß angefertigte Stücke interessiert.« Ethan schob seine Brille mit dem Zeigefinger hoch.

Lucas legte die Maschine auf den Holztisch. »Komme sofort.«

Er nahm seine Schutzbrille ab und strich sich die Sagespäne aus dem Gesicht und von der Kleidung, bevor er in den Verkaufsraum ging. Er fand Ethan und die Kundin bei einer Gruppe von Möbelstücken im Shaker-Stil. Die Frau hatte kastanienbraunes Haar, das ihr in Wellen über ihre nackten, schmalen Schultern fiel.

»Miss Delaney, darf ich vorstellen: Lucas Wright, der Besitzer. Lucas, das ist Sydney Delaney. Sie hat kürzlich ein Haus in Madaker Harbor gekauft.«

Lucas schüttelte ihre Hand. »Sehr erfreut, Sie kennenzulernen. Madaker Harbor ist eine schöne Gegend.«

Obwohl sie groß genug war, die meisten Männer einschüchtern zu können, waren ihre Bewegungen geschmeidig. »Ich liebe Ihre Arbeit.« Ihre Finger fuhren zärtlich über das Fußende eines schmalen Doppelbettes aus Ahornholz, das mit einer karamellfarbenen Beize behandelt war.

»Danke. Ethan hat erwähnt, dass Sie an einigen maßgefertigten Möbelstücken interessiert sind.«

Ein Pärchen betrat den Laden und Ethan entschuldigte sich.

»Ich liebe den Shaker-Stil. Er ist simpel, aber trotzdem elegant.«

Lucas mochte diesen Stil auch am liebsten. Die altmodische Schlichtheit der Form brachte die Schönheit des Holzes so richtig zur Geltung.

»Ich sehe hier vieles, was mir sehr gut gefällt.« Sydney warf Lucas einen koketten Blick zu. »Aber ich hatte an einige Stücke für das Wohnzimmer gedacht, die man speziell anfertigen müsste.«

»Ich würde gerne mal vorbeikommen und mir den Raum ansehen. Dann könnten Sie mir zeigen, was Sie sich genau vorstellen.«

Sie neigte ihren Kopf etwas und lächelte aufreizend langsam.

Lucas begriff, dass sie zu viel in seine Worte hineingelesen hatte. Er verschränkte die Arme und achtete darauf, dass seine linke Hand deutlich sichtbar war. »Ich muss einige Messungen durchführen und dann kann ich Ihnen einen Kostenvoranschlag machen. Dann sehen wir weiter. Passt Ihnen morgen um zehn Uhr vormittags?«

»Perfekt.« Sie gab ihm ihre Adresse und Telefonnummer und streifte sich dann ihre winzige Handtasche über die Schulter. »Ich kann kaum erwarten zu sehen, was für Ideen Sie haben werden.«

Er begleitete sie hinaus, sie aber hielt auf der Türschwelle an.

»Oh, ich will Ihnen wirklich nicht zur Last fallen, aber ich bin auf der Suche nach einem Laden, in dem man Buttertoffee kaufen kann. Man hat mir von einem Laden erzählt. Ich glaube, er heißt irgendwie ›Tante soundso‹ ... ich liebe Süßes, wissen Sie.« Ihr Lächeln flirtete mit ihm.

»›Tante Leas Buttertoffee‹ – das ist unten am Straight Kai.« Er folgte ihr aus der Tür und zeigte nach Osten. »Wenn Sie die Hauptstraße entlangfahren, kommen Sie direkt auf den Kai. Der Laden liegt auf der linken Seite. Sie können es gar nicht verpassen.«

Da sah er plötzlich seinen Bruder, der mit langsamen und lässigen Schritten die Hauptstraße hinaufging.

»Hi, Lucas.«

Lucas wollte ihm gerade Sydney vorstellen, aber Brody ging an ihm vorbei und öffnete die Tür. »Ist Kate oben?«

Die Frage überraschte ihn. »Sicher.« Er fragte sich, was Brody wohl von Kate wollte.

Lucas blickte seinem Bruder so lange nach, bis Sydney ihre Hand auf seinen Arm legte.

Das Geräusch von Schritten auf der Holztreppe lenkte Kates Aufmerksamkeit vom Brief ab. Ein Blick auf die Armbanduhr sagte ihr, dass es noch zu früh für Lucas war. Sie hatten angefangen, montags, mittwochs und freitags zusammen Mittag zu essen. Um den Schein zu wahren.

Von der Sonne gebleichte Locken erschienen zuerst, dann folgte die schlanke Gestalt ihres neuen Schwagers. Er trug eine halblange Badehose mit knallbuntem Hawaiidruck in Orange und Blau, dazu ein weißes T-Shirt.

»Brody.« Kate faltete den »Liebe Dr. Kate« – Brief zusammen und legte ihn neben die anderen Briefe, die sie schon durchgearbeitet hatte. »Das ist ja eine Überraschung.«

Am Treppenabsatz hielt er an und vergrub die Hände in seinen Hosentaschen. Die Bewegung erinnerte sie an Lucas. »Ich hätte vorher anrufen sollen.«

»Nein, nein. Komm rein. Setz dich. Ich habe nur gerade einige Briefe durchgelesen.«

Brody schaute sich den Schreibtisch an. »Hm, das sind ganz schön viele Briefe.« Er blickte sich im Zimmer um – früher war es die Lobby ihres Beratungsbüros gewesen. Kate hatte den Schreibtisch zur Vorderseite des Raumes geschoben. Durch die Fenster fiel viel Licht in den Raum und das wollte sie sich zunutze machen.

»Seit den Renovierungsarbeiten bin ich nicht mehr hier oben gewesen.«

Kate begutachtete den Raum ebenfalls mit neuen Augen. Das glänzende Parkett, die beruhigenden grünen Wände, die sich schön gegen die ahornfarbenen Holzverzierungen abhoben. Sie hatte einen Teppich in den Farben Grün, Dunkelblau und Beige gefunden, der alle Farben des Zimmers verband.

»Lucas hat wirklich gute Arbeit geleistet«, sagte sie. »Er ist ein ziemlich guter Tischler, dein Bruder.« Auch wenn es ewig gedauert hatte, bis er endlich fertig war.

Brody ließ sich mit einem Seufzer in einem der ehemaligen Stühle des Warteraums nieder. »Ich weiß.«

Kate wunderte sich ein wenig, was ihn wohl hierhergebracht hatte. Sie stellte ihre Ellenbogen auf die Holzlehnen ihres Drehstuhls und lehnte sich auf das weiche Leder zurück. Brody schlug seine Beine übereinander und legte seinen rechten Fußknöchel auf sein haariges Knie. Die Schwerkraft ließ seinen abgetragenen Flip-Flop nach unten sinken.

»Also, wem oder was habe ich die Ehre deines Besuches zu verdanken?«, neckte ihn Kate.

»Ich habe mich gefragt, ob du mir vielleicht bei einer Sache helfen könntest.« Seine Augen glitten unruhig durch den Raum, ohne sich auf etwas konzentrieren zu können.

»Ich versuche sehr gern, dir so gut wie es nur geht zu helfen.« Seine Hilflosigkeit weckte Mitleid in ihr. »Geht es um ein Mädchen?« Daran war sie gewohnt. Die Leute suchten nicht nur in ihren Briefen Rat, sondern manchmal wurde sie sogar auf der Straße angesprochen.

»Nein, nein. Um Mädchen geht es nicht. Damit komme ich ganz

gut klar.« Für einen Augenblick blitzte ein freches Grinsen auf seinem Gesicht auf. »Es ... es geht um das College.« Das letzte Wort war wie ein tonnenschweres Gewicht, das er nur mir Mühe fallen gelassen hatte.

»Ah«, sagte Kate. »Der Wechsel deines Hauptfachs?«

»Genau.« Er schüttelte sich die Ponyfransen aus den Augen. »Ich kann mich einfach nicht entscheiden. Ich meine, ich bin jetzt schon drei Jahre am College und ich habe immer noch keine Ahnung, was ich eigentlich einmal werden will, wenn ich groß bin.« Nach diesem Witz biss er auf seiner Unterlippe herum.

Mit einundzwanzig Jahren war er noch jung, aber Kate konnte seine Frustration verstehen. »Welches Hauptfach hattest du denn, als du mit dem Studium angefangen hast? Du bist doch an der University of Massachusetts, nicht wahr?«

»Ja. Ich hatte Pädagogik als Hauptfach und das für ein Jahr und ein Semester.«

»Warum hattest du Pädagogik gewählt?«

»Ich dachte, ich könnte vielleicht hierher zurückkommen und an einer High School unterrichten. Oder auch in der Mittelstufe. Keine Ahnung. Ich war gut in der Schule und ich dachte, es würde irgendwie Spaß machen zu unterrichten.«

»Und auf welches andere Fach hast du dann gewechselt?«

»Kunst.« Er verdrehte die Augen. »Ich weiß – was soll ich denn beruflich später mit Kunst machen?«

»Bist du gut?« Kate beobachtete sein Gesicht und suchte darin nach einer Spur von Leidenschaft.

»Klar, denke ich. Meine Professoren dachten es wenigstens.«

Draußen unter dem Fenster quietschten die Bremsen eines Lastwagens, das Geräusch schien durch die Wände dringen zu können. »Warum hast du dann gewechselt?«

»Schon mal was vom Ausdruck ›am Hungertuch nagender Künstler‹ gehört? Nach ein paar Semestern wurde mir klar, wie schwer es werden würde, als Künstler eine Familie zu ernähren. Megan – so hieß meine damalige Freundin – dachte, ich sollte zu Computerwissenschaften wechseln.«

»Und das ist jetzt dein Hauptfach?«

»Ja. Ich mag Computer und so, ich habe auch gute Noten. Ich weiß auch, dass man damit eine gute Karriere machen kann, aber ...«, er beendete den Satz mit einem Seufzer.

Kate wartete. Bis jetzt hatte er noch über nichts gesprochen, das seine Augen erstrahlen ließ. Und das wollte sie sehen.

»Also denkst du jetzt über Architektur nach?«

Brody sah aus dem Fenster. »Irgendwie hat es was mit Kunst zu tun, aber ich könnte gut davon leben.«

»Lass uns mal über Dinge sprechen, die du wirklich gerne machst. Lucas hat erzählt, dass du für die Uni Baseball spielst?«

»Ich bin Shortstop. Aber nicht gut genug, um Profi zu werden, falls du das wissen willst.«

»Ich versuche nur herauszufinden, welche Sachen dir wirklich Spaß machen. Was noch? Was machst du in deiner Freizeit noch?«

»Ich verbringe viel Zeit am Strand. Ich surfe ein bisschen. Im ›Even Keel‹ arbeitete ich im Sommer als Kellner, um mir etwas Geld zu dem dazuzuverdienen, was meine Eltern mir für das College geben. Ich habe Lucas schon beim Tischlern geholfen, aber ich habe dafür nicht so viel Talent wie er.«

Vom vielen Sitzen taten Kate die Beine weh. Sie stand auf und ging im Raum umher. »Hast du noch andere Jobs gemacht oder irgendwo ehrenamtlich mitgearbeitet?«

»Ich arbeite gern und deshalb haben mir irgendwie alle meine Jobs

Spaß gemacht. Einige Sommer lang habe ich am ›Cisco Strand‹ als Rettungsschwimmer gearbeitet. In den Ferien gebe ich einigen Schülern in der Mittelstufe hier im Ort Nachhilfe. Und das macht mir Freude. Einer meiner Schüler ist ein Junge mit einer Lernschwäche. Seine Eltern waren wegen seiner schulischen Leistung echt fix und fertig. Ich habe ihn letztes Jahr unterrichtet, wir haben nach den Weihnachtsferien angefangen und er ist jetzt in einigen Fächern von einer Fünf auf eine Drei gekommen.«

»Du musst ein ziemlich guter Nachhilfelehrer sein.«

»Nee, Jared hat nur ein bisschen Ermutigung gebraucht und jemanden, der ihm hilft, alles besser zu organisieren. Er ist intelligent – hatte eben nur Mühe, sich an seine Hausaufgaben zu erinnern und sich zu konzentrieren.« Brody zog eine Schulter hoch. »Er ist ein großer Fan von den ›Giants‹ und ich habe Wege gefunden, das mit seinen Schulaufgaben zu verbinden.«

»Hast du schon mal überlegt, wieder zur Pädagogik zurückzuwechseln?«

Brody zog sein Kinn zurück und hob die Augenbrauen. »Eigentlich nicht.«

»Warum nicht?«

Er schaute zur Seite. »Keine Ahnung.«

»Du scheinst Kinder zu mögen und zu wissen, wie man sie zum Lernen motiviert.«

»Aber man verdient nicht sehr viel als Lehrer.«

»Aber du hast lange Sommerferien ...«

Brody grinste. Seine gleichmäßigen Zähne erinnerten Kate an Lucas. »Da hast du natürlich Recht.«

Das strahlende Sonnenlicht, das durch das Fenster fiel, lockte Kate an. »Nun, du könntest ja mal darüber nachdenken. Ich würde mir keine Sorgen machen, noch einmal dein Hauptfach zu wechseln. Schließlich hängt der Rest deines Lebens von dieser Entscheidung ab, deshalb ist es wichtig, das zu machen, wofür du dich selbst begeistern kannst. Das Wichtigste ist herauszufinden, wo deine Leidenschaft liegt.«

»Schade, dass ich Mädchen nicht als Hauptfach nehmen kann.«

Kate schaute auf die Straße hinunter, wo Touristen auf den Bürgersteigen spazieren gingen. Dann erregte eine Bewegung ihre Aufmerksamkeit. Lucas stand vor seinem Laden und bei ihm war eine Frau mit kastanienbraunen Haaren. Sie trug einen elfenbeinfarbigen Pullover ohne Ärmel und dazu eine Hose in derselben Farbe. Die Frau hatte ihre Hand schon die ganze Zeit auf Lucas' Arm liegen. Ihr Kopf war nah zu seinem Gesicht gebeugt, als würden ihre Augen an seinen Lippen hängen.

» ... darüber nachdenken«, sagte Brody.

Kate blickte weiter durch die alte, leicht wellige Fensterscheibe. »Wer ist denn die Frau da draußen? Die mit Lucas spricht?«

Sie hörte, wie Brody aufstand. »Der langbeinige Rotschopf? Ich kenne sie nicht. Die haben schon geredet, als ich hierhergekommen bin.«

Kate fühlte ein unangenehmes Gefühl in sich aufsteigen. Zuerst fand sie es seltsam. Sie versuchte es zu rationalisieren und nannte es gesunden Menschenverstand. Schließlich trug Lucas einen Ehering und die Art und Weise, wie die Rothaarige an seinem Arm hing, war kaum noch angemessen zu nennen. Kate funkelte die Frau von oben herab an. *Es gibt Grenzen, Lady. Schon mal davon gehört?*

Ohne zu überlegen machte Kate Anstalten, die Treppe hinunterzugehen, um der Dame ihren Platz zuzuweisen. Dann stoppte sie plötzlich. Sie stellte sich vor, wie Lucas' Augenbrauen amüsiert in die Höhe gehen würden, sein schiefes Grinsen, wenn Kate ihre Ansprüche geltend machen würde. Das Vergnügen würde sie ihm nicht bereiten. Und außerdem, was machte es denn, wenn die Rote mit Lucas flirtete? Es war ja nicht so, dass Kate etwas für ihn empfinden würde.

Sie war nicht eifersüchtig und sie würde lieber sterben, als Lucas einen Grund zu geben, zu denken, dass sie es wäre.

Versuchen Sie sich nicht zu schnell ein Urteil zu bilden. Manchmal ist der erste Eindruck trügerisch.

– Auszug aus *Wie ich den richtigen Mann finde* von Dr. Kate

Kapitel Zwölf

Es war kurz nach vier Uhr. Kate schlüpfte leise aus dem Bett und tappte durch das dunkle Zimmer zur Tür. Bo, der auf Lucas' Seite auf dem Boden gelegen hatte, regte sich ebenfalls. Als sie ihren dünnen Bademantel vom Haken genommen hatte und auf Zehenspitzen durch die Tür geschlichen war, hörte sie das Klicken seiner Pfoten auf dem Holzboden. Kate wusste, dass Lucas auf jeden Fall aufwachen würde, wenn sie Bo zurückschickte.

Das Haus war dunkel und still bis auf die Uhr im Wohnzimmer, die leise tickte. Im Dunkeln fand sie den Weg zur Hintertür und öffnete sie leise. Sie passte auf, dass Bo nicht mit nach draußen kam. Ein warmer Wind begrüßte sie und ließ ihren Bademantel flattern. Sie zog ihren Gürtel zusammen, bevor sie sich setzte.

Der Traum, von dem sie aufgewacht war, umgab sie immer noch wie ein dichter, feuchter Nebel. Im Traum war Bryan zu ihrem Büro gekommen, war die Treppe nach oben gestiegen und hatte einen Grund dafür, genauso wie Brody es gestern getan hatte. Aber Bryan wollte keinen Rat. Er nahm sie in seine Arme und hielt um ihre Hand an. Als sie das Haus verließen, waren sie nicht auf der Hauptstraße, sondern auf dem »Jetties Strand«, um Hochzeit zu feiern. Als Kate sich dem Altar näherte, drehte er sich um. Aber es war nicht Bryan. Es war Lucas.

Jetzt sah sich Kate das Mondlicht an, das sich auf der Oberfläche des dunklen Meeres spiegelte. Sie schloss die Augen und lehnte sich an die Holzwand. Das gleichmäßige Geräusch der Wellen, die an die Küste brandeten, konnte sie nicht beruhigen. Im Traum war sie aufgewühlt gewesen, als sie erkannte, dass Lucas Bryan ersetzt hatte. Und genauso fühlte sie sich jetzt immer noch.

Und es ist ja auch wirklich so passiert. Kate seufzte. Sie wünschte, sie könnte das kommende Jahr wie einen Film vorspulen und ihr Leben wieder in die richtige Spur bringen. Wie hatte sie nur so weit vom Weg abkommen können? Was machte sie hier in diesem Haus mit einem Mann, den sie kaum kannte und nicht einmal besonders mochte?

Das stimmt so aber nicht, korrigierte sie ihr Gewissen. Er ging ihr zwar manchmal auf die Nerven, aber Lucas hatte auch gute Seiten. Und in den letzten paar Wochen hatte sie sich besser mit ihm verstanden, als sie erwartet hatte. Es war nur so, dass ihr Leben außer Kontrolle geraten war, und seit ihrer Kindheit war das nicht mehr geschehen. Sie fühlte sich erschüttert und verletzlich.

Wie ein Traumbild sah sie plötzlich ihre Mutter vor sich. Kate war elf gewesen und war gerade von ihrer besten Freundin nach Hause gekommen. Sie war damals oft zu Mackenzie gegangen, einfach nur, um nicht bei sich zu Hause sein zu müssen. Aber Mackenzie war sauer geworden, weil Kate sie nie zu sich eingeladen hatte. Irgendwann waren ihr dann die Ausreden ausgegangen.

Kate hatte die Haustür zugemacht und sie abgeschlossen, bevor sie ihre Schneestiefel auszog und mit ihren vor Kälte klammen Zehen wackelte. »Mom?«, rief sie und wusste nicht, ob sie eine Antwort erwarten sollte oder nicht. Manchmal kam sie nach Hause und ihre Mutter war dabei, die Wäsche zu machen, und summte dabei Melodien von irgendwelchen Quizsendungen aus dem Fernsehen. Und manchmal wünschte sie, besser gar nicht nach Hause gekommen zu sein. Es war diese Unsicherheit, die sie am meisten hasste. Sogar mit elf Jahren hatte sie das schon verstanden.

An diesem Abend hatte es keine Antwort gegeben. Kate hatte ihr dickes Buch auf den Schaukelstuhl gelegt, hatte das Licht ausgemacht und war die knarrende Treppe nach oben gegangen. Vielleicht schlief ihre Mama ja. Das hoffte sie inständig, als sie sich am Treppengeländer festhielt und hochstieg.

Das Badezimmerlicht leuchtete in der Dunkelheit. Sie öffnete die Tür und fand ihre Mutter auf dem Boden. Sie lag auf dem grünen Badezimmerteppich neben einem mysteriösen Fleck, der schon da gewesen war, als sie das Haus vom Vorgänger übernommen hatten. Ein Arm ihrer Mutter hing über dem Badewannenrand, der andere hielt eine Flasche mit klarem Alkohol. Im Zimmer roch es sauer und Kate stellte die Lüftung an.

»Mama«, flüsterte Kate. Sie schob die weichen, pinkfarbenen Hausschuhe beiseite, die ihr Vater ihr zum Geburtstag geschickt hatte, und kniete sich auf den Teppich. »Mama.«

Ihre Mutter kam zu sich, als Kate ihr die Flasche, die noch warm von der Hand ihrer Mutter war, wegzog. »Katie, meine Kleine.« Sie befeuchtete ihre aufgesprungenen Lippen und öffnete ihre Augen zu gläsernen Schlitzen. Ihre zarte, blasse Hand streckte sich nach Kate aus, konnte sie aber nicht erreichen. Stattdessen fiel sie schwer auf den Teppich neben ihrem Bein.

»Komm, Mama. Du musst ins Bett gehen.« Kate schlang ihren Arm um die magere Taille ihrer Mutter und half ihr auf. Danach legte sie den Arm ihrer Mutter auf ihre Schultern und führte sie ins Schlafzimmer nebenan. Ihre Mutter schwankte und stolperte, stieß mit ihrer knochigen Hüfte immer wieder an die von Kate und trat auf Kates eiskalte Zehen.

Als sie das Bett erreichten, half Kate ihr, den Pullover und die schwarze Hose auszuziehen. Sie streifte ihr ein Nachthemd über den Kopf, deckte das Bett auf, half ihr ins Bett und deckte sie mit einer warmen Wolldecke zu. Der Atem ihrer Mutter stank nach Wodka.

»Katie ...«, auch wenn ihre Mutter mehr sagen wollte, sie konnte es nicht mehr. Schon war sie eingeschlafen.

»Gute Nacht, Mama«, flüsterte Kate, bevor sie die Nachttischlampe ausmachte und den Raum verließ.

Es war nicht das erste Mal gewesen, dass Kate ihre Mutter ins Bett bringen musste. Und das letzte Mal war es auch nicht. Wenn ihr Vater gewusst hätte, wie schlecht es ihrer Mutter ging, dann hätte er mit größter Wahrscheinlichkeit das Sorgerecht für Kate bekommen. Aber Kate konnte den Gedanken nicht ertragen, ihre Mutter allein zu lassen, deshalb behielt sie ihr Geheimnis für sich und verbrachte ihre Kindheit als ängstliches Kind, das sich für sein Zuhause schämte.

Als Kate jetzt draußen saß, die Beine eng an sich gezogen, erkannte sie, dass sich ihr Leben im Moment so außer Kontrolle anfühlte wie damals. Und genauso wie in jenen Tagen konnte sie auch heute nur abwarten und hoffen, dass es in Zukunft besser werden würde.

Das Problem war nur, dass sich die Lage ihrer Mutter nicht verbessert hatte. Sie war als Alkoholikerin gestorben.

Kate versuchte, sich selber Mut zuzusprechen. *Du hast dir ein besseres Leben aufgebaut. Schau nur, wie weit du gekommen bist, wie weit du das kalte Haus in der Stinton Street hinter dir gelassen hast. Du hast Erfolg im Beruf, ein viel versprechendes Buch, du kannst anderen eine Hilfe sein und bekommst auch noch Geld dafür. Hilfe für Leute, die sonst vielleicht ganz in ihren Problemen untergehen würden, wie deine Mama.*

Aber trotz meines vielen Planens habe ich Bryan an eine andere Frau verloren und ich bin mit einem Mann verheiratet, den ich nicht liebe.

Es ist nur für ein Jahr, Kate. Bryan wird wieder zu Verstand kommen, wenn er seinen Fehler eingesehen hat. Diese andere Frau ist nur ein Ventil für seine Angst vor Hingabe. Wenn er das erkannt hat, wird er zurückkommen.

Was sage ich da? Ich kann nicht glauben, dass ich ihn immer noch zurückhaben will, nach allem, was er getan hat.

Neben ihr öffnete sich die Tür und Bo drängte sich nach draußen, Lucas folgte ihm. Im Dunkeln zeigte seine Silhouette zerzaustes Haar und ein Hemd, das vorne offen war. Kate sah weg.

»Ist alles in Ordnung?«, flüsterte Lucas.

Bo leckte ihren Handrücken und hinterließ einen warmen, nassen Streifen auf ihrer Haut. Kate wischte sich ihre Hand am Bademantel ab und verschränkte die Arme.

»Es ist alles o.k. Ich wollte dich nicht wecken.«

Lucas sank in den Stuhl, der neben ihrem stand, und es wurde wieder still um sie her. Seine Gegenwart aber veränderte die Atmosphäre. Sein männlicher Duft, die Wärme, die sein großer Körper nur wenige Zentimeter von ihrem entfernt ausstrahlte, das Geräusch seines gleichmäßigen Atems. Vorher war es hier draußen so leer gewesen. Aber jetzt fühlte es sich ... lebendig an.

Kate rutschte auf ihrem Stuhl herum. Warum war er hier nach draußen gekommen? Er war zwar Frühaufsteher, aber das war selbst für ihn zu früh. Sogar die Vögel schliefen noch und am Horizont zeigte sich noch keine Morgendämmerung.

»Behandelt meine Familie dich gut? Oder hat meine Mutter etwas zu dir gesagt, was deine Gefühle verletzt hat?«

»Deine Familie ist nett.« Etwas seltsam, aber nett. Mit Susan war sie noch nicht sehr weit gekommen, aber es war ja noch früh. Zuerst musste Susan beginnen, Kate zu mögen und ihr zu vertrauen. Und erst dann würde sie sich eventuell öffnen. Und vor dem Hintergrund von Susans Beziehung zu Kates Mutter würde das sicher eine lange Zeit brauchen.

»Mutter kann manchmal ziemlich taktlos sein.«

Mangel an Takt war für Kate kein Problem. Es war die unterschwellige Wut, die ihr zu schaffen machte. Lucas fragte sich mittlerweile wahrscheinlich, ob Kate ihren Teil der Abmachung wohl einhalten würde. Vielleicht verstand er nicht, dass es Zeit brauchte, wenn man sich einem anderen Menschen unaufdringlich nähern wollte. »Wir lernen einander kennen. Ich hoffe, dass ich ungefähr nächsten Monat das Thema Ehe ansprechen kann. Ich werde dich darüber informieren, wie es läuft, und dich immer auf dem aktuellen Stand halten.«

Der Stuhl knarrte, als Lucas seine Position änderte. Irgendwo unter der Veranda zirpte eine Grille. »Darüber mache ich mir keine Sorgen.«

Kate fragte sich, warum er es angesprochen hatte. Na, egal. Sie war zu müde, um jetzt über Lucas nachzudenken.

Ob Bryan wohl noch im Bett war? War er allein? Sie vermisste bestimmte Sachen an ihm – Eigenarten, die er hatte. Legte er seine Hand auch bei der anderen Frau auf ihren Rücken, wenn er sie zum Auto begleitete? Hielt er ihren kleinen Finger auf der Mittelkonsole fest, während er fuhr?

Sie hatte den dringenden Wunsch zu gähnen und konnte es nur mit Mühe unterdrücken. Der böse Traum, der sie aus dem Bett getrieben hatte, hielt sie davon ab, erneut Schlaf zu finden, so groß war ihre Angst, dass der Traum wiederkommen könnte. Sie konnte ihm nur entfliehen, indem sie wach blieb. Und sogar dann war sie nicht vor ihm sicher.

Lucas spürte, dass Kate sich in der Dunkelheit bewegte. Der Duft ihres Haares, eine Mischung aus Sonnenschein und Zitrone, wurde von der sanften Luft zu ihm herübergetragen. Hatte sie eine Ahnung davon, wie unerträglich es für ihn war, ihr so nah zu sein, so verheiratet zu sein und doch keine der normalen Privilegien der Ehe genießen zu können?

Nein, natürlich hatte sie keine Ahnung von alldem. Aus ihrer Sicht war es ja eine geschäftliche Abmachung, seine Gegenwart war ein Mittel zum Zweck. Sie ahnte ja nicht, welches Verlangen er nach ihr hatte. Wie sehr er ihr leicht spitz zulaufendes Kinn liebte und ihre mandelförmigen Augen, die Art, wie sie sich die Haare aus dem Gesicht strich, wenn sie sich auf etwas konzentrierte.

Der Rat, den er Jamie gegeben hatte, ging ihm wieder durch den Kopf. *Hab keine Angst davor, dass er weiß, dass du ihn magst.* Was für ein Heuchler er doch war.

Bo strich ihm gegen das Bein und Lucas legte seine Hand auf den pelzigen Kopf des Hundes. Seine Situation war anders als die von Jamie. Kate fühlte nichts für ihn. Sie liebte immer noch Bryan. Wahrscheinlich dachte sie jetzt in diesem Moment an ihn. Vielleicht konnte sie deshalb nicht schlafen.

Er erinnerte sich an die Nächte nach Emilys Tod. Er hatte wach gelegen, bis ihm die Augen wehtaten. Sich Dutzende Male im Bett herumgewälzt. Nach ihrem Kissen gesucht und es dann an sich gepresst. Wenn Kate jetzt etwas Vergleichbares fühlte, dann musste er ihr Freiraum lassen. Und Zeit, ihn näher kennenzulernen.

»Hast du Lust auf einen Spaziergang?« Bo horchte beim Klang des Wortes auf, aber Kate schaute nur in seine Richtung.

»Ich bin im Bademantel.«

Er rutschte nach vorne auf die Kante seines Stuhls. »Na los, komm. Wir sind wieder zurück, bevor es hell wird.«

»Aber was ist mit –«

»Wen kümmert das? Der Spaziergang wird dir gut tun.« Er streckte seine Hand zu ihr aus, unsicher, ob Kate sie beim Mondschein sehen würde.

Sie würde sowieso Nein sagen. Was hatte er denn erwartet? Kate würde nur dann einen Spaziergang machen, wenn sie ihn eine Woche vorher in ihren Terminkalender eingetragen hätte.

»O.k., ich komme mit. Aber ich ziehe mich erst um.« Bevor er etwas erwidern konnte, war sie schon im Haus verschwunden.

Als sie zurückkam, stiegen sie von der Veranda herunter auf den Rasen. Irgendwo in der Ferne bellte ein Hund. Bo hielt an und horchte, sein massiger Körper ein Schatten im Halbdunkeln. Nachdem er festgestellt hatte, dass der andere Hund keinerlei Bedeutung für ihn hatte, trabte er wieder los und führte die beiden den Weg hinunter zum Strand. Sobald sie das Wasser erreichten, drehten sie der Stadt den Rücken zu und gingen los. Der nasse, feste Sand unter seinen Füßen war kühl und gab bei jedem Schritt nach. Lucas versuchte sich vorzustellen, was in Kate vorging. Er erinnerte sich an den Rat, den er Jamie gegeben hatte, und entschloss sich, damit zu beginnen.

»Wie läuft es denn so mit deiner Kolumne?«

Eine Welle spülte über ihre Füße. Kate hielt den Atem an, als das kalte Wasser sie berührte, und sprang einige Schritte den Strand hinauf. »Ich habe einen Brief für die Kolumne ausgewählt. Die Frau hat einen halben Roman auf vier Seiten geschrieben. Den werde ich morgen reduzieren, sodass eine Frage übrig bleibt, wahrscheinlich einhundert Worte lang oder so.«

Er hatte keine Ahnung, wie die Arbeit an einer Kolumne aussah, und wollte sie schon danach fragen, dachte aber dann noch einmal nach. Vielleicht wollte sie ja morgens um vier Uhr dreißig gar nicht über ihre Arbeit sprechen.

Bo rannte ihnen voraus und trottete durch die Wellen, die ab und zu an den Strand gespült wurden. Er blieb immer wieder stehen und drehte sich zu ihnen um, eine stille, zottelige Silhouette. Das Mondlicht war hell, sodass sie genug sehen konnten. Es schien sanft auf Kates Gesicht, betonte ihren Nasenrücken, die Kurven ihrer Lippen. Lucas schaute weg.

Ein Windstoß blies über das Wasser und Kate fröstelte. »Ich hätte nicht gedacht, dass es so kalt wird.«

Lucas streifte sich sein Hemd ab und legte es ihr über die Schultern.

»Danke.« Sie steckte ihre Arme durch die Ärmel und er hätte meinen können, dass ihr Blick einen Augenblick auf seinem nackten Brustkorb verweilt hatte.

Kate zog Lucas' Hemd fest um ihren Körper, sodass es überlappte wie ein Bademantel. Der Stoff war immer noch warm von seiner Haut und duftete auch nach ihm. Seine Geste hatte sie überrascht, aber er hatte schon viele kleine Dinge getan, mit denen sie nicht gerechnet hatte. Er hatte ihr beim Abendessen den Stuhl zurechtgerückt, bevor er sich selbst setzte, machte ihr jeden Morgen Kaffee ... Und sie musste sogar zugeben, dass er bemüht war, seinen unordentlichen Lebensstil zu verändern. Er hatte sogar angefangen, seine feuchten Handtücher aufzuhängen.

Manchmal war sie neugierig, wie Emily wohl mit seinem Chaos klargekommen war. Aber vielleicht war sie ja wie Lucas gewesen. Oder sie hatte seine selbst gekochten Mahlzeiten und seine guten Umgangsformen als Gegenleistung angesehen. Kate wollte ihn gerne danach fragen, aber er sprach nie über Emily. Von ihr anzufangen wäre so, als wäre sie auf geheiligtem Boden eingedrungen.

Wie diese vorgetäuschte Ehe für Lucas sein musste, nachdem er doch erfahren hatte, was eine echte Ehe war? Es fühlte sich bestimmt alles hohl und leer für ihn an. Kate konnte noch immer kaum glauben, dass er es getan hatte. Dass er im letzten Moment eingesprungen war und sie gerettet hatte.

Aber schließlich bekam er ja auch etwas dafür.

»Erzähl mir mal etwas von deinem Vater«, bat Kate. Susan hielt sich noch sehr bedeckt, aber vielleicht konnte Kate mehr herausfinden, indem sie etwas über Roy erfuhr.

Sie hatten Bo eingeholt und er rannte ihnen wieder voraus den Strand hinunter, eine riesige, trampelige Fellkugel.

»Er ist ein richtiger Mann. Hat schon immer gern mit seinen Händen gearbeitet. Sein Vater war Strafrechtler und, so habe ich es auf jeden Fall verstanden, war enttäuscht, als mein Vater nicht in seine Fußstapfen getreten ist.«

»Und dein Vater hat nicht nachgegeben?«

»Jawohl. Er hat einen Job bei einem Bauunternehmer auf der Insel gefunden. Er hat an Häusern gearbeitet und später dann seine eigene Firma aufgemacht.«

»Und war das der Grund, dass du auch mit Holz arbeitest?« Wieder rauschte eine Welle über Kates Füße und kitzelte sie mit ihrem Schaum.

»Er hat mir schon Werkzeuge in die Hand gedrückt, da war ich erst vier Jahre.«

»Aber Häuser wolltest du nie bauen?«

Er schüttelte den Kopf. »Ich mag die feineren Arbeiten. Das begriff ich, als ich zum ersten Mal eine Kaminumfassung für ein Haus machte, an dem wir gerade arbeiteten.«

»Und wann ist dein Vater in den Ruhestand gegangen? Was ist dann mit seiner Firma passiert?«

Lucas hob eine Muschel auf, untersuchte sie und warf sie dann ins Wasser. Erst dann antwortete er. »Vor ein paar Jahren hat ein Zittern in seinen Händen angefangen. Und ein wenig später hat er dann die Diagnose bekommen, dass er Parkinson hat.«

Kate fühlte einen Knoten im Magen. Wie konnte es passieren, dass sie das nicht wusste? Weder Lucas noch Susan hatten es erwähnt und sie selbst hatte kein Zittern bemerkt. »Oh, das wusste ich nicht.«

»Er beschloss irgendwann, die Firma zu verkaufen. Er war sowieso im Rentenalter gewesen und die Arbeit wäre auch langfristig nicht mehr gut für ihn gewesen.«

»Und was sind seine Aussichten?« Kate wusste ein wenig über die Parkinson-Krankheit, aber wie schnell schritt sie voran?

»Es ist eine degenerative Krankheit, aber wie schnell sie fortschreitet, kann sehr unterschiedlich sein. Irgendwann wird er ganz auf die Hilfe anderer angewiesen sein, aber im Moment ist er erst in der ersten Stufe. Es gibt insgesamt fünf, und die Krankheit schreitet bei ihm nur sehr langsam voran.«

»Glaubst du, dass diese Diagnose eine Rolle bei ihren Eheproblemen spielt? Die Krankheit löst sicher viel Stress aus.« Warum machte

Lucas sich dermaßen viele Sorgen um die Ehe seiner Eltern, wenn sein Vater eine solche Krankheit hatte? Sicher würde Susan ihn doch jetzt nicht verlassen. Aber kannte sie Susan gut genug dafür, um so etwas anzunehmen?

»Es war schrecklich für sie, als der Arzt es ihnen sagte. Für uns alle war es furchtbar.«

Kein Wunder, dass sie nichts über die Krankheit erfahren hatte. Vielleicht verschloss die Familie ihre Augen noch vor der Wahrheit. Aber wie würden sie damit fertig werden, dass seine Krankheit schlimmer wurde?

»Du hast Glück, dass du so nah bei ihnen wohnst. Deine Mutter wird später deine Hilfe brauchen.« Früher oder später würde Roy ans Bett gefesselt sein und Susan wäre wegen seines Gewichts nicht in der Lage, ihn zu bewegen.

»Deshalb habe ich das Haus auch neben ihnen gebaut.«

Kate begegnete Lucas' Augen in der Dunkelheit. Seine Augen lagen im Schatten, aber ein wenig schimmerte das Mondlicht in ihnen. »Oh. Ich dachte –« Kate sah beschämt zur Seite. Und sie hatte gedacht, dass er ein Muttersöhnchen wäre. So schlimm das auch klang, es war die Wahrheit. Es war lieblos von ihr gewesen, ihm eine solche Rolle anzudichten. Besonders wenn seine tatsächlichen Beweggründe so uneigennützig gewesen waren.

»Nachdem Emily gestorben war, konnte ich einfach nicht mehr in unserem alten Haus leben.« Es schien, als wollte er noch mehr sagen, tat es aber nicht.

Kate hätte gern noch mehr erfahren, aber welches Recht hatte sie, in ihn zu dringen? Nachdem er Emily tot im Haus aufgefunden hatte, konnte er wahrscheinlich dieses Bild nicht mehr loswerden. Wer hätte ihm einen Vorwurf gemacht, wenn er mit seinem Leben weitergemacht hätte, nach vorne gegangen wäre? Aber anstatt sich einen Ort zu wählen, an dem er allein leben konnte, hatte er sein Haus neben das seiner Eltern gebaut, um für sie da sein zu können. Und statt ein neues Leben mit einer Frau zu beginnen, die er wirklich liebte, war er eingesprungen und hatte sie vor großem Schaden bewahrt. Je mehr sie über Lucas erfuhr, desto mehr begriff sie, dass sie ihn überhaupt nicht kannte.

Wenn Sie wissen, was für einen Mann Sie suchen, sollten Sie sich nicht mit weniger zufrieden geben. Und das Wichtigste ist, dass Sie zuerst herausfinden, ob der Mann, für den Sie sich interessieren, auch Ihre Ansprüche erfüllt. Erst dann sollten Sie sich emotional auf ihn einlassen.

– Auszug aus *Wie ich den richtigen Mann finde* von Dr. Kate

Kapitel Dreizehn

»Komm, wir gehen segeln«, sagte Lucas, als Kate am folgenden Samstag von ihrem Laufband stieg und sich den Schweiß mit einem Handtuch abwischte.

Er war gerade von einem Spaziergang mit Bo zurückgekommen. Der Hund trottete zu Kate herüber und stupste sie an in Richtung Badezimmer, als wollte er sie bis zur Dusche begleiten. Als ob sie Hilfe bräuchte, um entscheiden zu können, wohin sie ging. Sie hielt an der Tür an, schob Bo mit dem Knie zur Seite und sah ihn unfreundlich an.

»Tut mir leid, ich kann nicht«, antwortete sie. »Ich muss putzen, die Wäsche machen und mich auf ein Telefoninterview vorbereiten. Außerdem haben wir nicht mehr viel zu essen und zur Bank muss ich auch.«

»Ich habe deine Liste gesehen.« Lucas füllte ein Glas mit Leitungswasser. »Das können wir auch alles morgen machen. Ich werde dir helfen.« Er trank das Wasser in großen Zügen.

»Die Bank hat aber morgen geschlossen.«

»Wir können da vorbeifahren, wenn wir auf dem Weg zum Hafen sind.«

»Mein Telefoninterview –«

»– kann bis morgen warten.« Er stellte das Glas auf die Arbeitsplatte, sah dann aber ihren Blick, öffnete die Spülmaschine und stellte das Glas hinein. »Noch irgendwelche anderen Ausreden?«

Es waren keine Ausreden. Na ja, zumindest nicht wirklich im eigentlichen Sinn. Sie wollte einfach lieber ihre Liste abarbeiten. Aber sie hatte Lucas' Augen noch nie so glänzen sehen wie jetzt. Außerdem hatte er in letzter Zeit so viel für sie getan und so wenig dafür zurückbekommen.

»Los, komm schon. Draußen sind vierundzwanzig Grad, der Himmel ist blau und es geht ein guter Wind.«

»Ich war aber noch nie segeln«, entgegnete sie schwach und hoffte inständig, dass er sein Angebot zurückziehen würde.

»Das macht nichts.« Sein Lächeln, das einer Zahnpasta-Werbung alle Ehre gemacht hätte, erhellte sein Gesicht. »Du gehst duschen und ich hole den Rest, den wir brauchen.«

Zwei Stunden später sah Kate Lucas von einer Bank auf dem Segelboot zu. Seitdem sie den Hafen verlassen hatten, war er in seinem Element, zog an dieser und dann an jener Leine, machte sie an ihren Haken fest.

»Kann ich auch irgendwie helfen?« Sie zog die Riemen an ihrer orangefarbenen Schwimmweste fester.

Er zog ein Segel hoch und seine Muskeln spannten sich unter dem roten T-Shirt. »Nicht nötig«, rief er ihr gegen den Wind zu. Als er das Boot mithilfe der Pinne wendete, flatterten die Segel wie die Flügel der Möwen und er konnte sie mit einer Hand ausrichten. Er fuhr fort, mindestens drei Dinge gleichzeitig zu machen, und führte jede Aktion mit der Leichtigkeit und dem Geschick eines Mannes aus, der es schon tausend Mal getan hatte.

Kurz darauf wendete er das Boot leicht gegen den Wind und zog die weißen Segel fest. Kate kramte in ihrem Rucksack nach ihrer Sonnenbrille und setzte sich dann dort neben Lucas, von wo aus er das Boot steuerte. Das Deck fühlte sich wackelig an und sie sehnte sich nach einem Halt.

»Und, macht es dir langsam Spaß?« Seine Augen waren hinter seiner eigenen Sonnenbrille verborgen und sie konnte sich selbst in den Gläsern sehen.

»Ich hätte nie gedacht, dass Segeln so kompliziert ist.«

Er lächelte und es war leicht zu erkennen, wie wohl er sich fühlte. »Es ist einfach irre. Ich segle mindestens ein paar Mal pro Monat. Noch häufiger, wenn ich die Zeit habe.«

»Wer hat es dir beigebracht?« Kate schätzte, dass sie Jahre brauchen würde, um allein die Handgriffe zu erlernen, die er gerade gezeigt hatte. Aber Maschinen und Technik war ja auch nicht gerade ihre Stärke. Sie konnte schon nach dieser kurzen Zeit sagen, dass Segeln mit Sicherheit nicht ihre Lieblingsbeschäftigung in ihrer Freizeit werden würde. Dem Wind ausgeliefert zu sein verunsicherte sie. Was würde passieren, wenn er die Richtung wechselte? Wie würde man wieder zurückfahren können, wenn der Wind aus der gegensätzlichen Richtung kam?

»Mom. Dad kennt sich auch aus, aber Mom ist die Expertin. Möchtest du auch mal versuchen?« Er rutschte etwas zur Seite und bot ihr das Vorrecht an, das Boot zu steuern.

Allein bei dem Gedanken daran begannen ihre Beine zu zittern. »Äh, ist schon o.k., mach nur weiter.«

Er zuckte mit den Schultern. »Wie du willst. In der Kabine ist Limo, falls du Durst bekommst. Also, entspann dich einfach und genieß es.«

Kate setzte sich auf die nächste Bank und umklammerte die Reling. Die heiße Sonne brannte auf ihr Gesicht und sie war froh, dass sie Sonnencreme aufgetragen hatte, bevor sie losgefahren waren. Lucas hatte sich nicht eingecremt und sie hoffte, dass er keinen Sonnenbrand bekommen würde. Seine Füße, die in Sandalen steckten, standen etwa schulterbreit auseinander, der Wind zerrte an seinem dunklen Haar und am roten T-Shirt. Es schien ihm nichts auszumachen, dass er keine Sonnencreme und keine Schwimmweste trug.

In der Ferne konnte sie andere Boote sehen, die wie Tupfen am Horizont segelten. Sie schaute auf das Wasser, auf dem sie vorbeirauschten, und sie fragte sich, wie tief es wohl sein mochte. In diesem Augenblick neigte sich das Boot zur Seite. Sie hielt den Atem an und krallte sich am Metallgeländer fest. Ein rascher Blick zu Lucas deutete darauf hin, dass nichts Schlimmes passiert war. Trotzdem lagen ihre Nerven blank. Was würden sie machen, wenn das Boot umkippte? Der Gedanke, mitten im Ozean zu treiben, ließ ihre Hände schwitzen. Vielleicht würde es ihr unter Deck ja besser gehen, wenigstens müsste sie sich dort nicht die Weite des Meeres anschauen.

Sie stand auf, versuchte ihr Gleichgewicht zu finden und hielt sich an allem fest, was sie fassen konnte. »Ich glaube, ich hole mir mal 'ne Limo.«

Lucas nickte. Offensichtlich war er in einem fernen Nirwana und nahm ihr Unbehagen überhaupt nicht wahr.

»Okay, gut.«

Sie verdrehte die Augen und schritt die Stufen zur Bordkombüse hinunter. Unter Deck war es dunkel und kühl nach der grellen Sonne.

Kate schob ihre Sonnenbrille nach oben und bemerkte die winzige Kombüse und eine Kabine. Dahinter nahm ein Bett ein gesamtes Zimmer ein. Kate war angenehm überrascht. Die Kabine war ziemlich aufgeräumt. Aber das musste sie wohl auch sein, da sonst die ganzen Sachen durch die Gegend fliegen würden.

Als ob es ihre Gedanken gelesen hätte, wendete das Boot und Kate sank in die weichen, blauen Kissen in der Kabine. Eine künstliche Pflanze war an der elfenbeinfarbenen Verkleidung festgemacht. Kate streichelte die Blätter und genoss die kühle Festigkeit auf ihrer Haut.

Sie hätte nicht gedacht, dass Segeln sie so aus der Fassung bringen würde. Hoffentlich wurde ihr nicht schlecht. *Wenn ich Glück habe, füttere ich von der Reling aus noch die Fische, während Lucas mich auslacht. Super, was für ein Spaß.*

Wurde ihr wirklich ein bisschen übel oder bildete sie sich das nur ein? Sie schluckte, als das Boot wieder wendete. Fuhr Lucas Slalom oder so was? *Meine Güte, ist er nicht in der Lage, dieses Ding geradeaus zu steuern?*

Sie erinnerte sich an die Limo, die Lucas erwähnt hatte, hangelte sich vorsichtig zur Kombüse rüber und schnappte sich eine Sprite aus dem Kühlschrank, bevor das Boot sich wieder zur Seite neigte.

Wie lange würde Lucas wohl noch auf dem Wasser bleiben wollen? War das etwa ein Tagesausflug oder wäre es nach einigen Stunden schon wieder vorbei? Sie sah auf die Uhr und überlegte, ob sie zu Hause noch genug Zeit haben würde, die Punkte auf ihrer Liste abzuhaken. Sie wollte ihm nicht den Spaß verderben, aber hier unten war auch nichts, was sie hätte tun können, und ein Buch oder etwas zum Schreiben und Arbeiten hatte sie auch nicht mitgebracht. Sie schaute sich noch einmal um, aber auch in der kleinen Kabine war nichts, womit sie sie beschäftigen konnte. Jedoch wieder nach oben gehen wollte sie auch nicht. Schon die bloße Vorstellung ließ ihre Knie weich werden.

Plötzlich wurde das Boot langsamer und dieser Geschwindigkeitswechsel schlug sich sofort auf ihren Magen nieder. War etwas kaputt gegangen? Sie wollte gerne nachschauen, aber wollte auch nicht die Sicherheit der Kabine verlassen. Stattdessen nahm sie einen Schluck von ihrer Sprite, merkte aber, dass ihre Übelkeit dadurch noch schlimmer wurde. *Oh, hoffentlich muss ich mich nicht übergeben!*

Sie hörte Schritte und Lucas betrat die Kabine. Er duckte sich, um sich nicht den Kopf zu stoßen.

»Ist irgendetwas mit dem Boot nicht in Ordnung?«, fragte Kate.

Er holte sich eine Limo aus dem Kühlschrank und griff dann nach einer braunen Tüte, die er ihr vor die Nase hielt. »Ich dachte, du wärst vielleicht hungrig.«

»Du hast Essen mitgebracht?« Er beabsichtigte also, eine ganze Weile hier draußen zu sein. Kates Stimmung sank.

»Nur einige Brote. Bist du hungrig?«

Kates Magen protestierte, aber je schneller sie aß, desto schneller würden sie wieder umkehren. »Na klar.«

Er richtete die Brote auf Papiertellern an, dazu gab es als Beilage Kartoffelsalat und Chips. Lucas stieg die Treppe hoch. »Kommst du?«

Am liebsten hätte sie in der kleinen Kabine gegessen, in der sie fast glauben konnte, dass sie an Land war. Aber Lucas war schon an Deck. Auf keinen Fall wollte sie ihm noch einen Grund geben, sie zu necken. Sie stand auf und folgte ihm. Wenn er das nächste Mal den Vorschlag machen würde, segeln zu gehen, würde sie ihm ein sehr deutliches Nein als Antwort geben.

Draußen war die Sonne viel zu hell. Kate setzte ihre Sonnenbrille auf und folgte Lucas zu der Bank, auf der sie vorher schon gesessen hatte. Der Wind trieb das Boot voran und es tanzte sanft auf den Wellen.

Lucas reichte ihr einen Teller. »Schöner Tag, was?«, sagte er zwischen zwei Bissen von seinem Sandwich. Die grelle Sonne stach ihr auf der Haut und das Spiegeln der Sonnenstrahlen auf dem Wasser schmerzte ihre Augen. »Das kannst du wohl laut sagen.«

Sie biss in ihr mit Truthahn und Schinken belegtes Brot. Würden sie nach Hause fahren, nachdem sie gegessen hatten? Sie suchte mit den Augen den Horizont ab. Weit und breit war kein Land zu sehen. Kaum war ihr das bewusst geworden, da wurde ihr wieder schwindelig. Sie versuchte schnell, sich wieder auf ihren Teller zu konzentrieren. Wusste Lucas überhaupt, wo sie waren und wie sie wieder zurückfinden würden?

»Ich liebe die Geräusche hier draußen. Du auch?«

Das Wasser klatschte gegen das Boot und der Wind blähte die Segel auf. Eine Möwe flog über sie hinweg und schrie. Vielleicht war sie zu sehr ein Stadtmensch. Sie zog die Geräusche von Menschen vor, von Autos, die durch Pfützen fuhren und von Sandalen, die auf dem Bürgersteig gingen.

Ugh. Ihr Magen meldete sich auf äußerst unangenehme Weise. Vielleicht war essen doch keine so gute Idee gewesen. Das Boot legte sich zur Seite. *Nicht bewegen!* Als ob es helfen würde, wenn sie dem Boot so zurief. Sie legte ihr Brot auf den Teller zurück und nahm einen Schluck von ihrer Sprite.

»Alles in Ordnung?« Lucas legte seinen Kopf etwas zur Seite, aber sie konnte seine Augen wegen der Sonnenbrille nicht sehen.

»Mir geht's fabelhaft, danke.« Als Beweis lächelte sie und biss in ein salziges Kartoffelchip.

Als der Wind auffrischte und das Boot sich wieder neigte, wollte sie sich festhalten und griff nach dem Erstbesten, was sich in ihrer Nähe befand: Lucas' Bein. »Entschuldige.« Sie zog ihre Hand so schnell fort, wie sie sie dort platziert hatte.

Das zweite Kartoffelchip bekam sie noch runter, aber beim dritten musste sie kapitulieren. Es war zwecklos, es zu leugnen: Ihr Magen war kurz davor, das Mittagessen wieder nach oben zu befördern. Kein Bissen war ihr mehr möglich. Ihr Kopf drehte sich, was noch durch das Schaukeln des Bootes verschlimmert wurde. Kate hielt sich mit beiden Händen an ihrem Teller fest.

»Kate.« Lucas nahm ihr den Teller aus der Hand und musste dabei ordentlich ziehen, so sehr hatten sich ihre Hände verkrampft. Er stellte ihn neben sich. »Was ist los?«

Kate schloss die Augen, aber das verstärkte nur den Schwindel in ihrem Kopf und die Übelkeit in ihrem Magen. »Ich fühle mich nicht – so gut.« Sie schluckte und erinnerte ihren Magen daran, dass die Nahrung den Weg nach unten gehen sollte, nicht umgekehrt.

»Oh, Liebling, warum hast du mir denn nichts gesagt?« Er half ihr auf. »Komm her.«

Kate zog es in die Kabine zurück. »Ich möchte mich nur kurz hinlegen. Sicher geht es mir dann gleich besser.« *Falls ich nicht vorher sterbe.* Sie hatte sich nicht mehr so miserabel gefühlt, seit sie in der siebten Klasse diese Magengrippe gehabt und sich in der Turnhalle über die weißen Reebok-Turnschuhe von Miss Heinschneider erbrochen hatte.

»Sich hinlegen wäre genau das Falsche.« Lucas führte sie in die Mitte des Boots und drehte sie um, sodass sie auf den Ozean hinausblickte. Sie wollte aber nicht auf das Wasser schauen. Und sitzen konnte sie hier auch nicht. Sie spielte sogar mit dem Gedanken, sich auf den Boden sinken zu lassen, aber dafür gab es nicht genug Platz.

Stattdessen krallte sie sich an der Reling fest und beugte sich nach vorne. Es war ihr nicht mehr möglich, so zu tun, als wäre alles okay. Ihr Stolz war dahin und übrig geblieben war nur nackte Verzweiflung.

Lucas legte seinen Arm um ihre Körpermitte und zog sie an sich heran. »Schau auf den Horizont. Das hilft.«

Irgendwo hatte Kate das auch mal gelesen, aber die Stärke der Übelkeit machte sie skeptisch. Trotzdem folgte sie seinen Anweisungen.

»Ich glaube nicht, dass wir irgendwelche Medikamente an Bord haben«, sagte Lucas.

Ihr Kopf fiel nach hinten an seine Brust und sie gab ein ersticktes Stöhnen von sich. Wie hatte sie so lange gelebt und nicht gewusst, dass sich ihr Körper so hundeelend anfühlen konnte? Sie wünschte jetzt nur noch, dass sie das Ganze irgendwie überstehen würde, trotz Lucas' Gegenwart.

»Schaust du immer noch auf den Horizont?«

Sein stoppeliges Kinn kratzte an ihrer Schläfe und war eine willkommene Abwechslung. Sie nickte. Der Horizont war eine verschwommene Linie unter dem blauen Himmel. Sie konzentrierte sich auf diese Linie, als hinge ihr Leben davon ab.

»Es tut mir so leid, Katie.« Seine Hand strich an ihrer Seite von oben nach unten. Sein Bauch fühlte sich wie eine solide Mauer an, an die sie sich mit dem Rücken anlehnen konnte. »Ich werde umdrehen und zurückfahren. Je schneller du wieder an Land bist, desto eher geht es dir besser.« Er lockerte seinen Griff, aber Kate griff nach seinen Armen, voller Angst, dass ihr wieder schwindelig werden würde.

»Warte«, sagte sie. Wenn sie sich nur hinsetzen könnte.

Er umarmte sie fester, stützte sie und sie starrte weiter auf den Horizont. Verschwand die Übelkeit endlich?

»Ich hätte dich vorhin nicht nach unten gehen lassen sollen. Du wärst sonst wahrscheinlich okay gewesen.«

Es war ihr schon schlecht gewesen, bevor sie nach unten gegangen war, aber sie hatte nicht die Kraft, ihm das zu erklären.

»In der Kabine sind Cracker und Cola. Wirst du eine Minute allein klarkommen, während ich sie hole?«

Kate war sich im Moment nicht sicher, ob sie sich jemals wieder besser fühlen würde. Sie wollte eigentlich Nein sagen, weil sie unsicher war, ob sie ohne seine Hilfe stehen konnte. Sie nickte trotzdem und merkte, dass ein Rest von Stolz noch in ihr war. Sie lehnte sich nach vorne über die Reling. Wenn sie sich doch nur übergeben könnte, während er fort war.

Aber sie hatte kein Glück. Er kam nach einer knappen Minute zurück und gab ihr einen Cracker. »Hier. Das wird dir helfen.«

Kate biss ab und nahm danach einen Schluck Cola, die er auch mitgebracht hatte. Lucas rieb ihr dabei die Schultern. Es schien so, als wäre ihre Schwäche eine Erlaubnis, sie zu berühren. Aber egal. Die Ablenkung tat ihre Wirkung. Sie war so angenehm, dass Kate sich einige Sekunden später wieder an ihn lehnte und er seine Arme erneut um sie legte.

Die Cracker hatten ein kleines Wunder vollbracht und das erste Mal, seitdem sie etwas gegessen hatte, begann Kate zu glauben, dass ihr Mittagessen doch da bleiben würde, wo es hingehörte. Erleichterung durchflutete sie und sie entspannte sich an Lucas Brust. Sie nahm jetzt auch mehr seinen Atem wahr, der an ihrer Schläfe zu spüren war, und seine Arme, die gegen ihre drückten. Langsam wich die Erleichterung einer wachsenden Befangenheit. Sie fühlte sich albern und verletzlich, wollte ihre Kraft und Würde zurück. Und trotzdem tröstete sie die Sicherheit in seiner Umarmung.

»Und, fühlst du dich besser?«

»Ja, es geht tatsächlich besser.« Ihr Magen rebellierte immer noch und ihr war weiterhin schwindelig. Aber wenigstens wünschte sie sich nicht mehr, tot zu sein. Das war ein deutlicher Fortschritt.

»Gut.« Er drückte sie einmal und ließ sie dann los. »Ich bringe uns so schnell ich kann wieder nach Hause.«

Er ging weg und der Wind blies kühl gegen ihren Rücken, dort, wo er gestanden hatte. Sie blickte ihm hinterher, seinen langen, sicheren Schritten, mit denen er sich auf dem Deck bewegte. Der Wind zerzauste seine Haare, als er ein Segel richtete.

Aus irgendeinem Grund war es schwieriger wegzusehen, als sie gedacht hatte. Sie legte ihre Arme auf die Reling und widmete sich wieder dem Horizont.

Später an diesem Abend lag Kate allein im Bett und war äußerst dankbar, sich wieder wie ein Mensch zu fühlen. Festen Grund unter den Füßen zu haben war etwas Wunderbares. Und sie beabsichtigte nicht, ihn in absehbarer Zeit ein weiteres Mal zu verlassen. Nachdem sie im Hafen angekommen waren, hatte Lucas sie schnurstracks nach Hause gebracht, obwohl sie sich schon besser fühlte. Dann war er mit ihrer Einkaufsliste losgezogen und war mit einem halben Dutzend Tüten Lebensmitteln wiedergekommen. Er hatte sie ausgeschimpft, weil sie in der Zwischenzeit das Haus aufgeräumt hatte.

Sie lächelte in ihr Daunenkissen hinein. Sie hatte gar nicht gewusst, dass er so eine Glucke sein konnte. Auf einmal musste sie wieder an seine starken Arme denken, die sie umfangen hatten, an die Rauheit seines Kinns an ihrer Schläfe, und etwas regte sich tief in ihr. Hatte er »Liebling« zu ihr gesagt?

Was ist denn mit mir los? Ich liebe Bryan. Das hier ist keine echte Ehe, sondern eine rein geschäftliche Angelegenheit.

Und noch etwas. Man hätte keinen Ehemann finden können, der noch unterschiedlicher ist als ich. Lucas ist alles, was man vermeiden sollte, wenn man eine langfristige Beziehung sucht.

Wenn sie einen Brief an Dr. Kate bekommen würde, der ihre eigene Lage schilderte, würde sie den folgenden Rat geben: *»Lassen Sie sich nicht auf jemanden ein, der so vollkommen anders ist als Sie. Damit würde der Katastrophe Tür und Tor geöffnet«*, würde sie schreiben.

Aber Augenblicke später, als die andere Seite des Bettes hinter ihr unter Lucas' Gewicht nachgab, konnte sie nicht verhindern, dass ihr Herz schneller schlug und sie Atem holen musste. Die Bettdecke verschob sich, sie fühlte, wie die Matratze einsackte, wie sein Körper fast den ihren berührte.

Und dann spürte sie etwas anderes. Ein Kuss, der ihr sanft auf den Kopf gedrückt wurde.

Für einen Moment stand alles still. Sie wartete ... hoffnungsvoll? Ängstlich? Sie war sich nicht sicher, welches Gefühl ihr Herz zum Rasen brachte.

Das Bett wackelte wieder, als Lucas es sich bequem machte, und ihr Herz beruhigte sich langsam, als sie in die Dunkelheit blickte.

Die Liebe ist ein Phänomen, das schwer einzuschätzen ist. Manchmal taucht es auf, wenn wir es am wenigsten erwarten.

– Auszug aus *Wie ich den richtigen Mann finde* von Dr. Kate

Kapitel Vierzehn

Kates Füße hallten dumpf auf dem Straßenbelag, als sie neben Susan herlief. Sie kamen gerade um die Ecke und näherten sich ihren Häusern. Kate hatte beschlossen, die Ehe von Susan und Roy heute anzusprechen, aber wenn sie sich nicht beeilte, würde sich Susan wie sonst auch nur knapp verabschieden und den mit Rasen bewachsenen Hügel zu ihrem Haus hoch marschieren.

Kate sah auf ihre Uhr. In einer Stunde hatte sie einen Termin mit Mr und Mrs Hornsby. Mr Hornsby hatte mit der anderen Frau Schluss gemacht und die beiden versuchten jetzt, ihre Ehe zu retten. Obwohl sie nicht offiziell bei Kate in Beratung waren, wusste sie doch, wie sehr sie sich auf ihre Hilfe verließen.

Und vor dem Treffen musste sie noch duschen, also konnte sie das Laufen mit Susan nicht verlängern. Kate versuchte die richtigen Worte zu finden. Sie musste vorsichtig sein, um nicht wie eine alles besser wissende Beraterin zu wirken, die sich in die Beziehung ihrer Schwiegereltern einmischt.

Es herrschte Schweigen; jetzt wäre die beste Zeit, etwas zu sagen.

»Susan, kann ich dich was fragen?«

Ihre Schwiegermutter machte einen Schritt über einen Riss im Straßenbelag. »Okay.«

»Also«, Kate holte tief Luft. »Ich denke seit einiger Zeit über Konflikte in der Ehe nach. Na ja, eigentlich darüber, wie man Konflikte löst. Wenn du und Roy eine Auseinandersetzung habt, wie geht ihr dann damit um? Wie löst ihr den Konflikt?«

Sie sagte erst einmal nicht mehr, aus Angst, in ein Fettnäpfchen zu treten, wenn sie weitersprechen würde. Ehrlich gesagt zweifelte sie daran, dass die beiden überhaupt so etwas wie Lösungsstrategien hatten, wenn sie sah, wie die beiden aufeinander rumhackten.

Susan hob die Augenbraue hoch. »Nun, ich muss sagen, es überrascht mich, dass du danach fragst.«

Kate wurde vorsichtig. »Warum sagst du das?«

Susan strich sich die Haare aus dem Gesicht. »Du bist doch schließlich die Expertin.«

Warum musste die Frau immer sticheln? »Ich weiß. Es ist nur –« *Was sollte sie sagen? Dass ich eine Umfrage mache oder was?*

»Beziehungen zu analysieren und in einer zu leben sind dann wohl doch zwei verschiedene Dinge, oder?«, sagte Susan.

Kate hatte keine Ahnung, wohin das führen würde, aber sie nickte.

»Die Ehe ist nicht einfach. Aber Konflikte sind ein normaler Teil davon. Du kannst von Glück sagen, dass Lucas so unproblematisch ist.«

Susan musste denken – na, klasse. Sie dachte, dass Kate und Lucas Probleme haben. Sie hatte Susan den Tag versüßt.

»Roy hat mich früher tagelang angeschwiegen, wenn er sauer war. Und ich wusste nicht einmal, warum er ärgerlich war. Und wenn wir dann endlich darüber sprachen, hatte er sich so hineingesteigert, dass man das anfängliche Problem fast nicht mehr erkennen konnte.« Susan schüttelte den Kopf. »Früher bin ich bei unseren Streitereien so wütend geworden, dass ich aus dem Zimmer gerannt und mit dem Auto weggefahren bin.«

»Wirklich?«

Susan fing an, eine Geschichte zu erzählen, und Kate begriff, dass sie mit ihrer Frage ins Schwarze getroffen hatte; Susan nahm an, dass Kate einen Rat brauchte, und diesen auszuteilen, fiel ihr offensichtlich sehr leicht. Endlich hatte Kate einen Weg gefunden, Susan zum Sprechen zu bringen. Natürlich zäumte Susan das Pferd von der falschen Seite auf, aber immerhin ... Vielleicht könnte Kate so einige tiefere Einsichten in die Ehe von Susan und Roy gewinnen. Und endlich beginnen, ihr Versprechen Lucas gegenüber einzulösen.

An diesem Abend reparierte Lucas gerade eine Lampe, als ein Klopfen an der Hintertür zu hören war. Kate, die in der Küche die Spülmaschine einräumte, öffnete die Tür. Lucas hörte die Stimme seiner Schwester. »Ist Lucas zu Hause?«

»Natürlich, komm rein.«

Jamie betrat das Wohnzimmer und Lucas sah, dass sie Tränen in den Augen hatte. Er stellte die Lampe auf einen Tisch. »Hey, was ist los, Schwesterchen?«

Jamie ließ sich neben ihn fallen und verschränkte ihre Arme über ihrem T-Shirt. »Ich komme gerade von Meredith und sie hat gesagt –« Jamie schniefte auf, als ihr eine Träne die Wange hinunterrollte. »Sie hat gesagt, dass Aaron gemeint hat, ich wäre eine Null.«

»Na, warum würde sie denn so etwas sagen?«

Jamie wischte sich die Träne ab. »Als wir letzte Woche am Strand waren, weißt du, nachdem ich mit dir gesprochen hatte, da bin ich zu Aaron hingegangen und habe mich neben ihn gesetzt. Wir haben uns unterhalten und ich habe versucht, äh, ihm zu zeigen, dass ich interessiert bin, so wie du es gesagt hast.«

Lucas bekam ein komisches Gefühl im Magen. Er hoffte, dass er ihr keinen schlechten Rat gegeben hatte. Nichts wollte er weniger, als ihr weh tun.

»Ich dachte, dass alles ganz gut gelaufen ist, aber er ist in der Woche danach nicht mehr zum Strand gekommen und ich habe ihn seitdem nicht mehr gesehen.«

»Und dann bist du heute zu Meredith gegangen?«

»Ja. Zuerst war es lustig und so, und dann hat sie mit einem Mal von Aaron angefangen, dass er sie vor einigen Tagen angerufen hätte, nachdem ich mit ihm am Strand war, und dass er mich für eine Null hält.« Jamie weinte in ihre Hände. »Ich habe mich so zum Narren gemacht!«

»Oh, Liebling, komm her.« Lucas legte seine Arme um Jamie und sie drehte sich zu ihm.

»Ich habe mit ihm geflirtet und alles.« Durch ihre Hände war ihre Stimme nur gedämpft zu verstehen. »Ich habe mich ihm praktisch an den Hals geworfen.«

Lucas streichelte Jamies Schulter. Kate stellte einen Teller in die Spülmaschine und begegnete seinem Blick. Sie lächelte teilnahmsvoll.

Lucas wandte seine Aufmerksamkeit wieder seiner Schwester zu. »O.k., warte mal kurz. Warum hat Aaron Meredith angerufen?«

»Was?«

»Du hast gesagt, Aaron hat Meredith angerufen und ihr gesagt, du wärst eine Null. Warum hat er sie angerufen?«

Jamie nahm die Hände von ihrem fleckig gewordenen Gesicht. »Keine Ahnung.«

»Wie weißt du, dass sie dir die Wahrheit erzählt?«

Jamie schniefte. »Warum sollte sie denn lügen?« Ihre Augen waren größer geworden.

»Nun«, sagte Lucas, »Beziehungen können ziemlich kompliziert sein. Was wäre zum Beispiel, wenn Meredith Aaron gut findet? Was, wenn sie eifersüchtig ist?«

Jamie setzte sich ein wenig aufrechter hin und wischte sich mit dem Handrücken das Gesicht ab. »Das wäre schon möglich. Aber wenn Aaron sie wirklich angerufen hat, dann mag er vielleicht sie und nicht mich.«

»Das wäre auch möglich. Ich sage ja nur, dass du mal darüber nachdenken solltest und nicht alles glauben musst, was man dir erzählt.«

Jamie neigte ihren Kopf etwas zur Seite und starrte auf den Kamin aus Stein. »Am Strand hat es wirklich so ausgesehen, als wäre er interessiert.« Jamie fuhr mit dem Finger über die Ziernaht am Sofa. »Er hat sogar gesagt, dass ich hübsches Haar habe.«

Lucas lächelte. »Das hört sich nicht nach einem Jungen an, der von dir denkt, dass du eine Null bist.«

»Ich weiß. Ich habe gedacht, dass er mich anrufen würde, aber das ist jetzt schon fast eine Woche her, und am Strand ist er auch nicht gewesen.«

Lucas drückte ihre Schulter. »Lass ihm Zeit. Vielleicht will er ja auch nicht zu interessiert aussehen.«

»Könnte sein.«

Jamie und Lucas sprachen noch weiter, bis Jamie sich besser fühlte. Als sie gehen wollte, umarmte sie ihn noch einmal und schlüpfte dann wieder durch die Hintertür.

Kate zog ihren Schlafanzug an, öffnete die Schranktür und warf noch einmal einen Blick auf den Anzug, den sie sich für ihren Auftritt in der *Dr. Phil Show* gekauft hatte. Es war ein taubengrauer Ann Taylor-Anzug mit einer gut geschnittenen Jacke und einer eleganten Hose. Die klassische weiße Bluse bildete einen guten Kontrast zu ihrer Haut und ihrem schwarzen Haar.

Sie streichelte mit ihren Fingern den weichen Stoff der Jacke und merkte, dass Angst in ihr aufstieg. Sie war in die Show eingeladen worden, um ein verlobtes Pärchen zu beraten, das Probleme hatte, mit seinen gegensätzlichen Persönlichkeiten klarzukommen. Was, wenn sie das Falsche sagen würde? Oder noch schlimmer, wenn Dr. Phil nicht mit ihr übereinstimmte?

Entspann dich. Du hast eine Ausbildung gemacht. Du bist Expertin.

Nur nicht in meinen eigenen Beziehungen. Da bin ich der Inbegriff der Katastrophe.

Aber das weiß ja keiner. Die anderen denken, dass du mit der Liebe deines Lebens verheiratet bist.

Aber was, wenn das Aufsehen durch die Medien, das durch ihren Auftritt ausgelöst werden könnte, dazu führte, dass man ihre Ehe genauer unter die Lupe nahm? *Was, wenn jemand die Wahrheit herausfindet? Und wenn einer von Bryans Verwandten die Show ansieht und etwas ausplaudert?*

Kate schloss die Augen. Sie konnte nur das Beste hoffen. Und sie hatte schon Vorsichtsmaßnahmen getroffen. Vielleicht aber wäre es nicht schlecht, Bryan noch einmal anzurufen und ihn zu bitten, seiner Familie noch einmal einzuschärfen, dass sie verschwiegen sein sollen.

Aber möglicherweise steckte hinter dieser Idee einfach nur ihr Wunsch, mit Bryan zu sprechen. Plötzlich war sie sehr müde, obwohl es erst neun Uhr war. Sie näherte sich dem Nachttisch, den Lucas kürzlich mit nach Hause gebracht hatte, und wollte den Wecker stellen, als sie ein Kästchen darauf stehen sah.

Die Schachtel war in blassrosa Geschenkpapier eingewickelt und hatte eine weiße Schleife. Sie hob es hoch. »Für Kate« stand auf einem kleinen Geschenkanhänger. Es war Lucas' linkshändiges Gekritzel. Sie löste das Band, wickelte das Geschenk aus und hatte ein dunkelblaues Samtkästchen in der Hand.

Das kleine Scharnier quietschte, als sie den Deckel öffnete. Innen lagen nebeneinander zwei zarte Ohrringe. Schlicht und elegant und in demselben Silberton wie ihr Ehering.

»Ich hoffe, du hast nichts dagegen.« Lucas' Stimme an der Tür erschreckte sie. Er sah verlegen aus wie ein Junge und sie konnte nicht aufhören zu lächeln.

»Nenne mir eine Frau, die etwas dagegen hat, Schmuck zu bekommen.«

Er zuckte mit den Schultern und ging auf sie zu. »Du trägst nicht viel Schmuck. Ich dachte nur ... Na ja, heute sind wir einen Monat verheiratet.«

Ihr Jubiläum, wenn man es so nennen wollte. Lucas hielt am Fußende des Bettes an. Sie sah, wie er leicht errötete.

»Das war sehr aufmerksam von dir. Eigentlich sind sie sogar perfekt für die *Dr. Phil Show.*«

Welche Bedeutung hatte das Geschenk? Blumen waren eine Sache, Schmuck aber eine ganz andere. Versuchte Lucas, ihrer Beziehung mehr Echtheit zu verleihen? Oder war es mehr als nur eine Geste? Bei diesem Gedanken bekam sie Schmetterlinge im Bauch. Sie erinnerte sich an den Kuss auf ihren Kopf vor einigen Tagen. Das war schön gewesen. Sie hatte sich dadurch so ... beschützt gefühlt.

Sie blickte wieder auf das Schmuckkästchen in ihrer Hand. »Es tut mir leid, ich habe nichts –«

Lucas winkte ab. »Das habe ich auch nicht erwartet. Ich habe die Ohrringe im Schaufenster bei Pageo's gesehen und an dich gedacht.«

Er tat so, als wäre es eine Kleinigkeit. Vielleicht bedeutete es auch nichts, aber trotzdem war es eine aufmerksame Geste gewesen. Lucas hatte Eigenschaften, die sie zur Weißglut bringen konnten, aber er konnte auch sehr nett sein, wenn er wollte. Sie ließ sich von der Stimmung des Augenblicks mitreißen, streckte sich und gab ihm einen Kuss auf die Wange. Dabei streiften ihre Lippen ganz sacht auch sein raues Kinn.

Als sie ihren Kopf wieder zurücknahm, sah sie etwas in Lucas' Augen und überlegte, ob sie wohl irgendeine unsichtbare Grenze überschritten hatte. Aber dann rieb er sich den Nacken und drehte sich von ihr weg. »Gehst du schon ins Bett?«

Sie schloss das Kästchen und sah ihm nach. Er ging zur Tür. »Ja, ich bin ziemlich kaputt.«

Er drehte sich noch einmal um, bevor er die Tür von außen zuzog. »Gute Nacht.«

»Oh, ich habe vergessen, dir zu erzählen, dass ich heute Morgen zusammen mit deiner Mutter gelaufen bin. Das Thema ›Konflikt‹ kam auf und ich habe sie über sich und deinen Vater gefragt.«

Lucas stand ganz still. »Und, was hat sie gesagt?«

Kate seufzte und verdrehte die Augen. »Sie dachte, dass ich sie gefragt habe, weil wir beide Eheprobleme haben. Als ob ich ihren Rat brauche, wie man Konflikte löst.«

Lucas schmunzelte. »Das ist gut.«

Kate runzelte die Stirn und sah ihn an. »Das ist gar nicht witzig. Sie scheint zu denken, dass ich eine lausige Beraterin bin.« *Wahrscheinlich denkt sie auch, dass ihr Sohn eine Idiotin geheiratet hat.*

»Reg dich nicht auf. Sie tut nur, was viele Mütter an ihrer Stelle auch tun würden.«

Na gut, schön. Wie hätte sie das wissen sollen? Sie hatte nicht die Erfahrung gemacht, dass Mütter Rat gaben und sich um ihre Kinder sorgten. Nein, stattdessen gingen sie weg und kamen irgendwann unerwartet wieder und man fragte sich, was wohl als Nächstes passieren würde.

»Na ja, egal«, sagte sie. »Ich wollte dir nur sagen, dass ich den Ball ins Rollen gebracht habe. Das ist alles.« Sie setzte sich auf das Bett. »Gute Nacht.«

Nachdem Lucas die Tür geschlossen hatte, warf Kate das Geschenkpapier in den Papierkorb und stellte das Schmuckkästchen in die oberste Schublade des Nachttisches. Sie schaltete die Lampe aus und glitt unter die Bettdecke. Aber es dauerte lange, bis sie endlich einschlafen konnte.

Seien Sie Sie selbst. Obwohl es eine große Versuchung ist, Eindruck schinden zu wollen, würden Sie weder sich selbst noch ihm einen Dienst damit erweisen. Zeigen Sie ehrlich, wer Sie sind, und ermutigen Sie ihn, dasselbe zu tun.

– Auszug aus *Wie ich den richtigen Mann finde* von Dr. Kate

Kapitel Fünfzehn

Dichter Wasserdampf erfüllte das Badzimmer, aus dem Kate herauskam. Ihre Haare trocknete sie mit einem Handtuch. Sie konnte den Duft von gebratenem Speck riechen und hörte es in der Pfanne brutzeln. Sie hatte angefangen, sich an Lucas' reichhaltiges Frühstück am Samstagmorgen zu gewöhnen, und hatte entschieden, dass es ein guter Start ins Wochenende war. Solange sie in sicherer Entfernung von der Küche blieb, während Lucas kochte, und die Arbeitsplatte nicht sehen musste, die mit Pfannkuchenteig voll gekleckert war. Oder die Eierschalen, die sich in einem Turm neben der Spüle stapelten. Wenn sie beim Essen der Wand gegenüber saß und das Chaos nicht sehen musste, musste sie auch nicht die ganze Zeit daran denken.

Kate stopfte ihr Handtuch im Schlafzimmer in den Wäschekorb, den sie kürzlich gekauft hatte. Da klingelte das Telefon. Als sie in die Küche kam, hatte Lucas schon abgenommen.

»Mit wem spreche ich?«, fragte er und legte einen vor Pfannkuchenteig tropfenden Löffel auf die Arbeitsplatte. »Einen Moment.« Er reichte ihr den Hörer, auf seinem Gesicht lag ein undurchschaubarer Ausdruck.

»Wer ist denn dran?« Kate formte wortlos die Worte.

»Bryan.« Lucas drehte sich um und rührte weiter den Pfannkuchenteig um.

Adrenalin schoss durch Kates Körper, als hätte sie drei Espressos auf einmal getrunken. Warum rief er sie an? Sie ging auf die Hintertür zu und presste das Telefon an ihr Ohr.

»Hallo?« Ihre Stimme klang kühl und gesammelt.

»Hallo. Ich bin's.«

Es wurmte sie gewaltig, dass er sich immer noch so melden konnte. *Ich bin's.* Als ob sie einander noch so nahe stehen würden, dass er seinen Namen nicht zu nennen brauchte. Hatte er vergessen, dass er sie wegen einer anderen sitzen gelassen hatte?

Kate ging durch die Tür nach draußen und schloss sie hinter sich. Bo musste drinnen bleiben.

»Bryan. Wie geht es dir?« Da war nichts in ihrer Stimme, was darauf schließen ließ, dass sie sich freute, seine Stimme zu hören.

»Danke gut. Jetzt wieder besser als in den letzten Wochen.«

»Das ist schön.« Höflich. Freundlich, aber nicht zu freundlich. Es nervte sie, dass es so anstrengend war. War es wirklich erst einen Monat her, als er ihr am Abend vor ihrem Hochzeitstag einen Gute-Nacht-Kuss gegeben hatte?

»Kate, es tut mir alles so leid. Es bringt mich um, dich so zu hören. Als ob wir Fremde wären oder nur geschäftlich miteinander zu tun hätten.«

Woher nahm er sich das Recht, ihr von seinen Schmerzen zu erzählen?

»Ich rufe an, um dir zu sagen, dass ich einen Fehler gemacht habe«, sagte er. »Das habe ich jetzt begriffen.«

Kate starrte auf den Horizont und lehnte sich an die quadratische Säule, die das Dach stützte.

»Die Sache mit Stephanie ist vorbei.« Er sagte es so, als erwarte er, dass sie die Nachricht mit einem Feuerwerk feiern würde.

Stephanie. Das also war ihr Name. Kate kannte niemanden, der so hieß. Darüber war sie froh.

Die Pause war kaum zu ertragen. In ihr waren die Gefühle so verworren wie eine Weinrebe, die sich um einen Baum gewickelt hatte. Sie wusste nicht, wer stärker war.

»Kate, hast du verstanden, was ich gesagt habe?« Erwartete er jetzt, da er die andere Frau fallen gelassen hatte, dass sie ihm wieder in die Arme fallen würde? »Was soll ich dazu sagen?«

»Ich weiß, ich weiß«, sagte er. »Ich –«, Kate konnte die Frustration in seinen Worten hören, konnte fast sehen, wie er sich mit der Hand durch seine Haare fuhr.

»Ich war ein Idiot«, sprach er weiter. »Es war genauso, wie du gesagt hattest. Ich hatte einfach Angst, mich zu binden. Und ich brauchte ein Ventil für meine Angst. Stephanie bot sich einfach an.«

»Das Ventil war aber sehr teuer.«

Teuer war nicht das richtige Wort. Es hatte ihre Welt auf den Kopf gestellt, nicht nur ihr, sondern auch sein Leben hatte sich verändert. Für seine Erkenntnis war es jetzt etwas spät. Ging er wirklich davon aus, dass alles im Handumdrehen wieder wie früher sein würde?

Eine Möwe schrie am Himmel und flog über den Strand, schwebte dort mit weit ausgestreckten Flügeln. Kate wünschte sich in diesem Moment, sie könnte alles hinter sich lassen und wie ein Vogel weit oben über der Landschaft ihres eigenen Lebens fliegen.

»Du fehlst mir, Kate.«

Seine sanften Worte rüttelten an der Tür zu ihrem Herzen. Kate schloss die Augen. *Ich werde ihm nicht sagen, dass ich ihn vermisse.* Er verdiente es nicht, diese Worte von ihr zu hören. Und außerdem war sie sich nicht einmal sicher, dass es wirklich so war. Ihre Gefühle für ihn waren gemischt, verschwommen, so wie die Linie zwischen dem Ozean und dem Meer. Wie konnte das sein, wenn sie doch vor fünf Wochen noch genau gewusst hatte, was sie für ihn empfand?

»Ich bin verheiratet, Bryan.« Es machte ihr keine Freude, das zu sagen. Sie hatte den Schmerz in Bryans Stimme erkannt und obwohl er sie furchtbar verletzt hatte, wollte sie es ihm nicht gleich tun.

»Ich weiß.« Er fluchte. Es war das erste Mal, dass Kate ihn so reden hörte. Warum hatte er angerufen? Er wusste ja nicht, dass ihre Ehe nur eine Farce war; trotzdem musste er bemerkt haben, dass keine echten Gefühle im Spiel waren. Dachte Bryan etwa, dass sie sich von Lucas scheiden lassen würde, sobald er wieder auftauchte?

»Wer ist er, Kate? Kannst du dir überhaupt vorstellen, was in mir vorgeht, wenn ich mir vorstelle, dass ihr beiden zusammen seid?«

»O ja, das kann ich sehr wohl«, fuhr sie ihn an.

»Entschuldige. Natürlich kannst du das.« Er seufzte. »Ich weiß nicht mehr, was ich sage. Ich werde – werde hier noch wahnsinnig. Mein ganzes Leben war so geordnet, alles war klar und jetzt fühle ich mich so, als wäre mir alles um die Ohren geflogen.«

Hast du vergessen, dass du es warst, der die Lunte angezündet hat? Sie wollte es ihm am liebsten laut sagen, aber was würde das nützen? Was geschehen war, war geschehen. Sie musste verheiratet bleiben. Die Medien würden sich überschlagen, wenn sie sich von Lucas scheiden ließe und Bryan heiratete. Sie schüttelte sich diese Idee aus dem Kopf. Es war verrückt, überhaupt daran zu denken.

»Du liebst ihn doch nicht, oder?«

Kate griff verzweifelt nach ihren Haaren am Hinterkopf und wrang sie aus. Ja zu sagen wäre eine Lüge, aber Nein zu sagen wäre wie ein

Verrat an Lucas. Sie schwieg. Am liebsten würde sie ihn fragen, ob er Stephanie geliebt hatte, aber das war jetzt nicht mehr wichtig. Die andere Frau war nicht mehr mit Bryan zusammen und sie selbst hatte nur eine vereitelte Hochzeit als Souvenir.

Plötzlich überfiel sie Furcht. Was, wenn Stephanie den Medien etwas verraten würde, wenn sie ihnen verriet, dass Kate eigentlich mit Bryan verheiratet sein müsste und dass sie eine Hochstaplerin war?

»Bryan, wie habt ihr euch getrennt?«

Sein Schweigen schien eine Ewigkeit zu dauern. »Wie meinst du das?«

»Wie habt ihr euch getrennt?«, fragte sie scharf. »Hast du Schluss gemacht? War sie sehr aufgebracht?« Sie umklammerte das Telefon so fest, als könnte sie die Antwort aus ihm herauspressen.

»Ich habe Schluss gemacht«, sagte Bryan. »Ja, natürlich war sie aufgebracht. Warum, Kate?«

Kate stieg die Verandatreppe hinunter und überquerte den Rasen in Richtung Strand. »Was, wenn sie sich an die Medien wendet und ihnen alles erzählt?« Fast hätte sie selbst geflucht. Sie wusste zu wenig über Stephanie, konnte sie nicht einschätzen. War sie eine Frau, die zur Rache neigte?

»Das würde sie nie tun«, behauptete Bryan.

»Wie kannst du das wissen?« Kate wollte Beweise. Oder noch besser, einen Grund, warum Stephanie nicht wollen würde, dass alle Welt davon erfuhr, wie sie Dr. Kates Ehe zerstört hatte. Vielleicht hasste sie es, im Rampenlicht zu stehen, oder hatte einen Beruf, der durch das Gerede der Leute Schaden nehmen würde.

»Sie ist nicht der Typ, der so etwas machen würde. Und sie hätte keinen Grund.«

»Aber du hast gesagt, dass sie aufgebracht war.«

»Äh, das war sie auch, aber ich denke, sie würde –«

»Du *denkst* oder du weißt es?« Kate trat mit dem Fuß gegen einen kleinen Sandhügel und atmete tief ein.

»Ich werde sie anrufen, wenn du willst. Ich werde alles tun, um dich zu beschützen, das verspreche ich.«

Seine Stimme klang ernst, aber dem letzten Versprechen, das Bryan gegeben hatte, war eine Hochzeit mit einem anderen Mann gefolgt.

Lucas stellte den Herd aus und gab den Schinkenspeck auf einen Teller. Es klirrte, als er ihn zu hart auf den Tisch stellte. Danach öffnete er den Ofen und holte die warm gehaltenen Pfannkuchen heraus.

Er hatte keine Ahnung, wie lange Kate noch telefonieren würde, aber er würde frühstücken, solange das Essen noch warm war. Er schob seinen Stuhl nach hinten und ließ sich darauf fallen. Bo, der genau wusste, dass er nichts bekommen würde, legte sich auf den Teppich neben Lucas' Stuhl.

Als Bryan seinen Namen genannt hatte, hätte Lucas ihn am liebsten gefragt, was ihm einfiel, an einem Samstagmorgen in *seinem* Haus anzurufen und mit seiner Frau sprechen zu wollen. Und er hätte es ihm wahrscheinlich auch gesagt, wenn Kate mit ihren großen Augen und ihrem zerzausten Haar nicht neben ihm gestanden hätte.

Sie war hinausgegangen, um allein zu sein, aber er hatte durch die geöffneten Fenster jedes Wort gehört.

Lucas nahm einen Bissen Speck. Er war erleichtert gewesen, als er Kates kühlen Ton gehört hatte, obwohl ihm klar war, dass sie sich nur zu schützen versuchte.

Als er die Worte »Ich bin verheiratet, Bryan« gehört hatte, fragte er sich, warum sie das gesagt hatte. Wollte Bryan sie zurück? Was das der Grund für seinen Anruf?

Die Hintertür öffnete sich und Kate kam herein. Sie stellte das Telefon auf die Ladestation und setzte sich zu ihm an den Tisch. Ihr Gesicht war ausdruckslos. Wünschte sie, ihn nie geheiratet zu haben? Sehnte sie sich danach, dass Bryan hier saß und nicht er, Lucas?

Nun, Bryan hatte sie wegen einer anderen Frau sitzen lassen. Es war er, Lucas, gewesen, der die Sache mit ihr durchgezogen hatte. Er war an ihrer Seite geblieben, als die Fotografen ihre Bilder geschossen hatten. Er stand früh am Morgen auf, um ihre Frühstückseier auf beiden Seiten zu braten, so, wie sie es liebte.

Kate griff nach ihrer Gabel und der Diamantring an ihrem Finger glitzerte im Schein der Küchenlampe. Bryans Diamant. Lucas würde ihn am liebsten von ihrem Finger streifen und ihn weit ins Meer werfen.

Er nahm einen Schluck Kaffee und stellte die Tasse hart auf den Tisch. Sie klirrte gegen die Untertasse und Kaffee spritzte auf den Tisch. Wortlos stand er auf, holte ein Tuch und wischte den Fleck weg, bevor er sich wieder setzte.

»Was ist los?«

»Nichts.« *Der Ex-Verlobte meiner Frau hat bei mir zu Hause angerufen und hat ihr vermutlich seine Liebe gestanden. Warum sollte ich mich darüber aufregen?!* Er nahm eine Gabel voll Spiegelei.

»Doch, irgendwas stimmt nicht.«

Lucas schluckte hart, bemüht, Worte zu unterdrücken, die er nicht sagen sollte.

»Ich mag es nicht, wenn dein Ex-Verlobter hier anruft, das ist alles.« Er beglückwünschte sich selbst zu der Ruhe, mit der er das gesagt hatte. Er spürte, wie Kate ihm gegenüber ganz still wurde.

»Ich dachte nicht – ich meine –« Sie räusperte sich. »Es ist ja nicht so, als wäre das eine echte –«

Er sah sie an und forderte sie mit seinem Blick auf, es auszusprechen. Ja, vielleicht war es eigentlich keine echte Ehe, wenn man es genau nahm, aber trotzdem waren da auch Gefühle. Seine Gefühle. Und er hatte gehofft, dass es auch ein wenig um ihre Gefühle gegangen war. Hatte er sich so geirrt?

»Ich habe nur gemeint –«

»Ich weiß, was du gemeint hast, Kate.« Lucas stand auf und trug seinen Teller zum Mülleimer. Er warf eine halbe Scheibe Schinkenspeck und den Rest seiner klebrigen Pfannkuchen weg.

»Bryan war der, den ich eigentlich heiraten sollte. Alles war so schnell zu Ende und es war keine Zeit, alles in Ruhe abzuschließen –«

»Ich war dabei, schon vergessen?« Er wusch seinen Teller in der Spüle ab, das Eigelb versuchte er mit der Scheuerbürste vom Teller zu lösen.

»Natürlich warst du dabei.«

Sie hatte ganz leise gesprochen. Der Wasserhahn lief und fast hätte er ihre Worte nicht gehört.

»Wenn du mich nicht geheiratet hättest, hätte ich – ich weiß nicht, was ich dann getan hätte. Ich bin dir so dankbar für das, was du getan hast. Ich hoffe, du weißt das.«

Hatte ihre Stimme bei den letzten Worten gezittert?

Zu viele Emotionen stürmten auf Lucas ein. Er war immer noch wütend und doch war dieses Gefühl, zumindest aus Kates Sicht, nicht angebracht. Das konnte es auch nicht, es sei denn, Kate kannte seine wahren Gefühle und dafür war es noch zu früh.

»Was wollte er, wenn du mir die Frage erlaubst?« Er drehte den Hahn ab und lehnte sich gegen die Spüle, sein Rücken war ihr zugewandt. Seine Daumen krümmten sich um die Kante der Spüle.

»Natürlich kannst du fragen.«

Er hörte, wie sie nach ihrer Tasse griff und von ihrem Kaffee trank.

»Er hatte schlechte Nachrichten von der Frau, mit der er zusammen war. Es sieht so aus, dass er mit ihr Schluss gemacht hat und dass sie ziemlich unglücklich darüber ist.«

Lucas versuchte, sich gegen das zu wappnen, was sie vielleicht als Nächstes sagen würde. Was hielt Kate davon ab, wieder zu ihm zurückzugehen? Ihre Karriere? Ihr Buch? Könnten diese Dinge Hindernisse sein, wenn sie Bryan wirklich liebte?

»Ich habe Angst, dass sie den Medien etwas erzählt«, sagte Kate. »Wenn sie wirklich sauer ist, dann wäre das die ideale Rache.«

Lucas hörte ein Geräusch auf der Veranda. Bo? Dann fiel ihm ein, dass der Hund auf dem Teppich unter dem Tisch lag. Das bedeutete ...

Oh, Mist! Er lehnte sich nach vorne und spähte aus dem Fenster. Gerade noch konnte er Jamie erkennen, die vom Haus weglief.

»Jamie«, rief er ihr durch das Fenster nach, aber sie hielt nicht an. Er rannte los, öffnete die Tür und hatte die Stufen in einem Satz genommen. Hatte sie alles gehört, was Kate und er besprochen hatten? »Jamie, warte!«

Er holte sie auf der Anhöhe ein und griff nach ihrem Arm.

Sie riss sich mit einem Ruck von ihm los. »Lass mich los!« Sie atmete schwer.

»Was fällt dir ein, hier herumzuschnüffeln?«

»Ich habe nicht herumspioniert. Ich wollte mit Kate sprechen und habe gehört, wie ihr euch gestritten habt.« Sie verschränkte trotzig ihre Arme.

»Wir haben nicht gestritten.«

»Es ist nicht meine Schuld, dass die Fenster auf waren.«

Lucas steckte die Hände in die Taschen seiner Shorts und dachte daran zurück, was Jamie gehört haben könnte. Sie hatten eine Menge gesagt. »Es ist kompliziert, Jamie.«

Seine Schwester funkelte ihn an. »Ihr habt uns angelogen.«

Lucas schluckte. In seinem Hals schien mit einem Mal ein dicker Kloß Pfannkuchen zu stecken, der einfach nicht hinunterwollte. Er schaute zum Haus zurück, wo Kate auf der Veranda stand, ein Fuß vor dem anderen, als ob sie innerlich zerrissen wäre. Sollte sie im Haus bleiben oder zu ihnen kommen? Er winkte ihr zu und deutete an, dass sie bleiben sollte. Es war besser, wenn er allein mit Jamie redete.

»Ich weiß nicht, wie viel du gehört hast, aber –«

»Ich habe genug gehört, um zu wissen, dass alles eine einzige große Lüge ist.«

»Das ist genug. Es ist keine Lüge. Kate war in der Klemme. Ihre Karriere stand auf dem Spiel und ich habe mich eingeschaltet, um ihr zu helfen.«

»Aber wie konntet ihr so tun, als würdet ihr einander lieben? Wir alle dachten, dass sie jetzt Teil der Familie ist, und jetzt sagst du mir, dass alles ein Schwindel ist.«

Lucas drehte sich um und sah auf das Meer. Er erinnerte sich daran, wie er vor einer Woche dort draußen mit Kate gewesen war, erinnerte sich an das Gefühl, sie in seinen Armen zu halten, als es ihr so schlecht ging. Da war nichts Unechtes dabei gewesen.

»Ich erzähle Mom und Dad die Wahrheit«, drohte Jamie an und wollte loslaufen.

Lucas hielt sie an der Hand fest. »Nein, tu das nicht, Jamie.« Wenn ihre Mutter die Wahrheit kennen würde, würde nichts verhindern können, dass Kate ihre ganze Feindseligkeit zu spüren bekäme. Sie würde Kate für immer verschrecken.

Seine Schwester wirbelte herum. »Warum sollte ich das nicht tun? Du hättest von Anfang an ehrlich sein sollen, anstatt uns vorzumachen, dass die Ehe echt ist.«

»Aber sie *ist* echt.«

»Ich bin doch kein Baby mehr, Lucas. Ich weiß, dass eure Ehe nur echt auf dem Papier ist, aber hier drinnen ist sie nicht echt.« Sie klopfte auf ihr Herz. »Und das ist das Einzige, was zählt.«

All die Liebesromane waren seiner Schwester wohl zu Kopf gestiegen. Manchmal war die Realität eben anders als das schnulzige Ende in ihren Büchern.

»Kannst du ein Geheimnis für dich behalten?«

Sie starrte ihn an und kniff dabei ihre grünen Augen gegen das grelle Sonnenlicht zusammen. Sie verschränkte wieder ihre Arme. »Du weißt, dass ich Geheimnisse nicht mag.«

»Aber das hier ist ganz persönlich. Wie die Gefühle, die du für Aaron hast. Ich würde auch nie mit einem anderen darüber sprechen.«

In der Art, wie sie die Mundwinkel einzog, sah er ihre Billigung. »Worum geht es?«

Lucas blickte über seine Schulter zum Haus hin. Kate war hineingegangen. »Kate hat Bryan geliebt.« Er rieb sich den Nacken. »So viel ich weiß, tut sie es immer noch. Sie hat mich geheiratet, weil sie mit dem Rücken zur Wand stand und ich der einzige Ausweg war.«

Jamies Augen wurden weich und ihre angespannten Schultern entspannten sich.

Lucas hielt sein Gesicht in den Wind und ließ sich die Haare vom der salzigen Brise aus dem Gesicht wehen. »Aber ich hatte andere Gründe.« Er sah Jamie an, nahm dann seine Hand aus der Hosentasche und legte sie auf sein Herz. Seine Augen blieben auf Jamie gerichtet und er sah, dass ihre Augen feucht wurden.

»Es ist keine falsche Ehe.« Seine Stimme war voll Gefühl und tiefer als sonst. »Ich liebe sie. Ich würde mein Leben für sie geben, wenn es notwendig wäre. Weißt du, wie selten diese Art von Liebe ist?«

Jamie blinzelte schnell. »Aber sie liebt dich nicht?«

Lucas versuchte ein Lächeln. »Es war meine Wahl, sie zu lieben. Was sie damit macht, ist ihre Entscheidung.«

Jamie schniefte. »Das ist so traurig.«

Gut, jetzt bemitleidet sie mich. »Hey, mit der Zeit wird sie ihre Meinung schon ändern.« Er tippte ihr mit dem Finger auf die Nase und warf sich in eine alberne Pose. »Oder wer könnte denn einem solchen Prachtexemplar widerstehen?«

Jamie stieß ihn an, musste aber doch unter ihren Tränen lächeln.

»Ist jetzt wieder alles gut zwischen uns?«, fragte Lucas. Er konnte es nicht ertragen, wenn Jamie böse mit ihm war.

Jamie nickte.

»Und ich kann mich auf dich verlassen, dass du niemandem von unserem Geheimnis erzählst?«

Sie trat mit ihrem Flip-Flop nach seinem Knöchel. »Das weißt du doch.«

Lucas zog sie an sich und hielt sie im Arm, seine Hand lag auf ihrem Kopf. Er erkannte, dass es gutgetan hatte, seine wahren Gefühle für Kate auszusprechen. Es war wie eine Befreiung gewesen.

Dann hörte er Jamies dumpfe Stimme. »Und ich wollte zu *euch*, um Ratschläge in Sachen Liebe zu bekommen.«

Wenn Vertrauen das Fundament einer Beziehung ist, dann ist Ehrlichkeit der Mörtel, der alles zusammenhält.

– Auszug aus *Wie ich den richtigen Mann finde* von Dr. Kate

Kapitel Sechzehn

Kate verschränkte ihre Hände in ihrem Schoß und merkte, wie ihre Handflächen heiß wurden und schwitzten. Dr. Phils Studio sah genauso aus wie im Fernsehen. Sie war schon von Pam und Chloe, ihrer Managerin und ihrer Herausgeberin, vorbereitet worden. Und auch ihr Agent Ronald war ins Studio gekommen, um sie emotional zu unterstützen. Aber jetzt war sie auf sich gestellt. Als sie das Konversationszimmer verlassen hatte, hatte Dr. Phil sie liebenswürdig begrüßt und ihr zu ihrem Buch gratuliert.

Aber jetzt, als die Kameras bereit waren, waren ihre Nerven zum Zerreißen gespannt. Das frisch verheiratete Paar, das sie beraten sollte, saß schon mit Dr. Phil auf der Bühne. Die Mitarbeiter befestigten Mikrophone an ihren Jackenaufschlägen und gaben ihnen in letzter Minute noch Anweisungen. Hope, die Frau, war eine niedliche Blondine mit einem elfengleichen Gesicht und einem guten Geschmack, was Schuhe betraf. Ryan hatte dunkles Haar, einen guten Haarschnitt und schob mehrmals seine Brille die Nase wieder hoch.

Kate war dankbar, dass sie in der ersten Reihe des Publikums sitzen durfte und nicht unter dem grellen Licht der eigentlichen Bühne. Neben ihr saß eine Kinderpsychologin, die einer Familie helfen sollte, die im Moment in einer Krise steckte. Sie hatte ihren Ehemann mitgebracht und sie flüsterten sich immer wieder zu. Auf ihrer anderen Seite saßen die Eltern des Paares, mit dem Kate sprechen sollte.

Kate strich ihre Jacke glatt, versicherte sich, dass das Mikrofon richtig saß, und drehte dann an den Ohrringen, die Lucas ihr geschenkt hatte.

Ruhig, Kate. Es ist keine Live-Sendung. Wenn etwas schiefläuft, kann man es immer noch herausschneiden.

Hoffentlich geht nichts schief!

Sie wünschte sich, dass jemand neben ihr säße, der ihr sagte, dass alles gut verlaufen würde. Als sie das dachte, tauchte plötzlich Lucas' Bild vor ihr auf wie ein Feuerwerk am 4.Juli. Und genauso schnell, wie es aufgetaucht war, schreckte sie überrascht zurück. *Was ist denn mit mir los? Ich bin eine unabhängige Frau.* Sie war es doch gewöhnt, allein zu sein, und niemand musste ihr sagen, dass sie auch ohne Mann glücklich sein konnte. Diesen Rat hatte sie jahrlang selbst ausgeteilt.

Aber ihre Gedanken glitten noch einmal zu den letzten Augenblicken, die sie gestern mit Lucas am Flughafen geteilt hatte. Er hatte es geschafft, sie pünktlich hinzufahren, und darauf bestanden, sie bis zum Schalter zu begleiten, an dem sie einchecken musste. Und dann war er noch mit zur Sicherheitskontrolle gekommen. Kate hatte Dahlia Stevens von der Handelskammer erkannt, die gerade ihre Tasche und ihren Laptop in den grauen Kasten gelegt hatte. Sie winkte Kate und Lucas zu.

»Unsere erste Nacht, in der wir getrennt sind«, neckte Lucas und stellte ihre Tasche auf den Boden.

»Ich weiß nicht, ob ich ohne dein Schnarchen schlafen kann.«

»Ich schnarche nicht.«

»Ha!«, machte sie und Lucas grinste.

Dann kam die Zeit, Abschied zu nehmen, und beide wurden etwas verlegen. Kate würde Lucas zum ersten Mal nach ihrer Hochzeit verlassen. Sie freute sich auf die Show, war aber auch ziemlich nervös. Sie war es nicht gewohnt, persönliche Geheimnisse für sich behalten zu müssen, und besonders nicht vor dem ganzen Land, das ihr zusehen würde. Aber jetzt würde man sie landesweit im Fernsehen sehen und was, wenn etwas schiefgehen würde?

»Du wirst deine Sache großartig machen.« Lucas schien ihre Gedanken lesen zu können. »Dr. Phil wird wollen, dass du jedes Mal in seine Show kommst, wenn du nicht aufpasst.«

»Ich glaube, ich bin noch nicht bereit, nach Hollywood zu ziehen.«

Lucas lächelte. »Gut.«

Kate blickte auf ihre Uhr. »Ich sollte zu meinem Gate gehen.« Sie zog ihre Bordkarte und ihren Führerschein aus ihrer Jackentasche.

»Guten Flug.« Lucas schaute über seine Schulter und Kate wusste, dass er sich Dahlias Gegenwart sehr bewusst war. Er beugte sich zu Kate hin und küsste sie. Die Sanftheit seiner Berührung bewegte sie, auch wenn der Kuss nur ganz kurz war. Würde sie sich jemals an seine Küsse gewöhnen? Sollte das nach einer Weile nicht ein alter Hut werden?

Jetzt, als die Kameras startklar waren, berührte Kate ihre Lippen und erinnerte sich, wie sie nach dem Kuss geprickelt hatten.

Habe ich Gefühle für Lucas? Gefühle, die über eine Freundschaft hinausgehen?

Bevor sie dem Gedanken weiter nachgehen konnte, gab einer der Mitarbeiter das Zeichen für die Aufnahme. Die Show hatte begonnen. Zum Glück war ihr Pärchen zuerst dran.

Dr. Phil machte die Einleitung. »Heute begrüßen wir in unserer Show Hope und Ryan. Sie sind seit acht Monaten verheiratet und fragen sich, ob sie einfach zu verschieden sind, um eine glückliche Ehe führen zu können. Kommen Sie, Sie sollten sich jetzt eigentlich noch im siebten Himmel befinden. Was ist also los?«

Hope verschränkte ihre Finger mit denen von Ryan. »Im siebten Himmel waren wir nur ungefähr zwei Tage.«

»Wir waren nur sehr kurz verlobt«, fügte Ryan hinzu. »Wir haben einander nicht gut gekannt und nicht begriffen, wie unterschiedlich wir sind.«

»Wie lange waren Sie denn verlobt?«, fragte Dr. Phil.

Die beiden sahen sich an. Dann antwortete Hope und man konnte sehen, wie peinlich es ihr war. »Fünf Wochen.«

Das Publikum stöhnte auf.

»Fünf Wochen?« Dr. Phils Stimme war lauter geworden. »In fünf Wochen erfährt man ja gerade, wie der andere seinen Kaffee trinkt.«

»Ich weiß, ich weiß«, beteuerte Hope. »Wir haben unüberlegt gehandelt und wir bereuen jetzt, dass wir nicht länger gewartet haben. Ich denke, das ganze ›Verliebtsein‹ ist mir zu Kopf gestiegen. Ich meine, wir lieben uns und wir wollen auch, dass unsere Ehe gelingt. Aber wir sind so verschieden – wir wissen einfach nicht, wie wir uns in der Mitte treffen können.«

»Nun, man sagt ja, dass Gegensätze sich anziehen«, sagte Dr. Phil. »Erzählen Sie uns, um welche Streitpunkte es genau geht. Welche Unterschiede bringen Sie zur Weißglut?«

Hope und Ryan sahen einander wieder an. »Ich glaube, die Art, wie wir unser Geld ausgeben, führt am häufigsten zu Streit«, gab Hope zu. »Ich werfe das Geld sicher nicht zum Fenster raus, aber ich ziehe mich gern hübsch an und Ryan ist viel knauseriger, so ist er auch erzogen worden –«

»Bescheiden«, korrigierte Ryan. »Ich halte ein Budget für sehr wichtig.«

»Und mein Motto ist: Wozu soll Geld gut sein, wenn ich mir nichts davon kaufen kann?« Hope zog ihre Nase kraus.

Danach diskutierten sie über ihre unterschiedlichen Ansichten bezüglich der Pflichten im Haushalt, ihrer sozialen Bedürfnisse und ihrer Feizeitgestaltung.

»Nun«, sagte Dr. Phil. »Wir haben uns zur Besprechung Ihres Falls Verstärkung eingeladen. Dr. Kate, regelmäßige Kolumnenschreiberin und Autorin des neu veröffentlichten Buches ›Wie ich den richtigen Mann finde‹ ist heute bei uns. Wollen wir mal sehen, ob wir Ihnen nicht zusammen helfen können, glücklicher zusammen zu leben.«

Kate lächelte, als die Kamera auf sie schwenkte und das Publikum applaudierte. Unter ihren Armen konnte sie fühlen, wie sich Hitzewellen auf ihrer Haut ausbreiteten.

»Dr. Kate hat noch etwas anders mit Ihnen gemeinsam – sie ist auch frisch verheiratet. Herzlichen Glückwunsch!«

»Vielen Dank«, lächelte Kate.

»Also, Dr. Kate«, fuhr Dr. Phil fort. »Sie sind eine starke Befürworterin davon, dass man Zeit und Energie investieren soll, um eine solide Beziehung aufbauen zu können. Aber was sagen Sie zu der Situation, in der unsere beiden Gäste hier sind? Haben die beiden keine Chance, weil sie einfach zu verschieden sind?«

Kate fühlte einen Energieschub durch ihren Körper jagen bei der Aussicht, Hope und Ryan helfen zu können. Wie oft hatte sie mit ähnlichen Paaren in ihrem Beratungsbüro gesprochen? Wenigstens hatte dieses Paar nicht gewartet, bis Jahre der Feindseligkeit sich zwischen ihnen aufgebaut hatten.

»Zuallererst«, begann sie, »meinen herzlichen Glückwunsch zu Ihrer Hochzeit und zu Ihrem Wunsch, schon von Anfang an Hilfe zu suchen. Jede Ehe ist eine Verschmelzung von zwei Persönlichkeiten – manchmal sogar mehr, wenn Kinder dabei sind. Wenn zwei verschiedene Arten von Idealen und Erwartungen sich vereinigen, muss es Konflikte geben. Und wenn man dann noch sehr unterschiedlich ist, gibt es natürlich mehr Reibungsflächen.« *Junge, Sie würden nicht glauben, wie sehr ich das kenne.*

»Der Schlüssel«, fuhr sie fort, »ist zu erkennen, welche Punkte geändert werden müssen, und dann einen Mittelweg zu finden. Wählen Sie aus, welche Schlacht sie führen wollen. Ist es wirklich so wichtig, dass er seine Socken zusammenrollt, bevor er sie in den Wäschekorb wirft? Wahrscheinlich nicht. Ist es wichtig, dass Sie eine andere Meinung darüber haben, wie viel von ihrem gemeinsamen Einkommen Sie ausgeben können? Ohne Zweifel.«

Kate schluckte und hoffte, dass niemand merkte, wie trocken ihr Mund war. »In einer Beziehung gibt es ständig Verhandlungen«, ergänzte sie. »Auch verschiedene Persönlichkeiten können eine glückliche Beziehung haben, wenn sie bereit sind, den Mittelweg zu gehen. Und ich habe den Eindruck, dass Sie beide wollen, dass Ihre Ehe gelingt.«

»Das wollen wir auch«, sagte Hope. »Aber jedes Mal, wenn wir über unsere Unterschiede sprechen, fangen wir an zu streiten.«

Kate griff den Gedanken auf. »Es ist wichtig, den richtigen Zeitpunkt zu wählen, wenn Sie über Ihre Unterschiede sprechen. Zum Beispiel ist die Ankunft der Kreditkartenrechnung kein guter Zeitpunkt, mit Hope darüber zu sprechen, wie sie ihr Geld ausgibt. Dann ist es zu spät und Ryan fühlt sich gestresst und außer Kontrolle.«

»Genau«, sagte Ryan. »Ich bin schon sauer, dass sie das Geld ausgegeben hat, ohne mein Budget zu beachten.«

Jetzt schaltete sich Dr. Phil ein. »Und Sie, Hope, haben Sie dieses Budget zusammen mit Ryan aufgestellt oder wurde es Ihnen aufgezwungen?«

Hope nickte. »Ryan hat das Budget alleine gemacht. Und in diesem Budget gibt es keinen Platz für neue Schuhe.«

Das Publikum lachte.

»Eine Frau muss gute Schuhe haben, Ryan«, sagte Dr. Phil. »Das ist die Regel Nummer eins.«

Er wandte sich der Kamera zu. »In Dr. Kates Buch ›Wie ich den richtigen Mann finde‹ können Sie mehr darüber lesen, wie man den passenden Partner fürs Leben finden kann.« Es folgte eine Großaufnahme der Titelseite ihres Buches, dann sprach Dr. Phil weiter. »So, als Nächstes haben wir eine Patchwork-Familie zu Gast, in der das Zusammenleben noch nicht so richtig funktioniert.« Er sah Hope und Ryan an. »Und Sie dachten, es wäre schwer, zu zweit zusammenzuleben. Nach einer kurzen Pause sind wir wieder da.«

Nach der Show stieg Kate in die schwarze Limousine, die sie zum Flughafen fahren sollte. Auch als sie hinten im Auto saß, konnten sich ihre Nerven noch nicht beruhigen. Es war eine aufregende Erfahrung gewesen und ihr war fast schwindelig vor Energie. Sie hatte schon mit Pam, Chloe und Ronald im Konversationszimmer gefeiert, aber jetzt, nachdem sie etwas Abstand gewonnen hatte, wollte sie dieses Erlebnis gern mit einem Freund teilen. Früher hätte sie Bryan angerufen, aber mit wem konnte sie jetzt sprechen?

Anna? Nein, ihre ehemalige Assistentin lebte jetzt in einer anderen Stadt und hatte einen neuen Job. Ihr Vater? Sie dachte einen Moment darüber nach, holte dann ihr Handy raus und wählte seine Nummer. Es klingelte mehrmals, bevor sein Anrufbeantworter sich meldete. Kate legte auf.

Sie musste mit jemandem sprechen. Welchen Wert hatten aufregende Nachrichten, wenn man sie mit niemandem teilen konnte?

Nun, eigentlich weiß ich sehr genau, wen ich anrufen könnte.

Na, los, Kate, dann mach es doch.

Sie wählte die Nummer von Lucas' Laden. Als Ethan sich meldete, bat sie ihn, Lucas ans Telefon zu holen. Als sie wartete, kamen ihr Zweifel. Würde er es seltsam finden, dass sie ihn anrief, wenn sie ihn schon in einigen Stunden am Flughafen sehen würde? Warum sollte es ihn überhaupt interessieren, wie die Show gelaufen war? Es war ihre Karriere, ihr Buch. In einigen Monaten würde sie nichts mehr für ihn sein als ein Name auf einem Scheidungspapier.

Mist, warum habe ich ihn bloß angerufen? Vielleicht sollte ich einfach auflegen. Kate nahm das Handy von ihrem Ohr weg.

»Hallo?«

Sie hielt das Telefon wieder an ihr Ohr. »Hallo, hier ist Kate.«

»Hey!« Er schien sich ehrlich zu freuen, von ihr zu hören. »Und, wie ist es gelaufen?«

Kate entspannte sich ein bisschen. Er schien ihren Anruf als normal zu empfinden. »Es ist wirklich gut gegangen. Schnell, aber gut.«

»Dann hast du dir ganz umsonst Sorgen gemacht. Ich wusste, dass du es prima machen würdest.«

»Du kannst leicht reden. Du warst ja auch nicht derjenige, der in einer Fernsehsendung aufgetreten ist, die man im ganzen Land sehen wird.«

Er lachte und Kate wurde klar, dass sie die Wärme seines Lachens vermisst hatte. »Und genau deshalb baue ich Möbel und du gibst Interviews.«

Sie seufzte und wurde nach der Aufregung des Vormittags langsam ruhiger.

»Wo bist du jetzt gerade?«

»Auf dem Rücksitz in einer Limousine.« Der Fahrer fuhr auf die Autobahn und beschleunigte.

»Schau mal einer an, du bist ja etwas ganz Besonderes. Wie war das Hotel?«

»Umwerfend, gemütlich und makellos. Man hätte vom Fußboden essen können.«

»Ich hoffe, du hast dich daran nicht gewöhnt.«

»Keine Angst – ich bereite mich schon auf den Zustand im Haus vor.«

Er lachte wieder und es herrschte eine angenehme Stille, als sich Kate wieder in die Ledersitze schmiegte.

»Mein Flug ist pünktlich. Die Frage ist nur, ob du das auch sein wirst?«, witzelte sie.

»Das wirst du wohl herausfinden müssen«, konterte er.

»Sollte das ein Scherz sein? Es würde eventuell helfen, wenn du eine Armbanduhr tragen würdest, weißt du.«

»Aber wo bliebe dann der Nervenkitzel?«

Kate kicherte. Er war unverbesserlich. »Ich treffe dich dann außerhalb der Gepäckausgabe. Hast du meine Flugnummer?«

»Uh, lass mich mal kurz nachgucken.« Sie hörte ein Knacken, als würde er das Telefon zwischen Ohr und Schulter halten. Wahrscheinlich kramte er durch seine voll gestopfte Geldbörse.

Einige Sachen änderten sich wohl nie. »Hier, ich gebe sie dir noch einmal durch.« Kate sah auf ihre Karte und ratterte die Flugnummer und die Ankunftszeit herunter.

Nachdem sie das Telefongespräch beendet hatten, steckte Kate ihr Ticket wieder in die Jackentasche und sah aus dem Fenster. Palmen und Hochhäuser flogen vorbei. In zwei Wochen würde die Show gesendet werden und die Verkaufszahlen ihres Buches, die schon gut waren, wie *Rosewood* sie unterrichtet hatte, würden vielleicht noch mehr in die Höhe schnellen. Würde sie es in die *New York Times*-Bestseller-Liste schaffen? Sie konnte nur die Daumen drücken. Aber schaden konnte es sicher nicht, dass Dr. Phil den Titel ihres Buches im Fernsehen genannt hatte.

Aber sie konnte die nagende Angst nicht loswerden, dass die nationale Aufmerksamkeit ein größeres Interesse an ihrem Privatleben auslösen würde. Und jetzt, da sie so öffentlich geworden war, was konnte jemanden noch stoppen, der herumwühlen und die Wahrheit herausfinden wollte? Und die Antwort lag bei Bryan und seiner Familie. Oder, noch wahrscheinlicher, bei Stephanie.

Sie stand jetzt im Blickpunkt der Öffentlichkeit und Reporter würden jede Gelegenheit ergreifen, ihren Ruf zu beschmutzen. Und zum ersten Mal fiel ihr auf, dass es nicht nur um ihren Ruf ging. Was würde eine Enthüllung für Lucas und seine Familie bedeuten? Jamie kannte die Wahrheit wahrscheinlich schon, aber der Rest der Familie würde sich verraten fühlen und Lucas müsste den prüfenden Blick und das Misstrauen der Leute in seiner Heimatstadt erleiden.

Was mache ich eigentlich hier?

Es fühlte sich so an, als hätte sie sich letzten Monat jeden Tag diese Frage gestellt. Und die Antwort wusste sie immer noch nicht.

Es gibt Chemie und dann gibt es Chemie. Lassen Sie sich nicht allein von sexueller Anziehung blenden.

– Auszug aus *Wie ich den richtigen Mann finde* von Dr. Kate

Kapitel Siebzehn

»Fertig?« Kate hörte Lucas vom Laden unten rufen.

Sie speicherte ihren Artikel und griff nach ihrer Handtasche. Als sie unten an der Treppe ankam, wartete Lucas schon auf sie, seinen Schlüssel in der Hand.

»Was machst du?«

»Ich bringe dich nach Hause, damit wir die Show zusammen sehen können.«

»Oh.« Dass er die Show sehen wollte, rührte sie an und ihr wurde warm ums Herz. Sie vermied, ihn anzusehen, und glitt an ihm vorbei. »Gut, dann komm, sie beginnt in fünfzehn Minuten.«

Nach einer schnellen Fahrt nach Hause schaltete Kate den Fernseher ein, und Lucas kochte eine Kanne Kaffee. Kates Finger zitterten heftig, als sie auf den Beginn der Sendung wartete.

Es klopfte an der Haustür und Roy steckte seinen Kopf durch die Tür.

»Hallo! Wir sind nicht zu spät, oder?« Er betrat das Wohnzimmer, gefolgt von Susan, Brody und Jamie.

»Ach du liebe Güte, ihr seid ja alle da.« Kate hatte nicht erwartet, dass es solch eine Familienangelegenheit werden sollte.

»Das würden wir um nichts in der Welt verpassen, nicht wahr, Susan? Das ist doch schließlich dein nationales Debüt.«

Alle setzten sich auf das Sofa oder standen dahinter.

»Bist du nervös?«, fragte Jamie.

»Ja, schon ein bisschen«, sagte Kate. »Was ja eigentlich albern ist, da es eine Aufzeichnung ist.«

»Ich bin sicher, dass du es ganz großartig gemacht hast«, sagte Roy. »Ich wette, dein Buch kommt noch in die Bestseller-Liste. Wir haben eine richtige Prominente in unserer Familie.«

Kate schielte zu Jamie hin und fühle sich unbehaglich, als das Wort »Familie« fiel. Jamie holte einen Liebesroman aus ihrer Tasche und legte ihn geöffnet auf die Armlehne des Sofas.

»Will jemand Kaffee?«, fragte Lucas von der Küche aus.

»Klar.« Roy griff nach der Fernbedienung und stellte den Ton lauter.

»Mach den Fernseher leiser, Roy; das ist zu laut«, sagte Susan.

Brody sah auf seine Uhr. »Ihr solltet euch beeilen. Es sind nur noch zwei Minuten. Ab jetzt.«

Kate ließ sich in den Sessel sinken.

»Wann bist du dran?«, fragte Brody.

»Gleich am Anfang – falls sie es so ausstrahlen, wie es aufgezeichnet wurde.«

Kurz darauf reichte Lucas Kate und Roy ihre Kaffeebecher, holte sich dann seine eigene Tasse und setzte sich auf die Armlehne von Kates Sessel. Bo ließ sich auf den Teppich neben Jamie fallen und sie kraulte ihn hinter den Ohren.

»Hey, sein ekeliger gelber Bart ist ja verschwunden.«

Kate hatte gestern Gummihandschuhe angezogen und das Kinn des Hundes geschrubbt. »Ich habe ihn sauber gemacht und ihm danach Speisestärke in das Fell unter seiner Schnauze gerieben.«

Lucas' Lippe zuckte. »Speisestärke?«

»Es ist schon erstaunlich, was man alles bei Google lernen kann.«

Die Melodie der *Dr. Phil Show* erklang. »Seid leise, es geht los.« Roy machte es immer lauter, bis Susan ihn anfunkelte.

Jamie machte ihr Buch zu und lehnte sich nach vorne.

Als sie den Anfang der Show sahen, wurden Kates Hände ganz kalt. Die ganze Familie von Lucas starrte gebannt auf den Fernseher. Nur wegen ihr waren sie gekommen. Wie schnell hatten sie sie in ihre Familie aufgenommen, behandelten sie als eine der ihren. Sogar Susan schien ihr eine Chance geben zu wollen. Sie könnten nicht unterstützender sein, wenn es Lucas wäre, der in der Show auftrat.

Ich bin ein schrecklicher, schrecklicher Mensch.

Dr. Phil stellte Kate vor und ihr Gesicht erschien auf dem Bildschirm.

»Da bist du ja«, sagte Jamie.

»Shhhhhh«, machte Brody.

Es wurde still im Zimmer, als Dr. Phil ihren frisch vermählten Status erwähnte. Kate fühlte, wie sie rot wurde, und Lucas legte seine Hand auf ihre Schulter. Sie nahm einen Schluck Kaffee.

Der Ausschnitt ging weiter, und zwar genau so, wie Kate ihn in Erinnerung hatte. Ihr Make-up, das ihr an jenem Tag zu schwer vorgekommen war, wirkte im Studiolicht natürlich und der Stilist hatte ihre Haare schön frisiert.

Als Dr. Phil den Titel ihres Buches erwähnte und die Titelseite zeigte, drückte Lucas ihre Schulter. Sie hatte gehofft, dass sie es nicht herausschneiden würden.

Der Teil mit Kate endete und es kam eine Werbepause.

»Gut gemacht, Kate«, sagte Roy.

»Das hast du echt gut gemacht«, stimmte Jamie zu. »Wie konntest du nur so ruhig bleiben? Ich wüsste überhaupt nicht, was ich sagen sollte.«

Brody stieß sie mit seinem Ellenbogen an. »Na, das wäre ja das erste Mal.«

Jamie rempelte ihn ebenfalls an.

»Das fällt mir zum Glück leicht«, sagte Kate. »Aber ich war nervös, weil es landesweit ausgestrahlt wurde.«

»Das hat man dir aber gar nicht angesehen«, behauptete Roy.

Das Telefon klingelte und Kate sprang auf. »Das ist sicher mein Verleger.« Sie eilte in die Küche und nahm ab. »Hallo?«

»Hi, ich bin's«

Es war, als würde sich ihr Magen umdrehen. »Bryan«, sagte sie leise und schaute prüfend ins Wohnzimmer, wo Lucas' Familie sich weiter unterhielt. Lucas begegnete ihrem Blick. Kate drehte sich um und ging in Richtung Küchenfenster.

»Du warst fantastisch, Kate«, sagte Bryan. »Ich war so stolz auf dich.«

Was gab ihm das Recht, stolz auf sie zu sein? Es stand ihm nicht zu, diese Worte zu sagen. Er hatte sie nicht auf den Auftritt vorbereitet oder sie zum Flughafen gefahren. *Er ist noch nicht einmal zu unserer Hochzeit gekommen.*

Kate hatte während der Show nicht einmal an Bryan gedacht und hatte nicht damit gerechnet, dass er von der Sendezeit wusste. Außerdem war es während der Arbeitszeit und sie waren doch überhaupt nicht mehr zusammen.

»Du warst noch nicht einmal nervös«, sagte Bryan. »Und wie er für dein Buch die Werbetrommel gerührt hat. Ich wette, dass es jetzt wie eine Rakete abgeht.« Er gab einen vertrauten Pfiff von sich. Das hatte sie ganz vergessen – dieses kleine Pfeifen, wenn er aufgeregt war.

»Das ist auf jeden Fall die Hoffnung.«

Ein langes Schweigen folgte ihren Worten. Kate hörte Unruhe im Wohnzimmer und wusste, dass Lucas' Familie nach Hause ging. Sie sah zum Fenster hinaus. Der Strandhafer auf dem Hügel beugte sich unter dem Wind. Warum hatte Bryan wieder angerufen? Merkte er denn nicht, wie unangenehm es ihr war?

»Ich vermisse dich, Kate.«

Sie biss die Zähne zusammen. »Hör auf damit, Bryan.«

»Aber es ist wahr. Ich vermisse, wie du alles in ordentlichen Stapeln hinterlässt und wie du deine Augen zusammenkneifst, wenn ich etwas Dummes gesagt habe. Ich vermisse, wie du –«

»Hör auf.« Was er sagte, war ihr nicht egal, und das hasste sie. Sie rieb sich die Augen. »Du musst aufhören, mich hier anzurufen.«

»Dein Handy war ausgeschaltet.«

»Das meine ich nicht. Du kannst mich nicht einfach anrufen, wenn du willst.«

Kate hörte hinter sich Schritte, dann klirrte etwas, was in die Spüle gelegt wurde. Sie drehte sich um und sah in Lucas' Augen. Er wusste, dass es Bryan war; das sah sie an seinem Blick. Da war etwas in seinen Augen und es zerriss ihr das Herz. War es Schmerz? Lucas schaute weg, bevor sie noch weiter darüber nachdenken konnte.

»... wo wir uns treffen können«, sagte Bryan gerade.

Was hatte sie nicht gehört? Er wollte sie treffen?

Lucas lehnte sich gegen die Spüle, sah sie an, seine Hände umfassten die Spüle. Seine Haltung sagte: *Sprich, so lange du willst. Ich werde hier nicht weggehen.* Was erwartete er denn von ihr? Sollte sie einfach auflegen? *Es ist nicht meine Schuld, dass er angerufen hat. Ich habe ihn nicht darum gebeten.*

»Was denkst du darüber, Kate?«

Was worüber? Kate konnte nicht mehr klar denken.

»Oder ich könnte zu dir kommen, wenn das einfacher wäre. Es ist mir egal, aber ich will dich sehen. Ich muss bei dir sein. Bitte.« Das letzte Wort hatte er heiser herausgepresst.

Lucas zog eine Augenbraue hoch.

Kates Herz schlug wie ein ängstlicher Vogel und sie wusste nicht genau, warum. Sie fühlte sich in die Enge getrieben. Von beiden. Sie musste hier weg. Weg von Lucas' seltsamem Blick, weg von Bryans emotionalem Bitten.

»Ich kann jetzt nicht sprechen.«

»Ich rufe dich wieder an«, konnte er gerade noch sagen, bevor Kate auflegte. Sie stellte das Telefon auf die Ladestation. Nur einen Schritt von ihr entfernt konnte sie Lucas' Anspannung fühlen.

»Ich gehe spazieren.« Kate fasste nach dem Türknauf und wollte zum Strand hinaus.

»Ich will nicht mehr, dass er hier anruft.« Lucas verschränkte seine Arme vor der Brust, sein rechter Bizeps deutlich sichtbar über seiner linken Faust. Er schaute zur Seite.

»Ich habe es ein bisschen satt, dass mir jeder sagt, was ich im Moment tun soll.« Kate zog an der Tür.

Lucas drückte mit seiner Hand dagegen. »Er hat kein Recht, in meinem Haus anzurufen.«

»In *deinem* Haus? Ich dachte, dass ich auch hier lebe.« Kate drehte sich um und war überrascht, dass Lucas so nah bei ihr stand, sein ausgestreckter Arm nur wenige Zentimeter von ihr entfernt.

»Du weißt, was ich meine.«

Wusste sie das wirklich? War er Besitz ergreifend wegen des Hauses oder wegen ihr? Warum machte es ihm etwas aus, dass Bryan hier anrief? Manchmal dachte sie, da wäre etwas in seinen Augen, aber jetzt meinte sie, es könnte nichts mit ihr zu tun haben. Es ging um Besitz. Bryan und Lucas waren wie zwei Wölfe, die sich um den Kadaver eines anderen Tieres stritten.

Und ich habe es einfach satt, in der Mitte gefangen zu sein.

Sie zog heftig an der Tür, aber er stemmte sich dagegen.

Warum mussten Männer bloß immer alles kontrollieren wollen? »Lass mich gehen.« Wieder zog sie an der Klinke. Die Tür bewegte sich keinen Millimeter. »Lucas! Lass mich –«

»Und was würdest du machen, wenn ich es nicht will?«

Und plötzlich schien die Zeit stillzustehen.

Fast gegen ihren Willen blickte sie ihn an. Und wurde von seinen Augen gehalten. Sie zogen sie hinein, hielten sie gegen ihren Willen fest. Sie beruhigte sich, ihre Wut verschwand und ein neues Gefühl stieg in ihr hoch ... komplizierter ... weniger wünschenswert ...

Und was würdest du machen, wenn ich es nicht will? Was hatte er damit gemeint? Plötzlich musste sie unbedingt wissen, was es bedeutet hatte, sie blickte forschend in sein Gesicht und sah zu, wie seine Augen immer dunkler wurden, bis sie ihr wie Strudel vorkamen, die im Schatten lagen.

Sie vergaß zu atmen.

»Was würdest du machen, wenn ich will, dass du bleibst?« Sein Blick streifte über jede Pore ihres Gesichtes und blieb an ihren Lippen hängen.

»Was ...« Er war ihr so nah, dass sie nicht mehr denken konnte. Sie fühlte seinen Daumen an ihrer Wange, die Berührung war wie ein Hauch und doch wurde ihr überall heiß. Sie zitterte und schloss ihre Augen vor der Welle, die sie innerlich zu überwältigen drohte. Was passierte hier? Das war Lucas, nicht Bryan. Lucas, der sie mit seinem

Mangel an Organisation frustrierte, der sie durch seine Nachlässigkeit verärgerte.

Lucas, der dich in seinen Armen hielt, als du seekrank warst. Lucas, der eingesprungen ist und dich gerettet hat, als du verzweifelt warst.

»Öffne deine Augen, Liebling.«

Ihr Magen zog sich bei dieser liebkosenden Anrede zusammen. Sie war den Emotionen, die in ihr tobten, wehrlos ausgesetzt. Es fühlte sich wunderbar an und schrecklich zugleich, und so, dass sie Angst bekam.

»Lucas.« Es war nicht viel mehr als ein Flüstern.

»Öffne deine Augen«, sagte er. »Schau dir an, was vor dir steht.«

Sie gehorchte seiner Bitte. Was war das für ein Zauber, den er auf sie gelegt hatte? Sie wollte am liebsten tief in seine Augen hineinfallen und sich dort verlieren. Sie wollte seinen Kiefer berühren und die raue Haut unter ihren Fingern spüren.

Aber bevor sie diesem Impuls nachgeben konnte, war Lucas ihr noch näher gekommen. Und seine Lippen berührten ihren Mund, sanft und langsam.

Ohne nachzudenken legte Kate ihre Handfläche auf sein Gesicht. Sie hörte, wie er tief einatmete, dann küsste er sie tiefer, zog sie noch näher an sich heran. Ihr Kopf begann sich zu drehen. Seine Bewegungen waren selbstsicher und langsam, wie alles, was er tat.

Und es war noch nicht einmal ihr erster Kuss. Aber keiner der anderen war so wie dieser gewesen. Hier gab es keinen Fotografen, der ein Bild machen wollte, keine Öffentlichkeit, welche die Gültigkeit ihres Ehegelübdes bewertete, keine Familie, die man überzeugen musste.

Hier waren nur Lucas und Kate. Ganz allein. Und sie entdeckte Gefühle, von deren Existenz sie nichts geahnt hatte.

Nein, das stimmt so nicht.

Vielleicht hatte sie etwas geahnt und es nur nicht wahrhaben wollen. Vielleicht war sie durch die Ablehnung Bryans geblendet gewesen. Aber jetzt konnte sie klarer sehen. Und fühlen. Gefühle, die sie noch nie vorher hatte, noch nicht einmal für Bryan. Die Art, wie Lucas sie alles vergessen machte außer dem Gefühl seiner Lippen. Wie er erreichte, dass sie mehr wollte. Mehr brauchte.

Mehr. Ihre Hand glitt durch seine Haare, legte sich auf seinen Kopf und zog ihn zu sich heran. Er war warm und stark. Und duftete nach Zedernholz und Moschus. Durch und durch ein Mann.

»Katie ...«, flüsterte Lucas auf ihren Lippen.

Sie dachte nicht, sondern fühlte nur. Ihr Bedürfnis trieb sie nach vorne. *Es ist okay, Kate. Du bist verheiratet. Er ist dein Ehemann.* Sie gab sich dem Gedanken hin, ließ sich von ihren Gefühlen leiten.

Aber ... was würde passieren, wenn alles vorbei war?

Gegen ihren Willen regte sich tief in ihr die Vernunft und stellte ihr diese Frage. Kate ignorierte sie und ließ das Gefühl von Lucas' Körper an ihrem alles andere verblassen.

Aber die Stimme wurde lauter und forderte immer eindringlicher Gehör.

Was wird passieren, wenn das Jahr um ist? Warum investierst du dich emotional in eine Beziehung, die nicht auf Dauer angelegt ist?

Und die Beziehung war nur vorübergehend, da ging kein Weg dran vorbei. Trotz des Durcheinanders ihrer Gefühle hatte sie ihren Verstand nicht ganz verloren. Lucas und sie waren einfach zu verschieden – noch unterschiedlicher als ihre eigenen Eltern gewesen waren. Und wie das geendet hatte, war ja bekannt. Niemand wusste besser, wie gering die Chancen waren, wenn zwei sehr unterschiedliche Menschen eine glückliche Ehe führen wollten.

Du musst aufhören. Sofort!

Irgendwie sammelte sie genug Kraft, um sich gegen Lucas' Brust zu stemmen und sie zu trennen. Ihr Atem ging schwer und ihr Herz schlug wild. Aus Lucas' Gesichtsausdruck war zu schließen, dass es ihm ähnlich ging. Sein Gesicht war gerötet, seine Augen glänzten und seine Lippen waren angeschwollen. Sie war versucht, den Schmerz mit ihrem Finger zu lindern.

Hör auf! Du musst aufhören, bevor alles außer Kontrolle gerät. Ihr zwei seid zu verschieden.

Ihre Unterschiedlichkeit konnte niemand übersehen, aber Junge, Junge, die Chemie zwischen ihnen stimmte, daran bestand kein Zweifel. Sie musste flüchten, bevor sie ihre Entschlossenheit ganz verlieren würde.

Sie griff nach dem Türgriff und zog.

»Läufst du weg, Kate?« Seine Stimme klang herausfordernd, heiser und außer Atem.

Sie ignorierte seine Worte, schloss die Tür hinter sich und lief Richtung Strand. Ja, sie rannte. Und hatte kein Wort herausgebracht aus Angst, zu viel von sich preiszugeben.

Als ob das, was sie gerade getan hatte, nicht schon viel zu viel von ihr offenbart hatte.

Ehrlichkeit muss immer bei einem selbst beginnen.

– Auszug aus *Wie ich den richtigen Mann finde* von Dr. Kate

Kapitel Achtzehn

Lucas schlug mit seiner Faust auf die Arbeitsplatte. Er hatte es nicht geschafft, Kates Augen zu öffnen. Stattdessen hatte er sie von sich gestoßen. Als er ihr nachsah, wie sie über das Gras zum Strand hinüberlief, hatte er mit einem Mal Angst, dass er sie für immer verloren hatte.

Er schlug noch einmal zu und schüttelte dann seine schmerzende Hand aus. Bo stupste mit seiner feuchten Nase gegen sein Bein. »Nein, jetzt nicht, alter Junge.«

Warum war er so schnell gewesen? Er hatte sie eigentlich nur ganz leicht küssen wollen, um ihr zu zeigen, was er fühlte. Aber dann hatte sie mit ihrer Hand in seine Haare gegriffen und sich an ihn gepresst.

Jetzt war es seine eigene Hand, die durch sein Haar fuhr. Der Zeitpunkt hätte gar nicht miserabler sein können. Gerade erst hatte sie mit Bryan telefoniert, hatte wahrscheinlich die ganze Zeit an ihn gedacht. Es war noch längst nicht aus zwischen ihnen, so viel hatte er begriffen.

Es ist noch nicht der richtige Zeitpunkt, ihr deine Gefühle zu zeigen.

Aber sie hatte seine Gefühle auf eine Art erwidert –

Sie hat an Bryan gedacht. Und gewünscht, dass sie ihn geheiratet hätte.

Lucas verließ die Küche und schritt einmal quer durch das Wohnzimmer, als könnte er sich dadurch von diesem Gedanken distanzieren. Aber Kate war nicht mit Bryan verheiratet.

Sie ist meine Frau ... Jawohl. Vorübergehend. Nur auf dem Papier.

Du hast den Bedingungen zugestimmt, Luc, also hör auf herumzujammern.

Aber er hatte nicht gewusst, dass es so schwer werden würde. Hatte nicht damit gerechnet, dass er sie noch mehr begehren würde. Hatte nicht erwartet, dass es so weh tun würde.

Er ließ sich in den Fernsehsessel fallen und legte seinen Kopf auf das Kissen. Was dachte Kate wohl in diesem Moment? Würde sie eine Entschuldigung erwarten, wenn sie zurückkam?

Nun, die würde sie nicht bekommen. Es tat ihm nicht leid, auch wenn sie an ihren idiotischen Ex-Verlobten gedacht hatte, während er sie küsste.

Ich habe ihr nur meine Gefühle gezeigt. Und das ist nichts, wofür ich mich schämen muss.

Aber wenn dem so war, warum fühlte es sich dann so an, als hätte jemand einen Seemannsknoten in seinen Magen gemacht?

Als Kate zurückkam, war das Haus leer. Lucas' Wagen war weg, was bedeutete, dass er zu seinem Laden gefahren sein musste. Kate war erleichtert, aber ihr graute vor der Konfrontation, die früher oder später kommen musste. Sie begann, das Abendessen zu kochen.

Ihr Spaziergang hatte geholfen, den Kopf frei zu bekommen. Offensichtlich hatte Lucas Gefühle für sie und Kate gab zu, dass sie ihn auch mochte.

Mochte? Du konntest vorhin nicht genug von ihm bekommen, Mädchen.

Sie leerte eine Packung Hackfleisch in die Pfanne, warf die Verpackung in den Mülleimer und wusch sich die Hände. Okay, vielleicht empfand sie wirklich etwas für ihn. Sie musste den Rat beherzigen, den sie in ihrem Buch gegeben hatte. »Wenn Sie erkannt haben, dass ein Mann nicht gut zu Ihnen passt, sollten Sie die Beziehung unbedingt beenden, bevor Sie sich emotional binden.«

Nun, die Ehe konnte sie nicht beenden, aber sie konnte die Beziehung wieder auf die richtige Spur bringen. Sie waren Freunde. Nur – Zimmergenossen. Das war alles. Je schneller Lucas das begriff, desto rascher konnten sie diese unangenehme und peinliche Episode hinter sich lassen.

Bo saß an der Hintertür und hatte seinen großen Kopf in ihre Richtung gedreht. Sie ließ ihn nach draußen und behielt ihn durch das Fenster im Auge, während sie kochte. Der Duft des Essens trieb ihn bald wieder ins Haus zurück.

Die scharfe Tomatensauce war heiß und köchelte vor sich hin, als sie hörte, wie die Haustür geöffnet wurde und mit einem Klicken wieder zufiel. Kate stellte den Herd runter und rührte das Fleisch um, das in der Pfanne brutzelte. Würde Lucas zu ihr kommen oder duschen gehen? Sie hasste dieses Gefühl der Unklarheit, der Befangenheit. Sie wollte nicht in ihrem eigenen Heim wie auf Eierschalen laufen müssen. Sie wollte, dass alles wieder so war wie vorher.

Lucas kam in die Küche. Kate verrührte noch einmal das Fleisch und drehte sich dann um. Es war wohl das Beste, es gleich hinter sich zu bringen.

»Wegen vorhin«, begann sie und wusste dann nicht, was sie als

Nächstes sagen sollte. Warum hatte sie sich nichts zurechtgelegt? *Denk nach!*

Lucas nahm sich eine Limo und schüttelte dann kaum merklich den Kopf. »Nicht nötig.«

Er kam näher und Kate drückte sich nach hinten an den Herd. Der Metallgriff bohrte sich in ihren Rücken. Aber Lucas wollte nur zum Küchenschrank. Kate drehte sich wieder um.

Er nahm zwei Teller heraus und machte die Schranktür zu. »Es war ein Fehler«, sagte er, als er sich von ihr entfernte.

Kate hörte, dass er die Teller auf den Tisch stellte. *Ein Fehler?*

Ja und, was hast du denn sonst erwartet?

Das wusste sie auch nicht, aber ganz sicher nicht diese Bemerkung. Vielleicht hatte sie gedacht, dass er ihr seine Gefühle eingestehen würde. Aber vielleicht ging es hier um seine Sehnsucht nach Emily. Vielleicht sehnte er sich nach der Vertrautheit, die sie in ihrer Ehe gehabt hatten.

»Lass uns einfach vergessen, was passiert ist.« Seine Worte durchkreuzten ihre Gedanken.

Lass uns einfach vergessen, was passiert ist? Vergessen, wie du mich geküsst hast, wie du mich berührt hast? Vergessen, wie sich dein Körper an meinem angefühlt hat? Sie fragte sich, ob das überhaupt möglich war. »In Ordnung.«

Das Abendessen bestand aus Tacos, sich ausweichenden Blicken und künstlicher Konversation. Als Susan vorbeikam und Kate zu einem Spaziergang einlud, war sie sofort bereit dazu. Denn obwohl sie Lucas zugestimmt hatte, schien es ihr nicht möglich zu sein, die Erinnerung an seinen Kuss aus ihrem Gedächtnis zu verbannen.

Kate fühlte sich warm und geborgen wie in einem Kokon, als sie langsam aus dem Schlaf ins Bewusstsein hinüberdämmerte. Sie hielt ihre Augen weiter geschlossen und hoffte, dass sie wieder einschlafen würde. Die Bettdecke hatte sich zu einem weichen Knoten um ihre Beine gewickelt, aber sie wurde von einem großen Kissen gewärmt, das sich an ihren Bauch schmiegte.

Das verwunderte sie etwas, da sich ihr Kissen ja unter ihrem Kopf befand. Kate wurde wacher und öffnete ihre Augen. Sie konnte kaum etwas sehen, da nur das schwache Mondlicht durch die Vorhänge fiel. Aber viel wichtiger war, dass ihre Arme und ihr Gesicht nicht mit einem Kissen in Berührung waren, sondern mit der Weichheit eines menschlichen Körpers. Ihr Arm lag über Lucas' Körpermitte geschlungen, ihr Körper lag eng an ihn gepresst und ihr Gesicht ruhte auf seinem Rücken. Ihre Schenkel drückten sich an die Rückseite von seinen.

Sie wollte gerade mit einem schnellen Ruck ihre Lage verändern, da hielt sie inne. Vielleicht schlief er ja – und hatte keine Ahnung, dass sie an ihm hing wie eine Muschel an einem Fischerboot. Eine plötzliche Bewegung könnte ihn aufwecken. Aber wenn sie sich langsam von ihm befreien würde, würde er eventuell nie davon erfahren. *O bitte, hoffentlich schläft er.*

Sie lag einen Moment still und hörte seinem Atmen zu. Er schnarchte zwar nicht, aber das musste nicht bedeuten, dass er nicht schlief. Er atmete tief und regelmäßig, ein gutes Zeichen.

Wie war sie überhaupt auf seine Seite des Bettes gelangt? Hatte ihr Kuss sie bis in die Träume verfolgt? Und wo war bloß ihre Decke, die sie als Barriere zusammengerollt in der Mitte liegen hatte? So wie die Bettdecke sich um ihre Beine gewickelt hatte, musste entweder sie oder Lucas einen äußerst unruhigen Schlaf gehabt haben.

Okay, der Ablöseprozess kann beginnen.

Vorsichtig nahm sie ihre Hand weg, die auf seinem Bauch gelegen hatte. Zentimeter für Zentimeter hob sie ihren Arm, bis er nicht mehr in Kontakt mit Lucas war. Als Nächstes hob sie ihren Kopf und entfernte ihr Gesicht von seinem warmen, harten Rücken.

So weit, so gut.

Das Einzige, was jetzt noch mit ihm ihn Berührung war, war ... nun, der Rest ihres Körpers. Ihre Beine prickelten, so sehr waren sie sich seines Körpers bewusst.

Hör auf damit! Meine Güte, was ist nur in mich gefahren?

Sie verlagerte ihr Gewicht auf ihren Ellenbogen und hielt den Atem an, als sie sich langsam von ihm löste.

Da bewegte sich Lucas und drehte sich um, lag nun auf seinem Rücken. Kate erstarrte über ihm. Seine Seite drückte sich jetzt an ihre und sein Gesicht war nur Zentimeter entfernt. Glücklicherweise waren seine Augen immer noch geschlossen. Sie lag ganz still und wagte kaum zu atmen. Sie hatte den Eindruck, als würde ihr Herzschlag das ganze Bett zum Schaukeln bringen.

Sie schielte zu seiner Uhr hinüber. Es war später, als sie gedacht hatte. In drei Minuten würde der Wecker klingeln. Sie musste sich beeilen.

Kate rutschte von ihm weg, kam aber nur einige Zentimeter weit, denn das Oberteil ihres Schlafanzuges steckte fest. Lucas hatte sich beim Umdrehen darauf gelegt.

Kate knirschte mit den Zähnen, umfasste den Stoff und zog vorsichtig daran. Dabei ließ sie Lucas' Gesicht nicht aus den Augen und suchte nach Anzeichen, dass er wach wurde. Aber der Stoff ließ sich ohne weiteren Zwischenfall befreien und sie seufzte leise vor Erleichterung auf. Vorsichtig, damit das Bett sich nicht zu sehr bewegte, stemmte sie sich mithilfe ihrer Füße und Ellenbogen hoch und rutschte mit der Hüfte von Lucas weg.

Als sie endlich auf ihrer eigenen Bettseite lag, rollte sie sich auf den Rücken und atmete zitternd aus. Ihr Herz, das schneller schlug, als Kate sich jemals vorher erinnern konnte, schien wirklich das Bett zum Erzittern zu bringen. Dem Himmel sei Dank, dass Lucas die ganze Zeit geschlafen hatte. Sie wagte sich nicht auszumalen, was er sagen würde, wenn er wüsste, dass sie sich so an ihn geschmiegt hatte.

»Wenn du das nächste Mal kuscheln willst, dann sag es einfach.«

Der Schreck, eine Stimme von der anderen Bettseite zu hören, ließ Kate das Blut in den Adern gefrieren. Dann dämmerte ihr langsam die Bedeutung seiner Worte. Er lag vollkommen bewegungslos, sein Atem ging tief und gleichmäßig. *Dieser Mistkerl!* Er war die ganze Zeit wach gewesen und hatte sie leiden lassen.

Mit einem Ruck riss sie das Kissen unter ihrem Kopf weg und schleuderte es in seine Richtung. Aber die einzige Reaktion, die sie darauf bekam, war sein unausstehliches Lachen.

Angst und sein naher Verwandter, die Eifersucht, können eine Beziehung mehr als alle anderen Faktoren zerstören.

– Auszug aus *Wie ich den richtigen Mann finde* von Dr. Kate

Kapitel Neunzehn

Das Haus der Wrights brummte vor Geschäftigkeit, als Kate und Lucas am folgenden Samstag ankamen.

»Kommt rein, Kinder!«, rief Roy ihnen zu, als er gerade Gläser mit Eiswürfeln füllte. Er wollte noch etwas anderes sagen, aber Susan stellte einen ziemlich lauten Mixer an und bearbeitete damit einen Topf mit dampfenden Kartoffeln. Obwohl im angrenzenden Zimmer der Fernseher lärmte, hatte Jamie es sich in einem großen Sessel bequem gemacht und las ein Buch.

Lucas und Kate begrüßten alle; danach führte Roy Lucas in die Garage, um ihm den neuen Rasenmäher zu zeigen, den er sich gekauft hatte. Als Susan den Mixer ausstellte, herrschte in der Küche erst einmal Schweigen.

»Kann ich dir irgendwie helfen?«, fragte Kate.

»Nein, vielen Dank.«

Kate wollte etwas sagen, aber es fiel ihr nichts ein. Es war einfacher, wenn sie zusammen liefen; da fühlte sie sich nicht so unter Druck, die Pausen zu füllen. Zum hundertsten Mal spielte sie mit dem Gedanken, das Thema von Susan und ihrer eigenen Mutter anzusprechen. Würde es die Luft zwischen ihnen bereinigen, wenn sie sich für ihre Mutter entschuldigen würde? Würde es die Tür öffnen, sodass Susan sich endlich Kate mit ihren Eheproblemen anvertrauen würde? Oder würde es Susan nur wütend machen, dass Lucas Kate davon erzählt hatte?

Sie formulierte ihre Worte im Kopf, als Lucas und Roy hereinkamen. »Du kannst ihn dir jederzeit ausleihen«, sagte Roy zu Lucas, als er eine Kanne Tee aus dem Kühlschrank nahm.

Na schön, dann musste das Thema eben noch eine Weile warten. »Ist Brody auch da?«

»Er ist schon oben«, antwortete Roy.

»Ich denke, dass ich ihm Gesellschaft leiste, wenn ihr mich hier nicht braucht«, sagte Kate.

Roy scheuchte sie aus der Küche und Kate stieg die beiden Treppen hinauf. Ihr graute davor, oben auf dem Dach zu sitzen, aber gleichzeitig wollte sie gerne mit Brody reden. Seitdem er in ihrem Büro gewesen war, hatten sie keine Gelegenheit mehr gehabt, über den Wechsel seiner Hauptfächer zu sprechen.

Sie fand Brody, der sich gerade hoch über der Landschaft an das Geländer der Dachterrasse lehnte. Er begrüßte sie, als sie rasch auf ihren Stuhl neben dem Schornstein schlüpfte.

»Schöner Tag heute, was?«

Kate zwang ihre Augen, auf Brody zu blicken. Das Blau des Himmels verschwamm mit der Weite des Ozeans, dessen unendliche Größe nur unterbrochen wurde von den farbenfrohen Punkten der Segelboote. Die Sonne brannte heiß und der Wind wühlte das Wasser zu Wellen auf. Kates Fäuste umklammerten noch fester die Armlehnen, deren Kanten in ihre Handflächen schnitten.

»Sehr schön.« Sie zog ihre Füße unter den Stuhl. Warum wurde es nicht leichter, sich ihrer Höhenangst zu stellen? Sie hatte gedacht, dass sie ihre Angst überwinden würde, wenn sie jede Woche hier nach oben käme.

Ihre Gedanken gingen zurück zum ersten Mal, als sie diese Angst gespürt hatte. Ironischerweise hatte sie damals nicht um ihr eigenes Leben Angst gehabt. Ihre Mutter, bis an den Rand gefüllt mit Alkohol, war aus ihrem Schlafzimmerfenster auf das schräge Dach der Veranda gestiegen. Kate war von einer Freundin nach Hause gekommen und hatte gesehen, wie ihre Mutter am Rand des Daches herumtaumelte.

»Mom, nicht bewegen!« Kate rannte die Treppe hoch, den kurzen, schmalen Flur hinunter und in das Zimmer ihrer Mutter. Das Holzfenster war hochgeschoben und die Vorhänge wehten im abendlichen Wind.

»Mom, komm hierher.« Kate kletterte aus dem Fenster und ging langsam das Dach hinunter. Die Bluse ihrer Mutter flatterte im Wind und einen Moment lang hatte Kate gedacht, dass der nächste Windstoß ihre Mutter vom Dach fegen würde. Sie nahm ihre Mutter an der Hand. »Komm, Mama.«

Kate hatte nicht realisiert, wie groß ihre Angst gewesen war. Erst, als sie sicher im Haus angekommen waren, nahm sie ihr Herz wahr, das so schnell schlug, als würde es aus der Brust springen wollen.

Sogar jetzt, als sie sich an all das erinnerte, hatte sich ihr Herzschlag erhöht. Und von diesem Tag an hatte Kate Höhenangst gehabt.

Das ist auch nicht sehr hilfreich. Ich muss mich auf etwas anderes konzentrieren.

Brody verlagerte sein Gewicht etwas, erregte Kates Aufmerksamkeit und sie erinnerte sich an den Grund, warum sie überhaupt hierhergekommen war. »Ich habe immer wieder mal darüber nachgedacht, wie es bei dir beruflich weitergehen könnte. Bist du irgendwie damit weitergekommen?«

Brody lehnte sich mit dem ganzen Körper gegen das Geländer. Wusste er denn nicht, dass es nachgeben konnte? Und wenn es das täte, würde er zwei Stockwerke in den Tod stürzen. Okay, vielleicht würde er sich auch nur das Bein brechen, aber immerhin. Kates Handflächen wurden feuchtkalt; allein schon der bloße Gedanke daran verursachte ihr Übelkeit.

»Ich denke an nichts anderes mehr«, sagte Brody. »Das heißt, außer natürlich an Mädchen.« Er grinste kurz und auf seinem Gesicht erschien ein Grübchen, das Kate vorher noch nicht bemerkt hatte.

Sie erinnerte sich noch gut an die Leidenschaft in seiner Stimme, als er davon gesprochen hatte, wie er seinem kleinen Freund Nachhilfe gab. Die Frage war, warum hatte er seine Hauptfächer gewechselt? Was hielt ihn zurück?

»Wenn ich an die Zukunft denke«, fuhr er fort, »dann kann ich mir gut vorstellen, in der Mittelstufe zu unterrichten. Aber –«

Kate wartete, bis er zu Ende sprach, konnte ihn aber dabei nicht weiter ansehen; die Vorstellung, dass das Geländer nachgeben könnte, war einfach zu viel für sie. Sie beobachtete stattdessen, wie ihr ovaler Daumennagel die eckige Kante der Armlehne nachfuhr.

»Ich weiß nicht mehr. Ich hatte einen Grund für den Wechsel, aber er fällt mir irgendwie nicht mehr ein.«

»Du hast doch zuerst zur Kunst gewechselt, oder?«

Der Wind zerzauste sein Haar und er schüttelte es aus seinen Augen. »Genau. War ein blöder Schritt.«

Kate schüttelte ihren Kopf. »Es gibt für jede unserer Entscheidungen einen Grund. Manchmal muss man nur ziemlich tief graben, bis man ihn findet.«

Langsam begann sie zu verstehen, was sein Grund gewesen war.

Sie lehnte sich zurück und dabei bewegte sich ihr Stuhl, dessen Beine nicht ganz gerade waren, einige Zentimeter. Kate saß wie versteinert und klammerte sich an der Tischkante fest. Sie hielt den Atem an und ihre Haut prickelte, als das Adrenalin durch ihren Körper schoss.

Als sie wieder aufschauen konnte, sah sie, dass Brody sie genau betrachtete. »Was ist los?«

Kate zwang ihre Finger loszulassen und schlug ihre Beine übereinander. »Der Stuhl hat geschwankt und ich musste mich etwas festhalten, das war alles.«

Brody neigte seinen Kopf etwas zur Seite. »Du sitzt immer mit dem Rücken zur Wand und du läufst hier oben nie herum.« Er zeigte mit seinem Finger auf sie. »Du hast Höhenangst, nicht wahr?«

Kate lachte trocken. »Ich habe weniger vor der Höhe Angst als vielmehr davor, in die Tiefe zu stürzen.«

Brody setzte sich zu ihr an den Tisch. »Das hättest du sagen sollen. Wir können doch auch unten essen.«

Sie zuckte die Schultern. »Ich will aber die Tradition nicht brechen. Außerdem will ich nicht, dass eine Angst mein Leben bestimmt. Wenn ich einmal in der Woche in diese luftigen Höhen marschiere, dann ist es ein bisschen so, als würde ich meiner Angst sagen, dass wir einen Spaziergang machen.«

Brody lachte und als er das tat, kam Kate ein Gedanke. Angst war der größte Motivator, von einem eingeschlagenen Kurs abzukommen. Wie viele Leute hatte sie schon in der Beratung gehabt, deren Angst vor Bindung nicht zuließ, dass sie gerade das erlebten, wonach sie sich so sehr sehnten?

Sie lehnte sich wieder zurück. »Vielleicht bist du ja ein bisschen so wie ich.«

»Was, ich? Höhenangst? Absolut nicht. Ich bin schon oft Fallschirmsegeln gegangen und habe sogar ein paar Mal Drachenfliegen gemacht. Erzähl so etwas bloß nicht Mom und Dad. Die würden ausflippen.«

Kate schüttelte den Kopf und war sich sicher, dass sie auf der richtigen Spur war. »Nein. Aber Angst davor zu fallen, zu stürzen.« Sie beobachtete ihn und wartete, bis er die Puzzleteile zusammengesetzt hatte.

Er lehnte den Kopf nach hinten und kniff seine Augen zusammen. »Du denkst also, dass ich Angst habe zu versagen.«

Er wirkte verletzt und Kate befürchtete, dass sie ihre Grenzen überschritten hatte. »Nur du kennst die Antwort.« Sie lächelte, um ihre Worte etwas zu mildern. »Ich wollte dir nur etwas zum Nachdenken geben.«

Aber es machte Sinn. Natürlich war es auch möglich, dass er sein Fach gewechselt hatte, weil er in vielen Dingen gut war und sich einfach nicht entscheiden konnte. Aber wenn man seine Leidenschaft für das Unterrichten mit einbezog, dann machte die Angst vor dem Versagen Sinn. Und er wäre dabei nicht der Erste.

Das Geräusch von Schritten auf der Treppe warnte sie, dass der Rest der Familie im Anmarsch war, und so wurde das Thema erst einmal vertagt.

Kate war gerade dabei, allein im »Even Keel« zu essen, als ihr Agent Ronald sie anrief und mit großartigen Nachrichten überraschte. Die Zeitschrift *Glamour* wollte einmal monatlich eine »Dr. Kate«-Kolumne von ihr bringen. Anscheinend hatten sich die Zuständigen die *Dr.*

Phil Show angesehen und sich nach ihrem beruflichen Werdegang erkundigt. Neben ihr war noch eine andere Person in der Diskussion gewesen, aber man hatte sich für Kate entschieden.

Kate bezahlte ihre Rechnung und eilte zurück zum Laden. Sie hoffte, dass Lucas da wäre, damit sie die gute Nachricht mit ihm teilen konnte. Eigentlich hatten sie auch zusammen essen wollen, aber er hatte wegen eines Termins abgesagt.

Aber was Kate sah, als sie sich dem Laden näherte, verdrängte die Neuigkeiten und ließ sie mitten auf dem Bürgersteig anhalten. Der Mann hinter ihr konnte nicht ebenso schnell anhalten und trat gegen ihre guten Schuhe.

»Entschuldigen Sie«, murmelte Kate, als der Tourist mit bösem Blick an ihr vorüberging und einen Golden Retriever an einer Leine hinter sich herzog. Sie trat beiseite und näherte sich jetzt dem Souvenirladen. So war sie den Fußgängern nicht mehr im Wege und konnte sich noch einmal die Szene ansehen, die sie so unvermittelt hatte anhalten lassen.

Lucas half gerade einer Frau aus einem silberfarbenen Wagen. Die Frau stieg aufreizend langsam aus dem kleinen Auto aus und Kate erkannte ihre langen, kastanienbraunen Haare. Lucas schloss die Wagentür und folgte der Frau in Richtung Laden.

Es war dieselbe Frau, die Kate zusammen mit ihm gesehen hatte, als Brody etwa vor einem Monat zu ihr ins Büro gekommen war. Hatte Lucas ihretwegen das Essen abgesagt? Hatten er und die Rothaarige zusammen gegessen?

Etwas in ihrem Bauch zog sich zusammen, so wie einen Spüllappen, den man fest auswringt.

Sei nicht albern. Sie ist wahrscheinlich nur eine Freundin. Oder er hat rein geschäftlich mit ihr zu tun.

Aus der Entfernung konnte sie erkennen, wie Lucas der Frau die Ladentür aufhielt. Sie drehte sich zu ihm um und lachte über etwas, das er gesagt hatte. Dabei legte sie den Kopf etwas zur Seite.

Kate spitzte ihre Lippen. Die Art, wie die Frau Lucas ansah, mochte sie ganz und gar nicht. Und ihre eigene Reaktion darauf mochte sie noch weniger.

Ich bin nicht eifersüchtig. Kate schaute weg und sah sich die Touristen und Einheimischen an, die an ihr vorbeigingen. Was würden die Leute denken, wenn sie Lucas und die Rothaarige zusammen beim Essen sahen? Besonders wenn die Frau an ihm hing, wie sie es getan hatte, als Kate sie zum ersten Mal zusammen sah. Lucas war mit *ihr* verheiratet, mit Dr. Kate, und sie konnte es unmöglich zulassen, dass die Leute annahmen, dass er einer anderen den Hof machte und sie zum Essen ausführte. Sie hatten sich so bemüht, ihre Ehe glaubhaft wirken zu lassen. Sie konnte es nicht fassen, dass er so nachlässig geworden war.

Ein vorbeilaufender Hund stieß gegen ihr Bein und Kate stellte sich aufrechter hin. Heute Abend würde sie mit ihm ein Wörtchen zu reden haben.

Aber dann wird er denken, dass du eifersüchtig bist.

Nicht, wenn ich geschickt bin.

Kate schwang sich ihre Handtasche über die Schulter und setzte ihre Füße in Bewegung. Ihr Zorn wurde mit jedem Schritt größer. Hatte Lucas vergessen, dass sie einen Ruf hatte, den es zu schützen galt? War es ihm egal, wie es aussah, wenn er vor den Augen der ganzen Insel um eine andere Frau herumscharwenzelte?

Sie setzte eine ruhige Miene auf, bevor sie den Laden betrat. Die Glocke schlug gegen die Glastür. Sanfte Musik begrüßte sie und die

Kühle der klimatisierten Luft wirkte auf ihre erhitzte Haut beruhigend. Aber auf der gesamten Ladenfläche war keine Spur von Lucas oder der Rothaarigen zu sehen.

»Hattest du ein gutes Mittagessen, Kate?«, rief Ethan ihr von seinem Platz hinter dem mahagonifarbenen Tisch zu. Dann schob er seine Brille nach oben.

»Jawohl, sehr gut.« Auf der ersten Treppenstufe nach oben zögerte sie. »Ist Lucas da?«

»Der ist hinten.« Ethan beugte sich wieder über seine Papiere.

Hinter ihr betrat ein Kunde den Laden und Ethan stand auf.

Kate begann, die Treppe hochzusteigen. »Danke. Ich werde ... später mit ihm sprechen.«

Warum nimmt er die Rothaarige mit in die Werkstatt? Da waren nur einige Möbelstücke, an denen er gerade arbeitete, und jede Menge Werkzeuge.

Ihre Absätze klackerten auf der Holztreppe. Oben angekommen, hängte sie ihre Handtasche an die Garderobe und setzte sich an ihren Schreibtisch. Ethan hatte nicht so ausgesehen, als ob etwas im Busch wäre. Er würde es wissen, wenn zwischen Lucas und der Rothaarigen etwas liefe. Kates Fantasie lief Amok.

Los, Kate, mach dich wieder an deine Arbeit. Sie bewegte die Computermaus, der Bildschirmschoner verschwand und der Artikel, an dem sie bis zum Mittagessen gearbeitet hatte, erschien. Sie hatte den Brief schon gekürzt und musste nun eine Antwort an die Dame formulieren, die der Verzweiflung nahe schien, weil sie keinen geeigneten Gatten in Albany finden konnte.

Kate verfasste einen Antwortbrief und überarbeitete ihn beim erneuten Durchlesen. Der zweite Brief, den sie ausgewählt hatte, war schon ziemlich kurz, aber sie kürzte ihn beim Überarbeiten noch weiter und tippte ihn in dasselbe Dokument. Danach formulierte sie ihre Antwort. Als sie mit dem Artikel fertig war, stand sie auf und streckte sich. Aus eigenem Antrieb trugen sie ihre Füße zum Fenster, das auf die Straße blickte.

Unter ihr auf dem Parkplatz vor dem Laden stand der silberne Wagen. Ihr Herz zog sich zusammen. Sie blickte auf ihre Armbanduhr. Eine Stunde war vergangen. Was machten Lucas und diese Frau nur unten in der Werkstatt. Was, wenn sie ...?

Was, wenn Lucas sich schon mit der Rothaarigen getroffen hatte, bevor er mit Kate verheiratet war? War es möglich, dass er heimlich eine Affäre hatte? Liebte er diese Frau vielleicht?

Eine gähnende Leere breitete sich in ihr aus.

Was kümmert es mich? Unsere Ehe existiert doch nur auf dem Papier. In weniger als zehn Monaten sind wir schon wieder geschieden.

Aber da drängte sich die Erinnerung an ihren Kuss an die Oberfläche ihres Bewusstseins.

Zwischen uns ist mehr als nur eine vertragliche Vereinbarung.

Dieses Eingeständnis erfreute und bestürzte sie gleichzeitig. Sie war erleichtert, sich endlich eingestanden zu haben, dass sie echte Gefühle für Lucas hatte, die wie hartnäckiges Unkraut in einem sorgfältig gepflegten Garten wucherten. Aber genau wie dieses Unkraut waren auch diese Gefühle unerwünscht. Sie gehörten hier nicht her, ihre Existenz war eine Behinderung.

Kates Blick konzentrierte sich auf den silbernen Wagen und sie kaute auf dem zarten Fleisch im Inneren ihres Mundes herum. Warum in aller Welt war die Frau so lange dort unten? Waren die beiden immer noch in der Werkstatt? Vielleicht wäre es nicht schlecht, wenn Kate unter einem Vorwand mal nachsehen würde, was die beiden machten.

Aber welchen Grund könnte sie angeben, um nach unten zu gehen? Ihr Kopf war ganz leer, wie ein leerer Bildschirm. Sie konnte sogar fast den dünnen Cursor sehen, der auf der weißen Fläche blinkte und sie neckte.

Es würde auffallen, wenn sie jetzt nach unten ginge. Sie hatte Lucas noch nie bei seiner Arbeit gestört. Und sie wollte um jeden Preis vermeiden, dass er Grund zur Annahme hatte, dass sie neugierig auf die Rothaarige war. Oder noch schlimmer, eifersüchtig.

Wenn sie doch nur hören könnte, was die beiden miteinander redeten. Dann wüsste sie definitiv, ob –

Da fiel ihr etwas ein. Die Lüftungsschächte. Kate ging durch den Raum zu ihrer alten Wohnung. Der Teppich dämpfte das Klackern ihrer Absätze. Der Lärm der Werkstatt wurde durch die Heizungsrohre in ihr altes Wohnzimmer übertragen. Sie dachte an all die Nächte, in denen sie Lucas' Schleifmaschine gehört hatte, deren Kreischen zu ihr durch die Luftschächte gedrungen war. An manchen Abenden, wenn sie nur ihre Ruhe wollte, nachdem sie den ganzen Tag den Problemen anderer Leute zugehört hatte, hatte sie ernsthaft erwogen, ihn zu erwürgen.

Sie begab sich zum Lüftungsschacht, der in die Rückwand des Gebäudes eingebaut war. Dort zog sie ihre Schuhe aus und hockte sich hin. Sie horchte. Waren sie immer noch in der Werkstatt oder waren sie zurück in den Laden gegangen? Sie balancierte auf den Fersen ihrer bestrumpften Füße, hielt sich mit einer Hand an der Wand fest und verharrte so.

Da waren Stimmen, aber so leise, dass sie sie kaum hören konnte. Sie hörte die tiefen Töne von Lucas' Stimme, konnte aber keine Worte verstehen. War das jetzt nicht eine Frauenstimme? Sie war sich nicht sicher. Sie kniete neben dem Lüftungsschacht und lehnte sich weiter nach vorne. Sie presste ihre Handflächen auf den staubigen Fußboden. Jetzt hörte sie nichts mehr, nur noch Stille.

Nein, da war sie wieder, die Stimme der Frau, aber zu leise, als dass man sie verstehen konnte.

Sie musste noch näher herankommen. Vielleicht konnte sie dann verstehen, was die beiden zueinander sagten.

Kate blickte an ihrem Anzug herunter und wog den schmutzigen Holzboden gegen die Vorstellung ab, ihre Neugier nicht befriedigt zu sehen. Dann ließ sie sich mit einem Seufzer auf den Boden nieder und legte sich bäuchlings hin. Ihr Anzug musste nach dieser Aktion dringend in die Reinigung, so viel war schon mal sicher. Als sie den Kopf beugte, klirrte ihr schwerer Metallohrring gegen das Gitter des Luftschachtes. Kate stand auf, nahm den Ohrring ab und legte ihr Ohr dann wieder an die kühle Metalloberfläche.

Da war ein schabendes Geräusch, so, als ob ein Stuhl auf dem Zementboden geschoben wurde. Lucas sagte gerade etwas. Kate hielt den Atem an.

» ... das ist, was ich mir vorgestellt hatte.«

Die Rothaarige sagte etwas, aber Kate konnte es nicht verstehen. *Sprich lauter, mach schon.*

Es war wieder still und Kate wagte nicht einmal zu schlucken, aus lauter Angst, etwas zu verpassen.

»Was denken Sie ...« Der Rest von Lucas' Worten war zu dumpf, als ob er sich weggedreht hätte. Kate hörte ein Knarren und wusste, dass er sich an seinen alten Metallschreibtisch gelehnt hatte.

» ... gefällt die Art ... sehr schön ...« Sogar der durch den Schacht gedämpfte Ton der Frau missfiel Kate.

Das Geräusch klackernder Absätze drang an Kates Ohr. Ging die

Frau jetzt auf Lucas zu? Oder von ihm weg? Sie konnte seine Schritte nicht hören, weil seine Sandalen eine weiche Sohle hatten.

Und dann war nur noch Stille von unten zu hören. Das Schweigen ließ Kates Nerven zum Zerreißen anspannen. Was machten die beiden dort unten? Ihre Fantasie schloss die Informationslücke. Sie stellte sich vor, wie die Rothaarige sich Lucas näherte, dicht an ihn herantrat und ihre langen, schlanken Finger um seinen Nacken legte. Legte er in diesem Moment seine Arme um den Körper der anderen? Küsste er sie so, wie er Kate vor einer Woche geküsst hatte?

Eine Hitzewelle breitete sich von ihrem Nacken aus.

Das ist doch Unsinn. Wenn er eine andere vor unserer Hochzeit gehabt hätte, dann hätte er mich doch nicht geheiratet.

Aber das heißt nicht, dass er jetzt nicht an ihr interessiert sein könnte.

Vielleicht hatte er sie kennen gelernt, nachdem sie geheiratet hatten, und pflegte nun die Beziehung zu ihr. Hatte Kate wirklich irgendwelche Rechte auf ihn? Durfte es sie etwas angehen, was er in der Ungestörtheit seiner Werkstatt machte?

Er ist mit mir verheiratet. Auch wenn es nur auf dem Papier steht, aus Respekt ist er es mir schuldig, dass er sein Ehegelübde hält.

Schließlich hatte sie das ihre auch gehalten. Es war ja nicht ihre Schuld, dass Bryan sie manchmal anrief.

Sie seufzte. Jetzt, da sie die Leidtragende war, erkannte sie, dass es unfair gewesen war, die Anrufe von Bryan entgegenzunehmen. Lucas war wütend gewesen, als Bryan das letzte Mal angerufen hatte. »Er hat kein Recht, in meinem Haus anzurufen«, hatte er gesagt. Vielleicht war das wirklich nur ein Verhalten gewesen, wie es für Höhlenmenschen typisch war. Aber da waren noch diese anderen Worte, die gefolgt waren – Worte, die sie seitdem im Kopf immer wieder wiederholt hatte – und die seinem Zorn eine andere Bedeutung gegeben hatten.

Was würdest du machen, wenn ich will, dass du bleibst?

Hatte er die Worte so gemeint, wie sie sie verstanden hatte? Wollte Lucas, dass ihre Ehe echt wurde?

Das ist verrückt. Wenn sie ehrlich war, fand sie diese Möglichkeit attraktiver, als es streng genommen gut war, wenn man ihre großen Unterschiede betrachtete. Lucas hatte ihr noch nie irgendwelche Andeutungen gemacht, dass er ihre Ehe für verpflichtend hielt. Nun ja, außer der Tatsache, dass er sie geküsst hatte. Und Junge, wie er sie geküsst hatte. Sie bekam jetzt noch eine Gänsehaut, wenn sie daran dachte. Vielleicht wollte er ja doch mehr.

Sicher, Kate, und deshalb steht er auch da unten mit dieser wunderschönen, langbeinigen Rothaarigen.

Und überhaupt, warum war es nur so still da unten? Kate presste ihr Ohr mit aller Macht gegen den Lüftungsschacht und horchte.

Liebe muss nicht kompliziert sein.

– Auszug aus *Wie ich den richtigen Mann finde* von Dr. Kate

Kapitel Zwanzig

»Es wird sicher nicht lange dauern.« Lucas öffnete die Tür für Sydney. »Ich rufe Sie an, wenn es fertig ist.«

»Rufen Sie ruhig schon früher an, wenn Sie eine Frage haben sollten.« Sydneys Lächeln deutete an, dass ihr ein Anruf jederzeit angenehm wäre, mit oder ohne Fragen.

Mit einem kurzen Nicken machte Lucas die Tür hinter ihr zu und wischte sich die Hände an seiner Jeans ab. Er war dankbar für den Auftrag – sie hatte ihm sogar mehrere gegeben –, aber die Frau hatte das Feingefühl eines Haifisches in einem Fischteich. Er empfand wenig Respekt für eine Frau, welche die Tatsache ignorierte, dass ein Mann verheiratet war. Kümmerte es sie überhaupt, dass er einer anderen gehörte?

Du bist nur der Name auf einem Trauschein, Mann.

Sein Blick wanderte die Treppe hinauf zu Kates Büro. Ob sie wohl etwas dagegen hätte, wenn er sie bei ihrer Arbeit unterbrechen würde? Er hasste es zuzugeben, aber nicht mit ihr zu Mittag gegessen zu haben, hatte ihm überhaupt nicht gefallen. Er hatte sie vermisst. Vermisst, wie sie ihre Lippen nach jedem Bissen abtupfte. Vermisst, wie sie das Essen auf ihrem Teller trennte, sodass sich nichts berührte.

Am meisten vermisste er zuzuhören, wenn sie von ihrer Arbeit sprach. Auf den ersten Blick konnte man meinen, dass Kate ihren

Beruf nur ausübte, um Karriere zu machen. Aber wenn man ihr zuhörte, wie sie über Menschen sprach – wenn man die Aufregung in ihrer Stimme hörte, nachdem sie jemandem geholfen hatte –, dann musste man anders darüber denken.

Oben war es still, er konnte noch nicht einmal die Tasten des Computers hören. Vielleicht machte sie ja gerade eine Pause. Lucas stieg die Treppe hoch und war froh, die süßliche Wolke von Sydneys Parfüm abschütteln zu können.

Als er im ersten Stock ankam, war ihr Bürostuhl leer. Ein bunter Bildschirmschoner tanzte auf dem Computer und deutete darauf hin, dass sie schon eine ganze Weile nicht mehr getippt hatte. Seltsam – sie musste da sein, ihr Auto stand vor dem Haus.

Er wollte sie gerade rufen, als er durch die alte Wohnzimmertür eine Bewegung im hinteren Teil des Gebäudes wahrnahm. Er ging über den Teppich – und hielt an. Hinter dem Kaffeetisch lag Kate flach wie ein Teppich auf dem Boden. Ihr Gesicht sah in Richtung Wand, ihr Ohr war auf den Boden gepresst – oder war das der Lüftungsschacht? Eine Hand hielt ihr Haar im Nacken zusammen. Dadurch wurde ihre cremefarbene Anzugjacke an der Taille hochgezogen. Ihre Hose saß eng an ihrem Gesäß und ihre Füße lagen auf dem Boden.

Was um alles in der Welt? Warum lag sie dort drüben –

Will sie etwa ...?

Seine Lippen bogen sich zu einem Lächeln, als ihm das Wunder dämmerte, das sich vor seinen Augen abspielte. Kühl und erfrischend.

O ja. Das war gut, sehr gut sogar.

Lucas lehnte sich gegen den Türrahmen, verschränkte seine Arme und kostete jede Sekunde aus. Schließlich, als sie sich nicht bewegte, räusperte er sich.

Kate schreckte hoch, drehte sich zu ihm um und ließ ihr Haar fallen. Die Lüftung musste angesprungen sein, da ein Luftstoß ihr eine Strähne über das Gesicht blies.

»Suchst du etwas?« Sie tat ihm fast leid, als sie möglichst geschickt und rasch versuchte, sich in eine sitzende Position zu bringen. Aber der Ausdruck auf ihrem Gesicht war zu komisch und die Gefühle, die ihre Eifersucht in ihm ausgelöst hatte, waren sehr ermutigend.

»Lucas. Ich war gerade dabei –«, sie entstaubte ihre Jacke, indem sie mit ihren ausgestreckten Fingern die Ärmel mit leichten Schlägen abklopfte. »Mein Ohrring.« Sie hielt einen runden Ohrring in der Hand. »Ich habe meinen Ohrring gesucht.«

Wollte sie ihn auf den Arm nehmen? Sie hatte flach auf dem Boden gelegen, das Ohr an den Lüftungsschacht gepresst. Sie war aufgeflogen. Erwischt. Auf frischer Tat ertappt.

»War er in den Lüftungsschacht gefallen?« Lucas konnte kaum ein Lächeln unterdrücken.

Ihre Wangen erröteten tief, als sie versuchte, den Ohrring anzustecken. Sogar aus einiger Entfernung konnte er sehen, dass ihre Hand zitterte. »Natürlich nicht. Er war nur –«, Kate versuchte erneut, den Ohrring durch das Loch in ihrem Ohrläppchen zu stecken, aber es klappte wieder nicht. Sie gab auf und sah ihn wie ein Schmetterling an, den man in einem Netz gefangen hatte.

Er hob seine Augenbrauen und wartete.

Als sie das sah, nahm sie ihre Schultern zurück und streckte ihr Kinn nach vorne. »Ist ja schon gut, in Ordnung«, fuhr sie ihn an. »Du hast ja Recht.«

Lucas näherte sich ihr und bemitleidete sie jetzt, da sie wusste, dass er sie erwischt hatte. Trotzdem war die ganze Sache mit der Eifersucht einfach zu köstlich und seine Mundwinkel zuckten verräterisch.

Kate legte ihren Ohrring auf den Kaffeetisch und bemühte sich, würdevoll auszusehen. Als er ihr seine Hand entgegenstreckte, schlug sie sie aus und kniff ihre Augen zusammen. Ihre frische weiße Hemdbluse war aus ihrer Hose gerutscht und ihr Haar war zerzaust, als wäre sie gerade aufgewacht. Sie strich sich die Haare glatt und klemmte sie mit einer raschen Bewegung hinter ihre Ohren.

»Ich habe dich nach dem Mittagessen gesehen, zusammen mit dieser ... Frau«, sagte Kate. »Ich habe mir Sorgen gemacht, was die Leute wohl denken könnten, wenn sie euch so zusammen sehen.« Sie kreuzte ihre Arme über ihrer Brust. »Wir müssen aufpassen, dass unser Ruf nicht geschädigt wird. Es gehört sich nicht, dass du vor den Augen der ganzen Insel mit einer anderen Frau flirtest.«

Ihre Worte waren so lächerlich, dass er nicht wusste, was er sagen sollte. »*Flirtest?*«

Sie sah ihm direkt in die Augen. »Du weißt ganz genau, was ich meine. Die Leute werden merken, wenn du mit einer anderen Frau zu Mittag isst. Das ist hier eine kleine Insel –«

»Ich habe überhaupt nicht mit Sydney gegessen.« War es wirklich das, was Kate so nervte? Was die anderen dachten? Das nahm ihm allerdings etwas Wind aus den Segeln.

»Na, das ist jetzt auch egal. Es ist trotzdem nicht anständig, wenn du dich mit so einer Person sehen lässt.« Sie presste ihre Lippen, auf denen kein Lippenstift lag, fest zusammen.

Ging es ihr nur um ihren Ruf oder versteckte sie ihre Eifersucht dahinter? »Was meinst du mit ›so einer Person‹?«, fragte er und war neugierig, welche Antwort sie geben würde.

»So eine Person, die – du weißt schon, was ich meine. Sie ist nicht unbedingt unattraktiv und sie ist ... anhänglich.«

»Anhänglich?«

»Wie eine Klette«, konterte sie. Sie warf ihren Kopf nach oben. »Du weißt ganz genau, was ich damit meine.«

Lucas verlor den Kampf mit seinem Lächeln. »Du bist eifersüchtig.«

Kate drehte sich um, stopfte ihre Hemdbluse in die Hose und griff nach dem Ohrring, der noch auf dem Tisch lag. Dann ging sie zu einem Spiegel, der über dem Sessel hing. »Ich mache mir Sorgen um meinen Ruf.« Sie zog den Verschluss des Ohrrings ab und steckte ihn dann in ihr Ohr.

»Und deshalb hast du durch den Lüftungsschacht spioniert?« Er glaubte es nicht. Wenn sie Angst vor Tratsch hätte, würde sie ihn konfrontieren, nicht belauschen.

Ihr Blick begegnete seinem im Spiegel. »Ich versuche nur, meine Karriere zu schützen.«

Er kam näher, bis er hinter ihr stand. »Ist es das, was du dir selber einredest?«

Langsam ließ sie ihre Hände sinken. Im Licht, das durch das Fenster neben dem Spiegel fiel, hatten ihre Augen die Farbe von Karamell. Am liebsten hätte er sich in ihnen verloren. Oder noch besser, er würde gern hinter ihre Augen klettern und sehen, was sie immer noch zurückhielt.

Liebte sie Bryan immer noch? Zum hundertsten Mal erinnerte er sich an ihren Kuss und er fühlte, wie sein Selbstvertrauen größer wurde. Eine Frau, die einen anderen liebte, konnte nicht so küssen. Vielleicht hatte sie Bryan nie geliebt.

Lucas wusste nur, dass sie etwas für ihn empfand.

»Warum hast du solche Angst davor, vor dir ehrlich zu sein?«, fragte er.

Kate starrte zurück. »Ich habe keine Angst.«

Ihre Tapferkeit schien um zwei Größen geschrumpft zu sein. Er wollte die Hände ausstrecken und sie umarmen, sie an sich ziehen, wie er es auf dem Segelboot getan hatte. Aber er ahnte, dass sie davonlaufen würde, wenn er sich auch nur einen Zentimeter bewegen würde.

»Warum kannst du nicht einfach zugeben, dass du eifersüchtig bist? Das ist doch kein Verbrechen.« Er fand nun den Mut, sich selber zu öffnen. Einer musste ja anfangen. »Als Bryan letzte Woche angerufen hat, war ich auch eifersüchtig.«

Etwas in ihrem Gesicht wurde weich. Ihre Lippen öffneten sich, als ob sie sprechen wollte. Aber dann schien sie noch einmal nachzudenken und sie waren wieder versiegelt.

Warum war es so schwer zuzugeben, dass etwas zwischen ihnen passiert war? Noch lagen zehn weitere Monate vor ihnen. Würde es so wehtun, wenn sie sich ihren Gefühlen gegenüber öffnen würden, sich Zeit nehmen würden, sie kennenzulernen?

»Da ist etwas zwischen uns und das weißt du auch.«

Sie blinzelte und ihre Augen hingen für den Bruchteil einer Sekunde an ihm, dann entfernte sie sich einige Schritte. »Hör auf, Lucas. Lass die Dinge so, wie sie sind.« Sie hielt hinter dem Sofa an.

Sie tat wirklich alles, um keine Schwächen zu zeigen. »Alles schön sauber und ordentlich, meinst du?«

»Was ist so schlimm daran, wenn alles sauber und ordentlich ist? Sauber und ordentlich ist einfach und eindeutig und niemandem wird wehgetan.«

»Ist es das, was dir solche Sorgen bereitet?« Ging es hier immer noch um Wunden, die Bryan ihr zugefügt hatte? Konnte sie denn nicht begreifen, dass er sie nie wie Bryan verlassen würde? Er wollte immer für sie da sein. Sie beschützen. Sie wertschätzen. Sie lieben.

»Niemand wird gern verletzt.«

Er erinnerte sich daran, wie sie an ihrem Hochzeitstag ausgesehen hatte. Erinnerte sich daran, wie sie in diesem großen, leeren Bett geschluchzt hatte. »Aber ich war nicht derjenige, der dich am Altar sitzen gelassen hat«, sagte er sanft.

Kate schlang die Arme um ihren Bauch. »Schau, es ist nur – es würde mit uns beiden nicht klappen. Wir sind zu verschieden. *Absolut* nicht kompatibel, verstehst du es denn nicht? Ich habe schon zu oft gesehen, wie das endet.«

Dachte sie, dass man Gefühle planen konnte? Notiert und ausgeführt wie Einträge in ihrem Terminkalender, in den sie mit verschiedenfarbigen Stiften schrieb? »Uns gab es noch nie vorher. Du kannst uns nicht mit anderen Paaren vergleichen, die du in der Beratung hattest.«

»Ich muss nicht so weit blicken. Es reicht, wenn ich meine Eltern betrachte.«

Etwas in ihrer Stimme ließ ihn aufhorchen. »Was war mit deinen Eltern?«

»Sie haben sich ständig gestritten. Meine Güte, sie waren wie heiß und kalt, hart und weich und wie alle anderen Gegensätze, die dir einfallen. Ich kann nachts immer noch die Augen schließen und hören, wie sie zankten.«

Langsam ergab das Ganze einen Sinn. Ihre Leidenschaft, anderen dabei zu helfen, einen passenden Partner zu finden. Ihre Eltern hatten sich scheiden lassen und das hatte wahrscheinlich tiefe Wunden in ihr hinterlassen und jetzt hatte sie es sich zur Aufgabe gemacht, die Welt zu retten.

»Machst du es deshalb?«

»Mache was?«

»Andere beraten. Leuten helfen, ihre seelenverwandten Partner zu finden.«

Sie verdrehte ihre Augen. »Huh. Ich glaube nicht an Seelenverwandtschaft, sondern daran, Frauen bei der Suche nach einem passenden Partner zu helfen, dessen Werte und Persönlichkeit den ihren entsprechen.«

»Alles sauber und ordentlich.«

»Wir können ja nicht alle ein ungeordnetes, chaotisches Leben führen.«

Sah sie sein Leben so? Wie einen chaotischen Haufen Müll?

»Es sieht vielleicht nicht besonders schön aus, aber trotzdem habe ich Liebe gefunden.«

Er hatte es ausgesprochen, bevor er es selber verhindern konnte. Sein Herz setzte einen Moment aus.

Kates Gesichtsausdruck machte ihn froh, es riskiert zu haben. Wie ihre Augen sich leicht geöffnet hatten, bevor sie auf ihre Finger sah, die sich um ein Sofakissen geschlungen hatten. War es Scheu oder Freude, die er gesehen hatte, bevor sie wegblickte?

»Ich wollte nicht missachten, was du mit Emily gefunden hast. Entschuldige.«

Emily. Sie dachte, dass er von Emily gesprochen hatte. Seine Enttäuschung war groß. Hatte er ihr in den letzten Wochen, in denen sie zusammen gewesen waren, nicht seine Gefühle gezeigt? Auch wenn er sie nicht ausgesprochen hatte. Ganz offensichtlich war er nicht deutlich genug gewesen. Oder sie wollte die Wahrheit einfach nicht sehen.

Sie wartete auf seine Reaktion. »Ist schon okay«, sagte er und fühlte sich wie ein Dummkopf. Sie wollte nicht, dass zwischen ihnen etwas war. Das hatte sie mehr als deutlich gesagt. Vielleicht war er einfach nicht der Mann, den sie wollte. Vielleicht wartete sie immer noch darauf, wieder mit Bryan zusammen zu sein.

Zum ersten Mal fragte er sich, ob er es jemals schaffen würde, ihre Meinung zu ändern.

Erwarten Sie nicht, dass Ihr Partner sich ändert. Wenn Sie etwas anderes wollen, müssen Sie es woanders finden.

– Auszug aus *Wie ich den richtigen Mann finde* von Dr. Kate

Kapitel Einundzwanzig

Das Telefon auf Kates Schreibtisch klingelte. Sie speicherte noch schnell ihre Kolumne, bevor sie den Hörer abnahm.

»Na, wie geht es meiner Lieblingsautorin?« Pam, Kates Pressemanagerin, begrüßte sie.

»Pam! Wie geht es dir?«

»Gut, gut. Ich wollte dich auf den neuesten Stand bringen, was deine Interviewtermine angeht. Ich habe sie dir gerade vor einer Minute gemailt, aber ich habe da noch eine Sache, die erst vor einigen Minuten reingekommen ist und wollte mal schauen, ob du Zeit hättest. Mein Kontakt bei *Live with Lisa* hat gerade angerufen, sie fragen an, ob du morgen früh ein Interview geben kannst. Ich denke, dass vielleicht ein anderer abgesagt hat, und das ist eine fantastische Gelegenheit, auch im Kabelfernsehen vertreten zu sein.«

Ein Interview im Kabelfernsehen wäre natürlich der Hammer. »Das ist super. Warte, ich schaue mal nach, ob ich Zeit habe.« Kate griff nach ihrem Terminkalender. Sie hatte zwar einige Termine eingetragen, aber die konnte man auch verschieben. Und mit ihrer Kolumne und ihrem Artikel für die Zeitschrift *Glamour* war sie schon fast fertig.

»Ja, das geht.«

»Sie haben auch angedeutet, dass Lucas gerne mitkommen könnte, wenn er das möchte«, sagte Pam.

Kate bezweifelte sehr, dass er das wollte, aber versprach, ihn zu fragen und Pam dann wieder anzurufen.

Danach besprachen sie noch die anderen Radiointerviews, die für die nächsten Wochen geplant waren.

»Und wie verkauft sich ›Der richtige Mann‹ sonst so?«, fragte Kate. *Rosewood* hatte gehofft, dass es auf die *New York Times*-Liste kam, aber bis jetzt war es nur ziemlich weit unten auf der *USA Today*-Liste. Sie befürchtete, dass *Rosewood* über die Verkaufszahlen enttäuscht war, und so spät nach Herauskommen des Buches war es auch eher unwahrscheinlich, dass es noch besser werden würde. Deshalb könnte ein Gastauftritt bei *Live with Lisa* wirklich nicht schaden.

»Das Buch läuft gut. Ich weiß, dass Chloe schon ungeduldig auf ein neues Angebot wartet.«

»Ich arbeite schon an einer Idee. Sobald es sich konkretisiert hat, schicke ich es euch zu.«

Nachdem Kate aufgelegt hatte, schloss sie ihre Datei und räumte ihre Sachen zusammen. Sie musste nach Hause und ihre Tasche packen, weil der Flug heute Abend war. Wenn Lucas nicht mitfahren wollte, würden sie wieder eine Nacht getrennt sein. Aber was machte das jetzt noch? Es schien, als wären sie nach ihrem Gespräch in ihrem Büro vor einem Monat auf zwei verschiedenen Planeten.

»Du hättest mich wirklich nicht fahren müssen, das weißt du doch.« Fast wünschte sie, er hätte sie nicht hergebracht, da er eine Viertelstunde vertrödelt hatte – nachdem sie hastig ihren Koffer gepackt und ihn im Kofferraum verstaut hatte. Und jetzt war es später, als sie geplant hatte.

Kate wollte ihren Koffer nehmen, aber Lucas war schneller. Sie gingen zusammen zum Flughafen.

»Ist schon okay.«

Ihre Absätze klackerten auf dem Gehweg. Nach dem eiligen Packen hatte sie das Gefühl gehabt, etwas vergessen zu haben. Um sicher zu gehen, war sie im Kopf noch einmal alles durchgegangen, was sie mitnehmen musste.

Nach dem Telefonat mit Pam war sie zu Lucas gegangen und hatte ihm vom Interview erzählt.

»Sie hätten gerne uns beide in der Show, wenn du auch willst«, sagte sie.

Er hatte sein Werkzeug sinken lassen, seine Augen waren weit geöffnet. Das Klischee eines Hirsches, der in die Scheinwerfer eines herannahenden Autos blickte, war ihr in den Sinn gekommen.

»Ich denke nicht«, sagte er, bevor ein Tuch nahm und eine Kommode mit einer honigfarbenen Beize einrieb.

»Warum nicht? Vielleicht würde es dir sogar Spaß machen.« Und eine super Werbung wäre es auch, wenn man sie zusammen sehen würde.

Er rieb den Schrank ein letztes Mal ab, trat einige Schritte zurück und musterte ihn genau. »Mit Worten umzugehen ist nicht mein Ding.« Er legte das Tuch auf den Werktisch. »Sprechen fällt mir nicht so leicht. Du kannst das viel besser.«

Je mehr sie darüber nachdachte, desto mehr wollte sie, dass er mit ihr kam. Vielleicht würde es ihnen guttun, mal von der Insel runterzukommen, weg von der täglichen Plackerei. Vielleicht würde das ein Ausweg aus der Sackgasse sein, in der sie sich seit einem Monat befanden. Ironischerweise hatte sie gedacht, dass sie mehr Abstand haben wollte. Aber jetzt, da die Trennung zum Greifen nah war, fühlte sie sich einsam.

»Ich könnte die Lücken füllen«, bot Kate an. »Du müsstest dir darum überhaupt keine Sorgen machen.«

»Ich kann nicht.«

Hatte er eine Arbeit, die er nicht aufschieben konnte? Oder wollte er einfach eine Weile ohne sie sein?

»Hör zu, als ich jünger war, ist mir etwas passiert. Ich sollte eine Rede halten. Vor der ganzen Schule.« Er griff wieder nach dem Lappen und wickelte ihn um seine befleckten Finger. »Ich habe keinen Ton herausgebracht. Hatte alles vergessen, was ich sagen wollte.« Er wischte wieder über die Oberfläche des Schranks. »Und seitdem habe ich nie wieder vor einem Publikum gesprochen.«

Sie gingen zusammen zur Sicherheitskontrolle und sie stellte sich Lucas als ängstlichen, kleinen Jungen vor, der voller Furcht vor seinen Mitschülern stand. Er schien jetzt so weit entfernt von diesem Jungen zu sein, so stark und kompetent. Aber dann erinnerte sie sich an eine Bitte, die er vor ihrer Trauung geäußert hatte. *Keine Interviews.* Es musste sehr schwer für ihn gewesen sein, die ganze Zeit im Rampenlicht zu stehen. Aber er hatte es für sie getan.

Und seine Eltern, erinnerte sie sich.

Sie näherten sich dem Sicherheitsbeamten und Kate dachte an das erste Mal zurück, als er sie hierhergebracht hatte. Dahlia Stevens hatte auch in der Schlange gewartet und er hatte ihr einen Abschiedskuss gegeben. Heute wartete niemand an der Sicherheitskontrolle und Kate merkte, dass sie enttäuscht war.

Was ist nur mit dir los, Kate?

Was los ist? Ich will, dass er mit mir kommt. Dass er mich küsst. Das ist mit mir los.

Lucas gab Kate ihren kleinen Koffer, bevor sie bei dem glatzköpfigen Sicherheitsbeamten ankamen. »Kate ...«

Sie sah kurz auf ihre Uhr, bevor sie zu ihm aufblickte.

Er verlagerte sein Gewicht auf das andere Bein. »Wenn du zurückkommst, müssen wir miteinander reden.«

Etwas zog sich in ihrem Magen zusammen und bildete einen dicken Klumpen. Sie hasste es, wenn Leute so etwas sagten. Nun würde sie sich die ganze Zeit, während sie weg war, fragen, was er wohl damit gemeint hatte. Die plötzliche Angst, dass er ihre Abmachung beenden wollte, raubte ihr den Atem. Was, wenn er es satt hatte, etwas vorzuspielen, was gar nicht existierte? Hatte er genug von dem unangenehmen Schweigen, das in den letzten Wochen zwischen ihnen geherrscht hatte? Sie wollte ihm sagen, dass es ihr leid tat. Aber was genau tat ihr leid?

»Ist etwas passiert?«, fragte sie stattdessen.

Lucas winkte ab. »Nichts, worüber du dir Sorgen machen müsstest.« Er betrachtete sie, als ob er ihre Gesichtszüge auswendig lernen wollte. Sie würde doch nur eine Nacht weg sein. *Was ist hier los?*

Er streckte seine Hand aus und streichelte ihr Kinn mit seinem Daumen.

Kate wurde bei dieser Berührung ganz still und fühlte die Rauheit seines Fingers überall in ihrem Körper bis in die Zehenspitzen.

»Du hattest da was«, erklärte er.

Sie erinnerte sich an das klumpige Traubengelee auf ihrem Toast, den sie heute Morgen auf dem Weg zur Tür hinuntergeschlungen hatte. Mit dem Finger berührte sie die Stelle und rieb das Gefühl fort, das seine Berührung hinterlassen hatte.

Er blickte sich um. Erinnerte er sich an Dahlia und wünschte er, er hätte ein Publikum? Heute Abend war der Flughafen so ruhig wie ein Friedhof. *Wo sind all die Menschen, wenn man sie braucht?*

Kate war versucht, mit ihren Fingern über die raue Haut seines stoppeligen Kinns zu streicheln. Was würde er darüber denken? Würde er sie dann küssen, weil sie den ersten Schritt gemacht hatte?

Lucas bemerkte, dass sie ihn angestarrt hatte. Sie hasste es, ihn für eine Nacht zu verlassen. Hatte sie sich so sehr an seine Gegenwart gewöhnt? Sie dachte daran zurück, wie sehr sie sich über ihn aufgeregt hatte, als er noch ihr Hausmeister gewesen war. Wie war es ihm nur gelungen, einen Weg durch die Risse ihres Herzens zu finden? Wie war es dazu gekommen, dass sie seine Gegenwart erwartete, ja brauchte?

Er räusperte sich und vergrub die Hände in den Hosentaschen. »Also, dann gute Reise.«

Kate blinzelte, schaute weg und hängte sich dann die schwere Tasche über die Schulter. »Danke.«

Als er wegging, war Kate klar, dass ihre Gefühle für Lucas gefährlich hoch gestiegen waren, wie ein Hochwasser am Ufer einer ungeschützten Küste.

Nach drei Tassen Kaffee war Kate endlich wach. Sie saß der Interviewerin, Lisa Evans, gegenüber. Ein Mikrofon war unauffällig am Revers ihres roten Donna-Karan-Blazers festgemacht worden. Die Visagistin hatte gute Arbeit geleistet, aber das Make-up war dick aufgetragen worden und fühlte sich so an, als würde es unter den heißen Lampen zerlaufen.

Der Produzent gab noch letzte Anweisungen, aber Kate hatte die meisten schon früher gehört. Sie lehnte sich in ihrem Stuhl zurück und wartete, während die Show mit den Nachrichten auf der anderen Seite des Studios eröffnet wurde. Eine Kopie des Buches »Der richtige Mann« lag auf einem Glaskasten zwischen ihnen.

Lisa, die einen hellblauen Anzug trug, sah noch einmal ihre Notizen durch, dabei sprach sie nicht mit Kate. Das war typisch. Interviewer hoben sich das für die Shows auf.

Als sie dran waren, gab man ihnen ein Zeichen. Lisa setzte sich gerade hin und lächelte in die Kamera.

»Heute Morgen haben wir die Kolumnenschreiberin und bekannte Buchautorin Dr. Kate bei uns zu Gast. Herzlich willkommen.«

Kate lächelte. »Vielen Dank für die Einladung.«

»Ich muss sagen, ich habe Ihr kürzlich erschienenes Buch ›Wie ich den richtigen Mann finde‹ gelesen und ich war begeistert.« Lisa zog ihre Augenbrauen etwas hoch, sodass sie unter ihren blonden Ponyfransen verschwanden.

»Danke, Lisa. In der letzten Zeit wurde viel darüber diskutiert, wie wichtig dieses Thema ist. Wenn man auf der Suche nach einem Mann ist und wenn man verheiratet ist, ist es entscheidend, ob man gut zueinander passt.«

»Das ist eine gute Überleitung zu meiner ersten Frage«, sagte Lisa. »Es gibt zahlreiche Websites und Bücher zu diesem Thema. Was unterscheidet Ihr Buch von den anderen?«

»Das ist eine gute Frage. Durch meine Beratungstätigkeit von Paaren habe ich herausgefunden, dass das Schlüsselelement für eine langfristig erfolgreiche Beziehung ist, dass die Partner gut miteinander harmonieren. So oft hören wir Frauen nur auf unser Herz. In meinem Buch rate ich Frauen, ihre Gefühle erst einmal so lange zurückzustellen, bis klar ist, ob sie mit dem Mann kompatibel sind.«

»Und haben Sie das bei Ihrem ›Mann fürs Leben‹ auch so gemacht?« Lisa neigte ihren Kopf etwas zur Seite.

Auf solch eine persönliche Frage war Kate nicht gefasst. »Man kann keine wirklich rationale Entscheidung treffen, wenn die eigenen Gefühle das Urteilsvermögen beinträchtigen.«

Lisa nickte. »Wir wissen alle, wie sehr Emotionen einen Entschluss beeinflussen können.«

Sie stellte noch einige weitere Fragen über das Buch, dann wurde die Leitung für eingehende Anrufe frei geschaltet.

»Stephanie aus Boston, Sie sind auf Sendung.«

»Ich habe eine Frage an Dr. Kate«, sagte die Anruferin.

»Bitte schön.« Lisa lächelte, ihr rotes Lipgloss schimmerte im Licht der Lampen.

»Ich würde gerne wissen, warum sie jemand anderen geheiratet hat, als ihr richtiger Verlobter sie am Tag der Hochzeit sitzen ließ.«

Was? Der bösartige Ton und die hässlichen Worte machten Kate Angst. Trotzdem zwang sie sich zu einem Lächeln. *Wie hieß die Anruferin noch einmal?* Hatte Lisa Stephanie gesagt?

»Dr. Kate?«, fragte die sichtlich verwirrte Lisa. »Ich muss gestehen, dass ich im Moment nicht ganz verstehe, wovon die Anruferin spricht.«

»Da bin ich mir auch nicht sicher …« *Leg auf. Werft sie aus der Leitung.* Sie sah Lisa flehend an.

»Ihr eigentlicher Verlobter war Bryan Montgomery«, fuhr die Stimme am Telefon fort. »Und er hat sie am Morgen ihres Hochzeitstages versetzt. Ich habe keine Ahnung, wo Dr. Kate ihren falschen Bräutigam gefunden hat, aber die Hochzeit war ein Schwindel, genauso wie sie selbst auch eine Schwindlerin ist.«

Das kann einfach nicht wahr sein. Kate war vor Entsetzen wie gelähmt. Mit letzter Kraft bemühte sie sich, ihren Gesichtsausdruck zu kontrollieren. Die Kamera war auf sie gerichtet. Was sollte sie sagen? In ihrem Kopf war nur Leere. *Sag etwas. Irgendetwas.*

»Dr. Kate?«

Sie versuchte verzweifelt, einen klaren Gedanken zu fassen, aber vergeblich. Ihre Gedanken waren nur Chaos. Keine schlagfertige Antwort. Keine geschickte Überleitung zu einem andern Thema. Die Sekunden vergingen und kamen ihr so vor wie ein langer, leerer Laufsteg.

»Meine Ehe ist kein Schwindel.« Sie zwang sich, ruhig zu sprechen. »Sie ist durch und durch legal.« *Wechsle das Thema!* »Die Ratschläge in meinem Buch sind das Produkt von jahrelanger intensiver Beratung und Forschung. Es ist mir ein großes Anliegen, Frauen dabei zu helfen, einen geeigneten Partner zu finden, und darum geht es in diesem Buch.«

Der Produzent gab das Zeichen, dass jetzt eine Werbepause eingeschoben wurde. Na klar, gerade, wenn Kate sich so weit gefangen hatte, dass sie wieder sprechen konnte.

Lisa beendete ihren Teil. Als sie nicht mehr auf Sendung waren, beugte sie sich herüber und legte ihre Hand auf die von Kate. »Es tut mir so leid, was da gerade passiert ist, Kate. Ich versichere Ihnen, dass der Anruf für mich genauso unerwartet kam wie für Sie.«

Kate stand auf wackeligen Beinen, als jemand sie vom Mikrofon und dem Akku befreite. Sie musste hier raus. Am liebsten würde sie weit, weit weglaufen und sich verstecken.

Reue ist ein bitterer Freund.

– Auszug aus *Wie ich den richtigen Mann finde* von Dr. Kate

Kapitel Zweiundzwanzig

Dieselbe mollige Frau, die Kate nach ihrer Ankunft im Studio herumgeführt hatte, begleitete sie jetzt zum Zimmer, wo sie ihre Sachen holen konnte. Ihr Kopf drehte sich, aber sie zwang sich zu lächeln, und folgte der Frau zum Wagen, der neben dem Gehsteig auf sie wartete.

Sie stieg in den Luxuswagen und bat den Fahrer, sie zum Flughafen zu bringen. Er fuhr los.

Was jetzt? Was sollte sie tun? Jeder wusste es.

Rosewood würde kopf stehen. Sie holte ihr Handy heraus und stellte es an. Drei Anrufe waren eingegangen. Kate nahm sich nicht die Zeit, sie abzuhören. Sie musste Pam anrufen. Sie mussten versuchen, den Schaden zu begrenzen. Aber wie konnten sie den Schaden begrenzen, wenn er schon eingetreten war? Die Sendung war live gewesen und jeder Zuschauer hatte heute Morgen gehört, dass sie eine Schwindlerin war.

Sie wählte Pams Nummer. Der Fahrer hörte vorne Radio, sie konnte also ungestört telefonieren.

Pam nahm nach dem ersten Klingeln ab. »Kate! Das war ja furchtbar.«

»Es war Stephanie. Die Frau, um deretwillen Bryan mich verlassen hat.« Der Schock war schon etwas abgeklungen und Wut begann sich in Kate breit zu machen.

»Ich weiß, ich habe das Ganze gesehen. Das sieht nicht gut aus. Gar nicht gut.«

»Was machen wir jetzt? Hat Chloe es auch gesehen?« Kates Herausgeberin wusste von ihrer Ehe, aber sie müsste es ihrem Chef erklären, der nicht eingeweiht war. *Habe ich etwa Chloes und Pams Jobs gefährdet?*

»Sie hat mich angerufen, als der Teil mit dir zu Ende war. Sie war ziemlich aufgelöst«, sagte Pam. »Hör zu, wir müssen uns gut überlegen, wie wir jetzt mit dieser Situation umgehen. Du wirst jetzt eine Menge Anfragen für Interviews bekommen.«

»Sicher, keine Frage. Aber ich kann das nicht, Pam.« Die Vorstellung, sich einem solchen Zirkus zu stellen, war ihr unmöglich. *Wie kann ich mich verteidigen, wenn die Anschuldigungen stimmen?*

»Du musst machen, was Paul dir sagt.« Pams Stimme klang tadelnd und erinnerte Kate, dass Chloes Chef ein böses Erwachen bevorstand. »Das ist das Mindeste, was du jetzt tun kannst.«

Natürlich war Pam sauer auf sie. Und Chloe würde es auch sein. Kate konnte es ihnen noch nicht einmal vorwerfen. *Rosewood* stand genau wie Kate als Schwindler da. Und jeder, der die Wahrheit gewusst hatte, würde einen Preis dafür bezahlen müssen.

Lucas. Sie schloss die Augen und ließ ihren Kopf auf die dicke Kopfstütze aus Leder fallen. Er hatte das Interview gesehen; da war sie ganz sicher. Was dachte er jetzt? Dem Himmel sei Dank war er nicht mit zum Interview gekommen. Aber was würde das Ganze bei ihm auslösen? Was würde es seiner Familie antun?

Was habe ich nur gemacht?

»Das ist wirklich schlimm, Kate. Die Medien werden daraus einen Riesenskandal machen und wir werden uns ganz schön da durchkämpfen müssen.«

Es war ein Skandal, der wahrscheinlich das Ende ihrer Karriere bedeutete. Wer würde jetzt noch ihren Rat wollen, nachdem die Tatsache, dass sie einen völlig gegensätzlichen Mann, fast einen Fremden geheiratet hatte, sie als Heuchlerin entlarvt hatte. Die Verkaufszahlen ihres Buches würden in den Keller fallen. Und von dem Artikel im *Glamour* Magazin und von ihren Kolumnen musste sie auch Abschied nehmen. Wie konnte sie *Rosewood* gegenübertreten, nachdem sie alle so getäuscht hatte? Und ihren treuen Lesern?

»Ich schlage vor, dass du Chloe anrufst und ihr anbietest, dass du es Paul erzählst. Wahrscheinlich wird sie dich nicht lassen, aber –«

»Das werde ich. Ich mache das auf jeden Fall. Was kann ich noch tun?«

»Sprich erst einmal mit niemandem. Vielleicht werden dich Leute anrufen oder Schlimmeres versuchen. Lass uns zuerst einen Plan machen, bevor du an die Öffentlichkeit gehst.«

Da brauchte Pam keine Angst haben, das hatte sie auch mit Sicherheit nicht vor. Alles was sie wollte, war, in ein Loch zu kriechen, das oben mit Erde zugeschaufelt wurde. »O.k., ich rufe Chloe sofort an.«

»Viel Glück.« Der sarkastische Unterton war Kate nicht entgangen.

Sie wählte die Nummer ihrer Herausgeberin, sah kurz auf die Anzahl der Anrufe, die sie verpasst hatte, und dachte wieder an Lucas.

Chloe meldete sich sofort. Ihre Stimme hätte nicht gestresster klingen können. »Kate.« Sie fluchte. »Ich schätze, du kannst dir vorstellen, in welche Position mich das gebracht hat.«

»Es tut mir so leid, Chloe. Ich übernehme selbstverständlich die volle Verantwortung.« Und das war auch richtig so, denn schließlich war das Ganze allein ihre Schuld gewesen. »Lass mich Paul anrufen und es ihm beichten. Er muss ja nicht erfahren, dass du davon wusstest.«

Chloe's Stimme wurde lauter. »Ja, denkst du denn, dass er mich nicht fragen wird, ob ich eingeweiht war? Ich werde ihn nicht anlügen, Kate.«

Kate rieb sich die Stirn. *Warum nur habe ich es bloß gemacht? Wenn ich doch nur die Zeit zurückdrehen und alles anders machen könnte.* Sie hätte ehrlich sein und vor der Presse zugeben sollen, dass ihre Verlobung aufgelöst war. Aber wie hätte sie das tun können, wenn doch gleichzeitig ihr Buch herauskommen sollte? *Rosewood* hätte den Preis für ihre persönliche Krise zahlen müssen.

Aber den mussten sie jetzt trotzdem und vielleicht doppelt bezahlen.

»Ich weiß, ich weiß, Chloe. Sag mir, was ich tun kann.« Sie wartete und war sicher, dass Chloe jetzt in diesem Moment ihre Yogaübung zur Vertiefung des Atmens machte. Aber selbst wenn man alle Yoga-Kurse auf der ganzen Welt zusammennehmen würde, könnten sie ihr doch bei diesem Superstress keine Erleichterung verschaffen.

»Lass mich mal überlegen. Ich rufe gleich Paul an und melde mich dann wieder bei dir. Geh am besten nach Hause und verkriech dich, bis du wieder von mir hörst.« Sie schnaubte verärgert. »Du bist dir ja wohl bewusst, dass es bis heute Abend jeder weiß. Die Zeitungen, die Fernsehnachrichten – es wird überall gebracht werden.«

Kate hatte zuerst noch gehofft, dass man das Interview irgendwie unter den Teppich kehren konnte, aber sie wusste jetzt, dass diese Annahme viel zu optimistisch gewesen war.

Chloe beendete das Gespräch und Kate dachte wieder daran, Lucas anzurufen. Sie entschied sich aber, zuerst die Nachrichten auf ihrem Handy abzuhören.

Die ersten beiden waren von Pam und Chloe. Von Lucas war die dritte Nachricht. Sie hörte seiner vertrauten, tiefen Stimme zu, schloss die Augen und wünschte sich so, dass er neben ihr im Auto sitzen würde.

»Kate? Ist alles in Ordnung? Ich habe das Interview gesehen.« Es folgte eine lange Pause. »Ich bin nur –. Ruf mich an, okay?« Wieder eine lange Pause, als ob er noch etwas anderes sagen wollte, dann war die Nachricht zu Ende.

Kate stellte ihre Voicemail ab. Es war ihr nicht entgangen, dass von den Nachrichten die von Lucas die einzige war, die Mitleid mit ihr zeigte. Und das, obwohl für ihn als Person viel mehr auf dem Spiel stand als für die anderen.

Es würde noch eine Weile dauern, bis sie am Flughafen ankamen. Sie blickte auf die Uhr und wählte dann ihre eigene Nummer von Zuhause. Lucas meldete sich umgehend.

»Ich bin's«, sagte sie.

»Kate.« Er sagte ihren Namen und atmete dabei aus, als hätte er die Luft angehalten, während er auf ihren Anruf gewartet hatte. »Wie geht es dir?«

»Danke, gut.« *So viel zum Thema Ehrlichkeit.* »Na ja. Wie es einem eben geht, wenn die eigene Karriere heute Morgen zusammengestürzt ist. Im Fernsehen.« Ihre Kehle war zugeschnürt und ihre Augen brannten. *Nicht jetzt. Reiß dich wenigstens zusammen, bis du zu Hause bist. Du musst noch zwei Stunden am Flughafen warten und es wäre nichts dadurch gewonnen, wenn du weinend in der Öffentlichkeit gesehen wirst.*

»Alles wird gut werden.« Er wollte nur helfen – das wusste sie –, aber die Worte klangen banal. Banal und falsch.

»Nein, Lucas, es wird nicht alles gut werden. Ich habe auch die

Jobs meiner Herausgeberin und meiner Pressebetreuerin in Gefahr gebracht. *Rosewood* wird mich wie einen faulen Apfel fallen lassen und meine Leser werden sich von mir abwenden. Was ist daran gut?«

Kate rieb sich die Schläfe und die Verzweiflung machte es ihr unmöglich, weiterzusprechen.

»Es tut mir so leid, Liebling.«

Am liebsten hätte sie jetzt um sich geschlagen. Es war ja nicht seine Schuld. Er war in diesem hirnrissigen Versuch, ihre Hochzeit zu retten, ebenfalls ein Opfer – ihr kurzer Spaziergang auf der Straße des Wahnsinns. Er hatte gar nichts falsch gemacht, nur versucht, ihr zu helfen.

Sie seufzte. »Es ist nicht deine Schuld. Nur meine.« Sie schlug mit dem Hinterkopf an die Kopfstütze. »Wie konnte ich nur etwas so Dummes tun? Normalerweise mache ich nie dämliche, unüberlegte Sachen, wie zum Beispiel einen Mann in letzter Minute zu heiraten.«

»Du standest mit dem Rücken zur Wand. Sei nicht so hart mit dir selbst, Kate. Zusammen werden wir das schaffen.«

Beim sanften Klang seiner Stimme verlor Kate den letzten Rest ihrer Selbstbeherrschung. Tränen stiegen ihr in die Augen und sie musste blinzeln. Sie musste auflegen, bevor sie in Tränen ausbrechen würde. Sie befürchtete, dass sie eine Weile nicht mehr ansprechbar wäre, wenn es richtig losginge. »Ich muss auflegen. Wir sprechen, wenn ich wieder zu Hause bin, okay?«

Als sie schließlich auflegte, waren sie fast am Flughafen angekommen. Sie musste noch ihren Agenten Ronald anrufen, während sie auf den Flug wartete. Und ihren Vater.

Lucas Worte hallten wie ein Echo in ihrem Kopf. *Zusammen werden wir das schaffen.* Aber es gab jetzt kein »wir« mehr. Es bestand keine Notwendigkeit mehr, dass sie zusammenblieben. Kein Grund, warum sie verheiratet bleiben mussten. Denn spätestens heute Abend würde jeder wissen, das ihre Ehe – und auch Kate selbst – nichts als ein Schwindel war.

Wenn Probleme auftauchen, gehen Sie sie sofort an. In jeder Beziehung gibt es Konflikte. Es kommt darauf an, wie Sie mit ihnen umgehen. – Auszug aus *Wie ich den richtigen Mann finde* von Dr. Kate

Kapitel Dreiundzwanzig

Lucas kam nicht etwa zu spät oder ganz knapp zum Flughafen, nein. Er kam zu früh und wartete auf Kate. Er saß auf einem Stuhl und hatte seine Ellenbogen auf die Knie gestützt. Er hatte immer wieder an das Telefongespräch mit Kate denken müssen. Ihre Stimme, so verloren und gebrochen, hatte ihn angefleht, ihr zu helfen. Aber dieses Mal gab es keine einfache Lösung. Das Problem war zu groß, zu überwältigend.

Die Schuld hatte sich an ihn geheftet wie Sand an nasse Haut. Die Ehe war seine Idee gewesen. Er hatte sie ja praktisch dazu überredet. Dabei wollte er einfach nur helfen. Er hatte es aus Liebe getan. Aber was war daraus geworden? Stattdessen hatte er sie verletzt.

Als das Flugzeug gelandet war, hielt er nach Kate Ausschau. Wie würde sie auf ihn reagieren? Wie hatte das Ganze ihre Beziehung schon verändert? Er war sich sicher, dass es ihr Verhältnis noch weiter ändern würde. Lucas bereute, den letzten Monat vergeudet zu haben. Er hätte sie für sich gewinnen sollen, ihr seine Liebe zeigen müssen. Stattdessen hatte er ihr ihren Freiraum gelassen.

Nun, jetzt war die Zeit abgelaufen. Die Täuschung hatte ihre Ehe zusammengehalten und jetzt bestand für all das kein Grund mehr.

Kate empfindet etwas für mich. Ich weiß es einfach. Vielleicht war es Wunschdenken, aber er war sicher, dass sie ihn in der letzten Zeit anders angesehen hatte. Da war etwas in ihren Augen gewesen. Und niemand konnte die Leidenschaft leugnen, die ihr Kuss hatte oder ihre Eifersucht, als er sie erwischte, wie sie Sydney und ihn belauscht hatte. Machte er sich zu große Hoffnungen, dass sie ihm ihr Herz öffnen könnte?

Kate erschien im Gang und er stand auf. Sie ging aufrecht und mit erhobenem Kopf. Jeder andere könnte denken, dass sie in ihrem eleganten grauen Hosenanzug der Inbegriff einer beherrschten Geschäftsfrau wäre. Bei jedem Schritt wippten ihre Haare frech von einer Seite zur anderen, ihr Blick war nach vorne gerichtet.

Erst dann bemerkte er einen Mann, der mit Stift und Block bewaffnet auf Kate zuging. Lucas erkannte ihn als Herb Owens, einen Reporter des *Mirror*. Der Mann ging schnurstracks auf Kate zu.

»Dr. Kate. Ich bin Herbert Owens vom *Mirror*. Können Sie uns etwas zu den Anschuldigungen sagen –«

»Kein Kommentar.« Kate presste ihren Mund zusammen und schaute weg, beschleunigte ihren Schritt.

Der Mann wich nicht von ihrer Seite, begegnete dann aber Lucas' Blick und wurde langsamer.

Lucas wusste, dass Kate ihn gesehen hatte, denn ihre starren Gesichtszüge entspannten sich etwas, ihr Mund lockerte sich, ihr Blick wurde weicher. Die Tatsache, dass seine Gegenwart diese Wirkung auf sie haben konnte, beflügelte Lucas. Er hielt diesen Eindruck fest, blies ihn auf wie ein aufblasbares Floß und ging an Bord.

Bleib auf dem Teppich. Sie ist wahrscheinlich einfach nur erleichtert, dass sie ein freundliches Gesicht sieht. Wer weiß, was sie auf dem Heimweg alles ertragen musste.

Wie sollte er sie begrüßen? Es waren Leute um sie herum, aber wollte sie, dass sie die Scharade aufrecht erhielten? War es immer noch eine Farce? Aber als sie näher kam, vergaß Lucas alle Überlegungen. Kates Augen sahen müde aus, ihr Gesicht erschöpft. Er wollte ihr Leiden lindern, sie mit seiner Berührung trösten.

Lucas nahm ihre Tasche. Dann legte er seine Hand an ihre Wange und sah ihr in die Augen. Er beugte sich nah zu ihr und küsste sie auf die Lippen. Sein einziger Gedanke war, sie zu trösten.

Sie hielt sich an seinem Arm fest, als wäre er ihr Lebensretter, und erwiderte seinen kurzen Kuss.

Als er sich aufgerichtet hatte, legte er seinen Arm um ihre Schulter. »Komm, ich bringe dich nach Hause.«

Er sah über die Schulter zu Herb hinüber, der an eine Wand gelehnt stand und ihnen zugesehen hatte.

Auf dem Weg zum Auto hatte sich Kate in sich zurückgezogen, ihr Verhalten ihm gegenüber war kühler geworden. Dachte sie, sein Kuss war nur für die anderen gewesen? Auf der Fahrt nach Hause sprachen sie kaum. Kate, die Hände in ihrem Schoß verschränkt, die Füße übereinander gelegt, schien in Gedanken versunken zu sein. Anstatt ihn anzusehen, starrte sie aus dem Fenster. Lucas hatte das Gefühl, dass sie ihm mit jeder Sekunde mehr entglitt.

»Was kann ich tun?«, fragte er verzweifelt, wollte ihr helfen, sie nicht verlieren.

Sie schwieg lange und er fragte sich, ob sie ihn im Chaos ihrer eigenen Gedanken überhaupt gehört hatte.

An einer Ampel musste er bremsen, dann fuhr er wieder an. Hatte sie schon angefangen, ihn auszuschließen? Das Leben, das sie in den letzten drei Monaten geteilt hatten, bedeutete ihm alles.

»Wir können im Moment nur abwarten«, sagte sie und sah dabei immer noch aus dem Fenster nach draußen, wo die grelle Sonne harte Schatten auf den Boden warf. »Und hoffen, dass der Rest der Medien nicht auf den Wagen aufspringen und das Ganze zum Skandal des Jahres hochschrauben wird.«

Auch wenn das nicht passieren würde, konnten sie nichts mehr daran ändern, dass ihr Geheimnis an die Öffentlichkeit gedrungen war. Lucas verstand nicht viel vom Verlagswesen, nur das wenige, was er von Kate gelernt hatte. Aber es schien ihm wahrscheinlich, dass ihr Verleger nach diesem Skandal nicht sehr interessiert daran sein würde, Kates Karriere zu unterstützen. Auch ihre Leser waren sicher nicht sehr gut auf sie zu sprechen. Es war nicht fair, dass sie wegen einer Entscheidung alles verlieren sollte. Denn es war schließlich Bryan gewesen, der den ganzen Schlamassel angefangen hatte. Und wo war er jetzt, wenn alles den Bach runterging?

Lucas fuhr die Einfahrt hinauf und stellte den Wagen ab. Als Kate keine Anstalten machte, auszusteigen, drehte Lucas sich zu ihr um, legte sein Knie auf den zerrissenen Vinylsitz zwischen ihnen und sah Kate an.

»Wir müssen es noch deiner Familie sagen.« Kate sah zum Hügel hinüber, wo das Dach seiner Eltern hinter dem Strandhafer zu sehen war.

»Das habe ich schon getan.« Sein Vater hatte sich die Sendung angesehen. Lucas war hinübergegangen und hatte es ihnen allen persönlich gesagt.

Kate wandte sich zu ihm um. »Tut mir leid, dass ich nicht dabei war. Wie haben sie reagiert?« Ihre Stirn war in Falten gelegt, ihre Augen blickten so traurig wie bei einem Hündchen.

Seine Mutter war zuerst wütend gewesen und hatte dann aber realisiert, dass sie ja Recht gehabt hatte. »Kate ist genau wie ihre Mutter, Lucas«, hatte sie gesagt. »Ohne sie wärst du besser dran.« Für Jamie war es natürlich keine Überraschung, aber Brody war verletzt gewesen. Sein Vater hatte versucht, Verständnis für die ganze Sache aufzubringen. Aber er hatte Lucas dabei nicht in die Augen geschaut und das zeigte Lucas, wie enttäuscht er war.

»Meine Familie wird schon damit klarkommen«, sagte er. »Mach dir darüber keine Sorgen.«

Sie schwiegen noch einige Augenblicke und stiegen dann aus. Lucas folgte ihr nach drinnen und stellte ihre Tasche ins Schlafzimmer. Bo freute sich, Kate wiederzusehen. Er drückte sich gegen ihr Bein und schob sie in Richtung Küche, wo sie begann, eine Kanne Kaffee zu kochen.

»Ich fühle mich ein bisschen so, als hätte mich ein Bus überfahren.«

Lucas holte zwei Becher aus dem Schrank und die Milch aus dem Kühlschrank. »Kein Wunder. Was haben denn die Leute von *Rosewood* gesagt?«

Kate gab das gemahlene Kaffeepulver in den Filter. »Sie wollen, dass ich mich im Moment ganz ruhig verhalte. Ich denke, viel hängt davon ab, wie weit es ausgebreitet wird.«

Würden sie einfach so weitermachen können, als ob nichts passiert wäre? Würden die Leser, die das Interview gesehen hatten, automatisch annehmen, dass es sich um ein unbegründetes Gerücht handelte? Ganz offensichtlich konnten sie nichts tun als abwarten. Es war so leicht gewesen, in die Bresche zu springen und Kate zu retten, als ihre Hochzeitspläne sich in Luft aufgelöst hatten. Jetzt konnte er nur mit ihr zusammen abwarten und das hörte sich nicht sehr erfreulich an.

Kate zog ihre Knie eng an ihren Körper heran und grub sich mit den Zehen durch den heißen Sand zu den unteren, kühleren Sandschichten hindurch. In der Ferne ertönte das Horn der Fähre und verkündete ihre Ankunft auf der Insel. Nachdem sie es lange aufgeschoben hatte, rief sie endlich ihren Vater an und erzählte ihm von dem Interview. An dem langen Schweigen, das durch die Leitung kroch, konnte sie hören, wie geschockt er war. Das zog sie noch mehr herunter.

»Ach du meine Güte, Kate«, sagte er, als er wieder Worte finden konnte.

Sie hatte noch nie so etwas Leichtsinniges getan und hatte auch nicht vor, es noch einmal zu tun. Wie konnte sie, die sonst jedes kleinste Detail ihres Lebens plante, so unverantwortlich gewesen sein?

Als ihr Vater einen Moment nachgedacht hatte, bat er sie, ihn zu besuchen. »Komm nach Maryland, damit du etwas Abstand bekommst. Hier hast du Zeit und kannst nachdenken. Zeit, um deine Zukunft zu planen. Vielleicht kannst du in der Stadt ein Büro eröffnen.« Es war ein verlockendes Angebot und sie würde darüber nachdenken, nachdem sie von Chloe gehört hatte.

Nachdem sie vom Flughafen zurückgekommen waren, hatte Lucas ihr Bedürfnis nach Ruhe gespürt und war in seinen Laden gefahren. Aber jetzt, als die Sonne so unbeweglich am Himmel zu stehen schien, sehnte sie sich nach Ablenkung.

Sie hatte ihre Kolumne schon geschrieben und wollte nicht mehr in die Nähe des Fernsehers kommen, nachdem sie den halben Nachmittag ferngesehen hatte. Zwei Shows im Kabelfernsehen hatten den Skandal erwähnt und gesagt, dass sie prüfen würden, ob die Anschuldigungen berechtigt seien. Da die wütende Stephanie frei herumlief, würden sie nicht sehr weit zu suchen brauchen.

Ihr Handy klingelte unaufhörlich, aber Kate ging nicht dran. Zwei Reporter waren so dreist, bis zur Haustür zu kommen, aber sie hatte auf das Klingeln nicht reagiert und sie waren irgendwann gegangen.

Sie hatte gewartet und dann in den Nachmittagszeitungen über die Geschichte gelesen. Sie konnte sich vorstellen, dass Chloe genau darauf gewartet hatte. Würde der *Mirror* etwas bringen? Bei dem Gedanken, dass die Bewohner im Ort die Wahrheit wussten, bekam sie einen dicken Kloß im Hals. Hier kannte man sie nicht als Dr. Kate, sondern als Freundin und Nachbarin. Sie aß und kaufte ein und arbeitete hier, war mit den Leuten zusammen. Sie würden sich betrogen fühlen, wenn sie es herausfanden. Und Lucas' Familie, die von der Insel kam, wäre im Zentrum der Aufmerksamkeit.

Mein Leben ist vollkommen außer Kontrolle geraten und ich kann es nicht stoppen. Dasselbe Gefühl hatte sie als Kind gehabt. Nie zu wissen, was kommen würde oder was man fühlen würde, weil sie keine Kontrolle über die Geschehnisse hatte.

Sie zog ihre Beine näher an sich heran, legte das Kinn auf ihre Knie und schaukelte im Sand.

Den Rest des Tages wartete Kate auf einen Anruf von Chloe, aber sie meldete sich nicht. Worauf wartete ihre Verlegerin? Die Zeitungen vom nächsten Morgen? In der Nacht schlief Kate sehr unruhig. Neben ihr schien Lucas friedlich zu schlafen, seine Atemzüge tief und regelmäßig im dunklen Zimmer.

Von seiner Familie war niemand vorbeigekommen. Vielleicht hatte Lucas sie gebeten, Kate in Ruhe zu lassen. Vielleicht waren sie erleichtert, dass sie nicht wirklich zur Familie gehörte. Seine Mutter freute sich vermutlich sehr.

Wie benahmen sie sich Lucas gegenüber? Waren sein Vater und Brody wegen der Irreführung ärgerlich mit ihm?

Gerade als Kate dachte, dass es nicht schlimmer werden konnte, erinnerte sie sich an die Ehe seiner Eltern. Sie seufzte und eine Welle von Reue überwältigte sie. *Ich habe nicht geholfen – habe meinen Teil der Abmachung überhaupt nicht eingehalten. Lucas hat mich geheiratet und nichts dafür bekommen – außer all dem Leid, das ich ihm angetan habe.*

Aber es war ja auch nicht gerade so, als hätte Susan deine Hilfe gewollt.

Vielleicht nicht, aber Lucas hat seinen Teil der Abmachung eingehalten und ich habe ihn enttäuscht.

Du hattest nicht ein ganzes Jahr, wie du erwartet hattest. Auch du kannst keine Wunder vollbringen.

Wenn ich nur mehr Zeit gehabt hätte.

Kate drehte sich zur Wand um und versuchte so leise zu sein, dass Lucas dabei nicht aufwachte.

Warum hatte Chloe nicht zurückgerufen? Brauchten sie und Paul und Pam noch Zeit, um zu entscheiden, wie man weiter vorgehen sollte? Oder war Chloe so sauer, dass sie Kate leiden lassen wollte? Denn genau das tat Kate: Sie litt. Das Warten brachte sie fast um. Sie konnte den nächsten Schritt nicht planen, bis ihr jemand sagte, was sie tun sollte.

Kate fühlte, wie die Matratze nachgab. Lucas hatte sich bewegt. Dann spürte sie, wie er seinen Arm um ihre Taille legte, fühlte die Wärme seines Bauches an ihrem Rücken.

Er küsste sie auf ihren Kopf. Kates Herz schlug schneller. In seinen Armen fühlte sie sich sicher und gehalten – geliebt. Als ob ihre Welt nicht aus den Fugen geraten war und auf einen Abgrund zuwirbelte. Sie wollte in ihm versinken und bei ihm Zuflucht vor dem Sturm suchen. Aber sie war es nicht gewöhnt, sich auf jemand anderen als sich selbst zu verlassen. Der bloße Gedanke, ihre Last zu teilen, machte ihr Angst. *Wie kann ich wissen, dass ich mich auf ihn verlassen kann? Was, wenn er mich verlässt?*

Und warum hielt er sie überhaupt fest? Was wollte er von ihr?

Sie lag still, angespannt, wartete. Er hatte seine Rolle in ihrem Spiel gespielt und seine Aufgabe erfüllt. Wenn überhaupt, hätte er das Recht, wütend auf sie zu sein. Ärgerlich, wie alle anderen auch.

Nachdem einige Zeit verstrichen war und Lucas sich nicht weiter bewegt hatte, merkte Kate, wie ihr Körper sich langsam fallen ließ und an seinen Bauch schmiegte. *Nur für heute Nacht. Es heißt nicht, dass ich die Kontrolle abgebe.* Sie schloss wieder ihre Augen. Kate wusste, dass sie nicht in seinen Armen Trost finden sollte, aber sie war zu erschöpft, um gegen ihr Bedürfnis anzukämpfen.

Paare, die eine gesunde Beziehung haben, können schwere Stürme überstehen und werden dadurch gestärkt. Auf diese Weise wachsen Beziehungen und gewinnen an Kraft.

– Auszug aus *Wie ich den richtigen Mann finde* von Dr. Kate

Kapitel Vierundzwanzig

Das schrille Klingeln des Telefons riss Kate aus dem Schlaf. Sie streckte sich, orientierte sich kurz und kroch dann über Lucas' leere Bettseite. Da brachen die Ereignisse des Vortages über sie herein wie eine Flutwelle. *Das kann nur Chloe sein.* Sie räusperte sich, bevor sie abnahm.

Eine männliche Stimme begrüßte sie. »Hey, meine Kleine. Wie sieht es bei dir aus? Hältst du durch?« Es war ihr Agent.

Sie setzte sich im Bett auf und sah auf die Uhr. Es war sieben Uhr zweiundvierzig. »Ronald. Den Umständen entsprechend, wie zu erwarten.« Schließlich war ihre Karriere in Gefahr. Sie war etwa gegen drei Uhr morgens eingeschlafen, als es angefangen hatte zu regnen. Sie hatte unruhig geschlafen. Draußen krachte der Donner.

»Von Chloe habe ich noch nichts gehört.« Kate hatte Ronald erzählt, dass Chloe anrufen würde, wenn es etwas Neues gab. Er musste denken, dass sie es vergessen hatte.

»Ah, Chloe hat mich heute Morgen angerufen«, sagte er.

Wenn Chloe ihren Agenten als Mittelsmann benutzte, dann wollte sie zwischen sich und Kate eine Distanz schaffen. Kein gutes Zeichen. »Du hast schlechte Nachrichten.«

»Ich fürchte ja. Es stand heute Morgen in den Zeitungen.«

Ihre Kehle zog sich zusammen. Sie rieb sich den Schlaf aus den Augen und machte sich auf das Schlimmste gefasst. »In welchen?«

»*New York Times, Washington Post, Chicago Tribune, LA Times.* Die ›Amerikanische Nachrichtenagentur‹ hat es gebracht. Ich fürchte, dass es überall veröffentlicht wurde. In den meisten Fällen in der Rubrik ›Unterhaltung‹, so weit ich das sehe.«

Unterhaltung. Als wäre ihr Leben ein Zirkus zur allgemeinen Belustigung. Das Schlimmste war passiert. *Ich bin eine Zielscheibe des Gespötts. Eine Schwindlerin.* Berge von Briefen ihrer enttäuschten Leser würden bald ankommen, sie hatte so viele Leute enttäuscht. Die Last dieses Wissens drückte sie schier zu Boden und sie musste um Atem ringen.

»Paul und Chloe haben mit uns um zwölf Uhr eine Telefonkonferenz vereinbart, um zu besprechen, wie wir am besten mit den Medien umgehen. Sie werden deine Geschichte bis in die kleinsten Einzelheiten hören wollen. Vielleicht besteht doch die Möglichkeit, sie in einem positiven Licht darzustellen.«

»Natürlich.« Sie konnte sich nicht vorstellen, wie das möglich sein sollte. Sie konnte sich nicht vorstellen, wie sie es schaffen wollten, den Schaden zu begrenzen. Denn es stimmte ja alles. Sie war eigentlich die Expertin, wenn es darum ging, den richtigen Mann fürs Leben zu finden. Und gerade sie war ohne viel nachzudenken in eine Ehe ohne Liebe hineingestolpert. Eine Ehe, in der es keine richtigen Gefühle gab.

Das ist so nicht wahr, Kate, das weißt du ganz genau.

In Ordnung, vielleicht hatte sie jetzt Gefühle für Lucas, aber sie hatte sie eben noch nicht gehabt, als sie ihn geheiratet hatte.

»Sie werden dich zu Hause anrufen und ich bin dann auch dabei.«

»Was wird mit meiner Kolumne passieren? Was mit *Glamour*?

Denkst du, dass –« Sie hatte Angst, die Frage zu stellen, aber sie musste es wissen. Sie zog an einem losen Faden in der Tagesdecke und drehte ihn zwischen ihren Fingern.

»Ich wollte es eigentlich nicht erwähnen, weil du schon genug um die Ohren hast. Aber *Glamour* hat dich gebeten, erst einmal nichts für sie zu machen. Vielleicht, wenn alles sich ein wenig beruhigt hat ...«

Aber selbst wenn es ruhiger werden würde, wäre der Schaden, den der Sturm hinterlassen hatte, nicht ungeschehen zu machen. *Wie konnte ich so tief fallen? Und so hart?* Sie war kurz davor, die Kontrolle über ihre Emotionen zu verlieren. Sie räusperte sich und hoffte, etwas Abstand gewinnen zu können. »Hör zu, ich muss auflegen. Wir sprechen uns dann heute Mittag.«

Nachdem sie aufgelegt hatte, legte sie das Telefon zurück auf den Nachttisch. Im anderen Zimmer hörte sie ihr Handy klingeln. Sie hatte ganz vergessen, es auszustellen. Aber jetzt mochte sie mit niemandem sprechen. Am liebsten würde sie die Bettdecke über den Kopf ziehen und so tun, als wäre all das nicht passiert.

Aber was würde das nützen?

Los, Kate. Reiß dich zusammen. Steh auf und überleg, wie du aus diesem Loch, in dem du steckst, wieder herauskommst.

Genau das würde sie jetzt tun. Sie hatte viereinhalb Stunden, um einen Weg zu finden, damit aus dem Ganzen etwas herauskam, wodurch *Rosewood* profitieren konnte. Viereinhalb Stunden, um einen Plan auszuarbeiten.

Kate sprang aus dem Bett, duschte schnell und zog sich dann an. In ihre Nase stieg der Duft von frisch gebrühtem Kaffee. Gefolgt von Bo betrat sie die Küche. Eine Notiz, geschrieben auf die Rückseite einer Nebenkostenrechnung, lag neben der Kaffeekanne.

Kate,
bin kurz mal weg.
Komme bald zurück.
L.

Wohin war er so früh morgens gegangen? Draußen regnete es in Strömen. Vielleicht hatte er doch eine Affäre mit der Rothaarigen und traf sich jetzt mit ihr. Vielleicht war für ihn ihre Ehe zu Ende.

Kaum hatte sie diesen Gedanken zu Ende gedacht, als die Haustür geöffnet wurde. Als Lucas vor ihr auftauchte, hatte sie sich einen Becher Kaffee mit Milch eingeschenkt.

»Morgen.« Seine Stimme klang tief und irgendwie verschlafen. Sie mochte den Klang. Sogar seine Bartstoppel hatte sie lieb gewonnen.

»Morgen«, antwortete sie. Sein dunkelblaues T-Shirt klebte ihm am Körper, seine Haare waren klatschnass und vom Regen und Wind zerzaust. Oder jemand hatte sie mit ihren Händen durchwühlt.

Sie würde ihn nicht fragen, wo er gewesen war. Es ging sie sowieso nichts an.

»Mein Agent hat angerufen. Um zwölf Uhr haben wir eine Telefonkonferenz mit den Leuten von *Rosewood.* Die Nachricht war heute Morgen anscheinend überall in der Presse.«

Kate fiel ein, wie schlecht das für Lucas war. Es war schließlich auch *sein* Leben, über das sie hier sprachen. Jeder würde sich fragen, warum er eingesprungen war, und er konnte ja nicht zugeben, dass er es wegen der Beziehung seiner Eltern gemacht hatte. Sie hatte ihn in eine peinliche Lage gebracht.

»Ich habe die Zeitungen gesehen.« Er goss sich einen Becher Kaffee ein und ließ Bo zur Hintertür hinaus.

»Bist du deshalb weggegangen?« Eigentlich hatte sie ja nicht fragen wollen, aber jetzt war es ihr doch herausgerutscht.

»Ich hatte gehofft, dass ich gute Nachrichten mitbringen könnte.« Er vergrub seine Hände in den Hosentaschen.

Kate holte ihren Laptop aus der Tasche und öffnete ihn. Sie hatte immer noch – sie sah auf ihre Armbanduhr – vier Stunden, um eine Idee zu finden. Etwas, wodurch die Medien zurückweichen würden oder was den Schlag mildern könnte.

»Hast du Zeitungen gekauft?«, fragte Kate. »Ich muss sehen, wogegen ich angehen muss.« Sie schaltete den Computer ein und klopfte mit den Fingern, bis er gestartet war.

»Ich habe sie im Wagen gelassen.« Er verlagerte sein Gewicht. »Hast du einen Plan?«

Kate steckte den Laptop in die Steckdose. »Mein Plan ist, einen Plan zu machen. Ich brauche Ideen für meinen Herausgeber, damit ich die ganze Sache so drehe, dass *Rosewood* nicht total schlecht dasteht.«

Kate öffnete das Word-Programm und ein leeres Dokument erschien auf dem Bildschirm.

»Ich bin gleich zurück.« Lucas verließ das Zimmer.

Kate konnte sich erst konkret etwas überlegen, wenn sie gesehen hatte, was die Zeitungen geschrieben hatten. Vielleicht hatten sie es ja so dargestellt, dass es nur ein Gerücht war, ihr Wort gegen das von Stephanie. Aber sie hatte sich ja nicht wirklich in der Fernsehshow verteidigt. Sie hatte nur versucht, das Thema zu wechseln. Die Leute hatten sie sicher sofort durchschaut.

Als Lucas zurückkam, trug er einen dicken Stapel feuchter Zeitungen unter dem Arm. Er legte sie neben den Laptop und setzte sich dann ihr gegenüber. »Bist du sicher, dass du das willst?« Er sah so aus, als hätte er die Artikel schon gelesen.

»Wenn alle anderen wissen, was in den Zeitungen steht, dann sollte *ich* es auch tun.«

Die Küchenlampe war aus und der Sturm draußen hatte den Raum verdunkelt, aber es war noch hell genug, um zu lesen. Sie nahm sich zuerst die Nantucket-Zeitung vor. Der *Inquirer* und der *Mirror* hatten gestern angerufen, aber sie hatte nicht zurückgerufen. Die Zeitung war schon dort gefaltet, wo der Artikel stand. Kate schlug die Zeitung auf und las.

Bekannte hiesige Kolumnenschreiberin am Altar sitzen gelassen

In einem Fernsehinterview in der Show »Live with Lisa« wurde die hier ansässige prominente Autorin Dr. Kate von einer Anruferin beschuldigt, einen Bräutigam geheiratet zu haben, der nur kurzfristig eingesprungen war. Die Anruferin, die sich als Stephanie aus Boston zu erkennen gab, behauptete, dass Dr. Kates eigentlicher Bräutigam, Bryan Montgomery, am Morgen der Hochzeit die Verlobung aufgelöst hatte. Nachforschungen haben ergeben, dass ein Trauschein existiert, der auf die Namen Montgomery und Dr. Kate ausgestellt ist. Dies erhärtet die Anschuldigungen der Anruferin. Weder Montgomery noch Dr. Kate haben zu dem Vorfall Stellung bezogen.

Dr. Kate und der ebenfalls hier ansässige Lucas Wright heirateten am 21. Juni, an dem Tag, an dem Dr. Kates erstes Buch »Wie ich den richtigen Mann finde« herauskam. Es ist noch unklar, welche Beweggründe Lucas Wright hatte, den Platz des Bräutigams einzunehmen.

»Ich hätte die Beweisstücke vernichten sollen«, sagte Kate. »An den Trauschein hatte ich gar nicht gedacht.« Sie legte die Zeitung auf den Tisch und seufzte. »Tut mir leid, dass dein Name erwähnt wurde. Ich hatte gehofft, dass wenigstens die Lokalzeitung ...«

Wem mache ich denn hier eigentlich etwas vor? Hier auf der Insel weiß doch schon jeder, dass Lucas mich geheiratet hat. Und jetzt wissen sie eben auch, dass alles eine Augenwischerei war.

»In welcher steht der Artikel der ›Amerikanischen Nachrichtenagentur‹?« Sie wühlte durch die Zeitungen.

Lucas zog eine Zeitung aus dem Stapel und öffnete sie auf der Seite, wo der Artikel stand.

Kate las die Schlagzeile. »Dr. Kates Mann fürs Leben stellte sich als Mann des Irrtums heraus.«

»Ganz schön pfiffig«, sagte Kate. Sarkasmus trat aus der tiefen Wunde, die sie in sich trug. Der Artikel war dem in der Lokalzeitung sehr ähnlich, aber dem Journalisten war es gelungen, ein Interview mit Stephanie zu bekommen. Der Trauschein wurde ebenfalls erwähnt.

»Das sieht wirklich schlecht aus«, sagte Kate und ließ die Zeitung sinken. »Ich hätte nicht gedacht, dass sie so schnell Beweisstücke finden würden. Ich hoffe nicht, dass Pam geplant hatte, alles abzustreiten. Das kann ich jetzt unmöglich machen.«

Kate sah auf ihre Uhr. Sie musste nachdenken. Irgendwas musste man doch tun können. Sie schob die Zeitungen auf die andere Seite des Tisches.

»Lass uns mal genau nachdenken«, sagte Lucas. »Vielleicht fällt uns ja etwas ein, wenn wir gemeinsam überlegen.« Er lehnte sich nach vorne und legte seine muskulösen Unterarme vor sich auf die Tischplatte.

Kate wollte seine Gefühle nicht verletzen, aber sie hatte genug davon, auf die Hilfe eines anderen angewiesen zu sein. Sie konnte besser arbeiten, wenn sie allein war. »Wenn es dir nichts ausmacht, würde ich das lieber allein machen. Ich muss mich konzentrieren, noch nicht einmal vier Stunden sind übrig.«

Er zuckte mit den Schultern und gab ihr sein typisch schiefes Lächeln, das sie so mochte. »In noch kürzerer Zeit haben wir aber auch schon eine ganze Hochzeit geplant.«

Sie lächelte etwas gequält. »Scheint so, als ob gerade das uns ja den ganzen Schlamassel eingebrockt hat.«

Als mittags das Telefon klingelte, hatte Kate all ihre Notizen auf dem Bildschirm parat. Lucas war irgendwo im Haus. Seitdem er vor vier Stunden das Zimmer verlassen hatte, war sie in ihre eigenen Gedanken versunken gewesen und hatte ihn nicht mehr gesehen.

Kate ging ans Telefon.

»Hallo, Kate. Hier ist Chloe. Pam, Paul und Ronald sind auch in der Leitung.«

»Hallo allerseits«, sagte Kate.

Die Begrüßungen der anderen fielen nicht gerade überschwänglich aus. Hoffentlich würden sie Kates Vorschlag zustimmen, wie man die Sache handhaben sollte.

Lucas betrat das Zimmer und lehnte sich an den Türrahmen, als Kate das Gespräch eröffnete.

»Kann ich bitte zuerst einmal etwas sagen? Ich möchte, dass ihr wisst, wie leid es mir tut, dass ich euch so viel Ärger bereitet habe. Es ist nie meine Absicht gewesen, eure geschäftlichen Unternehmungen oder Karrieren in irgendeiner Weise zu schädigen oder zu gefährden. Es tut mir ehrlich leid.« Kate hoffte, dass man ihrer Stimme die Tiefe ihres Bedauerns anhören konnte. »Ich werde alles tun, um das wieder gutzumachen.«

»Schön und gut«, sagte Paul. »Das Kind ist nun mal in den Brunnen gefallen und wir müssen überlegen, wie wir es wieder herausholen können. Kate, es wäre hilfreich, wenn du uns noch einmal mit deinen eigenen Worten erzählen könntest, was passiert ist.«

Kate atmete tief durch und erzählte ihnen, was am Morgen ihrer Hochzeit geschehen war: Bryans Anruf, Pams Nachricht von der Einladung zur *Dr. Phil Show*, das Angebot von Lucas.

An diesem Punkt wurde sie von Chloe unterbrochen. »Du hast gesagt, dass Lucas nur ein Bekannter von dir war. Warum hat er dann angeboten, Bryans Platz einzunehmen?«

Kate hielt in ihrem Auf- und Ablaufen inne und blickte Lucas an. Sollte sie ihnen von Lucas' Eltern erzählen? Nein, sie würde ihn da nicht noch weiter hineinziehen.

»Ich habe versprochen, ihm bei einer persönlichen Angelegenheit zu helfen. Aber das ist wirklich nicht relevant für die Geschichte.«

»Dann erzähl uns den Rest«, sagte Paul.

Kate beendete ihre Beschreibung und erklärte dabei, dass es sich nur um eine vorübergehende Abmachung gehandelt hatte. »Ich habe heute Morgen ziemlich lange nachgedacht und ich bin zu der Überzeugung gekommen, dass es das Beste wäre, wenn ich ganz öffentlich zu den Anschuldigungen Stellung beziehen würde. Das Ganze tut mir wirklich leid und ich könnte mir vorstellen, dass meine Leser gnädiger mit mir umgehen würden, wenn sie erfahren, dass ich am Tag meiner Hochzeit versetzt wurde und dann in meiner Verzweiflung überhastet eine falsche Entscheidung getroffen habe.«

»Wir dürfen nicht vergessen«, wandte Pam ein, »dass Aufmerksamkeit in jeder Form etwas Positives sein kann. Es ist durchaus möglich, dass der Skandal die Verkaufszahlen von Kates Buch steigen lässt. Das ist auch früher schon bei anderen Büchern so gewesen.«

Kate blieb am Fenster stehen. Das war das Positivste, was sie in den letzten Tagen gehört hatte. War es doch möglich, dass sich die Sache für ihre Verleger zum Guten wenden könnte?

»Denkt aber daran«, sagte Pam, »dass Kates Buch ein Ratgeber ist, kein Roman oder eine Denkschrift. Ihre Leser sind bereit, Geld für das Buch auszugeben, weil sie ihren Ratschlägen vertrauen. Und dieses Vertrauen ist nicht mehr da. Sie wird vermutlich als Schwindlerin gesehen, da sie ihren Lesern etwas rät, was sie persönlich überhaupt nicht beherzigt hat.«

Hier schaltete sich Kate ein. »Und genau deshalb sollte ich mich öffentlich entschuldigen und das Ganze erklären. Ich kann mir vorstellen, dass meine Leser nachempfinden können, was es für mich bedeutete, am Altar sitzen gelassen zu werden. Welche normale Frau wäre dann nicht auch verwirrt und geneigt, eine Fehlentscheidung zu treffen?«

»Aber Tatsache bleibt doch«, warf Paul ein, »dass du keine normale Frau bist. Kate, du bist eine Expertin in Sachen Liebesbeziehungen. In deinem gesamten Buch geht es darum, einen Ehepartner zu finden, mit dem man ein Leben lang zusammenbleibt. Und du bist eine Ehe eingegangen, ohne den Mann zu lieben, und es war nur für ein Jahr gedacht. Ich will nichts beschönigen, Kate. Denn die Medien machen das auch ganz bestimmt nicht.«

Kate spürte, wie ihr die Röte vom Hals ins Gesicht stieg. So war sie nicht mehr gescholten worden, seitdem ihr Vater sie in der vierten Klasse ausgeschimpft hatte, weil sie ihre Nike-Turnschuhe verliehen hatte.

»Wir brauchen noch Zeit, um das Ganze zu verdauen«, fuhr Paul fort. »Wir rufen dich später noch einmal an und sagen dir, was wir entschieden haben. Bis dahin solltest du nicht ans Telefon gehen.«

Als das Gespräch beendet war, fühlte sich Kate vollkommen erschöpft. Das hieß also, weiter zu warten. *Ich habe es satt zu warten, ich will endlich etwas tun.* Sie lehnte sich an das Fensterbrett. Draußen hatte der Regen die Landschaft in ein tristes Grau gehüllt.

»Und, wie war es?«, fragte Lucas.

Kate zuckte mit den Schultern. »Sie werden jetzt entscheiden, was sie unternehmen wollen. Sie rufen später wieder zurück. Ich hatte nicht den Eindruck, dass sie meinen Plan, ganz offen zu sein, besonders gut fanden.«

Kate hatte auch nicht den Eindruck, dass sie auf sie selbst gut zu sprechen gewesen waren, und das konnte sie ihnen noch nicht einmal verübeln.

Hoffnung ist keine Strategie.

– Auszug aus *Wie ich den richtigen Mann finde* von Dr. Kate

Kapitel Fünfundzwanzig

Kate versuchte, sich bis zu Pauls Anruf irgendwie zu beschäftigen. Sie füllte das Spülbecken und wusch das Geschirr ab. Sie wischte die Arbeitsplatte ab. Als sie fertig war, beschloss sie, dass es dem Linoleum gut täte, einmal ordentlich abgeschrubbt zu werden. Lucas arbeitete an einem Entwurf für einen Schrank, während sie putzte.

Später aßen sie schweigend zu Mittag, eine Suppe und Brote. Dann arbeiteten sie weiter. Das Telefon klingelte oft, aber die Nummern der Anrufer waren unbekannt. Sie wünschte, dass ihre eigene Nummer nicht im Telefonbuch stehen würde. Wenigstens war niemand an die Haustür gekommen.

Draußen wütete der Sturm, der Regen klopfte an das Fenster wie ein Fremder, der schlechte Nachrichten brachte. Der Strandhafer beugte sich unter dem Wind, die Möwen schwebten hoch oben in der Luft und ließen sich von den Windböen tragen, wohin sie auch wehten.

Lucas rührte gerade in einem Topf voll kochender Nudeln herum, als der Anruf kam. Kate nahm den Hörer ab.

»Kate«, sagte Ronald, »Paul hat mich gerade angerufen.«

»Was haben sie entschieden?«

»Sie wollen, dass du nicht vor die Presse gehst. Sie befürchten, das würde zu noch mehr Spekulationen führen. Die Leute würden zusätzlich zu dem, was sie schon wissen, noch mehr erfahren. Und das wäre nicht gut.«

»Ich soll also nichts tun?«

Lucas wandte sich von seinem Topf mit den Spaghetti ab und sah sie an. Er hob die Augenbrauen hoch und auf seiner Stirn bildeten sich steile Falten.

»Ich befürchte, dass ich den anderen Recht geben muss, Kate. Ich würde mir auch wünschen, dass es gut wäre, an die Öffentlichkeit zu treten. Aber ich denke doch, dass es noch mehr Schaden anrichten würde. Und je mehr Einzelheiten die Medien erfahren, desto länger wird sich die ganze Sache hinziehen. Wir können nur hoffen, dass das Schlimmste möglichst schnell vorbei ist und man die Sache dann irgendwann vergisst.«

Der Gedanke, wieder untätig herumzusitzen, war demoralisierend. Es passte überhaupt nicht zu Kate, einfach nur dazusitzen und zuzusehen, wie die Dinge passierten. Sie liebte es zu planen, etwas zu bewegen. Sie wollte dieses Problem lösen, etwas in Bewegung setzen. Sie wollte an einem Ausweg arbeiten, alles tun, damit es wieder gut werden würde.

»Falls dich die Presse anspricht, schlägt Paul vor, dass du keinen Kommentar gibst und einfach weitergehst. Und es wäre auch sinnvoll, wenn du deiner Familie und jedem, der Einzelheiten kennt, auch sagen würdest, dass sie die Presse meiden sollen.«

In der Ferne krachte ein Donner und der Regen trommelte auf das Dach über der Küche. »Paul hat auch nach Bryan gefragt. Ich habe kein Zitat von ihm in den Artikeln gelesen. Die anderen hoffen, dass dies ein Hinweis darauf ist, dass er keine Interviews geben will. Das sollst du noch bestätigen.«

»Ich werde ihn anrufen«, sagte Kate. Ihre Stimme hörte sich so an, als wäre ihre Kehle zugeschnürt. Die Schwere ihres Fehlers lastete auf ihr. Sogar ihr Körper fühlte sich schwer an – zu schwer für ihre wankenden Knie.

Als das Telefongespräch beendet war, gaben ihre Beine nach und sie sank auf das Fensterbrett aus Holz. »Ich muss Bryan anrufen.« Das widerstrebte ihr sehr, aber das war jetzt unbedeutend. Sie wählte seinen Hausanschluss. Es klingelte viermal, bevor der Anrufbeantworter ansprang.

»Bryan, hier ist Kate.« Sie fuhr sich mit ihren Fingern durch die Haare. *Was soll ich nur sagen?* »Kannst du mich zurückrufen, wenn du diese Nachricht bekommst? Hör zu, es ist ganz wichtig, dass du nicht mit der Presse sprichst.« *Im Unterschied zu deiner schmuddeligen Freundin.* Kate knirschte mit den Zähnen. Es war wichtig, dass Bryan mit ihr zusammenarbeitete und da half es wenig, wenn sie zynisch wurde. »Ruf mich bitte an.«

Sie legte auf und bemerkte, dass Lucas sie auf eine Weise ansah, die sie nicht genau einordnen konnte. Und sie hatte im Moment auch nicht die Kraft, den Ausdruck seiner Augen zu entschlüsseln. Sie wählte Bryans Handynummer und geriet wieder an den Anrufbeantworter. Sie hinterließ eine ähnliche Nachricht und legte dann auf.

»Was hat dein Agent gesagt?«, fragte Lucas.

»Sie wollen, dass ich mich ruhig verhalte. Nichts mache. Wollen es aussitzen.«

»Und darüber bist du nicht glücklich.«

»Ich verstehe, warum sie es wollen. Sie könnten sogar Recht haben, schließlich haben sie mehr Erfahrung als ich. Aber ich fühle mich dabei so –«

Ohnmächtig. Nutzlos. Wie ein wehrloses Opfer. Wie eine Zwölfjähri-

ge, die abwartet, ob ihre Mutter sich an diesem Tag wie Jekyll oder Hyde verhält.

Sie versuchte, vor diesem Gedanken zu flüchten und begab sich ins Schlafzimmer. Aber auch dort holte sie die Erinnerung ein wie ein hartnäckiger Schatten, der nicht von ihrer Seite weichen wollte. Obwohl das verbliebene Tageslicht nur noch spärlich durch die Vorhänge schien, machte sie sich nicht die Mühe, die Lampe anzuschalten. Stattdessen ging sie im Halbdunkel auf und ab, während der Regen auf das Dach trommelte und ihr wie eine Sturmflut vorkam, die das Wüten des Sturmes kennzeichnete.

Lucas erschien in der Tür und lehnte sich an den Türpfosten. Er schaute sie an.

»Ich – ich hasse es einfach, nichts tun zu können.« Sie drehte sich verzweifelt um und ihr Haar flog dabei in ihr Gesicht. Dann sank sie auf das Bett. Würde ihre Karriere so enden? Würde sie das Spielfeld überhaupt nicht betreten dürfen, den Kampf nicht einmal beginnen?

Lucas näherte sich Kate und wollte nichts mehr, als sie zu trösten. »Vielleicht haben sie wirklich Recht«, sagte er. »Vielleicht ist Aussitzen das Beste.«

Und was wird aus uns? Er wollte es wissen, wagte sie aber nicht zu fragen. Nicht jetzt, wenn sie von allen Seiten bedrängt wurde. Dunkle Wolken schienen in den Raum einzudringen und ihn noch dunkler zu machen.

»Aber was, wenn sie im Irrtum wären? Wenn meine Leser glauben, dass ich eine Heuchlerin bin?« Ihre Augen begannen zu glänzen und sie musste blinzeln. »Vielleicht stimmt es auch, ich bin eine Heuchlerin.«

Noch nie hatte er sie so zerbrechlich, so verletzlich gesehen, noch nicht einmal an ihrem Hochzeitstag. Sie wirkte wie am Boden zerstört; ihr Haar, das sonst immer gepflegt frisiert war, hing ihr wirr ins Gesicht.

»Hey ...«, sagte er und streichelte mit beiden Händen sanft über ihr Haar. Dann strich er es ihr hinter die Ohren, wie sie es mochte. »Hör auf, so zu sprechen. Alles wird gut werden.« Er nahm ihr Gesicht in seine Hände. »Wir werden das gemeinsam durchstehen.«

Eine Träne rollte ihre Wange hinunter und er wischte sie mit seinem Daumen fort.

»Warum haben wir nur meine Hochzeit zeitgleich mit der Veröffentlichung meines Buches geplant. Das war eine dämliche Idee. Damals dachte ich, dass es ein klasse Einfall war, aber es war einfach nur dumm. Schau nur, wohin all meine Pläne mich geführt haben. Meine Karriere ist zerstört, Lucas.« Ihre Stimme zitterte und die Tränen rannen ihr unaufhörlich über das Gesicht.

»Shhh.« Er zog sie an sich und streichelte ihr über das Haar. Er ließ sie weinen. Ihre Arme schlangen sich um seine Hüfte und mit den Fingern krallte sie sich an seinem T-Shirt fest. Seine Kate, die sonst immer so beherrscht war, war völlig aufgelöst. Er hätte nie gedacht, dass so etwas möglich wäre.

Reue überfiel ihn wie der Regen, der draußen den Boden überschwemmte. Alles war seine Schuld. Er war es gewesen, der sich angeboten hatte, für Bryan einzuspringen. Wenn er nicht gewesen wäre, hätte Kate die Wahrheit gesagt. Sicher wäre das sehr schwer für sie gewesen. Es hätte vermutlich die Verkaufszahlen ihres Buches nach unten gedrückt, aber es hätte ihre Karriere nicht zerstört.

»Es tut mir so leid, Kate«, flüsterte er in ihr Haar. Er hatte gedacht, dass er sie rettete, aber stattdessen hatte er sie ruiniert. »Es war mein Fehler.«

Sie schniefte. »Nein, das stimmt nicht.« Sie schüttelte ihren Kopf, der an seiner Brust lag. »Es war meine Entscheidung.«

»Aber es war meine *Idee.*« Seine Arme drückten sie fester, als er sich an den Morgen erinnerte, an dem er sie so geschockt gesehen hatte, als er Zeuge wurde, wie ihre Augen wie tot wirkten, als sie begriff, was mit ihr geschehen war.

»Ich wollte doch nur –« *Dich retten. Dich lieben.* Sein Bauch zog sich zusammen.

Sie drückte sich ein wenig von ihm weg und sah zu ihm auf. »Sprich nicht so.« Eine letzte Träne rollte ihre Wange hinunter. »Du wolltest doch nur helfen.«

Er wischte ihre Träne ab, trocknete ihr Gesicht mit seinen Daumen. Ihre Augen waren voller Traurigkeit und Reue, ihre Wimpern feucht. Wenn er doch nur wieder in Ordnung bringen könnte, was er so leichtfertig kaputt gemacht hatte. An jenem Tag hatte er helfen wollen, hatte versucht, die Verzweiflung von ihrem Gesicht zu vertreiben. Er hätte alles getan, um das zu erreichen.

Und trotz allem war die Verzweiflung wieder da und diesmal noch viel stärker.

»Ich würde dich nie verletzen«, flüsterte er. Würde sie ihm glauben? Das war so wichtig für ihn.

»Ich weiß.« Ihre Lippen bewegten sich kaum. In einem Mundwinkel zitterte noch eine Träne. Er wischte sie sacht fort, sein Daumen blieb dabei auf ihrer vollen Unterlippe liegen.

Himmel, wusste sie, wie viel sie ihm bedeutete? Wie sehr er sie begehrte, sie ganz für sich haben wollte? Wusste sie, dass er alles tun würde, um sie zu schützen?

Wusste sie, dass er sie liebte? Die Worte lagen ihm auf der Zunge, unentschlossen, aber doch begierig, gesagt zu werden, trotz der Angst vor den Konsequenzen. Was würde sie tun, wenn sie von seiner Liebe wüsste? Was würde sie sagen, wenn sie wüsste, dass er sie von Anfang an geliebt hatte?

Kate wollte sich in Lucas' Augen verlieren, in diesen unergründlichen grünen Tiefen. Etwas regte sich in ihr. Sie wiederholte in ihrem Kopf seine Worte. *Ich würde dich nie verletzen.*

Sie wusste, dass er die Wahrheit sagte. Er hätte sie nie an ihrem Hochzeitstag verlassen, wie es Bryan getan hatte. Lucas würde ihr beistehen und sie verteidigen, sie beschützen, egal, was es kosten würde. Kate hatte sich nie als eine Frau gesehen, die sich nach einem Ritter in schillernder Rüstung sehnt, aber in diesem Moment tat sie es. Und der Blick, den er ihr zuwarf, war unwiderstehlich.

Er war ihr so nah. Sie konnte durch das T-Shirt seine Wärme spüren. Kate legte ihr Gesicht in seine Hand und küsste seine schwieligen Handflächen. Er war ein richtiger Mann, ein harter Arbeiter. Treu bis zum Tod. So viele gute Seiten. Und sie sehnte sich nach jeder Einzelnen von ihnen.

Sie küsste sein Kinn, spürte auf ihren Lippen seine Bartstoppeln und genoss ihn so, wie er war.

Sie hörte, wie er Atem holte und das ermutigte sie. Mit der Hand, die auf seinem Gesicht lag, drehte sie es zu sich hin. Ihre Lippen berührten sich sanft und Kate sog seinen Kuss in sich auf. Ihre Finger bohrten sich in den Baumwollstoff seines T-Shirts.

Lucas zog sie näher an sich heran, in den Schutz seiner Umarmung. Sein Bauch fühlte sich hart an, seine Schultern so stark wie ein Felsen. Er war ein fester Grund im wütenden Sturm.

»Katie«, flüsterte er.

Der Klang ihres Namens auf seinen Lippen, so sehnsüchtig und hingebungsvoll, war süß und berauschend.

Ich will ihn.

Nein, ich brauche ihn.

Er küsste sie erneut, diesmal härter. Kate erwiderte den Kuss mit dergleichen Stärke und fuhr ihm mit den Fingern durch die Haare. Lucas beugte sich über sie, drückte sie nach hinten auf das Bett. Sie genoss die Schwere seines Körpers auf ihr, noch mehr als den kühlen Wind auf sonnenverbrannter Haut.

Was mache ich hier? Kaum war der Gedanke aufgetaucht, da drängte Kate ihn auch schon beiseite.

Aber mit Macht kam er zurück. *Ist das richtig, was ich hier tue? Liebe ich ihn?*

Er ist mein Ehemann. Das Recht steht auf deiner Seite, alles geht mit rechten Dingen zu.

Sie hielt sich mit aller Macht an diesem Gedanken fest.

Er ist mein Ehemann. Er gehört mir.

Mit diesem Gedanken kam die Hingabe. Ihre Hände strichen sanft seinen Rücken hinunter und sie küsste ihn leidenschaftlich.

»Katie«, stieß er atemlos hervor. Er stützte sich ab und plötzlich war eine Distanz zwischen ihnen, die sie nicht wollte. In seinen dunklen Augen spiegelte sich tiefes Verlangen, genauso wie in ihren. »Willst du es wirklich, Liebling?«

Kate zog ihn an sich, küsste sein Kinn, seinen Mundwinkel, bevor er ihren Mund in Besitz nahm.

Entscheidungen, die im Schutz der Dunkelheit getroffen wurden, müssen über kurz oder lang ans Tageslicht kommen.

– Auszug aus *Wie ich den richtigen Mann finde* von Dr. Kate

Kapitel Sechsundzwanzig

Das Morgenlicht strömte durch die Fenster und blendete Kates schmerzende Augen. Sie sah auf die Uhr und merkte, dass sie lange geschlafen hatte. Die Hemdbluse, die sie gestern getragen hatte, hing über dem kegelförmigen Lampenschirm.

Die Erinnerung an die vergangene Nacht überrollte sie wie eine Monsterwelle. Sie drehte ihren Kopf zur Seite und begegnete Lucas' Blick.

»Morgen«, sagte er. Er lag oben auf der Bettdecke und trug eine Jeans und ein T-Shirt.

Wie lange hatte er sie schon so angesehen? Die eigene Nacktheit unter der Bettdecke wurde ihr mit einem Schlag peinlich bewusst. Kate griff nach der Decke und zog sie bis zu den Schultern hoch. Mit voller Wucht war sie in der Realität angekommen. *Was habe ich nur gemacht? Und wir haben uns noch nicht einmal geschützt. Was habe ich mir bloß dabei gedacht?*

Sie war es nicht gewohnt, neben ihm aufzuwachen. Und auch nicht daran gewohnt, was sie in der Nacht getan hatten. Diese beiden Realitäten prallten aufeinander und es herrschte eine Weile lang peinliche Stille.

»Du bist ja noch hier.«

Er stützte seinen Ellenbogen auf das Kissen und legte seinen Kopf auf die Hand. »Ich habe dich nur beim Schlafen beobachtet.«

Wenn sie es zuließe, könnte sie sich erneut in diesen Augen verlieren. Aber das sollte sie nicht. Durfte sie nicht. Was für einen Sinn würde das machen? Sie tat so, als wollte sie auf die Uhr sehen, und blickte zur Seite.

Das Tageslicht hatte die Schatten des Begehrens fortgejagt und die Unvernunft ihrer nächtlichen Aktivitäten bloßgelegt. Sie hatte sich von ihren Gefühlen für Lucas fortreißen lassen.

Und es stimmte, sie hatte Gefühle für ihn. Starke Gefühle.

Aber er ist nicht der Richtige für mich. Wie konnte ich das nur vergessen? Ich, die ich ein ganzes Buch über das Thema geschrieben habe? Vielleicht bin ich wirklich eine Heuchlerin.

»Liebling, sieh mich an.«

Ihr Bauch zog sich bei der liebkosenden Anrede zusammen: So hatte er sie auch genannt, bevor sie –

Kate drehte ihren Kopf wieder zu ihm um. Auf Lucas' Wange war der Abdruck des Kissens zu sehen. Diese Wange hatte sie in der Nacht geküsst. Hatte diese Lippen geküsst, hatte mit ihren Händen sein markantes Kinn liebkost. *Hör auf damit!*

»Ich frage mich, was hinter diesen großen braunen Augen wohl vorgeht.« Er strich ihr eine Haarsträhne von der Wange.

Sie wich vor seiner Berührung zurück, wollte nicht mehr in den Strudel des Verlangens gezogen werden. Lucas zog seine Hand stirnrunzelnd weg.

Kate brauchte Zeit, um nachzudenken. Zeit, um sich über ihre eigenen Gefühle klar zu werden. Und Zeit, um sich erst einmal anzuziehen. Sie zog die Decke bis zum Kinn hoch.

»Ich brauche einfach ... ein bisschen Zeit. Alles hat sich so schnell verändert, ich verstehe das alles noch gar nicht. Ich brauche Zeit, um über alles, was passiert ist, nachzudenken.«

Das Leuchten verschwand aus seinen Augen. Sie wollte etwas sagen, damit das alte Strahlen wiederkäme. Aber es wäre nicht fair, ihm falsche Hoffnungen zu machen.

»O.k.«, sagte er.

Sie wollte noch etwas ergänzen. Etwas, das den Schmerz auf seinem Gesicht linderte, aber ihr fiel nichts ein. Nichts, was ehrlich gewesen wäre. Nicht jetzt, wenn in ihrem Kopf alles drunter und drüber ging.

Lucas erhob sich und brachte das Bett zum Schaukeln. Er räusperte sich. »Ich muss sowieso noch mal wegfahren.« Am Fußende des Bettes schlüpfte er in seine Sandalen.

»Ich wollte damit nicht sagen, dass du gehen sollst.«

Er ging zur Tür, drehte sich nicht mehr um. »Ist schon in Ordnung.«

Kurz danach hörte sie, wie die Haustür geöffnet und geschlossen wurde. Draußen sprang sein Wagen an und Bo kam ins Zimmer, seine Pfoten klickten auf dem Boden, bis er neben ihr anhielt.

Was hatte sie nur getan? Als ob ihr Leben nicht schon kompliziert genug wäre. *Was habe ich mir letzte Nacht nur gedacht?*

Sie hatte mit ihrem Herzen gedacht, das war die Antwort. Wie er sie berührt hatte, als wäre sie das Kostbarste auf der ganzen Welt. Sogar jetzt noch bekam sie eine Gänsehaut, wenn sie daran dachte. Sie hatte sich noch nie so wertvoll gefühlt, so ...

Geliebt.

Lucas liebt dich nicht. Er hat als Mann gehandelt und wollte, was Männer nun mal eben wollen.

Aber es hatte sich nicht so angefühlt. Auch nicht, als sie aufgewacht war und sie ihn dabei ertappt hatte, wie er sie ansah.

Hör auf damit, Kate. Du musst mit deinem Kopf denken. Sei klug. Hör auf deinen eigenen Rat.

Kate zwang sich aufzustehen. Sie duschte und zog sich ihre Lieblingsjeans und ihre tiefblaue Hemdbluse an. Es war Sonntag und sie fragte sich, ob Lucas' Familie sie wohl zu ihrem Familienessen einladen würde. Vielleicht sollte sie nicht hingehen. Aber irgendwann würde sie ihnen ja wieder einmal begegnen müssen, um sich zu entschuldigen.

Als sie sich Kaffee eingoss, hörte sie, wie ein Auto die Einfahrt hochfuhr. Ihre Nerven waren sofort bis zum Zerreißen gespannt. Sie hatte keine Ahnung, was sie zu Lucas sagen sollte. Was sie gemeinsam erlebt hatten, war so intim gewesen und doch wusste sie jetzt, am helllichten Tag, dass es ein Fehler gewesen war. Wie konnte sie ihm das sagen?

Vielleicht denkt er dasselbe.

Dieser Gedanke störte sie – verletzte ihre Gefühle –, was völlig unlogisch war, da sie doch dasselbe fühlte. Sie war nicht einmal mit sich selbst im Reinen.

Vielleicht würde ein Spaziergang am Strand für klarere Gedanken sorgen. Durch das Küchenfenster konnte sie sehen, dass sich das Wetter beruhigt hatte. Es war nicht mehr stürmisch, nur noch bedeckt und trüb. Der Ozean war grau und aufgewühlt, die Wellen rauschten mit weißen Schaumfingern an das Ufer.

Eins war ihr klar: Sie musste von der Insel fort. Es gab keinen Grund, die Ehe weiterzuführen, und zu bleiben wäre emotional viel zu kompliziert. Offensichtlich hatten sich ihre Gefühle für Lucas so vertieft, dass sie die Kontrolle verloren hatte. *Wenn wir doch nur nicht so verschieden wären. Wir könnten es schaffen, wenn wir nicht so vollkommen inkompatibel wären.*

Ihr Herz sehnte sich danach, es trotzdem zu versuchen, wenigstens noch eine Chance zu haben.

Aber die Erinnerungen an die vielen Auseinandersetzungen ihrer Eltern, an die bösen Kämpfe wegen jeder Kleinigkeit stoppten sie, auch wenn es ihre Erfahrung als Beraterin nicht tun würde. Sie würde ihr Leben nicht damit verschwenden, die Quadratur des Kreises zu versuchen. Sie hatte zu viele Leute gesehen, die das versucht hatten und gescheitert waren. Sie war Zeuge gewesen, wie ihre Eltern es probiert und nicht geschafft hatten. Und ein solches Leben wünschte sie keinem.

Es klopfte an der Haustür.

Kate stellte ihren Kaffeebecher auf den Tisch, ging ins Wohnzimmer und sah durch das Türfenster. Sie hoffte inständig, dass es nicht wieder ein Reporter war, der in ihrer Privatsphäre ...

Nein.

Durch das Fenster war nur ein Teil eines Kopfes zu erkennen, aber diesen gepflegten Kurzhaarschnitt hätte sie überall erkannt. Sie hielt kurz inne, sammelte sich und öffnete dann die Tür.

»Bryan.« Sie hatte ihn seit dem Abend vor ihrer Hochzeit nicht mehr gesehen. Er sah älter aus. Müde. Sein Hemd und seine Hose waren so zerknittert, als hätte er darin geschlafen. »Was machst du denn hier?«

»Kate.« Er seufzte. Vor Erleichterung? »Ich habe so oft versucht, dich zu erreichen.« Sie lehnte sich an die Tür, die sie halb geschlossen hielt. Sie hatte erwartet, dass sie etwas empfinden würde, wenn sie ihn wieder sah. Sehnsucht, Reue, Wut. Irgendetwas. Das Ausbleiben eines Gefühls war eine willkommene Überraschung für sie.

»Ich habe mein Handy ausgestellt«, sagte sie. »Ich denke, du weißt warum.«

»Tut mir leid, dass ich nicht da war, als du angerufen hast. So viele Reporter haben versucht, mich anzurufen, da habe ich wie du mein Handy auch ausgemacht. Ich erhielt deine Nachricht, als ich aus dem Flugzeug stieg.«

»Was machst du hier?« Dachte er, dass er sie trösten könnte? Ihr helfen? Vielleicht hatte er ja einen Plan, wie man die Katastrophe abwenden konnte, schließlich war er ein kluges Köpfchen. Und ihr eigener Plan war ja gescheitert.

»Wir müssen reden«, sagte er. »Kann ich reinkommen?«

Kate sah über die Veranda zur Straße, wo zwei Häuser standen. Das wäre besser, als dass die Leute Bryan vor ihrer Haustür sehen würden. Sie öffnete die Tür, machte einen Schritt zurück an die Wand und hielt einen deutlichen Abstand zu ihm.

Drinnen deutete sie an, dass er auf dem Sofa Platz nehmen sollte. Sie betrachtete das winzige, einfache Wohnzimmer und versuchte, es mit seinen Augen zu sehen. Es war ganz anders als seine moderne Stadtwohnung. Bo tauchte neben ihm auf und schnüffelte an seinem Schuh, bevor er Kate zum Fernsehsessel folgte.

»Es tut mir leid, dass es herausgekommen ist.« Er stützte seine Ellenbogen auf die Knie. »Auch das Interview im Fernsehen tut mir leid. Das muss furchtbar unangenehm für dich gewesen sein.«

Unangenehm war kaum das passende Wort.

»Deine Freundin hatte sicher einen großen Tag.«

»Sie ist nicht meine Freundin. Es war ein großer Fehler. *Sie* war ein großer Fehler.«

Kate fühlte sich plötzlich sehr müde, ihre Glieder waren schwer wie Blei. »Lass uns nicht noch einmal alles durchgehen, Bryan. Was passiert ist, ist passiert. Das Wichtigste ist, dass du nicht mit der Presse sprechen darfst. Das hast du doch auch nicht, oder?«

»Natürlich nicht. Das würde ich dir nicht antun.«

Es gehörte schon etwas dazu, dass er einfach hier auftauchte, als hätte er sie nie verletzt. Kate blickte ihn vernichtend an. Er schaute weg. »Wenn irgendjemand dich anspricht, sag einfach ›Kein Kommentar‹, okay?«

»Na klar. Ich werde tun, was auch immer du willst. Das schulde ich dir. Und noch so viel mehr.« Seine hellblauen Augen glänzten im Licht der Lampe. Früher hatte sie seine Augen schön gefunden, fast zu schön für einen Mann. Jetzt waren sie eine dünne, kühle Eisschicht, die beim geringsten Druck zerbrechen könnte.

»Ich weiß, dass die Situation schlimm ist«, sagte Bryan. »Unsere privaten Angelegenheiten überall in den Nachrichten, deine Karriere – gefährdet. Ich kann dir gar nicht sagen, wie leid es mir tut.«

Seine Entschuldigung klang ehrlich, sein Bedauern berechtigt. Leider änderte das aber überhaupt nichts.

Aber Wut war auch sinnlos. Auch wenn er sie sitzen gelassen hatte, war es immer noch ihre Entscheidung gewesen, Lucas zu heiraten.

»Was wirst du jetzt machen?«, fragte Bryan. »Kann ich dir irgendwie helfen?«

Kate schüttelte den Kopf. »Ich werde nichts tun, mich nur irgendwo verkriechen. Mein Vater hat mich eingeladen, eine Weile bei ihm zu bleiben, das mache ich vielleicht. Ich brauche Zeit, bis das Schlimmste vorbei ist, Zeit, meine Karriere neu zu planen, was vermutlich notwendig sein wird.«

Zwischen Bryans Augenbrauen erschienen zwei Falten und er schüttelte seinen Kopf, als ob er sich von Spinnweben befreien wollte. »Aber was wird mit –«

Zu spät erkannte Kate ihren Fehler. Die Öffentlichkeit – und das schloss Bryan mit ein – kannte die Einzelheiten von ihrer Abmachung mit Lucas nicht. Sie hatte Bryan nie erzählt, dass es gar keine richtige Ehe war.

»Deine Ehe«, sagte er. »Sie war nur vorübergehend? Du verlässt ihn?« Die Hoffnung in seiner Stimme klang in ihren Ohren wie ein Warnsignal.

Ihr wurde schlecht und die Übelkeit tobte in ihr wie der Wind, der draußen die Wellen aufpeitschte. »Ich besuche nur meinen Vater, das ist alles.«

Seine Augen verengten sich. »Es war von Anfang an nur als etwas Vorübergehendes gedacht, habe ich Recht? Du hattest nie Gefühle für ihn, hattest nie geplant, mit ihm länger verheiratet zu sein. Es war nur ... ein Ausweg aus dem Schlamassel, in den ich dich gebracht habe.«

Er hatte die Worte mit großer Bestimmtheit ausgesprochen und Kate wusste, dass sie das nicht mehr ändern konnte. *Er wird nicht mit den Medien sprechen, deshalb ist es auch nicht so schlimm, dass er es jetzt weiß.*

»Ja, es war nur eine Notlösung, klar?«, sagte sie. »Aber das bleibt zwischen dir und mir und wenn du auch nur ein Wort zur Presse sagen solltest –«

Bryan streckte seine Handflächen aus. »Ich schwöre, dass ich kein Sterbenswörtchen sagen werde.« Er erhob sich, kam zu ihr hinüber und kniete vor ihr nieder.

»Kate, hast du eine Ahnung, was das für mich bedeutet?« Er nahm ihre Hände und drückte sie. Die Kühle seiner Handflächen und die Form seiner Finger fühlten sich für sie fremd an.

Sie zog ihre Hände weg. »Das bedeutet gar nichts. Und es ändert auch absolut nichts.«

»Du musst von hier weg. Komm mit mir. Wir können in meiner Wohnung in Aspen bleiben. Ich werde mir frei nehmen. Und du kannst dir überlegen, was du dann machen möchtest.«

Kate drückte sich mit dem Rücken in die Kissen. »Nein, Bryan. Es ist aus zwischen uns.« Sobald die Worte ausgesprochen waren, wusste sie, dass sie es ernst meinte, so wie nie zuvor. Nichts war übrig geblieben, sie fühlte nichts mehr für ihn.

Weil meine Gefühle für Bryan durch die Gefühle zu Lucas ersetzt wurden. Aber Kate schob diesen Gedanken beiseite.

»Das meinst du nicht ernst. Denk nach. Wir könnten hinziehen, wo du willst. Und du könntest wieder einen Beratungsservice wie hier aufbauen. Wir könnten ganz neu anfangen.«

Der Gedanke, irgendwo anzufangen, war verführerisch, wenn sie bedachte, dass vor ihr viele Monate der Unsicherheit lagen. Aber sie wusste, dass es höchst unwahrscheinlich war. Sie wollte das gerade sagen, als die Haustür geöffnet wurde.

Irgendwie war es ihr entgangen, dass Lucas' Wagen angekommen war. Er hielt auf der Türschwelle an, seine Hand lag auf dem Türgriff. Sein Blick ging zwischen Kate und Bryan hin und her. Sie stellte sich vor, wie es aus Lucas' Perspektive aussehen musste, und bei dieser Vorstellung erschauderte sie.

Lucas' Herzschlag setzte aus, als er Kate und Bryan zusammen sah. Er hatte angenommen, dass der unbekannte Wagen einem neugierigen Reporter gehörte, und war die Treppe zur Veranda hinaufgestürmt, um den Eindringling zu stellen, der sich erdreistet hatte, zu ihnen nach Hause zu kommen.

Aber es war kein Reporter, der zu Füßen seiner Frau kniete. Es war ihr Ex-Verlobter. Der geschockte Blick von Kate bei seinem Eintreten, wäre komisch gewesen, wenn es nicht so weh getan hätte.

Seine Hände formten sich zu Fäusten. »Was haben Sie hier zu suchen, Montgomery?«

Bryan stand langsam auf und stellte sich vor Kate, als wollte er sie vor Lucas schützen. Was für ein Witz. Es war Bryan, vor dem sie beschützt werden musste.

»Die Pose des liebenden Ehemanns können Sie ablegen. Ich kenne die Wahrheit.«

Kate erhob sich und Lucas blickte sie an, sah ein schlechtes Gewissen in ihren Augen. Und noch etwas anderes, bevor sie ihren Blick auf den Boden senkte. Es war genug, um sein Selbstbewusstsein ins Wanken zu bringen.

Lucas ging einen weiteren Schritt auf Bryan zu und hätte ihm am liebsten den selbstgefälligen Ausdruck aus dem Gesicht geschlagen. »Verlassen Sie sofort mein Haus.«

»Nicht ohne Kate.«

»Hör auf, Bryan«, mischte Kate sich ein. »Du solltest jetzt gehen.« Sie griff nach seinem Arm, aber Bryan rührte sich nicht von der Stelle. Kates Hand zitterte.

»Sie haben gehört, was sie gesagt hat«, sagte Lucas. »Hauen Sie endlich ab.«

Bryan drehte sich zu Kate um und berührte ihren Arm. Lucas wollte ihn am Kragen packen und ihn zur Tür hinauswerfen. Stattdessen knirschte er mit den Zähnen. Wollte Kate mit Bryan weggehen? Bereute sie deshalb, was in der letzten Nacht geschehen war? Offensichtlich hatte sie Bryan erzählt, dass ihre Ehe eine Farce war. *Das konnte sie nur gesagt haben, wenn sie –*

»Komm mit mir, Kate«, forderte Bryan sie auf. Er sagte noch etwas anderes zu ihr, aber es war so leise, dass Lucas es nicht verstehen konnte.

Kate machte ihre Hand frei. »Nein.«

Bryan flüsterte ihr wieder etwas zu, nahm Kates Gesicht in seine Hände.

Da verlor Lucas die Beherrschung. Er sprang nach vorne. »Nehmen Sie sofort Ihre Hände von meiner Frau.« Er packte Bryan am Hemd und schob ihn in Richtung Haustür. Lucas war ihm körperlich weit überlegen und das war Bryan auch sehr wohl bewusst.

Vor der Tür kam Bryan wieder zum Stehen, strich sich die Ärmel glatt und bemühte sich, seine Haltung wiederzugewinnen. Er sah Lucas finster an. »Sie ist nicht Ihre Ehefrau, *Freundchen.* Sie treibt nur ein Spielchen mit Ihnen.«

Allein zu leben ist besser, als in einer Beziehung festzusitzen, die nicht zu einem passt. Wenn Sie sich in der letzteren Lage befinden, sollten Sie sich trennen – je früher, desto besser.

– Auszug aus *Wie ich den richtigen Mann finde* von Dr. Kate

Kapitel Siebenundzwanzig

Wenn Bryan nicht von selbst gegangen wäre, hätte Kate ihn eigenhändig aus dem Haus geworfen, nachdem er so mit Lucas gesprochen hatte. Sie wollte gern den Schmerz auf Lucas' Gesicht mit einem gut platzierten Kuss mildern. Als sie aber seine Wut sah, verschwand der Wunsch so schnell, wie er gekommen war.

Lucas verließ das Zimmer. Sie blieb zurück und zerbrach sich den Kopf, was er wohl dachte. Sie hörte, wie er einen Schrank öffnete und etwas herausnahm. Die Schranktür wurde laut zugeschlagen. Dann wurde Kaffee eingegossen und die Kanne wurde geräuschvoll wieder in die Maschine zurückgestellt.

Kate war sich nicht sicher, ob sie ihm folgen sollte oder nicht. Es war klar, dass sie über vieles reden mussten. Er fragte sich sicher, warum Bryan hier gewesen war. Und was sie tun würde.

Kate blickte auf ihre Uhr. In einer Stunde sollten sie bei seinen Eltern sein. *Wie soll ich ihnen nur begegnen? Wie kann ich diesen Menschen, die zu meiner Familie geworden sind, sagen, dass ich fortgehe?*

Und wie bringe ich es Lucas bei, dass ich ihn verlasse? Obwohl er ja gemerkt haben musste, dass sie hier nichts mehr hielt.

Außer, was in der letzten Nacht geschehen war.

Kate sah zum Fenster des Wohnzimmers hinaus. Der Wind kämpfte mit den Blättern, die schon begonnen hatten, sich zu verfärben. Es war Herbst geworden und die Natur um sie herum veränderte sich. Die warmen Sommertage waren vorbei und auf die kühleren Herbsttage würde der kalte Winter folgen.

Den Winter auf der Insel hatte sie noch nie gemocht. Die eisigen Winde, die vom Meer kamen, machten es fast unmöglich, das Haus warm zu bekommen. In Gedanken fügte sie diesen Punkt den Vorteilen hinzu, den ein Besuch bei ihrem Vater in Maryland haben würde. Sie hatte schon viele Gründe gefunden. Immer mehr hatte sie den Wunsch, vor allem zu flüchten. Und zwar so schnell wie möglich.

Hinter sich hörte sie Lucas' Schritte. In seiner Gegenwart verkrampften sich ihre Schultern und es war so, als würde ihr mit einem Mal die Luft zum Atmen fehlen.

»Hast du ihn gebeten zu kommen?«, fragte Lucas.

Kate drehte sich zu ihm um. »Nein.« Sie hasste es, dass er es für möglich hielt. Dachte er, dass die letzte Nacht gar nichts bedeutete? Sie hätte nicht mit ihm geschlafen, wenn sie Bryan immer noch liebte. *Aber das weiß Lucas sicher.*

Lucas nahm einen Schluck Kaffee aus einer überdimensionalen Nantucket-Tasse. In seinen Händen sah sie klein aus.

Kate musste ihm sagen, was sie beschlossen hatte, aber die richtigen Worte zu finden, war schwieriger, als sie vorher gedacht hatte. *Seltsam, wo ich doch die ganze Zeit über vorhatte, ihn zu verlassen.* Und sein Plan war das ja auch gewesen. Eigentlich sollte es keine Überraschung sein, dass es für sie keinen Grund mehr gab, hierzubleiben.

Wenn da nicht deine Gefühle wären.

Sie schob den Gedanken beiseite und konzentrierte sich auf die logischen Gründe, weshalb es besser für sie wäre, fortzugehen.

»Wir müssen miteinander reden«, sagte sie. Das war zumindest einmal ein Anfang. Ein langsamer, zugegeben, aber es wäre unfreundlicher, wenn sie gleich mit der Tür ins Haus fallen würde.

»Schieß los.« Er hielt den Becher vor sich, eine zerbrechliche Barriere zwischen ihnen. Seine Füße standen weit auseinander, als ob er einen Schlag erwartete.

Und sie hasste es, dass sie es war, die den Schlag ausführen würde. »Ich werde die Insel verlassen.« Sie versuchte seine Reaktion zu registrieren, konnte aber rein gar nichts in seinem Gesichtsausdruck erkennen. »Jetzt, da alle Welt über ... unsere Ehe Bescheid weiß, gibt es keinen Grund mehr für mich zu bleiben.« Sie wartete, bis er etwas sagen würde – und bekam nur Schweigen.

»Ich muss Abstand gewinnen«, fuhr sie fort. »Hier bin ich für die Presse eine leichte Beute. Ich denke, dass die ganze Situation sich schneller beruhigen würde, wenn ich woanders hingehe.«

Da fiel ihr ein, dass Lucas ohne sie dann allein mit der Presse, mit allen Einheimischen und ihren neugierigen Blicken fertig werden musste. Das tat ihr aufrichtig leid, aber wenn sie bliebe, würde es auch nicht einfacher sein. Im Gegenteil, dann würde noch mehr geredet werden.

Sie wünschte sich, dass sie seinen Gesichtsausdruck interpretieren könnte, aber gegen das Licht aus der Küche lag sein Gesicht im Schatten. Sie sprach weiter. »Erst einmal muss sich alles beruhigen. Wenn von meiner Karriere dann nichts mehr übrig sein sollte, könnte ich vielleicht einen neuen Beraterservice aufmachen.« Sie bemühte sich, optimistisch zu klingen, aber das misslang ihr gründlich. Sie stellte sich vor, wie sie davonfuhr und Lucas zurückbleiben würde. Ihn nie wiederzusehen. Der Gedanke schnürte ihre Kehle zusammen.

»Wirst du zu ihm zurückgehen?«

Kate brauchte einen Moment, bis sie verstand, was Lucas sie gefragt hatte. »Nein.« Sie schüttelte heftig mit dem Kopf. »Bryan ist – es ist aus zwischen uns.« Hatte Lucas nicht gehört, wie sie Bryan gesagt hatte, dass er gehen sollte?

»Er scheint das nicht zu denken.«

»Ich fühle nichts mehr für ihn. Sonst hätte ich nicht –« *Mit dir geschlafen.* Wenn sie den Satz beendet hätte, hätte sie das Thema angeschnitten, das sie um jeden Preis vermeiden wollte.

»Sonst hätte ich nicht ...?«

Sie musste wieder an die vergangene Nacht denken, in der sie wie eine verdurstende Frau zu einer Quelle frischen Wassers zurückgekommen war. Kate wusste, dass sie diese Nacht nie aus ihrer Erinnerung streichen könnte. Sie verschränkte ihre Arme, umklammerte ihre Taille.

»Ich werde eine Weile bei meinem Vater bleiben«, sagte sie und ging nicht auf seine Frage ein. »In Maryland. Ich hoffe, dass der Skandal bald in Vergessenheit gerät.«

Er ging auf sie zu und sie wurde mit jedem Schritt angespannter. Aber er hielt eine Armlänge von ihr entfernt an. Jetzt konnte sie sein Gesicht sehen, denn das Licht, das durch das Fenster hinter ihr leuchtete, erhellte es.

»Du könntest hierbleiben ...«

Wusste er, wie verlockend das für sie war, wenn er sie so ansah? Wenn seine Augen sich direkt in ihr Herz brannten? Es war das erste Mal, dass einer von ihnen die Möglichkeit ansprach, die Ehe nicht nur vorübergehend zu führen. Es musste ihn viel Mut gekostet haben, diese Idee, die schon seit Tagen in ihren Köpfen gewesen war, in Worte zu fassen. In der letzten Nacht hatten sie diese Möglichkeit wortlos zum Leben erweckt. Aber jetzt, als er es laut gesagt hatte, erfasste es sie mit größerer Wucht als eine Sturmflut.

Kate riss ihre Augen von ihm los. *Sei stark. Denk mit deinem Kopf, nicht mit deinem Herzen. Denk an deine Eltern. Denk daran, was du aus all deiner Erfahrung gelernt hast.*

»Du weißt, dass es nicht funktionieren würde, Lucas«, sagte sie. »Und selbst wenn du es nicht glaubst, ich weiß es ganz genau.« Sie spürte, dass seine Augen auf sie gerichtet waren, und wollte weglaufen, weit weg.

»Und was ist mit letzter Nacht?«

Der Schmerz in seiner Stimme zerbrach ihre Mauer. Egal, was geschehen würde, egal, dass sie fortging und dass alles vorbei war, sie würde ihn nicht in dem Glauben verlassen, dass die letzte Nacht bedeutungslos gewesen war. Etwas so Besonderes würde sie nicht so herabsetzen.

Bevor sie wusste, was sie tat, berührte sie sein Gesicht. »Oh, Lucas. Die letzte Nacht war – sie hat mir so viel bedeutet.« Die Worte blieben ihr in der Kehle stecken. Ihre Augen brannten.

Er drehte sich um und ihre Hand fiel ins Leere.

Lucas bewegte sich von ihr weg. Ihre Berührung hatte zu viel Macht über ihn. Er wäre verloren, wenn sie ihn noch einmal berühren würde. Wie konnte sie ihn verlassen, wenn sie auch nur annähernd so empfand, wie er es tat? Der Gedanke, ohne sie leben zu müssen, riss ihn schier entzwei, es war sogar noch schlimmer als damals beim Tod von Emily. Diesen Verlust hatte niemand gewählt, er war einfach passiert. Wenn Kate ihn verlassen würde, wäre es ihre eigene Entscheidung.

Aber vielleicht fühlte sie nicht so wie er. Er wusste, dass sie etwas für ihn empfand, aber vielleicht erwiderte sie seine Liebe nicht in derselben ... Intensität. Was für ein formell klingendes Wort, das solch ein quälendes Gefühl beschrieb.

»Lucas?« Sein Name auf ihren Lippen erinnerte ihn an die letzte Nacht. Sie hatte seinen Namen immer und immer wieder gesagt. Würde er das jemals vergessen? Oder den Rausch, sie sein eigen nennen zu dürfen?

Er musste es schaffen, dass sie ihre Meinung änderte. *Wenn sie mir nur eine Gelegenheit dazu geben würde.* Er drehte sich wieder zu ihr um und sah die Tränen in ihren Augen. Da wollte er ihr wieder ganz nah sein, sie in seinen Armen halten. Aber mit ihr in den Armen konnte er nicht nachdenken.

»Bleib hier, Kate. Da ist etwas zwischen uns. Willst du nicht so lange hier bleiben, bis wir herausgefunden haben, was es ist?«

Sie befeuchtete ihre Lippen und schluckte. »Ich habe dir doch von meinen Eltern erzählt – von ihrer Unterschiedlichkeit und wie unglücklich sie miteinander waren. Was ich dir nicht erzählt habe, war, wie es meine Mutter umgebracht hat, nachdem sie geschieden waren.«

Sie sah aus dem Fenster und das Tageslicht beschien eine Hälfte ihres Gesichtes. »Obwohl es ihre Wahl war, konnte sie nicht ohne ihn leben. Sie begann zu trinken.« Kate lächelte schief. »Natürlich habe ich das damals zuerst nicht begriffen. Aber ich weiß jetzt, dass sie den Alkohol benutzt hat, um der Wirklichkeit zu entfliehen. Und die Realität war, dass sie weder ohne meinen Dad noch mit ihm leben konnte. Sie war so oder so unglücklich. Was für eine Hoffnung kann es da noch geben?«

»Aber wir sind nicht deine Eltern, Kate.«

»Wir sind *genauso* wie meine Eltern. In jeder Hinsicht Gegensätze.

Ich glaube nicht, dass ich jemanden hätte finden können, der noch weniger zu mir passt. Ich hätte meinen eigenen Rat befolgen und mich distanzieren sollen, bevor – Gefühle ins Spiel kamen.«

Wenn sie sprach, klang es so rational. Als ob man unwillkommene Gefühle einfach in eine Schachtel packen und wegwerfen könnte. »Das ist verrückt«, sagte Lucas. »Liebe ist kein Punkt auf einer Checkliste.«

Ihre Finger umklammerten den Vorhang und sie sah ihn nicht an. Er hatte Argumente hören wollen. Hatte gewollt, dass sie ihm vernünftig erklärte, warum sie von ihrer Entscheidung überzeugt war. Er würde zu jedem Argument, das sie anführte, ein Gegenargument bringen.

»Ich werde so bald wie möglich eine Reservierung für die Fähre machen«, sagte sie. »Möglicherweise noch heute. Ich muss mir meine Sachen dann nachschicken lassen.«

Lucas fühlte sich, als hätte sie ihm in den Magen geboxt. Sie wollte ihre Entscheidung nicht verteidigen? Gab ihm keine Chance, sie vom Gegenteil zu überzeugen? Er konnte nicht glauben, dass alles so schnell vorüber war. Nicht nach der letzten Nacht, als er sich wie ein Surfer gefühlt hatte, der auf dem Kamm einer Traumwelle geritten war. Und jetzt war ihm so, als sei er kopfüber in die Felsen gekracht.

Sie sah auf die Uhr. »Ich will noch mit deiner Familie sprechen, bevor ich gehe. Ich will ihnen sagen, wie leid es mir tut.«

Sie hatte sein Herz gebrochen, nicht das seiner Familie. *Sag etwas. Sag etwas, um sie aufzuhalten, bevor ihr Plan zur Wirklichkeit wird.* »Du bist gerade mittendrin in einer Krise. Warte, bis sich die Dinge etwas beruhigt haben. Triff keine unüberlegten Entscheidungen.« So etwas würde sie selbst sagen, damit konnte sie etwas anfangen.

Ihre Augen verdunkelten sich, als sie die Stirn runzelte. »Es ist nicht unüberlegt, Lucas. Ich hatte von Anfang an geplant, irgendwann wegzugehen, schon vergessen?«

Niemand hat je gesagt, dass Abschiednehmen leicht wäre.

– Auszug aus *Wie ich den richtigen Mann finde* von Dr. Kate

Kapitel Achtundzwanzig

Kate klopfte an die Tür der Wrights und faltete dann ihre zitternden Hände auf dem Rücken. Lucas hatte angeboten, sie zu begleiten, aber sie musste allein mit seiner Familie sprechen. Es war ihr Fehler, nicht seiner.

Die Tür öffnete sich und Susans freundliches Willkommenslächeln verschwand. Kate konnte zusehen, wie sich diese Frau zu ihrer vollen Größe aufrichtete und sich ihr Kinn nach vorne streckte. Aber egal, wie Susan reagieren würde, Kate würde sich bei der Familie entschuldigen. Und dann würde sie unter vier Augen mit Susan sprechen.

»Kate.« Es hörte sich an, als hätte Kates Name auf ihrer Zunge einen faulen Geschmack. »Was willst du hier?«

»Ich bin gekommen, um mit deiner Familie zu sprechen. Darf ich hereinkommen?«

Susan stand unschlüssig im Eingang und schwankte, die Tür entweder weiter zu öffnen oder sie Kate vor der Nase zuzuschlagen. Schließlich trat sie einen Schritt zurück.

Kate folgte Susan durch den Flur und in die Küche, wo Roy gerade dabei war, Brötchen in den Ofen zu schieben. Der Geruch von Schmorbraten und Knoblauch füllte die Luft und Kates Magen begann zu knurren. Jamie saß auf einem Hocker in der Küche und hatte vor sich auf dem Tisch ein aufgeschlagenes Buch liegen. Beide drehten sich um, als Kate die Küche betrat.

»Hi Kate«, sagte Jamie mit einem aufrichtigen Lächeln und vielleicht einem Hauch von Mitleid in ihren Augen.

Roy schloss die Ofentür, nickte ihr zu und lächelte schwach. Kate bemerkte zum ersten Mal, dass seine Hände zitterten, und wusste, dass es ein typisches Zeichen für die Parkinson-Krankheit war. Das schlechte Gewissen lastete schwer auf ihr. Als ob die Wrights nicht schon genug Leid erlebt hatten; jetzt hatte sie alles noch viel schlimmer gemacht.

»Ist Brody auch hier?«, fragte Kate. Er war für das Wochenende vom College gekommen und sie hoffte, dass er noch nicht wieder zurückgefahren war.

»Er ist spazieren gegangen«, sagte Roy. »Setz dich, Kate.«

»Nein, danke«, antwortete Kate. »Ich werde nicht lange bleiben. Ich wollte euch bloß sagen, wie furchtbar leid mir alles tut.«

»Das ist ja auch das Mindeste«, bemerkte Susan.

»Gib ihr doch eine Chance.« Roy warf Susan einen bösen Blick zu. »Sprich weiter, Kate.«

Wo soll ich nur beginnen? Es hatte so viele Täuschungen gegeben und jetzt war die ganze Familie zum Gespött der Leute geworden. »Ich denke, ihr wisst alle, dass mein eigentlicher Verlobter mich am Tag meiner Hochzeit sitzen gelassen hat. Ich kann euch gar nicht beschreiben, wie niedergeschmettert ich war. Als Lucas sich als Bräutigam anbot, dachte ich zuerst, dass es total verrückt wäre.« Kate klemmte sich ihr Haar hinter die Ohren. »Und dann schien es der einzige machbare Ausweg zu sein, da mein Buch ja an demselben Tag herauskommen sollte. Ich wusste, dass es ein Flop werden würde, wenn die Hochzeit nicht wie geplant stattfände. Die ganze Presse war ja eingeladen worden, um darüber zu berichten – nun, ich war feige und habe Lucas' Angebot angenommen.«

Susan hatte ihre Arme verschränkt, Roy lehnte neben Jamie mit seinen Ellenbogen auf der Arbeitsplatte und sah Kate aufmerksam an; um seine Augen lagen tiefe Falten.

»Ich hatte nicht damit gerechnet, dass die Presse die Wahrheit erfahren würde. Es war so geplant, dass Lucas und ich uns ohne viel Aufsehen nach einem Jahr scheiden lassen. Aber es ist alles ganz anders gekommen.«

Kates Hals war trocken wie Wüstensand. Sie befeuchtete ihre Lippen. »Ich übernehme die volle Verantwortung und ich möchte mich für die Unannehmlichkeiten entschuldigen, die ihr durch mich habt. Heute Nachmittag werde ich die Insel verlassen, wollte euch aber noch einmal sagen, dass ich euch sehr lieb gewonnen habe.«

Jamies Augen wurden feucht und sie blinzelte mehrmals hintereinander. Roys Gesichtszüge waren weicher geworden und ihre eigenen Augen brannten. Sogar Susan schien etwas weniger feindselig zu blicken. Aber eventuell würde sich das wieder ändern, wenn Kate allein mit ihr gesprochen hatte.

Erinnerungen an die letzten Monate flogen an Kate vorbei. Wie sie die Wrights das erste Mal getroffen hatte, nachdem Lucas und sie aus den Flitterwochen zurückgekehrt waren. Wie sie alle gekommen waren, um sie in der *Dr. Phil Show* zu sehen. Die vielen Male, als sie mit Susan zusammen laufen war. Sie waren die Familie, die Kate nie gehabt hatte. Sie würde alle vermissen, sogar Susan.

Ihre Kehle war wie zugeschnürt. »Ich möchte euch danken, dass ihr euer Heim für mich geöffnet habt. Es war eine Ehre für mich, Teil eurer Familie sein zu dürfen, auch wenn es nur für eine kurze Zeit war.«

Jamie sprang auf und umarmte sie. »Ich werde dich vermissen, Kate.«

Kate erwiderte die Umarmung. »Ich dich auch. Du bist für mich wie eine Schwester geworden.«

Als sie sich verabschiedete, nahm Roy sie in seine Arme. »Ich wünschte, du könntest hierbleiben.«

Kate schlang ihre Arme um seine breiten Schultern und sagte mit erstickter Stimme »Es ist das Beste so. Danke für die vielen leckeren Mahlzeiten, die du gekocht hast.«

Als sie Susan gegenüberstand, herrschte einen Moment lang Verlegenheit. »Kann ich noch einmal unter vier Augen mit dir sprechen, Susan?«, fragte Kate.

Susan nickte kurz, ihr gepflegt frisiertes Haar wippte dabei und Kate folgte ihr in den Flur. Susan drehte sich zu Kate um und verschränkte ihre Arme. Das Licht der Deckenlampe machte ihr Gesicht härter und ließ sie älter aussehen, als sie in Wirklichkeit war.

Möglichst sanft begann Kate. »Ich möchte mit dir über meine Mutter sprechen.«

Susan machte vor Überraschung den Mund auf. Dann presste sie ihre Lippen fest zusammen und schaute weg. »Lucas hätte dir nichts sagen dürfen.«

Kate zuckte mit den Achseln. »Ich habe ihn gefragt, warum du mich nicht magst, und er hat sich wohl verpflichtet gefühlt, es mir zu erklären.«

»Ich möchte über dieses Thema nicht mit jemandem sprechen, der –«

»Du musst auch gar nichts sagen, hör mir einfach zu. Bitte.« Es war sowieso das letzte Mal, dass Kate sie sehen würde. Es war wichtig, dass Susan von irgendjemandem die Wahrheit erfuhr. Und wenn es niemand aus ihrer eigenen Familie tat, dann würde Kate es eben machen.

»Was meine Mutter getan hat, war falsch. Ich weiß nicht, ob sie sich jemals entschuldigt hat, aber jetzt ist es dafür sowieso zu spät. Deshalb sage ich es für sie.« Kate wartete, bis Susan sie ansah. »Es tut mir leid. Es war schrecklich, was sie dir als Freundin angetan hat.«

Kate fragte sich, ob es helfen würde, wenn Susan wüsste, wie unglücklich ihre Mutter gewesen war. Eine gescheiterte Ehe und der Kampf mit dem Alkohol. Ganz zu schweigen von ihrem vorzeitigen Tod. Von einer Kindheit, die Susan ihren Kindern geschenkt hatte, hatte Kate immer geträumt.

Kate hätte schwören können, dass Susans Augen feucht geworden waren.

»Ich bin sicher, dass Roy es auch bereut«, fuhr Kate fort. »Und ich hoffe, dass er dir das auch irgendwann einmal gesagt hat.«

»Aber eine Entschuldigung macht den Schmerz auch nicht ungeschehen«, brachte Susan mühsam hervor.

Junge, kann ich das nachempfinden. Wie viele Male hatte sich Bryan entschuldigt? »Ich weiß.« Sie hoffte, dass Susan sich daran erinnerte, wie auch Kates Herz vor nicht allzu langer Zeit gebrochen wurde. »Aber es kommt die Zeit, wenn du der anderen Person vergeben musst. Damit heißt du nicht gut, was derjenige getan hat. Es bedeutet, dass du aufhörst, ihn dafür zu bestrafen.«

Susan hatte sich zu ihrer vollen Größe aufgerichtet und ihren Mund gespitzt. Ihre Wangen sahen hohl aus.

Kate wusste, dass Susan das nicht gern gehört hatte, aber diese Frau hatte ihren Mann dreißig Jahre spüren lassen, dass er einen Fehler begangen hatte. Kate wusste nicht, wie Roy es all die Jahre hatte ertragen können.

»Nun, das ist alles, was ich sagen wollte«, sagte Kate. Es war ihr klar, dass Susan es nicht hatte hören wollen, besonders nicht von ihr, aber sie hoffte trotzdem, dass sie sich die Worte zu Herzen nehmen würde.

Kate streckte ihre Arme aus und legte sie um Susan. Sie fühlte die Steifheit der Schultern, umarmte sie aber dennoch. »Vielen Dank, dass du so oft mit mir gelaufen bist, Susan. Und für deine Gastfreundschaft.«

Sie fühlte, wie sich Susans verschränkte Arme öffneten und wie sich ihre Hände auf Kates Arme legten. Das war mehr, als Kate erhofft hatte.

Kate trat einen Schritt zurück und lächelte. »Ich versuche Brody später noch zu erwischen. Kannst du ihm sagen, dass ich ihn gesucht habe?«

»Natürlich«, sagte Susan.

Kate verabschiedete sich ein letztes Mal und verließ das Haus. Sie schritt die Verandatreppe mit ihren ungleichmäßigen Stufen hinunter und ging dann über den Hof in Richtung des Grashügels, der die beiden Häuser trennte.

Das war das letzte Mal, dass du sie gesehen hast. Nie mehr wirst du auf dem Schwindel erregend hohen Dach essen oder zusehen, wie Jamie und Brody sich ärgern. Es ist vorbei.

Irgendwie hatten es die Wrights in nur wenigen Monaten geschafft, einen Weg zu Kates Herzen zu finden. Und jetzt musste sie fortgehen.

Die kühle Herbstluft fuhr ihr durchs Gesicht und zerwühlte die kürzeren Haarsträhnen. Sie verschränkte ihre Arme, um sich vor der Kälte zu schützen, und sah zum Ozean hinüber. In dieser Richtung würde sie schon bald die Insel verlassen. Eine Bewegung am Strand erregte ihre Aufmerksamkeit.

Brody warf etwas ins Wasser, ging einige Schritte rückwärts und drehte sich dann in Richtung Haus um. Kate änderte ihre Richtung und ging auf ihn zu.

Als sie dort ankam, wo das lange Gras in den Sand überging, bemerkte Brody sie. Er hielt auf den Stufen an, die vom Strand heraufführten, und wartete auf sie. Der Wind zog an seinem weißen T-Shirt und spielte mit seinen blonden Locken.

»Hi«, rief Kate ihm zu und versuchte, die Wellen zu übertönen, die ans Ufer klatschten. »Ich war gerade bei euch zu Hause.«

Brody nickte. Sein verhaltenes Lächeln erinnerte Kate an Roy.

»Ich bin gekommen, um mich zu entschuldigen«, sagte sie. »Weil ich euch als Familie getäuscht habe. Ich wollte niemanden verletzen, aber genau das habe ich getan.«

Brody vergrub seine nackten Füße im Sand. »Es war nicht richtig.«

»Ich weiß«, stimmte Kate ihm zu. »Ich will mich auch nicht rausreden.« Eine Möwe flog hoch über das Wasser und stieß einen Schrei aus – ein einsames, schrilles Rufen. »Und ich bin auch gekommen, um mich von deiner Familie zu verabschieden.«

Brody blickte sie an und er musste für den Bruchteil einer Sekunde blinzeln. Sie konnte zusehen, wie sein Gesicht die unterschiedlichsten Gefühle widerspiegelte. Seine Emotionen zu verbergen war nie seine Stärke gewesen. »Ich hätte nicht gedacht, dass du fortgehst.«

Sie zuckte mit den Schultern, drehte sich dem Wind zu und ließ sich die Haare aus dem Gesicht wehen. »Jeder kennt jetzt die Wahrheit. Es gibt für mich keinen Grund mehr zu bleiben.«

Brody betrachtete sie und dann legte er den Kopf etwas auf die Seite. »Wirklich nicht?«

In seiner Stimme lag eine Herausforderung, aber der wollte und konnte sie sich nicht stellen. *Es gibt Dinge, von denen er nichts weiß, die er nicht versteht. Wie könnte er auch?*

»Und wie läuft es bei dir in diesem Semester?«, fragte sie. »Ich hoffe, du hast nichts dagegen, dass ich dich frage.«

Er schwieg so lange, dass Kate schon befürchtete, er würde gar nicht mehr antworten. Als er es endlich doch tat, war sie erleichtert.

»Du hattest Recht«, sagte er. »Damit, dass ich Angst vor dem Versagen hatte.« Er lächelte und sie sah den alten Brody wieder durchschimmern. »Aber wenn du das weitererzählst, müsste ich dir nachreisen und dann würdest du etwas erleben.«

Kate streckte ihre Hand aus. »Versprochen.«

Brody setzte sich auf die sandigen Stufen und Kate ließ sich neben ihm nieder.

»Ich will unterrichten«, sagte er. »Ich denke, dass der Wechsel von einem Hauptfach zum anderen eine Verzögerungstaktik war, weil ich Angst hatte, in die Welt hinauszugehen und möglicherweise zu versagen. Wenn du mir das nicht vor Augen geführt hättest, würde ich für den Rest meines Lebens als Student herumlaufen.«

Kate lächelte. »Nein, da wärst du auch selbst draufgekommen.«

»Ja, vielleicht mit dreißig und mittlerweile bei meinem zehnten Hauptfach angekommen.«

Kate war froh, dass ihre Zeit hier doch zu etwas gut gewesen war. Denn alles andere war ein Desaster.

Sie schwiegen wieder. Die Möwe schlug mit ihren Flügeln, flog davon und verschwand als winziger Punkt am Horizont.

»Aber Angst habe ich immer noch«, gestand Brody. »Sieht so aus, als wäre ich das totale Weichei.«

Kate fuhr eine Spalte in der Stufe mit ihrem Finger nach. »Es ist die Angst, die eine Tat erst zu etwas Mutigem macht, weißt du.«

Brody zeichnete etwas mit seinem großen Zeh in den Sand. »Hm. So habe ich das noch nie gesehen.«

»Du wirst ein großartiger Lehrer werden, Brody. Ich hoffe, dass wir irgendwie in Kontakt bleiben werden.« Kate kauerte unter dem kühlen Wind zusammen und zog die Knie eng an sich.

»Klar. Wozu gibt es schließlich E-Mail.« Er sah Kate an. »Und was ist mit Lucas?«

Ihr Herz begann zu flattern, als sie Lucas' Namen hörte. »Mit E-Mail hat er ja nicht viel am Hut, deshalb scheidet das wohl aus. Ich schätze, dass ich telefonisch mit ihm in Verbindung bleiben werde.«

»Das meine ich nicht.«

Brody verhielt sich jetzt nicht mehr wie Kates Schwager; er war vielmehr der kleine Bruder, der sich um seinen großen Bruder Sorgen machte. Wie gern hätte sie Geschwister gehabt, die sich umeinander kümmern.

»Lucas wird schon klarkommen«, sagte sie. »Es – es ist nichts zwischen uns.«

Die Worte hatten einen leicht angestaubten Beigeschmack. Früher waren sie einmal wahr gewesen, aber jetzt nicht mehr. Nicht mehr seit dem gestrigen Abend.

Und die Worte haben schon seit Wochen nicht mehr gestimmt.

»Es ist das Beste, wenn ich gehe.« Was würde mit ihrem Herzen geschehen, wenn sie bliebe? Sie hatte es bereits an Lucas verloren und welche Hoffnung gab es noch für sie, zusammen eine glückliche Zukunft zu haben?

Brody nickte nachdenklich.

Kate schwieg nun und nichts war zu hören als nur das Rauschen der Wellen unten am Strand.

»Okay«, sagte Brody. »Wenigstens musst du jetzt nicht mehr gegen deine Höhenangst ankämpfen.«

Kate lächelte und erinnerte sich an all die Mahlzeiten, die sie zusammen auf der Dachterrasse eingenommen hatten. Sie stieß Brody mit dem Ellenbogen an. »Angst vor dem Fallen«, korrigierte sie.

Brodys Gesichtsaudruck änderte sich, er wurde wieder ernst. »Weißt du, eine ziemlich kluge Frau hat mir einmal gesagt, dass es die Angst ist, die eine Tat erst zu etwas Mutigem macht.«

Kate stockte der Atem, als Brody sie fest ansah. Er wusste es. Er wusste, dass sie etwas für Lucas empfand. Und dachte, dass sie ein Feigling war, der einfach davonrannte.

Aber manchmal war das Weglaufen das, was mehr Mut brauchte. Zumindest war es das, was sie sich selber einredete.

Als Kate zu Hause ankam, war Lucas fort. Wahrscheinlich war er zu seinen Eltern gegangen, während sie mit Brody am Strand gesessen hatte. Sie reservierte sich für denselben Abend einen Platz auf der Autofähre und packte danach ihre Sachen zusammen. Alles außer ihrer Laufmaschine würde ins Auto passen. Sie würde sich das Laufband und ihre Sachen aus dem Büro nachschicken lassen müssen, wenn sie erst einmal in Maryland angekommen war.

Heute Abend würde sie die Fähre nach Hyannis nehmen und dann weiter bis Wareham oder New Bedford fahren. Dort würde sie in einem Hotel übernachten. Sie rief ihren Vater an und informierte ihn, dass sie zu ihm kommen würde.

Es war später Nachmittag geworden und sie fragte sich langsam, ob Lucas überhaupt noch einmal zurückkommen würde. Sie musste bald los, um rechtzeitig zur Fähre zu kommen. Aber ohne sich von ihm zu verabschieden, wollte sie auch nicht fortgehen.

Sie war gerade dabei, ihren Laptop einzupacken, als sie Lucas hörte. Er öffnete die Haustür und sein Blick fiel auf ihre Koffer. Er verharrte einen Augenblick regungslos, bevor er die Tür schloss.

Kate wickelte das Kabel um den Akku, stopfte alles in ihre Laptoptasche und zog den Reißverschluss zu.

Lucas steckte die Schlüssel in seine Tasche und lehnte sich an den Rücken des Sofas. Kate sah ihm nicht in die Augen, sondern konzentrierte sich auf das Sofa. Wie viele Abende hatten sie auf diesem Sofa gesessen und waren unterschiedlicher Meinung gewesen, welche Sendung sie anschauen würden? Kate hatte gelernt, dass es einfacher war, abends ein Buch zu lesen. Sie konnten sich einfach nie einigen.

»Wann gehst du?«, fragte er.

Bo stupste sein Bein an, aber als Lucas nicht reagierte, ging er durch das Zimmer und ließ sich mit einem Seufzer auf den Teppich fallen.

Kate sah auf ihre Uhr. Sie musste schon sehr bald los, sonst würde sie riskieren, die Fähre zu verpassen. »Jetzt.«

Er trug das schwarze T-Shirt, das sich eng an seine breiten Schultern schmiegte und die verwaschene Jeans, in der seine Beine lang und muskulös aussahen. *Ich werde ihn vermissen.* Kate wollte sich lieber nicht ausmalen, wie sehr er ihr fehlen würde. Sie musste einfach nur fort. Mit dem Gefühl des Verlustes würde sie später klarkommen, wenn sie in sicherer Entfernung war.

Lucas sah zu, wie Kate den Lederriemen über ihre Schulter streifte und sich zu ihm umdrehte. Der Moment wirkte fast surreal. Alles passierte so schnell. Gestern Abend erst waren sie einander näher gewesen als irgendwann sonst. Und heute Abend verließ sie ihn.

Er wollte sie anbetteln, nicht zu gehen. Schon hatte er seinen Stolz hinuntergeschluckt und öffnete gerade seinen Mund. Vielleicht würde er ja die richtigen Worte finden und sie umstimmen können.

Aber was würde es nützen, wenn er sie anbettelte? Sie musste ihn wollen. Er konnte sie so viel lieben, wie er wollte; es musste ihre Entscheidung sein.

Er schloss seinen Mund, presste die Lippen fest zusammen, sodass kein einziges Wort herauskam.

»Ich weiß nicht genau, wie ich mich verabschieden soll«, sagte Kate.

Dann mach es nicht. Bleib für immer bei mir.

Kate strich sich ihr seidiges Haar hinter die Ohren. Es waren kleine Bewegungen wie diese, die er so vermissen würde.

»Egal, wie alles nun zu Ende ist«, sagte sie, »ich bin dir dankbar dafür, was du für mich getan hast. Es hat noch nie einen Menschen in meinem Leben gegeben, der so viele Umstände auf sich genommen hat, um meine Haut zu retten.« Sie versuchte zu lächeln, aber stattdessen zitterten ihre Lippen.

Er hatte nichts auf sich genommen. Es hatte ihn glücklich gemacht. Er wünschte, dass er sie auch jetzt retten könnte, verhindern könnte, dass ihre Karriere zerstört wurde. Etwas dagegen tun, dass ihre Ehe auseinanderbrach.

»Es tut mir leid, dass ich deinen Eltern nicht helfen konnte«, sagte Kate. »Ich hoffe, dass sie selbst eine Lösung für ihre Konflikte finden werden.«

Sag es ihr jetzt. Sag ihr jetzt, dass es deinen Eltern gut geht, dass alles nur ein Vorwand war, um zu vertuschen, dass du sie von Anfang an geliebt hast. Sag ihr jetzt, dass du sie liebst und dass du ihr das jeden Tag beweisen wirst, wenn sie bleiben würde.

Aber das hatte er ja getan. Er hatte ihr in den vergangenen drei Monaten seine Liebe gezeigt. Und trotzdem wollte sie gehen.

»Sag doch was.« Ihre braunen Augen, die warm wie geschmolzene Schokolade aussahen, flehten ihn an.

Er versuchte sich vorzustellen, wie es wäre, wieder allein im Bett zu schlafen, in einem stillen Haus aufzuwachen, nur für sich selbst Kaffee zu kochen. Der Gedanke bereitete ihm Magenschmerzen.

»Kann ich irgendetwas sagen, was deinen Entschluss ändern würde?« Er würde es sagen, egal, was es war. *Ahnst du, wie sehr ich dich liebe? Ich würde alles geben, um dich mein Eigen nennen zu dürfen.*

Kate schaute weg und umklammerte den Riemen ihrer Handtasche. »Es ist so das Beste, Lucas. Du wirst schon sehen. Es ist jetzt schwer, aber später ... später werden wir sehen, dass es richtig war.«

»Versuchst du mich oder dich selbst zu überzeugen?«

Sie sah wieder auf die Uhr. Ihr Blick schien an ihren Fingern hängen zu bleiben. Er sah zu, wie sie den Ehering berührte, den er ihr geschenkt hatte. Dann streifte sie ihn zusammen mit ihrem Verlobungsring ab. Sie steckte den Verlobungsring in ihre Tasche und hielt ihm den Ehering entgegen.

»Behalt ihn«, bat er.

Sie schüttelte den Kopf. »Ich kann nicht.«

Als er sich weigerte, seufzte sie leise und legte den Ring auf den Tisch. Am liebsten hätte ihn Lucas genommen und ihn wieder an ihren Finger gestreckt. Sie war seine Frau, auch wenn es nur noch für eine kurze Zeit war.

Aber was würde das bringen? Er konnte sie weder zwingen, seinen Ring weiter zu tragen, noch hierzubleiben. *Und mich zu lieben kann ich auch nicht von ihr erzwingen.*

»Ich muss gehen.«

Lucas richtete sich auf. *Wie du willst, Kate.* »Ich werde dich hinfahren.«

»Aber wie willst du dann zurückkommen? Du hast dann ja keinen Wagen mehr.«

Er öffnete die Tür und ergriff ihre Taschen. »Ich nehme ein Taxi.« Er trug die Taschen zu ihrem Auto.

»Da werden zu viele Leute sein«, sagte sie gepresst.

Lucas stellte ihre Taschen auf die Rückbank und drehte sich dann zu Kate um. Ihre Augen glänzten wie die Wasseroberfläche des Ozeans an einem sonnigen Tag. Sie wollte sich nicht vor einem Publikum von ihm verabschieden.

Und das wollte er auch nicht. »In Ordnung.« Er öffnete die Fahrertür für sie.

»Ich werde die ... die Scheidung einreichen. Und übernehme natürlich alle Kosten.« Ein leichter Wind wehte und tote Blätter tanzten um ihre Füße herum. Die kühle Luft kündigte schon den herannahenden Winter an. »Das Laufband lasse ich mir nachschicken«, sagte sie. »Sonst habe ich alles, glaube ich.«

Inklusive meines Herzens. Dachte sie wirklich, sie könnte vor ihren Gefühlen davonlaufen? Glaubte sie allen Ernstes, dass Kilometer sie von seiner Liebe trennen könnten?

Lucas betrachtete ihr Gesicht und versuchte sich einzuprägen, wie ihre Augen aussahen, wenn sie gegen die Sonne blinzelte. Er streckte die Hand aus und strich über ihr Haar, das der Wind zerzaust hatte; er wollte sich immer erinnern können, wie es sich zwischen seinen Fingern anfühlte.

Sie schloss ihre Augen und seufzte. »Ich hasse Abschiede.«

Er dachte an Emily und wie plötzlich ihr Tod gekommen war. Er hatte immer bereut, dass er sie an jenem Morgen nicht geküsst hatte, bevor er zur Arbeit gefahren war. Er war schon spät dran gewesen und hatte ihr nur auf dem Weg zur Tür einen Abschiedsgruß zugeworfen.

Lucas nahm Kates Gesicht in seine Hand und wartete darauf, dass sie ihn anblickte. Wenn sie ihn schon verließ, dann sollte sie es mit offenen Augen tun.

Er näherte sich ihr noch mehr und küsste sie sanft auf ihre Lippen. Ihr Haar duftete nach Flieder und ihre Lippen schmeckten nach Honig. Er wollte sich an alles erinnern können. Er wollte seine Augen nachts schließen und sich an das Gefühl ihrer Lippen auf den seinen erinnern können, an ihre Stimme.

Kate entzog sich ihm. »Auf Wiedersehen.«

Sie vermied es, ihn anzusehen, als sie in den Wagen stieg und den Schlüssel ins Zündschloss steckte. Sah ihn nicht an, als sie den Rückwärtsgang einlegte und rückwärts die Einfahrt zurückfuhr. Er blickte ihr hinterher, bis ihr Wagen am Ende der Straße verschwand. Und wusste, dass auf ihn nur ein Haus wartete, dass sich ohne sie leer anfühlen würde.

Mit schweren Schritten ging er zum Haus zurück. Bo, der seine Traurigkeit zu spüren schien, versuchte Lucas in Richtung des Sofas zu drängen. Aber Lucas wollte sich nicht hinsetzen und nachdenken. Wollte nicht an Kate denken – die sich jede Minute weiter von ihm entfernte.

Das Zimmer erschien ihm groß. Kate hatte jede Ecke des Hauses entrümpelt und alles blitzblank geputzt. Aber jetzt fühlte es sich kahl an. Das Laufband war der einzige Beweis ihrer Existenz und sah in der Ecke aus wie ein Denkmal.

Er ging ins Schlafzimmer und hielt in der Tür an. Da, wo ihr Wecker und ihr Schmuckkästchen gestanden hatten, war nun nichts mehr. Da sah er etwas auf ihrem Nachttisch und ging näher heran. Ein kleines blaues Samtkästchen. Er öffnete es und erkannte die Ohrringe, die er ihr zu ihrem einmonatigen Jubiläum geschenkt hatte. Es war so, als hätte sie alles hinter sich lassen wollen, als sollte sie nichts mehr an die Zeit mit ihm erinnern.

Ein Stück Papier auf dem Holzfußboden erregte seine Aufmerksamkeit. Es war eine Liste von allen Dingen, die sie vor ihrer Abfahrt erledigt hatte. Er lächelte, aber es war kein glückliches Lächeln. Kate und ihre Listen. Eines Tages würde sie lernen, dass das Leben dann geschieht, während man damit beschäftigt ist, Pläne zu machen.

Er warf die Liste in den Papierkorb. Es fühlte sich so an, als würden ihn die Wände des Hauses erdrücken. Zum ersten Mal fiel ihm auf, dass das Haus nach Kate duftete. Er wollte fort von hier, wollte sich mit etwas anderem beschäftigen. Wenn es nicht schon so spät wäre, würde er noch segeln gehen.

Bo stand an der Hintertür und bellte. Lucas ging zu ihm hin. Der Hund drehte seinen wuchtigen Schädel zur Seite und schaute Lucas mit neugierigen braunen Augen an.

»Na, willst du spazieren gehen, alter Junge?«

Bo wedelte mit dem Schwanz.

Wenigstens würde er dann etwas aus dem Haus kommen.

Sie gingen den Strand entlang in Richtung Westen. Ab und zu warf Lucas ein Stück Treibholz fort und Bo lief hinterher. Die Sonne stand schon ziemlich weit unten und warf ihr rötliches Licht auf den Strand.

Bo trottete neben ihm her, watete manchmal in die Brandung oder jagte einer Möwe hinterher, die sich in seiner Nähe niedergelassen hatte. Er kam gerade von einer solchen Jagd zurück, als Lucas ihn hörte: den klagenden Ton, den die Autofähre in der Ferne ausstieß.

Er hielt inne, sein Atem und Herzschlag setzten eine Sekunde aus. Dieser Ton war der Schlusspunkt am Ende eines Satzes, der geflüsterte Abschiedsgruß des Geliebten, die Uhr, die für Aschenputtel Mitternacht schlägt.

Wenn Sie an einem gebrochenen Herzen leiden und in der Versuchung sind, sich mit jedem x-beliebigen Mann zu trösten, dann sagen Sie sich immer wieder die folgenden Worte vor: »Ich brauche keinen Mann, um glücklich zu sein.«

– Auszug aus *Wie ich den richtigen Mann finde* von Dr. Kate

Kapitel Neunundzwanzig

Kate schlug die Zeitung auf, die auf dem Picknicktisch lag, und las sich die Wohnungsanzeigen durch. Der Wind trug den aromatischen Duft von gegrillten Filetsteaks zu ihr herüber. Ihr Vater, angetan mit einer roten Leinenschürze, prüfte noch einmal das Fleisch und schloss dann den Deckel über dem Grill.

Kate bemerkte eine Wohnungsanzeige, die neu war, und markierte sie mit einem gelben Stift.

»Hast du etwas Interessantes gefunden?« Ihr Vater setzte sich ihr gegenüber und strich mit der Hand ein rotes Blatt vom Holztisch.

»Es sind einige neue Wohnungen drin, die ich mir morgen genauer ansehen werde. Aber ich überlege immer noch, die Wohnung im Green Meadow Drive zu nehmen.« Kate wollte die Gastfreundschaft ihres Vaters nicht über Gebühr strapazieren. Eigentlich hatte sie ja in einem Hotel übernachten wollen, aber ihr Vater hatte darauf bestanden, dass sie in seinem Gästezimmer wohnte. Und sie musste zugeben, dass es eine Wohltat gewesen war, in den letzten drei Wochen dort Zuflucht gefunden zu haben.

»Wie lange brauchen die Steaks noch?«, fragte sie.

»Oh, noch sieben oder acht Minuten«, antwortete er.

»Dann werde ich mal mit dem Salat anfangen.« Kate betrat das Haus und achtete darauf, keine Fingerabdrücke auf der Schiebetür zu hinterlassen. Sie holte den Kopfsalat und schnitt ihn in schmale Streifen. Dann teilte sie eine reife Tomate und stellte das Messer in den Geschirrspüler.

Ihr Handy klingelte, als sie gerade die Salatsoße holen wollte. Jedes Mal, wenn es klingelte, war sie wie gelähmt. Seitdem sie fortgegangen war, hatte sie nichts mehr von Lucas gehört. Nur Jamie hatte ihr zweimal eine E-Mail geschrieben.

Es ist nicht Lucas, Kate. Um Himmels Willen. Sieh nach vorn, nicht zurück.

An dem Tag, als sie in Columbia angekommen war, hatte Bryan angerufen. Sie hatte ihn gebeten, sie nicht mehr anzurufen, und bis jetzt hatte er ihren Wunsch respektiert.

Sie holte ihr Handy aus der Handtasche und klappte es auf.

»Kate. Wie geht es dir?« Die Stimme ihres Agenten grüßte sie.

Kate unterdrückte ihre Enttäuschung, die sie überfallen hatte. »Hi, Ronald. Es geht mir ganz gut. Ich habe mich eingelebt, suche eine Wohnung, gehe der Presse aus dem Weg. Das Übliche, du weißt schon.« Es war einfacher, die Presse zu meiden, als sie befürchtet hatte. Nur wenige Leute wussten, dass sie hier war.

»Ja, ist mir auch schon aufgefallen. Sieht so aus, als hätte die Presse nicht mehr viele Dinge über dich zu sagen.«

»Das war ja auch unsere Hoffnung gewesen.« Ein ganzer Schwarm von Zeitungen hatte anfangs über sie geschrieben, auch Boulevardblätter hatten sich angeschlossen. Aber mittlerweile war es um den Skandal wesentlich ruhiger geworden.

»Tja, wenigstens ein Lichtblick.« Die deutlich verhaltene Freude in seiner Stimme ließ sie aufhorchen.

»Was ist los? Hast du von Chloe oder Paul gehört?« Ihre Verlegerin hatte sich nicht mehr bei ihr gemeldet. Kate hatte seit ihrer Telefonkonferenz vor drei Wochen nichts mehr von Chloe gehört.

»Ich habe sie heute Morgen angerufen, um mal zu hören, wie es so aussieht«, sagte Ronald. »Leider sind die Verkaufszahlen ziemlich dramatisch in den Keller gegangen. Sie hat sogar das ›R‹-Wort fallen lassen, das wir alle so fürchten.«

»Rückgabe?« Das war die größte Angst eines jeden Autoren – dass die Buchhandlungen die Bücher nicht loswerden konnten und sie unverkauft an den Verleger zurückgaben.

Kate legte das Plastikbesteck in die Salatschüssel und blickte auf die Schiebetür. »Das verstehe ich nicht. Ich habe doch alles gemacht, was mir gesagt wurde. Ich habe die Öffentlichkeit gemieden und alles hat sich beruhigt. Ich dachte, das war es, was gewollt wurde.«

»Ja, ich weiß. Ich habe Pam angerufen, nachdem ich mit Chloe gesprochen hatte. Ich wollte Pams Einschätzung hören. Es ist praktisch unmöglich, im Voraus zu sagen, wie die Öffentlichkeit reagieren wird. Die Hoffnung war natürlich, dass das Interesse an der ganzen Sache sich legt, wenn es keine neuen Informationen gibt. Und dass die Leute die Geschichte langsam vergessen.«

»Und das ist nicht passiert?«

»Pam meint, dass es noch zu früh ist, wir können es noch nicht sagen. Aber die Zahlen sehen wirklich nicht gut aus.«

Kate fuhr sich mit der Hand durch das Haar. Sollte alles umsonst gewesen sein? Die Öffentlichkeit hatte ganz offensichtlich den Berichten Glauben geschenkt und entschieden, dass sie eine Schwindlerin war. Die Leute wählen mit ihren Dollars und sie hatte die Wahl verloren.

»Ist es zu spät, um alles noch zu retten?«

»Wenn du damit deinen Vorschlag meinst, mit deiner Sicht der Dinge an die Öffentlichkeit zu treten, dann hat Pam ihn nicht unterstützt. Sie denkt, dass es irgendwie faul aussähe, wenn man jetzt noch damit herauskäme. Die Leute wären misstrauisch und würden sich fragen, warum du die ganze Zeit geschwiegen hast.«

Kate schlug mit der Hand auf den Küchentisch. »Ich habe geschwiegen, weil ihr das von mir wolltet.«

»Ich weiß, Kleines, ich weiß.«

Kates Hand glitt die Haare hinunter und umfasste die Haarspitzen mit einer Faust. Dann zog sie, bis ihre Kopfhaut schmerzte.

»Ich fürchte, es gibt noch mehr schlechte Nachrichten.«

Kate bereitete sich auf das Schlimmste vor. »Meine Kolumne?« Wenn sie die auch noch verlieren würde, was würde ihr dann noch bleiben?

»Leider ja«, bestätigte Ronald. »Es tut mir so leid, Kate.«

Nicht meine Kolumne. Sie hatte schon *Glamour* verloren, aber die Kolumne war schon immer ihr Baby gewesen. Durch sie war sie Dr. Kate geworden. Sie hatte Tausenden von Leserinnen geholfen und all das sollte jetzt vorbei sein? Sie dachte an die vielen Stunden, in denen sie Briefe gelesen und Antworten formuliert hatte. Und an all die Briefe, die sie privat beantwortet hatte, weil in der Kolumne nicht alle Briefe Platz hatten. Und einige hatte sie einfach nicht ignorieren können, so verzweifelt hatten sie geklungen.

»Wir werden das schon schaffen, Kleines. Wir müssen eben noch weiter abwarten. Vielleicht steigen die Verkaufszahlen deines Buches ja doch wieder.«

Kate hielt sich daran wie an einem Strohhalm fest. »Hat Pam das gesagt?«

Wenn einer die Lage richtig einschätzen konnte, dann war es Pam.

Ihre Erfahrung als Publizistin ermöglichte es ihr, die Öffentlichkeit besser einzuschätzen als jede andere.

»Nein, das hat sie nicht gesagt. Aber du bist zu gut, als dass du dich in irgendeinem Büro vergraben solltest. Es ist deine Berufung, deine Gabe und wir dürfen noch nicht aufgeben.«

Aber es fühlte sich für Kate doch so an, als sei alles vorbei. Sie konnte so viele Artikel und Bücher schreiben, wie sie wollte, aber was wäre der Sinn davon, wenn ihr die Leser nicht mehr vertrauten?

Kate legte auf und stellte den Salat auf den Tisch. Ihr Vater kam mit einem Teller brutzelnder Steaks herein. Sie bedienten sich und begannen zu essen. Kate nahm kaum wahr, was sie aß.

Sie hatten das Essen schon halb beendet, bevor ihr Vater sprach. »Du bist so ruhig.« Er spießte ein Stück Fleisch mit der Gabel auf und schob es in den Mund.

Kate erzählte ihm von Ronalds Anruf und dem offensichtlichen Einfluss, den der Skandal auf ihre Karriere hatte. »Es sieht nicht gut aus, Dad.« Und das war eine glatte Untertreibung.

Ihr Vater legte sein Besteck auf den Tisch. »Schau mal, Kate. Ich weiß, dass es furchtbar und sogar beschämend sein muss, wenn alle von dem Fiasko deiner Hochzeit wissen. Aber dein Ziel war es immer, Menschen zu helfen, die in einer Beziehungskrise stecken. Schon, als du noch ein kleines Kind warst, hast du versucht, die Probleme anderer zu lösen. Du musst nicht berühmt sein, um das tun zu können. Und einen Buchvertrag brauchst du schon lange nicht.«

Kate schluckte einen Bissen Salat hinunter. Er hatte Recht. Es machte ihr Freude, Paare beraten zu können. Aber es machte mehr Sinn, zum Scheitern verurteilte Beziehungen zu verhindern, als sie retten zu wollen. Und deshalb war es wichtig, Bücher über Beziehungen zu schreiben.

Aber seit einiger Zeit fragte sich Kate, ob sie überhaupt etwas von Beziehungen verstand. Alles, was in der Theorie so klar war, erschien im richtigen Leben wesentlich komplizierter zu sein. Den Beweis dazu lieferte Lucas.

Ihr Magen weigerte sich, noch etwas aufzunehmen. Sie schob den Teller mit dem nur zur Hälfte gegessenen Steak von sich weg. Vor einer Woche hatte sie herausgefunden, dass die Nacht mit Lucas nicht zu einer Schwangerschaft geführt hatte. Sie hatte erwartet, dass sie eine große Erleichterung darüber gefühlt hätte. Aber stattdessen war sie in ihr Zimmer gegangen, hatte die Tür verschlossen und bitterlich geweint. Was war nur los mit ihr?

»Was ist wirklich los, Kate?« Die braunen Augen ihres Vaters waren ein Abbild ihrer eigenen, nur um Jahre älter.

»Meine Karriere ist am Ende. Ist das nicht Grund genug, niedergeschlagen zu sein?«

Ihr Vater zerschnitt das Fleisch mit seinem Steakmesser und legte es dann neben den Teller. »Ist das der Grund, dass du nichts isst? Deshalb starrst du minutenlang vor dich hin? Darum sind deine Augen immer so traurig?«

Kates Kopf drohte zu zerspringen. Seitdem sie Nantucket verlassen hatte, waren die Kopfschmerzen ihr ständiger Begleiter. Als ob ihr Körper Entzugserscheinungen von der Insel hatte.

Oder von Lucas. Aber diesen Gedanken unterdrückte sie gleich wieder.

»Ich möchte nicht darüber reden.« Sie wollte noch nicht einmal darüber nachdenken, aber ihr Kopf führte ein Eigenleben. Sie wollte alles hinter sich lassen, aber ihre Gedanken kehrten immer wieder zur Insel zurück, zu Lucas. Wie die Wellen, die immer wieder ans Ufer zurückkehrten.

»Es geht um diesen Lucas, habe ich recht?«

Kate blickte ihn warnend an. Ihr Vater hatte sich noch nie in ihre Angelegenheiten eingemischt und sie hoffte, dass er jetzt nicht damit anfangen würde.

»Schau mich nicht so an. Du bläst jetzt schon Trübsal, seitdem du –«

»Ich blase überhaupt keine Trübsal.«

»– seitdem du vor drei Wochen gekommen bist. Ich mag ja nur ein Mann sein, aber ich erkenne Liebeskummer, wenn ich ihn sehe.«

Kate lachte gequält auf. »Liebeskummer?« Sie zog den Schlauch des Wasserhahns aus der Spüle und ließ das Wasser über ihren Teller laufen. »Es war eine geschäftliche Abmachung, schon vergessen, Dad? Du warst schließlich dabei. Und die Zeitungen hast du doch auch gelesen.«

Der Stuhl ihres Vaters kratzte auf den Keramikfliesen, als er aufstand. »Ja, und ich habe auch gesehen, wie dieser junge Mann dich auf eurer Hochzeit angesehen hat.« Er hielt ihr seinen Teller hin.

Kate nahm ihn entgegen. »Das ist doch lächerlich.«

»Wirklich?«

Sie spülte weiter die Teller ab, während ihr Vater den Tisch abräumte. Was er auf Lucas' Gesicht gesehen haben wollte, war ganz allein seiner Fantasie entsprungen.

»Ist auch egal«, sagte Kate. »Es wäre sowieso nicht gut gegangen. Wir sind so unterschiedlich wie Tag und Nacht.«

»Aber Gegensätze ziehen sich doch an, oder?« Er beugte sich um sie herum, um einen Lappen nass anzufeuchten, mit dem er dann den Tisch abwusch.

»Nein, das ist es nicht. Wir haben nichts gemeinsam, Dad, und ich will nicht den Rest meines Lebens mit Auseinandersetzungen verbringen wie –« Sie schwieg und wusste, dass sie dabei war, eine Grenze zu überschreiten. Welches Recht hatte sie, die Ehe ihrer Eltern zu kritisieren?

»Wie deine Mutter und ich.« Ihr Vater führte den Gedanken zu Ende.

Kate stellte die beiden Teller in die Spülmaschine und schloss die Tür. Der niedergeschlagene Gesichtsausdruck ihres Vaters verstärkte noch ihr Bedauern. »Es tut mir leid. Das hätte ich nicht sagen dürfen.«

Ihr Vater nickte langsam. »Doch, du hast Recht.« Er lehnte sich ihr gegenüber auf die Arbeitsplatte und stützte sich mit seinen Händen an der Kante ab. Diese Haltung erinnerte sie an Lucas, der auch viele Male so gestanden hatte.

»Ich habe mich immer gefragt, an wie viel du dich wohl erinnerst.«

Sie erinnerte sich an weit mehr als nur das Schreien. Sie wusste noch, dass ihr Vater einmal neue Kleidung ihrer Mutter säckeweise vor die Haustür geworfen hatte. Sie konnte noch immer die Kleidung sehen, die Preisschilder, die noch daran befestigt waren, wie alles auf dem grünen Frühlingsrasen verteilt war. »Wenn zwei Menschen so verschieden sind, dann sind solche Konflikte unvermeidbar«, sagte Kate.

Ihr Vater schüttelte den Kopf. »Aber deine Mutter und ich waren gar nicht so verschieden.«

»Aber Daddy, das kannst du doch ruhig zugeben. Sie hat sehr gerne Geld ausgegeben; du wolltest immer sparen. Sie wollte die Welt bereisen und du lieber zu Hause bleiben.«

»Ist es das, was du denkst? Dass unsere Ehe zerbrach, weil wir so verschieden waren?« Ihr Vater holte tief Luft, atmete langsam aus.

Dann richtete er sich auf und setzte sich in Bewegung. Er steuerte auf das Wohnzimmer zu. »Komm. Setz dich, Kate.«

Sie folgte ihrem Vater und setzte sich in die Mitte des Sofas, das seinem Fernsehsessel gegenüberstand.

»Am Anfang hatten wir eine gute Ehe«, sagte er. »Aber bald schon fingen wir an, über viele Dinge unterschiedlicher Meinung zu sein. Damals dachte ich, dass ich in allem Recht hatte. War der Meinung, dass es richtig war, wie ich das Geld kontrollierte. Ich sagte mir, dass ich ja nur unser Bestes wollte. Und dann war mir sehr wichtig, dass unser Haus in einer bestimmten Weise aussah. Deine Mutter mochte es auch, wenn alles ordentlich war, aber meine Ansprüche waren extrem hoch. Unerreichbar hoch.«

»Mom war ein Messie.«

»Nicht am Anfang. Mein Verhalten hat sie so weit getrieben. Dass die Etiketten auf den Verpackungen zum Beispiel immer nach vorne gucken mussten. Die Handtücher mussten dreimal gefaltet und in die Mitte des Regals gelegt werden. Unser ganzes Leben wurde bis auf die Sekunde von der Uhr bestimmt, von Zeitplänen, die ich gemacht hatte. Irgendwann ist ihr das dann alles zu viel geworden.«

»Du warst nicht das Problem, Daddy. Sie war es. Ich erinnere mich doch noch so gut. Sie hat das Geld einfach zum Fenster hinausgeworfen, ist losgegangen und hat neue Möbel oder Kleidung gekauft, obwohl wir nicht das Geld hatten ...«

Ihr Vater neigte seinen Kopf etwas zur Seite und lächelte traurig. »Deiner Mutter hat es nie Spaß gemacht einzukaufen. Neue Kleidung oder Möbel waren nicht wichtig für sie. Sie hat das nur gemacht, weil sie wütend auf mich war.«

»Aber warum?« Kate schüttelte ihren Kopf, als versuchte sie vergeblich, den Sinn des Ganzen zu verstehen. »Warum sollte sie böse auf dich gewesen sein?«

»Weißt du, was eine Zwangsstörung ist?«

»Natürlich. Das ist eine psychische Störung, eine Impulskontrollstörung. Ich hatte schon einige Patienten, die –« Kate hielt inne und ließ sich einen Augenblick Zeit, das Gehörte zu verarbeiten. »Du, Daddy?«

»Ich habe es damals nicht gewusst. Deine Mutter wollte jahrelang, dass ich zum Arzt gehe und mich untersuchen lasse. Sie hat darauf bestanden, dass etwas nicht in Ordnung war, aber ich habe nur gedacht, dass sie zu kritisch ist. Mit den Jahren wurde sie immer wütender. Ich verlangte eine Sauberkeit im Haus, die unmöglich zu erreichen und zu halten war. Deshalb hat sie dafür gesorgt, dass es nicht sauber war. Ich wollte das Geld kontrollieren, also hat sie es ausgegeben. Ich verlangte Pünktlichkeit, darum hat sie immer gebummelt.«

Ihr Vater zog mechanisch an der Bügelfalte seiner Hose und strich sich das Bein hinunter. »Ich habe damals nichts verstanden. Natürlich hat mich ihr Verhalten fuchsteufelswild gemacht und wir haben uns furchtbar gestritten. Leider hast du viel davon mitbekommen. Es war ein Teufelskreis. Wir hätte ihn durchbrechen können, wenn ich nur eingesehen hätte, dass ich ein Problem habe.«

Wie hatte es nur passieren können, dass Kate die Ehe ihrer Eltern so falsch gesehen hatte? So viele ihrer Ratschläge basierten darauf, was sie glaubte, aus ihrer Kindheit gelernt zu haben.

»Einmal, du warst ungefähr acht oder neun Jahre alt, bin ich an deinem Zimmer vorbeigekommen und habe gehört, wie du gespielt hast. Ich bin stehen geblieben und habe zugehört. Barbie hat Ken angeschrien und umgekehrt. Du hieltest die beiden in den Händen, sie standen sich gegenüber und deine Stimme war so wütend. Dein

Mund war ganz verzerrt, deine Stirn zerfurcht. Da habe ich begriffen, dass du denkst, alle Familien würden sich so benehmen. Deiner Ansicht nach war das normal.«

Kate hatte als Kind viel mit ihren Barbiepuppen gespielt. Als Einzelkind ohne Geschwister war das zwangsläufig so gekommen. »Daran erinnere ich mich gar nicht.«

Ihr Vater faltete seine Hände über dem Bauch. »Und an dem Tag habe ich gedacht, dass es für dich wohl besser wäre, wenn deine Mutter und ich uns trennen würden.«

Kate hatte immer angenommen, dass es ihre Mutter gewesen war, die sich scheiden lassen wollte. Sie war monatelang wütend auf ihre Mutter gewesen. Aber obwohl sie ihrer Mutter Vorwürfe gemacht hatte – letzten Endes war es ihre Mutter gewesen, die ihr morgens Arme Ritter gebraten und dafür gesorgt hatte, dass ihre Lieblingsjeans gewaschen war – für Kate war es undenkbar gewesen, ihre Mutter zu verlassen. Auch als sie mit dem Trinken begann, wollte Kate bei ihr bleiben.

»Wann hast du das mit der Zwangsstörung herausgefunden?«, fragte Kate.

»Erst Jahre später. Da warst du schon kurz davor, dein Studium im College zu beginnen. Keine der Frauen, mit denen ich nach der Scheidung eine Beziehung einging, konnte mein Verhalten für längere Zeit ertragen. Und irgendwann wurde mir endlich klar, dass das Problem bei mir liegt, nicht bei den anderen.«

Kate war nicht naiv. Sie wusste sehr wohl, dass es immer zwei Personen brauchte, um eine Beziehung erfolgreich zu führen oder sie zu ruinieren. Aber wie hatte es passieren können, dass ihre Einschätzung so falsch gewesen war? Ihre Mutter hatte sie nie vom Gegenteil überzeugt, hatte zu Kate nie etwas Schlechtes über ihren Vater gesagt, auch nach der Scheidung nicht. Stattdessen hatte ihre Mutter ihren Kummer im Alkohol ertränkt.

»Es tut mir leid, wie ich mich in der Ehe mit deiner Mutter verhalten habe, Kate. Es tut mir leid, dass du keine glücklichere Kindheit hattest.«

Kates Augen brannten. »Das berührt mich sehr, Daddy. Ich weiß aber auch, dass es selbst unter den günstigsten Voraussetzungen schwer ist, eine erfolgreiche Ehe zu führen.«

»Ich habe deine Mutter geliebt. Das weißt du, nicht wahr?«

»Ja, das weiß ich.« Wusste er, dass ihre Mutter ihn bis zu ihrem Tod immer geliebt hatte? Die ganze Zeit um ihn getrauert hatte? Manchmal war es besser, nicht alles zu wissen.

»Ich bin nicht sehr gut in diesen Dingen«, sagte er. »Aber ich liebe dich auch, das sollst du wissen.« Er drückte seine gefalteten Hände so fest zusammen, dass seine Fingerspitzen ganz weiß wurden.

Kate konnte sich nicht erinnern, diese Worte jemals von ihrem Vater gehört zu haben. Sie hatte immer gewusst, dass er sie liebte, aber die Worte zu hören, war wie eine lindernde Salbe auf ihrem gebrochenen Herzen.

»Ich liebe dich auch, Daddy.«

Manchmal kann man nichts anderes tun, als einen Fuß vor den anderen zu setzen.

– Auszug aus *Wie ich den richtigen Mann finde* von Dr. Kate

Kapitel Dreißig

Lucas tauchte den Lappen in Terpentinölersatz und wischte das Sägemehl von der Eichenkommode. Noch eine Schicht Polyurethan und die Kommode konnte von Sydney abgeholt werden. Er war froh, wenn der Auftrag erledigt war. Gestern war sie wieder in den Laden gekommen, um zu sehen, wie weit er mit der Arbeit an den Möbeln gekommen war. Und das, obwohl er ihr gesagt hatte, dass er erst in zwei Tagen fertig sein würde. Sie hatte sich dicht neben ihn gestellt und war so mit ihren schlanken Fingern über das unfertige Möbelstück gefahren, als wäre es der Arm eines Mannes.

»Sehr schön, Lucas. Sie haben wirklich Fingerspitzengefühl.« Sie hatte ihn langsam und aufreizend angelächelt.

Er hatte sich etwas von ihr entfernt und sich seine Hände an einem Tuch abgewischt. Er hatte alles getan, was er konnte, um Sydney zu zeigen, dass er nicht an ihr interessiert war. Natürlich war er immer freundlich geblieben, schließlich war sie ja eine Kundin. Aber er hatte ihr keinerlei Hoffnungen gemacht. Es war ihm vollkommen unklar, warum sie ihre Annäherungsversuche gerade bei ihm fortsetzte, obwohl es sicher ein Dutzend Männer gab, die gerne in Anspruch nehmen würden, was sie zu geben hatte.

Das Telefon hatte zum Glück geklingelt und Ethan hatte nach ihm gerufen. »Wenn Sie mich bitte entschuldigen würden ...«

»Sicher«, hatte Sydney gesagt. »Ich komme in ein paar Tagen wieder.«

Jetzt war Lucas gerade dabei, mit dem Tuch die Kanten der Kommodentüren entlangzufahren. Dabei achtete er sorgfältig darauf, jedes noch so kleine Staubkörnchen zu entfernen, damit nichts den Lack beschädigen würde. Es gab für ihn nur eine Frau, an die er immerzu denken musste. Und das war nicht Sydney.

Lucas blickte zum Kalender, der schief an der Werkzeugwand hing. Der 21. Oktober. Heute wäre ihr viermonatiges Jubiläum gewesen. Wenn Kate hier wäre, würde er ihr einen Strauß Margeriten schenken, mit ihr ins Cioppino's gehen und Hummer essen. Danach würden sie nach Hause gehen und er würde die klassische CD auflegen, die sie am liebsten mochte. Und dann würde er ihre Lippen küssen, genau da, wo –

Hör auf damit, Luc. Du musst sie vergessen und nach vorne schauen. Wie viele Male war er in Gedanken noch einmal die Momente durchgegangen, die sie miteinander geteilt hatten? Besonders die letzte Nacht.

Er versuchte, sich durch Arbeit abzulenken, war bis spät abends in der Werkstatt. Dann war er so müde, dass er nur noch duschen und ins Bett fallen konnte. So war es einfacher für ihn. Er hatte es satt, mitleidige Blicke von Freunden und Nachbarn zu bekommen. Er konnte es sich gut vorstellen, was sie dachten. *Armer Lucas. Zuerst hat er Emily verloren und dann Kate. Ja, ja, der arme Lucas.* Aber niemand sprach ihn auf Kate an, als fürchtete man, die bloße Nennung ihres Namens wäre zu viel für ihn.

Niemand wusste, wo sie sich verkrochen hatte, aber es wurde trotzdem immer wieder versucht, ein Interview zu bekommen. Besonders die Medien hofften das. Einige Vertreter von ihnen waren wieder und wieder auf die Insel gekommen. Wen wunderte es da, dass er seine Tage im Schutz seines Ladens verbrachte? Aber sogar dort war es ihm nicht möglich gewesen, den Anrufen zu entgehen. Ethan fing die meisten ab und zum Glück kamen sie jetzt in größeren Zeitabständen.

In den letzten beiden Wochen war es ruhiger geworden – ein Segen für Kate, dessen war er sich ganz sicher. Er nahm an, dass ihre Karriere sich wieder erholen würde, da der Skandal doch relativ schnell wieder aus den Schlagzeilen verschwunden war. Wahrscheinlich würde ihr nächstes Buch irgendwann im nächsten Jahr in den Regalen zu finden sein und alles würde so weitergehen, wie es gewesen war, bevor er in ihr Leben getreten war.

Aber Lucas konnte es sich nicht vorstellen, dass sein Leben wieder normal werden würde. Obwohl um die Sache nicht mehr so viel Aufsehen gemacht wurde, ging er den Leuten immer noch aus dem Weg. Sogar seine Familie sah er weniger – eine Tatsache, die sehr wohl bemerkt worden war.

»Wir haben dich Sonntag beim Mittagessen vermisst«, hatte seine Mutter gesagt, als sie letzte Woche in seinem Laden vorbeigeschaut hatte. Lucas war sofort aufgefallen, dass sich etwas an ihr verändert hatte. Sie schien weniger gereizt zu sein. Glücklicher, trotz der Tatsache, dass Lucas sich so zurückgezogen hatte. War seine Mutter so glücklich, weil Kate nicht mehr Teil seines Lebens war?

Er hatte ihr erklärt, dass er noch viel Arbeit an einem Möbelstück hatte, das eigentlich schon längst hätte fertig sein müssen. Lucas hatte nicht erwartet, dass sie seiner Ausrede glauben würde. Später in dieser Woche war sein Vater vorbeigekommen, angeblich, um sich seine Stichsäge auszuleihen, aber Lucas hatte ihn schnell durchschaut.

»In letzter Zeit arbeitest du ja ziemlich viel«, hatte sein Vater bemerkt.

»Das Geschäft läuft im Moment gut.« Aber er wusste, dass niemand ihm glaubte, dass dies der Grund für seine Arbeitswut war.

»Weißt du, diese Kate war wirklich etwas Besonderes.«

Lucas presste die Lippen fest aufeinander. Wollte sein Vater es ihm noch schwerer machen? War ihm denn nicht klar, dass niemand das besser als Lucas selbst wusste?

»Bevor sie ging, hat sie noch mit deiner Mutter gesprochen«, fuhr sein Vater fort.

Wann hatte Kate dafür noch Zeit gefunden? Was sie auch gesagt haben mochte, es hatte Wunder bewirkt. Sein Vater hatte ihm gesagt, dass sich Susan ihm gegenüber jetzt so verhielt, wie sie es seit Jahren nicht mehr getan hatte. Sie hatte ihm endlich den Fehler vergeben, den er vor so vielen Jahren begangen hatte. Lucas freute sich für die beiden.

Jamie besuchte ihn auch mindestens einmal pro Woche in seinem Laden und erzählte ihm das Neueste von ihrer Beziehung zu ihrem Freund Aaron. Brody drängte ihn immer wieder, sich eine E-Mail-Adresse zu besorgen, damit sie noch mehr miteinander kommunizieren könnten.

Lucas tränkte den Lappen wieder mit Terpentinölersatz und wischte ein zweites Mal über die Schubladen. Er war fast soweit, die letzte Schicht Polyurethan aufzutragen, als die Ladentür geöffnet wurde. Jamie kam herein und schloss die Tür hinter sich. Sie pflanzte sich vor ihm auf, in der Hand eine Ausgabe der *New York Times.*

»Hast du das gesehen?« Sie streckte ihr Kinn nach vorne.

»Was gesehen?«

»Den Artikel über Kate.« Sie hielt ihm die Zeitung hin.

Lucas fuhr mit dem Tuch über eine Seitenwand der Kommode, über die Kanten der Oberseite und passte auf, dass er in alle Ecken kam.

»Luc.« Jamie näherte sich, dabei schlappten ihre Flip-Flops über den Zementboden.

»Bin nicht interessiert.«

Sie schlug die Zeitung gegen ihre Jeans. »Oh doch, das bist du. Und das weißt du auch ganz genau.«

Lucas ging um die Kommode herum und wischte die andere Seitenwand ab.

»Sie hat ihre Kolumne verloren.«

Lucas' Hand verharrte kurz auf der Kante und wischte dann weiter. Warum hatte Kate ihre Kolumne verloren? Der ganze Wirbel um sie hatte sich doch gelegt, ganz so, wie sich es ihr Herausgeber erhofft hatte. Hatte der Skandal doch mehr Schaden angerichtet, als er gedacht hatte? *Wie konnten sie ihr die Kolumne wegnehmen, an der sie immer so hart gearbeitet hat. Sie ist doch nicht irgendwer, sondern Dr. Kate!*

»Du musst etwas unternehmen, Luc.«

Er schüttelte den Kopf. »Vielleicht hat Kate beschlossen, sich mehr auf Bücher als auf Kolumnen zu konzentrieren.«

»Das steht so aber nicht in der Zeitung.«

Lucas blickte auf die Zeitung und war hin- und hergerissen. Einerseits wollte er die Zeitung an sich reißen und jede Einzelheit darin über Kate lesen, die jetzt ihr Leben ohne ihn führte. Auf der anderen Seite aber wollte er die Zeitung am liebsten verbrennen, um sich selbst Qualen zu ersparen.

»Ich bin sicher, dass es ihr gut geht. Es ist ja doch schnell ruhig um die ganze Sache geworden.«

»Die Verkaufszahlen für ihr Buch sind total im Keller.«

Lucas hob die Augenbrauen. »Steht das auch in der Zeitung?«

Jamie hob ihr kleines, spitzes Kinn noch ein wenig höher. »Ich habe bei Amazon verfolgt, wie sich ihr Buch verkauft.«

»Amazon? Was ist das?« Kaum hatte er die Frage gestellt, als er sie auch schon am liebsten wieder zurückgenommen hätte. Seine Schwester zog ihn wieder in das Thema Kate hinein und dabei wollte er doch alles nur hinter sich lassen. Wieder wischte er über die Oberfläche der Kommode, obwohl die längst schon sauber war.

»Amazon – man kann da online Bücher kaufen, hast du das noch nie gehört?« Ihr Blick sagte deutlich, wie ungeheuerlich sie diese Unwissenheit fand. »Früher war sie dort unter den ersten zweihundert und jetzt ist ihr Buch fast auf Platz zweihunderttausend.«

Endlich gab Lucas den Schrank auf und warf den Lappen auf die Werkbank. Er hoffte, dass es einfach nicht wahr war. Kate war einfach zu gut, es wäre schlimm, wenn sie ihre Gaben nicht mehr einsetzen könnte. »Das sieht wohl nicht sehr gut aus, oder?«

»Es ist schrecklich. Verstehst du, ihre Karriere ist zerstört. Du musst etwas unternehmen.«

»Ich? Was sollte ich denn machen können?«

Jamie ließ die Zeitung auf die Werkbank fallen und verschränkte ihre Arme. Sie ließ ihn nicht aus den Augen. Ihr Fuß klopfte auf den Boden. Dabei hoben und senkten sich ihre Zehen, deren Nägel sie pink lackiert hatte.

»Du hast es ihr nicht gesagt, oder?« Sie stellte eigentlich keine Frage, sondern formulierte es als Anklage.

»Was gesagt?«

»Dass du sie liebst.«

Lucas drehte sich weg und wickelte das Kabel um die Schleifmaschine. Dann hängte er sie an ihren Haken. Seine Schwester konnte seine Gedanken mittlerweile zu gut lesen. Vielleicht lag das an all den Liebesromanen, die sie so oft las.

»Siehst du? Ich denke, das beantwortet meine Frage.«

Lucas vergrub die Hände in seinen Hosentaschen. »Das ist eine Sache zwischen Kate und mir, Kleines.«

»Aber wie kann es euch beide angehen, wenn Kate es noch nicht einmal weiß?«

So ein neunmalkluger Dreikäsehoch.

»Vielleicht wäre ja alles anders gekommen, wenn sie es gewusst hätte«, sagte Jamie. »Ich weiß, dass es mich eigentlich nichts angeht, aber ich möchte, dass du glücklich bist. Außerdem wären Aaron und ich wahrscheinlich nie ein Paar geworden, wenn du uns nicht geholfen hättest.«

»Wie läuft es denn überhaupt so mit euch beiden?«

»Wir sind noch zusammen, aber wechsle nicht das Thema. Wirst du Kate jetzt helfen oder nicht?«

Später an diesem Abend lag Lucas mit weit geöffneten Augen im Bett. Er konnte Jamies Frage einfach nicht aus dem Kopf bekommen. *Wirst du Kate jetzt helfen oder nicht?* Aber was konnte er jetzt noch tun, nachdem sie fortgegangen war? Er konnte die Zeit nicht zurückdrehen oder es schaffen, dass diese Stephanie ihre Anschuldigungen widerrief.

Die Schlagzeile, die in *USA Today* erschienen war, ließ ihn einfach nicht los. *Dr. Kate in einer Ehe ohne Liebe.* Zwei andere Boulevardblätter, die er sich angesehen hatte, beschrieben in ihren Artikeln ausführlich ihre Ehe, die angeblich rein geschäftlich und gefühlskalt war.

Als er das gelesen hatte, hätte er fast laut aufgelacht. Wie wenig wussten diese Schreiberlinge von ihm und Kate. Es hatte Gefühle in dieser Ehe gegeben. Leider waren sie nur von ihm ausgegangen.

Waren sie das wirklich? Hätte sie sich mir tatsächlich in jener letzten Nacht hingegeben, wenn sie mich nicht lieben würde? Er spürte eine Beklemmung in der Brust, der bloße Gedanke bereitete ihm Schmerzen. Vielleicht war das alles ja doch nur sein Wunschdenken.

Aber wenn es doch wahr wäre? Was, wenn Kate mich doch liebt? Was, wenn sie nur aus Angst weggelaufen ist?

Er dachte wieder an die Artikel über ihre lieblose Ehe und fragte sich, ob es etwas bringen würde, wenn ihre Leser wüssten, dass er Kate die ganze Zeit über geliebt hatte. *Und es immer noch tut,* korrigierte er sich selbst. Würde diese Information ihr öffentliches Ansehen wiederherstellen können?

Aber auch, wenn dem so wäre, er könnte den Medien nicht trauen. Das waren alles Haifische, die auf Beutejagd waren und alles aus dem Weg räumen würden, was zwischen ihnen und ihrem Opfer stand. Auch wenn es Lucas irgendwie gelingen würde, den Medien seine Gefühle für Kate mitzuteilen, würden sie diese höchstwahrscheinlich verdrehen, verfälschen und missbrauchen, um Kate zu verletzen.

Vielleicht sollte er diese Frau anrufen, die für Kate die Öffentlichkeitsarbeit gemacht hatte – Pam? Eventuell wäre es möglich, mit ihr über seine Idee zu sprechen, ohne dass Kate davon erfuhr. Dann wäre es vielleicht möglich, dass er endlich Frieden finden könnte, nachdem er alles in seiner Macht Stehende getan hatte, um Kate zu helfen.

Liebe ist immer ein Risiko.

– Auszug aus *Wie ich den richtigen Mann finde* von Dr. Kate

Kapitel Einunddreißig

»Ich gehe einkaufen, Dad.« Kate schloss die Spülmaschine und schaltete sie ein. Ein gurgelndes Geräusch zeigte an, dass das Programm lief.

Im Wohnzimmer hatte ihr Vater den Fernseher angestellt, als gerade ein Werbespot für Taco Bell lief. Er griff nach seinem Geldbeutel. »Hier, diesmal bezahle ich.«

Kate winkte ab. »Ist schon in Ordnung.« Sie holte ihr Portemonnaie. Es war das Mindeste, was sie tun konnte. Schließlich durfte sie bei ihrem Vater so lange bleiben, bis sie eine neue Wohnung gefunden hatte. Außerdem hatte sie einiges gespart. »Und dann schaue ich mir vielleicht noch die Wohnung an, die in der –«

»Kate.« Ihr Vater drehte den Fernseher lauter.

Kate folgte seinen weit geöffneten Augen und sah auf den Bildschirm. *Lucas.* Lucas war im Fernsehen. Er trug einen Anzug und eine Krawatte. Sie wagte kaum zu atmen.

»– geschah zwischen Dr. Kate und ihrem Mann fürs Leben.«

Das Bild wechselte und zeigte die *NewsWire*-Korrespondentin Nancy Lopez. »Könnten Sie uns erzählen, wie es dazu kam, dass sie Dr. Kate heirateten?«

Lucas wurde kurz eingeblendet. Er zuckte mit den Achseln und lächelte etwas schelmisch in die Kamera. Dann schwenkte die Kamera wieder zu Nancy.

»Dr. Kate wurde stark kritisiert, weil sie die Ehe mit Ihnen als bloße geschäftliche Abmachung eingegangen war. Gab es da keine Gefühle zwischen Ihnen?«

Die Kamera zeigte wieder Lucas. »Das ist eine interessante Frage.« Er grinste auf seine typische Art.

Das Logo von *NewsWire* erschien auf dem Bildschirm und eine Stimme aus dem Off ertönte. »Jeder brennt darauf zu erfahren, warum Dr. Kate Mr Wright geheiratet hat. Und *NewsWire* hat den Exklusivbericht dazu. Schalten Sie morgen Abend um 22 Uhr ein.«

Ein weiterer Werbespot folgte und ihr Vater stellte den Fernseher leiser. Kate sank wie vom Donner gerührt auf das Sofa. *Ich verstehe das nicht. Warum hat Lucas das nur getan? Gerade, als der Skandal in Vergessenheit geraten ist, kommt er und muss alles wieder aufwärmen.*

»Ich kann das einfach nicht fassen.« Sie stand wieder auf und lief zornig im Zimmer auf und ab. Ihr Herz klopfte wild. Sie war wütend und verletzt. *Warum macht er das?*

»Du solltest ihn anrufen«, sagte ihr Vater. »Vielleicht gibt es einen ...«

Ihr Handy klingelte. Sie zog es aus ihrer Handtasche und hoffte inständig, dass es Lucas war, da sie sehr gerne ein paar deutliche Worte mit ihm gesprochen hätte. Ihre Hand zitterte, als sie das Handy aufklappte.

»Kate, was hat das zu bedeuten?«, fragte ihre Freundin Anna. »Ich habe gerade eine Vorschau von *NewsWire* gesehen –«

»Ich weiß. Das habe ich auch getan.«

»Und du wusstest nichts davon?« Kate hatte Anna über alles per E-Mail auf dem Laufenden gehalten.

»Nein, ich hatte wirklich keine Ahnung. Ich kann nicht fassen, dass er das getan hat.« Kate fuhr sich mit der Hand durch ihr Haar.

»Und gerade jetzt, da sich alles so schön beruhigt hatte«, sagte Anna. »Warum in aller Welt hat er das gemacht?«

»Ich weiß es wirklich nicht, aber ich werde es herausfinden. Ich rufe dich an, wenn ich mit ihm gesprochen habe.«

Sie legte auf und Kate blickte zu ihrem Vater. Ihre Kehle war wie zugeschnürt. Hinter ihren Augen pochte ein heftiger Schmerz und am liebsten hätte sie etwas oder jemanden geschlagen.

»Vielleicht gibt es ja eine Erklärung«, sagte ihr Vater.

»Sicher. Und zwar mit größter Sicherheit ungefähr 200 000 Dollar.« Sie nahm an, dass er mindestens so viel für das Exklusivinterview bekommen hatte. Hoffte er, seinen Laden mit dem Geld zu vergrößern? Sie hatte ihn nie für besonders ehrgeizig gehalten, aber welchen anderen Grund konnte er gehabt haben?

Dann erinnerte sie sich daran, wie er es abgelehnt hatte, zusammen mit ihr in der Sendung *Live with Lisa* interviewt zu werden. Was hatte er noch mal gesagt*? Mit Worten umzugehen ist nicht mein Ding. Sprechen fällt mir nicht so leicht. Du kannst das viel besser.* Sie dachte auch an die herzzerreißende Geschichte, die er ihr von seiner Schulzeit erzählt hatte, als er vor Angst gelähmt vor der versammelten Schule sprechen sollte. Offensichtlich verlor er seine Angst, wenn er nur genug Geld dafür bekam.

Sie empfand das wie einen Verrat und es tat ihr entsetzlich weh.

Kate wählte Lucas' Telefonnummer. Er müsste jetzt zu Hause sein und richtete wahrscheinlich in der Küche das totale Chaos an. *Ich hoffe, er erstickt an seinem Abendessen.*

»Vielleicht solltest du mit dem Anruf warten, bis du dich etwas beruhigt hast.« Ihr Vater stellte den Fernseher ab.

Der Anrufbeantworter auf Lucas' Telefon sprang an. Es piepte. Kate versuchte, den Kloß in ihrem Hals hinunterzuschlucken, aber er steckte fest.

»Wie konntest du nur, Lucas? Ich habe gerade die Vorschau von *NewsWire* gesehen. Ich kann es nicht fassen, dass ...« Ihre Stimme zitterte und sie musste tief einatmen, um überhaupt Luft zu bekommen. *Er darf nicht merken, dass er mich zum Weinen gebracht hat.*

»Ich kann nicht glauben, dass du das getan hast. Ruf mich an.« Sie legte auf.

Danach lief sie wieder unruhig im Zimmer auf und ab, kam sich wie ein wanderndes Erdbeben vor und Lucas war das Epizentrum.

»Das ist also der Mann, dem du wochenlang nachgetrauert hast«, sagte ihr Vater. »Er hat dich nicht verdient.«

»Ich gehöre ihm nicht, Dad.« Nicht jetzt. Nicht mehr, nachdem er das getan hatte. Sie konnte den Gedanken an ihn nicht mehr ertragen.

Na, sei ehrlich, Kate. Gefühle lösen sich wegen einer Enttäuschung nicht einfach in Luft auf. Sie wusste, dass es stimmte. Sie musste nur an Mrs Hornsby und alle anderen Opfer treuloser Ehemänner denken, die sie beraten hatte. Es war zum Verrücktwerden: Sie konnte nicht einmal wütend werden, ohne dass ihre innere Therapeutin sich einschalten musste.

»Nun, ich denke, dass deine Karriere nicht noch mehr beschädigt werden kann, als sie schon ist. Das ist wenigstens ein Trost.«

Da hatte er schon Recht, aber Kate hatte gehofft, dass die öffentliche Beschämung vorbei war. Sie hatte gehofft, dass sie nicht mehr im Zentrum der Aufmerksamkeit stehen musste und sich wieder der Beratung zuwenden konnte. Das Letzte, was sie jetzt gebrauchen konnte, war ein erneutes Aufflammen des Skandals. Wenn sie überhaupt jemand an die Medien verraten würde, hatte sie gedacht, würde es Bryan sein.

Sie hätte nie auch nur für eine Minute gedacht, dass Lucas dem Druck nachgeben würde.

Die Liebe ist voller Überraschungen.

– Auszug aus *Wie ich den richtigen Mann finde* von Dr. Kate

Kapitel Zweiunddreißig

Kate hatte schon die ganze Küche blitzblank geputzt. Jetzt rückte sie noch die Gewürze auf dem Holzregal gerade. Noch zwei Minuten. Und jede Einzelne verging wie eine Schildkröte, die Valium genommen hatte.

Den ganzen Tag schon hatte sie versucht, Lucas telefonisch zu erreichen. Als sie im Laden angerufen hatte, hatte Ethan gesagt, dass Lucas weggegangen wäre, aber zu Hause war er auch nicht gewesen. Es hatte auch niemand im Haus seiner Eltern abgenommen und auch ihre E-Mails waren nicht beantwortet worden. Vermutlich war ihnen Lucas' Fernsehauftritt peinlich. Oder sie waren selbst auch interviewt worden. Vielleicht hatten sie sich das Geld ja geteilt und waren jetzt auf dem Weg nach Europa, um ihren Coup gebührend zu feiern.

Ein Geschirrtuch war zu Boden gefallen und Kate trat mit dem Fuß danach, sodass es zerknüllt zwischen dem Küchenschrank und dem Kühlschrank landete. Auch von *Rosewood* hatte niemand ihre Anrufe beantwortet. An diesem Morgen hatte sie schon früh bei Ronald angerufen, dem es aber ebenfalls nicht gelungen war, Paul oder Chloe zu erreichen. Sah ganz so aus, als wäre sie zu einer Persona non grata geworden. Die anderen mussten doch über das Exklusivinterview Bescheid wissen. Sicher waren sie böse auf Kate, weil sie es nicht verhindert hatte. *Als ob ich eine Wahl gehabt hätte.*

»Kate, es geht los«, rief ihr Vater aus dem Wohnzimmer.

Kate betrat das Zimmer, in dem ihr Vater auf der Sofakante saß und die Ellenbogen auf die Knie gestützt hatte.

Kate setzte sich neben ihn und drückte das Sofakissen aus Chenille auf ihren Bauch, als wollte sie sich vor einem unerwarteten Schlag schützen.

Die Titelmelodie erklang und das Logo erschien. Es wurden Vorschauen der für die heutige Sendung geplanten Beiträge gezeigt, darunter auch wieder die Werbung, die sie gestern gesehen hatten. Der erste Beitrag begann, aber es war nicht der über Lucas.

Als die Sendung durch einen Werbespot unterbrochen wurde, atmete Kate tief aus. »Ich hoffe nur, dass er nicht als Letztes kommt.«

Ihr Vater schlug seine Beine übereinander. »Hm, das wäre schon möglich.«

Sie hatte den ganzen Tag gewartet, war wie ein nervöser Energieball gewesen. Warum hatte Lucas sie nicht zurückgerufen? Und was war mit den anderen? Warum hatten auch sie sich nicht gemeldet? Schämte Lucas sich zu sehr und ging ihr deshalb aus dem Weg? Das zumindest wäre eine angemessene Reaktion.

»Möchtest du Kaffee?«, fragte ihr Vater. »Ich kann gerne eine Kanne aufsetzen.«

Kate schüttelte den Kopf. »Danke. Ich fühle mich jetzt schon so, als könnte ich über das Wasser laufen.«

Als die Sendung wieder losging, starrten beide gebannt auf den Fernseher, aber es war nur ein Bericht über Trans-Fettsäuren im Restaurantessen.

Kate überlegte, was für Fragen man Lucas wohl stellen würde. Würde er erzählen, dass sie sich in den Flitterwochen in den Schlaf geweint hatte? Oder dass seine Mutter sie von Anfang an nicht gemocht hatte, weil sie die Mutter von Kate hasste? Würde er von ihren intimen Momenten berichten – als sie vergaßen, dass ihre Ehe nur auf dem Papier bestehen sollte?

Vor lauter Angst war ihr Mund ganz trocken geworden. Es war ihr, als stünde sie unter dem Galgen, hätte ein dickes Seil um den Hals und wartete darauf, dass sich jeden Moment die Falltür unter ihren Füßen öffnete. Es gab nur eines, was sie tun konnte. Warten.

Der Bericht ging zu Ende und erneut wurde ein Werbespot geschaltet. Es war schon nach halb elf.

»Halt durch, Kate. Was auch immer geschieht, ich werde für dich da sein.« Ihr Vater streckte seinen Arm zu ihr aus und drückte ihre kalte Hand.

»Danke, Daddy.« Es war ihr unmöglich, sitzen zu bleiben. Sie stand auf und ging zur Tür, die auf die Terrasse führte. Draußen hatte die Dunkelheit schon längst den Hof verschluckt und die Mondsichel war durch die Wolkendecke sichtbar. Kate musste an die letzten Tage mit Lucas denken, wie er sie in jener letzten Nacht in seinen Armen gehalten hatte. Er hatte ihre Stirn und ihr Kinn geküsst und ihr die Haare aus dem Gesicht gestrichen. Nie in ihrem Leben hatte sie sich so geliebt gefühlt.

Und nun hat er vor, meine schmutzige Wäsche im nationalen Fernsehen zu waschen. Das macht doch alles keinen Sinn.

»Es geht wieder los«, rief ihr Vater.

Kate kam ins Wohnzimmer zurück und blieb hinter dem Fernsehsessel stehen. Evan Greggory begann seinen Beitrag über den einzigen Überlebenden eines Fährunglücks im Ausland. Lucas' Beitrag war also der Letzte, was zeigte, dass er als wichtig angesehen wurde. *Dann müssen sie wirklich einige pikante Details von Lucas bekommen haben.*

Der Beitrag über die Fähre zog sich endlos lange hin. Dann folgte wieder eine lange Werbepause. Kates Herzschlag verdreifachte sich, als sie auf das Ende der Werbung wartete. Jetzt musste es kommen. Es blieben nur noch zwölf Minuten – es gab nur noch genug Zeit für den Beitrag über Lucas.

Als die Sendung wieder losging, stellte ihr Vater den Fernseher lauter. Die Kamera zeigte Nancy Lopez. »Und wir sind wieder zurück bei *News Wire.*« Sie drehte sich zu einer anderen Kamera um. »Dr. Kate wird als die Königin der Beziehungen bezeichnet und ist die Autorin des kürzlich erschienenen Selbsthilfebuches ›Wie ich den richtigen Mann finde‹.« Nancy hielt ein Exemplar des Buches hoch. »An ihrem Hochzeitstag diesen Sommer erschien Dr. Kates Buch, sorgte für Schlagzeilen und kletterte bis in die Bestsellerliste.«

Kate hätte fast ihre Augen verdreht. Das Buch hatte es kaum in die Bestsellerliste geschafft und damit viel weniger erreicht, als *Rosewood* gehofft hatte.

Nancy fuhr fort. »Aber ihre berufliche Laufbahn wurde vor nicht allzu langer Zeit auf den Kopf gestellt, als bekannt wurde, dass ihr eigentlicher Verlobter Bryan Montgomery sie am Hochzeitstag sitzen gelassen hatte. Darauf ist Dr. Kate noch am selben Tag die Ehe mit dem aus Nantucket stammenden Lucas Wright eingegangen. Diese Ehe ohne wahre Gefühle war der verzweifelte Versuch zu verhindern, dass ihr Buch ein Flop wurde.

Bis jetzt war nur wenig über die genaueren Einzelheiten oder Dr. Kates Gefühle über die ganze Sache bekannt, aber *News Wire* hat ein Exklusivinterview mit dem Mann, der die Expertin in Sachen Liebe und Ehe, Dr. Kate, geheiratet hat.« Nancy lächelte und wandte sich Lucas zu, den die Kamera nun in Großaufnahme zeigte. »Herzlich willkommen in unserer Show, Mr Wright.«

Kate konnte die Augen nicht von Lucas lassen. Er hatte sich rasiert und seine Haare waren wie bei ihrer Hochzeit ordentlich aus dem Gesicht gekämmt. Er trug ein elegantes Hemd und eine Krawatte, die sie noch nie vorher gesehen hatte. Er dankte Nancy.

»Könnten Sie uns etwas darüber erzählen, wie und wann Sie Dr. Kate kennengelernt haben?«

Lucas rutschte etwas nervös auf seinem Stuhl herum. Die Frage war ihm also unangenehm. *Gut.*

»Kate hat drei Jahre auf der Insel gelebt«, begann Lucas. »Sie ist hier geboren, aber ihre Familie verließ die Insel, als Kate noch jung war. Damals habe ich sie noch nicht gekannt. Als sie wieder auf die Insel zog, wollte sie in der Stadt eine Beratungspraxis eröffnen. Sie hat die Etage über meinem Laden gemietet.«

»Könnten Sie uns beschreiben, was am Hochzeitstag von Dr. Kate geschah?«

Er nickte langsam. »An diesem Morgen arbeitete ich in meiner Werkstatt an dem Pavillon, den ich für die Hochzeit bauen sollte.«

»Für ihre Hochzeit mit Bryan Montgomery?«

»Genau. Sie hatte mich schon Monate vorher damit beauftragt. Kate war ins Geschäft gekommen, um sich nach dem Pavillon zu erkundigen. Ich hätte ihn nämlich schon längst liefern sollen. Und sie hat den Anruf von ihrem Verlobten bekommen, als sie bei mir war.«

»Von Mr Montgomery.«

»Richtig. Ich habe nur Kates Seite des Gesprächs mitgehört, aber das war genug, um zu wissen, dass er sie nicht heiraten würde.«

»Und wie ging es Kate nach dem Anruf?«

Lucas lehnte sich zurück und schüttelte den Kopf. »Sie war am Boden zerstört, zitterte am ganzen Leib.« Er lächelte traurig. »Wenn Sie Kate kennen würden, dann wüssten Sie, wie wenig sie nach diesem Anruf sie selbst war. Sie ist sehr ausgeglichen und die kompetenteste Person, die ich kenne. Sie ist der Mensch, den man in einer Krise am liebsten um sich hätte, weil sie – immer eine Lösung finden wird. Aber der Anruf kam nur fünf Stunden vor ihrer Trauung, ihr Bräutigam hatte sie gerade sitzen lassen und dann war da noch die ganze öffentliche Aufmerksamkeit wegen der Veröffentlichung ihres Buches ... wer wäre da nicht in Panik geraten?«

»Wie kam es, dass Sie selbst Teil der Lösung wurden?«, fragte Nancy.

»Es war meine Idee gewesen. Ich weiß nicht, woher mir die Idee kam. Es war ganz impulsiv gewesen und zu dem Zeitpunkt schien es der einzige Ausweg zu sein. Sie brauchte einen Bräutigam und ich wollte ihr helfen.«

»Nun, das war ja ein sehr großzügiges Angebot. Warum sind Sie denn in die Bresche gesprungen und haben Dr. Kates Hochzeit gerettet?«

Lucas senkte seinen Blick und schwieg einen Moment. »Der Grund, den ich Kate gab, war, dass ich ihre Hilfe in einer persönlichen Angelegenheit brauchte.«

»Aber das war nicht der wahre Grund, oder?«

»Stimmt.«

»Was?«, flüsterte Kate und starrte auf den Bildschirm.

»Wir werden gleich noch einmal auf den Grund zurückkommen«, fuhr Nancy fort. »Aber jetzt interessiert uns, welche Bedingungen Ihre Abmachung hatte.«

Lucas verzog den Mund zu einem Lächeln, als erinnerte er sich an den Augenblick. »Wir wollten uns die Möglichkeit offen halten, aus der ganzen Sache wieder auszusteigen. Wir haben abgemacht, für ein Jahr verheiratet zu bleiben.«

»Gab es einen Vertrag zwischen Ihnen? Eine finanzielle Abmachung?«

»Nein, das gab es nicht. Wir kannten uns gut genug, um einander zu vertrauen. Unsere Finanzen haben wir immer getrennt gehalten.«

»Und kein Geld ist von einem zum anderen gewandert?«

Lucas' Nacken färbte sich langsam rot. Er sah aus wie ein verlegener Schuljunge. »Sie hat mir nichts für die Ehre bezahlt, ihr Ehemann sein zu dürfen, wenn Sie das meinen.«

An Nancys Lächeln konnte man deutlich erkennen, dass sie von Lucas' Charme ganz verzaubert war.

»Könnten Sie noch etwas genauer werden und Ihre Beziehung zu Dr. Kate vor Ihrer Hochzeit beschreiben? Waren Sie ein Liebespaar, Freunde ...?«

Lucas fuhr mit den Fingern zwischen seinem Hemdkragen und seinem Hals entlang. »Nein, wir waren kein Liebespaar. Wir waren Freunde, schätze ich. Wir haben relativ viel Zeit miteinander verbracht, als ich ihre Etage zu einer Kombination aus Büro und Wohnung ausgebaut habe.« Sein Lächeln wurde noch etwas schiefer. »Wenn Kate hier wäre, würde sie wahrscheinlich sagen, dass wir nur Bekannte waren. Ich glaube, ich bin ihr manchmal etwas auf die Nerven gegangen.«

»Das hört sich ein bisschen so an, als hätten Sie das durchaus genossen?«

Lucas lächelte. »Na ja, ein bisschen schon.«

Kate zerdrückte das Kissen im Rücken des Fernsehsessels. Wie gebannt fixierte sie Lucas, konnte den Blick einfach nicht abwenden.

Nancy fuhr fort. »Sie behaupten, für die Hochzeit mit Dr. Kate kein Geld erhalten zu haben. Außerdem haben Sie angedeutet, dass der Grund, den Sie ihr gegeben hatten, nicht der eigentliche war.«

Die Kamera schwenkte wieder zu Lucas, dessen Gesicht nun in Großaufnahme zu sehen war, während Nancy die nächste Frage stellte. »*Warum* haben Sie sich als Bräutigam zur Verfügung gestellt?«

Lucas sah auf seine Beine hinunter, das Lächeln war von seinem Gesicht verschwunden. Er schluckte.

Dieser Augenblick kam Kate wie eine kleine Ewigkeit vor. Sie befürchtete, dass er wieder kein Wort herausbringen konnte, wie es vor langer Zeit in seiner Schule passiert war. Sie fühlte, wie sie mit ihm litt, wollte ihm helfen, eine Antwort zu geben.

Aber dann sprach Lucas wieder. »Ich wollte ihr helfen. Wenn Sie sie nur nach dem Anruf gesehen hätten – sie war todunglücklich. Ängstlich. Verletzt.« Lucas hob die Schultern. »Ich wollte ihr einfach helfen.«

»Und warum?«

Kate lehnte sich nach vorne und wagte kaum zu atmen.

Er lächelte traurig. Als er seinen Kopf senkte, fiel sein Haar nach vorne und bedeckte teilweise seine Augen. Dann sah er Nancy an. »Ich liebe sie«, sagte er heiser.

Kate hielt den Atem an. Sie starrte in sein vertrautes Gesicht und fühlte, wie ihre Augen anfingen zu brennen. *Er liebt mich? Er hat mich geheiratet, ... weil er mich liebt? Aber die Ehe seiner Eltern –*

Die Kamera blieb weiter auf Lucas, auch wenn er jetzt nichts mehr sagte. Es war deutlich zu sehen, wie unwohl er sich fühlte. Er sah so aus, als würde er am liebsten seinen steifen Anzug gegen etwas Bequemeres eintauschen.

Dann sprach er wieder. »Als ich sah, wie fertig sie war, wollte ich die Sache für sie wieder in Ordnung bringen.« Er hob wieder seine Schulter. »Vielleicht war ich dabei auch ein wenig egoistisch gewesen.

Habe wohl gedacht, dass sie sich irgendwie in mich verlieben würde, wenn sie ein Jahr mit mir verheiratet wäre.« Er rutschte auf seinem Stuhl herum und sah zur Seite. »Ich wollte ihre Hochzeit retten. Aber jetzt denke ich, dass es falsch von mir gewesen ist, meinen eigenen Vorteil dabei zu suchen. Sie war verletzlich. Es war meine Idee gewesen und ich habe sie davon überzeugt, dass es nur eine Lösung gibt. Wenn irgendjemand die Schuld an der ganzen Sache trägt, dann bin ich das.«

Kates Augen füllten sich mit Tränen und sie konnte Lucas nur noch verschwommen sehen. Sie blinzelte die Tränen fort, wollte nicht, dass etwas ihr die Sicht auf Lucas' Gesicht nahm.

Die Kamera schwenkte wieder auf Nancy. »Sie waren ja insgesamt nur drei Monate verheiratet. Wie war diese Zeit für Sie?«

»Mit Kate verheiratet zu sein?« Er lächelte. »Großartig. Witzig. Herausfordernd.«

»Herausfordernd, weil ...?«

Lucas zog an seiner Jacke. »Weil ich sie liebe. Weil ich wollte, dass unsere Ehe echt ist. Und das war sie nicht.« Er hielt inne und senkte wieder seinen Blick.

»In drei Monaten hat sie Probleme gelöst, die es schon seit Jahren in meiner Familie gegeben hatte. Sie verfügt über diesen großen Reichtum an Weisheit ... Ich habe keine Ahnung, wo das herkommt. Aber wenn etwas kaputt ist, dann hat sie die Gabe, es wieder heil zu machen.«

»Außer Ihrem eigenen Herzen?«

Die Kamera zoomte auf Lucas' Gesicht. Sein Gesicht wirkte zuerst angespannt, wurde dann aber lockerer. »Ich vermute, sie weiß gar nicht, dass sie mein Herz gebrochen hat.«

Nancy lächelte. »Aber jetzt weiß sie es ganz sicher. Es ist allgemein bekannt, dass Kate die Insel kurz nach dem Ausbruch des Skandals verließ. Können Sie mir sagen, was Sie dabei fühlten?«

Lucas holte tief Luft und veränderte erneut seine Position.

Kate wollte am liebsten die Haare und gleich die ganze Anspannung aus seinem Gesicht streichen und seinen gestresst aussehenden Mund küssen.

»Ich wollte nicht, dass sie fortgeht. Und habe sie gebeten, dass sie bleibt.«

»Aber das hat sie nicht getan.«

»Nein.«

»Hat sie ihren früheren Verlobten denn immer noch geliebt?«, fragte Nancy.

»Das habe ich sie auch gefragt. Sie sagte, dass sie ihn nicht mehr lieben würde. Das habe ich ihr geglaubt.«

Die Kamera zeigte nun Nancy, die Lucas eingehend betrachtete. Ihr Gesicht sah nachdenklich aus. »Warum sind Sie heute hier? Was erhoffen Sie sich davon?«

»Ich wollte die ganze Geschichte aus Kates Perspektive erzählen. Und ich wollte die Verantwortung für meine Schuld an der ganzen Situation übernehmen ...« Er nestelte erneut an seiner Krawatte.

Die Kamera zeigte wieder Nancy. »Und ist da vielleicht noch etwas?«

Lucas blickte erst nach unten und dann wieder zu Nancy. »Ja, da ist noch etwas. Ich habe es Kate nicht gesagt, bevor sie wegging, weil ich zu viel Angst hatte.«

Er schluckte und sah dann direkt in die Kamera. Seine Augen schienen sich in die von Kate zu brennen. Ihr Blick hielt sein Gesicht fest und fast war es ihr, als stünde er in diesem Moment direkt vor ihr.

Lucas hob sein Kinn.

Kate schaute auf seine Lippen. Sie wartete.

»Ich möchte ihr sagen, dass ich sie liebe,« sagte er.

Kate legte ihre Hand auf ihr Herz und umkrallte den Stoff ihrer Hemdbluse.

Nancy ließ drei Sekunden verstreichen und gab den Worten Zeit, ihre ganze Wirkung zu entfalten. »Hier im Fernsehen?«

Ein Grinsen deutete sich auf Lucas' Gesicht an. »Sieht wohl so aus, als würde ich alles auf eine Karte setzen, oder? Ich liebe sie. Schon seit Langem und ich werde es immer tun.« Er senkte wieder seinen Blick.

»Das ist ganz schön viel Druck für eine Frau.«

Lucas schüttelte den Kopf. »Das hoffe ich nicht. Das ist auf jeden Fall nicht meine Absicht. Kate hat das Recht, ihre eigenen Entscheidungen zu treffen, ihr eigenes Leben zu leben. Ich möchte nur, dass sie alle Fakten kennt, bevor sie sich entscheidet.«

Nancy sagte noch etwas, was den Beitrag zusammenfasste und abschloss, dann war die Sendung zu Ende. Kates Vater schaltete den Fernseher aus. Ohne das Licht und die Geräusche aus dem Fernseher schienen im Raum plötzlich Dunkelheit und Schweigen zu herrschen. In ihrem Kopf ging es wilder zu als auf einer Achterbahn.

»Hm, wer hätte das gedacht.« Ihr Vater machte das Licht an.

Kates Beine waren ganz steif, als sie den Fernsehsessel umrundete und sich in ihn fallen ließ. Sie zitterte am ganzen Körper, sie konnte ihre Hände und Beine kaum kontrollieren. *Er liebt mich. Er hat mich von Anfang an geliebt.*

Auf einmal hatte sie den unbändigen Wunsch, mit Lucas zu sprechen. Ihn zu sehen.

»Liebst du ihn, Kate?«, unterbrach ihr Vater ihre Gedanken.

Liebe ich ihn? Sie erinnerte sich daran, wie er sie auf dem Segelboot festgehalten hatte, als ihr so schlecht war. Dachte daran, wie er für sie da gewesen war, als der Skandal ausgebrochen war. Und daran, wie geliebt sie sich gefühlt hatte, wenn er sie ansah, sie berührte.

»Ja«, flüsterte sie.

Aber sie waren doch so verschieden. Deswegen hatte sie ihn verlassen. Sie wollte nicht so enden wie –

Meine Eltern? Nun, ich habe ja schon herausgefunden, wie falsch ich da gelegen habe. Es waren nicht ihre Unterschiede gewesen, welche die Ehe ihrer Eltern zerstört hatten, sondern die Zwangsstörung ihres Vaters.

Aber trotz dieser Einsicht war sie vor Angst wie gelähmt. *Wovor fürchte ich mich nur so sehr? Davor, dass ich so einsam und verzweifelt wie meine Mutter enden könnte?*

Aber ich kann noch nicht einmal die Gegenwart kontrollieren, geschweige denn die Zukunft. Ich muss einfach sachliche, vernünftige Entscheidungen treffen und das Beste hoffen. Schau doch, wie minutiös ich meine Verlobung und Hochzeit geplant hatte. Und dennoch hat am Ende nichts geklappt.

Kam ihr zwanghaftes Bedürfnis, alles planen zu wollen, vielleicht von dem verzweifelten Versuch, alles unter Kontrolle behalten zu wollen?

Kate musste an das Gespräch mit Brody denken, das sie auf der Dachterrasse gehabt hatten. *»Ich habe weniger vor der Höhe Angst als vielmehr davor, in die Tiefe zu stürzen«*, hatte sie gesagt. War das ihr Problem? Hatte sie deshalb fast einen Mann geheiratet, den sie nicht liebte? Und hatte deswegen so schnell den Mann verlassen, den sie liebte? Sie hatte Angst, so wie ihre Mutter zu werden. So zu werden wie Hunderte von Frauen, die sie beraten hatte.

Kate lachte gequält auf. Sie war ja eine schöne Psychotherapeutin.

Erst jetzt, nach so langer Zeit, hatte sie erkannt, dass sie vor der Liebe davonlief.

»Denkst du, dass du ihn anrufen solltest?«, fragte ihr Vater.

Was sollte sie tun? Sie wollte ihm sagen, dass sie ihn liebte. Dass es ihr leid tat, ihn verlassen zu haben. Aber zugleich kroch die Furcht wie eine kalte Hand ihr Rückgrat hinauf. Und wenn es nicht funktionieren würde? Was, wenn er ihr Herz brechen würde?

Aber es ist ja schon gebrochen worden. Lass zu, dass er es wieder heilt. Sie musste an den Rat denken, den sie Brody gegeben hatte: *Es ist die Angst, die eine Tat erst zu etwas Mutigem macht. – Habe ich den Mut, seine Liebe zu erwidern?*

Kate richtete sich auf. Ja, das hatte sie. Sie war bereit, alles auf eine Karte zu setzen, genauso, wie er es getan hatte.

Aber sie wollte es von Angesicht zu Angesicht tun. Sie wollte ihn berühren, seine starken Arme um sich spüren, wenn sie ihm ihre Liebe gestand.

»Ich muss zu ihm gehen,« sagte sie entschlossen.

Ihr Vater nickte.

Kate sah auf ihre Uhr. »Wenn ich nach Hyannis fahre und von dort die Fähre nehme, kann ich morgen früh da sein.«

»Du willst die ganze Nacht fahren? Kate ...«

»Ich muss ihn sehen.« Sie musste ihm sagen, dass sie ihn liebte. Es wäre auch möglich, das Flugzeug zu nehmen, aber dann würde ihr Wagen hier sein. Nein, es war entschieden. Und an Schlafen war sowieso nicht zu denken. Da konnte sie die Nacht auch benutzen, um die Entfernung zwischen ihnen zu überwinden.

Wie sehr wir anderen vertrauen, ist oft ein Spiegelbild von dem, wie wir uns selbst vertrauen.

– Auszug aus *Wie ich den richtigen Mann finde* von Dr. Kate

Kapitel Dreiunddreißig

Sie hatte nicht angerufen.

Nichts konnte seinen Schmerz lindern. Lucas rollte sich auf die andere Seite und starrte aus dem Fenster. Der Morgen war angebrochen und färbte das Dunkel der Nacht langsam grau. Er zog Kates Kissen nah zu sich heran und atmete tief ein. Ihr Duft war fast verschwunden – dieser leichte Duft nach Flieder, der auf ihrem Haar lag.

Er war mit dem Interview zufrieden gewesen, erleichtert, dass er die Worte gefunden hatte, als er sie brauchte. Er hatte das Interview überlebt, ohne unter dem Druck zusammengebrochen zu sein. Nachdem die Sendung gestern Abend ausgestrahlt worden war, hatte er gewartet und war unruhig auf und ab gegangen, bis Bo müde geworden war und sich vor dem Sofa niedergelegt hatte.

Das Telefon hatte geklingelt, er war zum Telefon geeilt und hatte sich atemlos gemeldet. Es war ihm egal gewesen, dass Kate so wissen konnte, wie sehr er auf ihren Anruf gewartet hatte.

Aber es war seine Mutter gewesen. »Liebling, es tut mir so leid. Ich wusste, dass du Gefühle für Kate hast, aber mir war nicht klar, wie sehr du sie liebst.« Sie entschuldigte sich, dass sie Kate unfreundlich behandelt hatte, und fragte, ob er von ihr gehört hatte.

Erst als Mitternacht vorüber war, hatte er die Hoffnung aufgegeben. Aber auch, nachdem er das Licht ausgeschaltet hatte und im Bett lag, konnte er nicht einschlafen. Seine Ohren strengten sich an, ob vielleicht das Klingeln des Telefons zu hören war. Er schlief sehr unruhig und wachte immer wieder auf. Als es dämmerte, war seine Hoffnung verschwunden wie eine Sandburg, die das Meer fortgespült hatte.

Er zwang sich aufzustehen, duschte und setzte Kaffee auf. Die erste Tasse stürzte er gierig hinunter, als sei es Medizin für seine wunde Seele. Bo trug seinen Tennisball zur Hintertür und blieb stehen.

»Na, willst du ein bisschen laufen, alter Junge?«

Er folgte dem Hund nach draußen und ging am Pavillon vorbei – eine ständige Erinnerung an Kate und ihren Hochzeitstag. Er überquerte den Strand und lief Richtung Osten. Immer wieder warf er den Ball in die Brandung und Bo trottete hinterher.

Hatte Kate die Sendung überhaupt gesehen? Ihre Nachricht auf seiner Voicemail hatte ihm gezeigt, wie ärgerlich sie über die Vorschau gewesen war. Was, wenn sie die Show überhaupt nicht angesehen hatte?

Oder noch schlimmer, was, wenn sie zugeschaut hatte? Wenn sie seine Liebeserklärung gehört hatte, sie aber nicht erwiderte? Dann hätte er sich nur öffentlich blamiert, aber sonst absolut nichts erreicht.

Ich habe alles getan, was in meiner Macht stand. Sie weiß jetzt, wie ich fühle. Der Rest liegt nun an ihr.

Bo brachte den Ball wieder zu ihm und ließ ihn in den nassen Sand zu Lucas' Füßen fallen. Lucas hob ihn auf und warf ihn in die Wellen zurück, dann steckte er seine Hände in die Hosentaschen. Seine Finger berührten kühles Metall. Kates Ehering. Er fuhr mit seinem Daumen über die glatte Oberfläche. Der Ring gab ihm Trost. Es war, als würde er ein Stück von ihr bei sich tragen.

Bo drehte sich im Kreis, den Tennisball im Maul, mit den Pfoten auf dem schaumigen Sand tänzelnd. Die Sonnenstrahlen wurden von der Wasseroberfläche reflektiert und glitzerten wie Millionen von Diamanten. Als Lucas Bo erreichte, nahm er dem Hund den Ball aus dem Maul und warf den Ball so weit er konnte den Strand hinunter. Danach folgte er Bo.

Kate verließ die Fähre und trug ihre kleine Reisetasche. Da es keinen Platz mehr auf der Fähre gegeben hatte, hatte sie ihren Wagen in Hyannis stehen gelassen. Als sich die Menge nun auf der Anlegestelle verlor, fragte sie sich, ob es ihr gelingen würde, ein Taxi zu bekommen.

Kate zog die Baseballkappe tiefer in ihr Gesicht und hoffte, nicht erkannt zu werden. Die Luft war kalt und sie zog ihren Pullover enger um den Körper. Die Bäume hatten ihre Farbe völlig verändert und leuchteten in strahlendem Gelb und Rot.

Plötzlich klingelte ihr Handy. Kate ging ein wenig zur Seite, nahm ihr Handy aus der Tasche und sah nach, wer der Anrufer war. Es war Pam. Aber Kate wollte jetzt nicht über Geschäftliches sprechen. Sie wollte Lucas sehen und bald schon würde sie bei ihm sein.

Aber wenn Pam, die für die Öffentlichkeitsarbeit zuständig war, an einem Sonntag bei ihr anrief, dann musste etwas dahinterstecken. Kate klappte das Handy auf. »Hallo, Pam. Wie geht es dir?«

»Gut. Sehr gut sogar. Hast du schon die Zeitungen gesehen?«

Das Einzige, was Kate in der Nacht gesehen hatte, waren die gelben Linien auf der Fahrbahn gewesen. An ihre Karriere und daran, was andere über die Sendung gedacht haben mochten, hatte sie keinen Gedanken verschwendet. »Nein. Warum?« Kate fürchtete sich fast vor der Antwort, aber Pam schien guter Laune zu sein. Deshalb konnte es so schlimm ja wohl nicht sein.

»Es hat funktioniert! Hör dir das mal an. ›Dr. Kates falscher Bräutigam brach sein Schweigen in der Nachrichtensendung *NewsWire* und gestand seine Liebe für die bekannte Autorin und Kolumnistin.‹ Bla, bla, bla – Vorgeschichte und Zitate aus dem Interview. Ah, hier ist es. ›Es scheint so, als könnten Dr. Kates Vorstellungen von erfolgreichen Beziehungen sogar im Fall von unvorhersagbaren Katastrophen Wunder wirken. Sogar für sich selbst.‹«

Kate sank auf den Betonboden, von dem man den ganzen Hafen sehen konnte. Am Telefon konnte sie das Rascheln von Zeitungsseiten hören. »Hier sind noch Dutzende in genau demselben Stil. Und heute Morgen wurde es auch in mehreren Nachrichtensendungen im Kabelfernsehen gebracht. Sie wiederholen immer wieder den Teil aus dem Interview, in dem Lucas sagt: ›– Sieht wohl so aus, als würde ich alles auf eine Karte setzen, oder? Ich liebe sie. Schon seit Langem und ich werde es immer tun.‹ O Mann, jede Frau in Amerika hat sich bei diesen Worten in Lucas verguckt, Kate. Ich wette, dass dein Buch weggeht wie warme Semmeln, während wir jetzt telefonieren.«

Ich kann es nicht glauben. Wie ist es möglich, dass ich wieder –

Da drang etwas in ihr Bewusstsein, was Pam vorher gesagt hatte. *Es hat funktioniert.* Diese Worte waren inmitten der guten Nachrichten fast untergegangen, aber nun kamen sie wie ein Stück Treibholz wieder durch den Sand hoch, den der unablässige Wind fortgeblasen hatte.

Kate unterbrach Pam. »Stopp. Warte mal. Du hast gesagt: ›Es hat funktioniert.‹ Was hast du damit gemeint?«

Das Zeitungsrascheln hörte abrupt auf. Eine Möwe stieß herab und landete im Hafen. Dort schaukelte sie auf dem Wasser wie eine fette Boje auf und ab.

»Du hast ihn nicht angerufen?« Pams Stimme klang geschockt.

Eine grauenvolle Furcht ergriff Besitz von Kate und lähmte sie bis in die Fingerspitzen. »Was für ein Spiel läuft hier, Pam?« Ihre Gedanken wirbelten umher. Furchtbare Gedanken, die wie eine Folter für sie waren. »War das nur ein Trick, um meine Verkaufszahlen wieder steigen zu lassen?« Ihr Magen meldete sich und fast schien es ihr, als könnte sie an der Säure, die in ihren Hals stieg, ersticken. Hatte Lucas alles nur erfunden?

»Nein, Liebling, so ist es nicht.«

»Wie ist es dann?« Kates Stimme zitterte.

Pam seufzte laut. »Das solltest du von Lucas erfahren. Warum hast du ihn denn nicht angerufen?«

Kate kam sich plötzlich wie ein Dummkopf vor, weil sie die ganze Nacht hindurch gerast war, als handelte es sich um einen Notfall. »Ich wollte persönlich mit ihm sprechen.« Ihre Antwort klang schwach. Kate schluckte die Säure und ihren Stolz hinunter. »Ich bin jetzt hier, auf Nantucket.«

»Oh, ich bin so ein Hornochse!« Kate sah vor ihrem inneren Auge, wie sich Pam mit der Hand an die Stirn schlug. »Jetzt habe ich alles vermasselt. Los. Geh zu ihm. Sprich mit ihm. Ich lege jetzt auf.«

»Nein, warte, Pam!« Ein Klicken, dann summte das Freizeichen in ihrem Ohr. Sie drückte auf die Aus-Taste und atmete dreimal tief durch, atmete Luft ein, die nach Salz und Autoabgasen roch. Was war hier los? Hatte Pam Lucas angerufen und mit ihm eine List ausgetüftelt, um ihre Verkaufszahlen zu retten? Was, wenn Lucas nichts von dem, was er gesagt hatte, wirklich ernst meinte? Aber warum hätte er das Interview auf sich genommen, wenn er sie nicht liebte?

Ah, vielleicht wegen der ihm angebotenen Summe?

Sie fühlte sich wie ein Segelboot, das der Wind wie einen Korken hin- und herwarf und gerade hatte es eine besonders starke Böe gegeben, die völlig unerwartet gekommen war.

Aber sie war jetzt nicht mehr die alte Kate. Sie musste nicht mehr jeden einzelnen Schritt im Voraus planen. Sie würde einfach sehen, was passierte. Und es war jetzt das Wichtigste, mit Lucas zu sprechen und herauszufinden, ob er gemeint hatte, was er sagte.

Kate stand auf, hängte sich ihre Tasche über die Schulter und machte sich auf in Richtung Stadt.

Als sie die Hauptstraße erreichte, nahm sie sich ein Taxi und gab dem Fahrer die Adresse. Obwohl sie in der letzten Nacht keine Minute geschlafen hatte, hielten sie der Anruf von Pam und ihre Nervosität, Lucas wiederzusehen, wach.

Was werde ich zu ihm sagen? Habe ich überhaupt den Mut, ihm entgegenzutreten? Meine Segel auszuspannen und mich vom Wind treiben zu lassen, wohin er will?

Ihre Muskeln waren so angespannt, dass sie einen Krampf im Arm bekam. Sie lockerte ihre Hand, die den Ledergriff ihrer kleinen Reisetasche festgehalten hatte. Dabei kamen ihr Worte wieder in den Sinn, die Lucas einmal gesagt hatte: *Liebe ist kein Punkt auf einer Checkliste.*

Vielleicht musste man manchmal einfach loslassen. Aber das machte Angst. Man brauchte dafür Vertrauen und Glauben. Zwei Dinge, die sie normalerweise nicht hatte.

Aber wenn ich jemandem vertrauen kann, dann ist es Lucas. Das musste Kate zugeben. Sie erinnerte sich daran, dass es so war. Er hatte ihr noch nie einen Grund gegeben, ihm nicht zu vertrauen.

Ich liebe sie. Schon seit Langem und ich werde es immer tun. Auf der Fahrt im Wagen hatte sie sich diese Worte immer wieder ins Gedächtnis gebracht, hatte sich an ihnen festgehalten und das in ihnen enthaltene Versprechen war für ihre verletzte Seele wie Balsam gewesen. Aber jetzt zweifelte sie daran, dass er es ernst gemeint hatte.

Auf einmal durchzuckte eine Erinnerung an ihre Mutter ihre Gedanken. Sie trug ihren Frotteebademantel und kauerte über dem Küchentisch, in der knochigen Hand eine Flasche Scotch. Vor ihr lag ein geöffnetes Fotoalbum auf dem Tisch und ihre Hand strich immer wieder über die Seite mit den glänzenden Fotos, als ob sie ein Gesicht darauf streicheln würde. Wie viele Male hatte sie ihre Mutter so gesehen, die Stück für Stück in ihren Erinnerungen untergegangen war?

Kate schüttelte diese Gedanken ab. Sie war nicht ihre Mutter. Und Lucas war nicht wie ihr Vater. Es war so, wie er es die ganze Zeit gesagt hatte. Sie musste endlich mit dem Analysieren aufhören und ihre Gefühle für Lucas zulassen. Zulassen, dass sie geliebt wurde, wenn er das noch wollte. Sie konnte sich niemanden vorstellen, der mehr ihr Vertrauen verdiente als Lucas.

Als das Taxi in die Einfahrt fuhr, holte Kate etwas Kleingeld und bezahlte den Fahrer. Dann nahm sie ihre Tasche und stieg aus. Lucas' alter Wagen stand in der Einfahrt. Er musste das Taxi gehört haben und trotzdem blieb die Haustür geschlossen, selbst als das Taxi schon wieder die Einfahrt hinunterfuhr.

Kate ging auf das Haus zu und dann die Treppe hoch. Auf der Veranda zögerte sie. Sie hob ihre Hand und klopfte an die Holztür. Sie erwartete, Bos lautes, raues Bellen zu hören. Aber da war nur der Wind, der durch die Bäume strich. Das kleine Fenster in der Tür war dunkel. Sie klopfte erneut. Vielleicht duschte er gerade. Es war immer noch früh am Samstag, aber normalerweise war Lucas um diese Zeit längst auf.

Sie biss sich auf die Lippe und überlegte, ob sie einfach ins Haus gehen sollte. Bevor sie sich noch anders entscheiden konnte, hatte sie die Klinke gedrückt und war eingetreten.

»Lucas?« Der aromatische Duft von Kaffee durchströmte das Haus. Das Schlafzimmer war leer, die Bettdecken lagen auf einem Haufen am Fuße des Bettes. Das Badezimmer war dunkel und auf dem Boden waren einige Handtücher verstreut. Kate lächelte.

»Lucas?« In der Küche stand auf dem Tisch sein leerer Nantucket-Becher. Die Kaffeemaschine war immer noch eingeschaltet. Wahrscheinlich war er mit Bo draußen und machte einen Spaziergang.

Kate ging zur Hintertür hinaus, am Pavillon vorbei und folgte den zahlreichen Fußspuren bis hinunter zum Strand. Dort waren nur einige Möwen zu sehen, die im nassen Sand nach Nahrung suchten; sonst war der Strand leer. Kate sah den Strand hinunter am Haus der Wrights vorbei. So weit sie sehen konnte, war der Strand verlassen.

Dann drehte sie sich um und sah in die andere Richtung. Ihr Blick fiel auf zwei Figuren: einen Mann und einen Hund.

Lucas.

Ihre Füße trugen sie zum Ufer und von dort lief sie auf die beiden zu. Als sie die Hälfte des Weges zurückgelegt hatte, bemerkte Bo sie und trottete ihr entgegen. Lucas aber hatte sie nicht wahrgenommen und starrte weiter auf den Ozean hinaus. Bo blieb an ihrer Seite stehen und drückte sich an ihr Bein, sein Schwanz wedelte.

»Hallo, alter Junge.« Wenigstens Bo freute sich, sie wiederzusehen. Bei Lucas war sie sich immer noch nicht ganz sicher.

Kate blickte zu ihm und im selben Moment drehte Lucas sich zu ihr um. Er verharrte in seiner Bewegung und sah zu, wie sie sich ihm weiter näherte. Sie lief ihm mit langen Schritten entgegen. Dabei versuchte sie, seinen Gesichtsausdruck zu erkennen und zu interpretieren, aber die Sonne stand hinter ihm und es war unmöglich, etwas zu erkennen.

Etwa eine Wagenlänge vor ihm hielt sie an. Plötzlich war sie wieder unsicher geworden. Würde er sie wieder willkommen heißen, nachdem sie ihn so überhastet verlassen hatte? Er hatte sie gebeten zu bleiben, aber würde er ihr vergeben, dass sie fortgegangen war?

Diese Angst ließ ihren Mund austrocknen, raubte ihr die Worte. Sie schnürte ihr die Kehle zu und wühlte ihre Gedanken auf wie die Brandung den Sand. Ihre Arme und Beine fühlten sich so steif an wie ein Schiffsmast. Tränen brannten in ihren Augen und sie redete sich ein, dass es der Wind war, der ihr die Tränen in die Augen trieb.

Dann bewegte sich Lucas und kam auf sie zu. Kurz vor ihr blieb er stehen. »Du bist zurückgekommen«, sagte er.

Seine Augen waren genau so, wie sie in ihrer Erinnerung gewesen waren, warm und weich. Einladend.

»Ich musste dich sehen.«

»Warum?«

Alle Wörter, die sie sich im Auto zurechtgelegt hatte, flogen wie aufgeschreckte Möwen in alle Richtungen davon. Pams Anruf hatte alles verändert. Jetzt war sie sich über nichts mehr sicher, am wenigsten über Lucas' Gefühle.

»Ich habe das Interview gesehen.« *Ist es nur ein Trick gewesen oder hast du es ernst gemeint?*

»Das hatte ich gehofft.« Er legte seinen Kopf etwas zur Seite. »Bist du noch böse?«

Er dachte an die Nachricht, die sie auf seiner Voicemail hinterlassen hatte. Aber ihr Zorn war mit dem Eingeständnis seiner Liebe verschwunden. »Nein.« Der Wind frischte auf und sie zog ihren Pullover enger um ihren Körper. Kate musste das jetzt klären, bevor ihr Herz noch aus dem Leib sprang. »Pam hat mich angerufen.«

Er vergrub die Hände in seinen Hosentaschen. »Dann hat sie dir alles erzählt?«

Plötzlich war Kate klar, dass es egal war, warum Lucas das Interview gemacht hatte oder über welchen Plan Pam gesprochen hatte. Sie war hierhergekommen, um Lucas zu sagen, was sie für ihn empfand. Und das würde sie auch tun.

»Sie hat mir gar nichts erzählt.« Kate nahm all ihren Mut zusammen und atmete tief durch. »Als ich dich gestern im Fernsehen sah, ist mir etwas klar geworden.« *Ich liebe sie. Schon seit Langem und ich werde es immer tun.* Diese Worte gaben ihr Mut.

»Und was war das?«

Kate schluckte ihre Angst hinunter und ging einen Schritt auf ihn zu. Der Wind zerzauste sein Haar und sie strich es ihm aus dem Gesicht. Dann streichelten ihre Fingerspitzen sein Kinn. »Ich liebe dich.«

Sie ignorierte das Brennen in ihren Augen und bewegte sich weiter nach vorne, wie ein Segelboot im Wind. »Ich weiß nicht, wann es begann oder wie es geschah. Ich weiß nur, dass du mein Herz erobert hast und ich will es nicht zurück haben. Ich will für immer hierbleiben. Ich will neben deinem stoppeligen, kratzigen Gesicht aufwachen und in einem Bett mit dir schlafen, auch wenn du so laut schnarchst, dass der Putz von den Wänden fällt. Ich will –«

Lucas verhinderte das weitere Sprechen mit einem Kuss. Kate fühlte, wie seine Finger in ihr Haar glitten und ihre Mütze vom Kopf fiel.

Sie genoss die Zärtlichkeit seiner Berührung und als er sie küsste, gab sie sich ihm mit ganzem Herzen hin.

Als sie sich endlich von ihm löste, war es nur, um ihm in die Augen blicken zu können. »Hast du mich wirklich – von Anfang an geliebt?« Sie musste wissen, ob es stimmte. Musste ihn direkt ansehen, wenn er es sagte.

Sein Mundwinkel hob sich leicht. »Ja, das habe ich.«

Sie ließ die Worte in sich fallen. »Und deshalb hast du mich geheiratet?«

Er nahm ihr Gesicht in beide Hände. »Das war der einzige Grund.«

Kate atmete zum ersten Mal seit langer Zeit wieder erleichtert auf. Es stimmte also. Alles, was er gesagt hatte, war die Wahrheit, und nur dies allein zählte.

Lucas fasste in seine Hosentasche und holte etwas heraus. Er nahm ihre Hand und öffnete sie.

»Mein Ehering«, sagte Kate.

Lucas sah in ihre Augen und schob den Ring auf ihre Fingerspitze. Dann hielt er inne. »Ich liebe dich, Kate Wright. Und es gibt nicht genügend Kilometer auf dieser Erde, um dich von meiner Liebe trennen zu können. Ich will, dass du mein bist.« Er drückte ihre Hand. »Ganz mein.« Er blickte sie an, blickte in sie hinein.

»Das will ich auch«, sagte Kate.

Lucas streifte den Ring ganz auf ihren Finger. Jetzt saß er da, wo er hingehörte.

Und ich bin auch da, wo ich hingehöre.

Er küsste sie auf den Mund und legte seine starken Arme um sie. Sie fühlte sich in seinen Armen sicher. Geliebt. Wertvoll.

»Und diesmal ist es für immer?«, fragte er.

Sie schmiegte sich an seine Brust, atmete seinen vertrauten männlichen Duft nach Holz ein. *Meine Güte, wie ich das vermisst habe.* »Für immer.« Sie lächelte beim Klang dieser Worte. Diesmal war es keine zeitlich befristete Abmachung. Keine Hintertür, durch die man nach zwölf Monaten schlüpfen konnte. Sie wollte in dieser Beziehung bleiben und sie nie wieder verlassen.

Mit ihrem Daumen drehte sie an ihrem Ehering. »Mein Finger hat sich richtig nackt angefühlt, seitdem ich ihn abgenommen hatte.«

Lucas nahm ihre Hand und küsste sie. »Schade, dass ich das Geld für das Interview nicht angenommen habe. Dann hätte ich dir einen riesigen Diamanten kaufen können.«

Kate drückte seine Hand. »Ich könnte mir ja den Verlobungsring wieder anstecken.«

»Wag es ja nicht!« Lucas sah sie zum Schein drohend an und schloss sie dann wieder in seine Arme. »Hat Pam dir erzählt, dass ich sie angerufen habe?«

»Du hast *sie* angerufen?« Kate konnte sich nicht erklären, warum er so etwas tun würde.

»Ich habe ihr gesagt, dass ich dich liebe, und sie gefragt, was ich tun könnte, um deine Karriere zu retten und …« Lucas hob Kate mit Schwung hoch, als gerade eine Welle um ihre Füße brandete. Er setzte sie weiter oben auf dem Strand wieder ab. »Dachte mir, dass du nicht gerne nasse Schuhe haben wolltest.«

Bo stieß gegen Lucas' Oberschenkel und trug seinen verschmierten Tennisball in der Schnauze. Lucas warf den Ball weit den Strand hinunter.

»Was hat Pam gesagt?« Kates Hand glitt in die von Lucas und sie genoss die Sicherheit, die ihr seine warme Hand gab.

»Sie hat gesagt, dass Frauen Liebesgeschichten wie im Märchen lieben.«

Kate lachte und zum ersten Mal seit langer Zeit spürte sie in sich unbeschwerte Freude aufsteigen. »Und dir hat es gefallen, den Ritter in glänzender Rüstung zu spielen.«

Er zuckte mit den Schultern und grinste sie auf seine typische Weise an. »Warum nicht, wenn die Rüstung mir passt ...«

Kate stieß Lucas mit dem Ellenbogen an und dann gingen beide Seite an Seite nach Hause.

Nach Hause.

Das Wort klang wunderbar und sie spürte, dass sie lächeln musste. Es war egal, wo sie war oder was sie tat; ihr Zuhause würde immer dort sein, wo Lucas war.

Danksagung

Mein größter Dank geht an alle Leute, die an diesem Buch mitgeholfen haben. Mein Dank geht an meine Herausgeberin Amanda Bostic und ihr wundervolles Team von kreativen und talentierten Leuten in Thomas Nelsons Abteilung. Ich fühle mich geehrt und beschenkt, mit euch arbeiten zu können.

Ich danke auch Leslie Peterson, die geholfen hat, der Geschichte den letzten Schliff zu geben. Danke auch an meine wunderbare Agentin Karen Solem und an Colleen Coble, deren Kritik ich schätze und die sich trotz eines sehr vollen Terminkalenders Zeit für meine Kapitel genommen hat; und an meine Freundinnen und Kolleginnen Kristin Billerbeck, Colleen Coble und Diann Hunt: Ihr bereichert mein Leben auf unzählige Weisen!

Mein besonderer Dank geht an meine Leser – denn Ihretwegen wurde dieses Buch überhaupt nur geschrieben! Ich würde mich sehr freuen, von Ihnen zu hören. Schreiben Sie mir eine E-Mail an denise@denisehunterbooks.com oder besuchen Sie meine Webseite unter www.DeniseHunterBooks.com